서동익 장편소설

청해당의 아침

자료원

내가 해군에서 복무할 때니까 아마 30여 년 전인 것 같다. 그 무렵 나는 축농증 수술을 받고 해군의무단에 입원해 있었다. 그때 우연히 해병대에 복무하던 내 고향집 선배를 해군의무단 뒤뜰에서 만났다……

이 소설은 그때 만난 내 고향집 선배의 일생을 형상화한 것이다. 선배를 만나면서부터 같이 술도 마시고, 그 무렵 군대생활을 함께 하던 해방 전·후 세대들의 정신적 고뇌와 우리 세대 앞에 닥친 시대적 사명감을 힘겨워하면서 나눈 대화들을 놓치지 않고 소상히 메모하고 녹음해 놓은 탓에 이 소설은 내 자식 세대들에게도 재미있게 읽힐 것으로 믿는다.

아무쪼록 이 소설 한 편이 오늘을 살아가는 젊은이들이 아버지세대의 정신적 고뇌와 그 시대의 사회상을 이해하는 데 도움이 되었으면 더할 나위 없이 기쁘겠다……

끝으로 이 소설을 쓰는 데 여러 모로 도움을 주신 고향집 내 선배와 해병 청룡부대 출신 여러 보훈가족들에게 감사 드린다.

6·25 51주년을 맞으며
인천 구월동에서 徐東翼 드림

서동익 장편소설

청해당의 아침

차례

님아, 님아, 보고싶은 그 님아

규칙적으로 들려오던 호각 소리가 뚝 끊어지고 훈련병들의 노래 소리가 들려왔다. 훈련병들의 노래 소리는 초가을 햇살이 따사롭게 내려앉는 거리를 울리며 점점 우렁차게 들려왔다.

한성길(韓成吉)은 숨이 막힐 만큼 가슴이 답답해지는 것 같아 휠체어를 멈추게 했다. 그의 뒤에서 휠체어를 밀던 신중사가 놀란 표정으로 걸음을 멈추었고, 2~3미터 정도 뒤떨어져 성길의 제대 가방을 들고 오던 유하사도 덩달아 섰다.

"왜 그래?"

신중사가 다급하게 물었다.

"떼거리를 지어 달려오는 사람들만 보면 나도 모르게 가슴이 두근거리면서 숨이 막힐 것 같아 못 견디겠어. 좀 쉬었다가 가자……."

그 때 동상동(銅像洞) 로터리를 돌아 나오는 훈련병들의 구

보 행렬이 시내를 향해 돌진해 왔다. 진해(鎭海) 시내는 지축을 울리는 듯한 훈련병들의 군화 소리와 노래 소리에 묻혀버린 듯했다. 달리는 차량들이 멈추었고, 행인과 외출 나온 해군 수병들이 길 옆으로 물러서며 격려의 박수를 보냈다.

"야, 힘내라 힘내! 구보 끝나면 신병 훈련도 끝난단 말이야……"

해군 수병들의 외침과 박수 소리가 잠시 울려 퍼지더니 또다시 우렁찬 훈련병들의 노래 소리가 들려왔다.

사나이로 태어나서 할 일도 많다만
너와 나 나라 지키며 영광에 살았다…….

구보 행렬은 이윽고 성길이가 앉아 있는 휠체어 앞을 지나
갔다. 호각 소리에 맞춰 일정하게 보폭을 유지하면서 저벅저벅
달려가는 훈련병들의 발자국 소리는, 전율 같은 위압감을 지닌
채 거리를 휩쓸고 지나갔다.
　성길은 휠체어에 앉은 채로 달려가는 훈련병들의 모습을 겁

에 질린 표정으로 바라보고 있었다. 검은 제대복에다 짙은 색 안경을 끼고 있는 그는, 자꾸 흘러내리는 색안경을 밀어 올리 며 연방 심호흡을 해댔다. 총을 들고, 수통과 탄띠를 찬 채 철 버덕거리며 뛰어가는 훈련병들의 구보행렬이 자신을 짓밟고 지나가는 듯했고, 야위어서 갈비뼈만 앙상하게 남은 가슴이 큰 암반에라도 짓눌려 있는 것처럼 자꾸 답답해져서 못 견딜 지 경이었다.

"제네들 벌써 천자봉 구본가?"

그의 곁에 몰려 서 있던 해군 수병들이 나직이 속삭였다. 성 길은 두려움에 질린 표정으로 그들을 쳐다보다 담배를 한 대 붙여 물었다. 두근거리는 가슴은 좀 가라앉은 듯했으나 어젯밤 늦게까지 마신 술 탓인지 머리는 계속 욱신거렸다.

어느덧 긴 구보행렬의 후미가 그의 시야에서 멀어져갔다. 일 시적인 소란에 꽁꽁 묶여 있는 듯한 차량과 행인들이 슬슬 풀 어지며 거리는 다시 원상태로 회복되었다.

"가자."

길게 숨을 내쉬며 성길이가 말했다. 그는 부지중에 봉변을 당한 사람처럼 얼굴 표정이 두려움으로 일그러져 있었다. 말없 이 성길의 거동만 살피고 있던 신중사가 휠체어를 밀며 한 마 디 던졌다.

"훈병들 구보하는 거 보니까 옛날 생각나네. 넌 훈련소 시 절 천자봉 기어오르던 생각 안 나?"

"그래, 그러고 보니까 우리한테도 분명 저런 시절이 있긴 있었구나……?"

성길은 과거를 회상해 보는 듯한 표정으로 혼자 중얼거렸다.

신중사는 더 농담을 던지지 못하고 고개를 숙였다. 지금은 불구자가 되어 휠체어에 앉아 있는 신세지만, 성길에게도 분명히 두 다리 멀쩡하던 시절이 있었던 것이다. 그리고 땀을 뻘뻘 흘리며 뛰어간 훈련병들처럼 영광(?)에 살던 시절도 있었던 것이다. 신중사는 성길이와 같은 부대에서 군대생활을 하던 하사 시절을 그려보며 진해 역광장 쪽으로 휠체어를 밀었다.

성길은 스물 한 살 때 해병대하사관으로 지원 입대하여 해안지대에서 6년 동안 하사로 복무했었다. 하사 7호봉 때는 청룡부대로 월남에 파병되어 각종 작전을 수행하다 1966년 12월, 트라봉 강(Song Tra Bong : 월남의 광나이 성과 빈송 군을 거쳐 남지나 해로 흐르는 강) 유역에서 베트콩이 설치해 놓은 죽침 덫에 빠져 두 다리를 다쳤다. 그 후, 그는 퀴논 미 육군 병원, 필리핀 클라크병원을 거쳐 진해 해군의무단으로 후송되었다.

후송 후, 그는 파상풍이 번져 부패하던 오른쪽 다리와 왼쪽 발목을 절단하여야만 되었다. 그래도 그 지긋지긋하던 파상풍은 완전히 치료가 되지 않았다. 하는 수 없이 그는 또 오른쪽 무릎 위를 한 뼘 가량 절단해 내며 정형외과 병동에서 1년 6개월 가량 입원해 있었다.

절단 부위가 잘 아물지 않고 참기 어려울 만큼 통증만 안겨 줄 때는 또다시 파상풍이 번성해 다리가 썩어 들어오면 그때는 어떻게 해야 하는가 하는 하체 절단수술에 대한 두려움과 앞날에 대한 절망감, 전쟁의 후유증에 대한 또 다른 공포감과 인생에 대한 허무감 때문에 남 몰래 번민하다가 정신병까지 얻게 되었다. 그 정신병 때문에 그는 다시 정신병동으로 이송

되어 1년 가량 입원해 있다가 오늘 아침에서야 겨우 제대복을 받아 입고 해군의무단을 빠져 나오는 것이다.

지긋지긋한 해군의무단 생활까지 합산하면 꼭 10년 7개월 동안 군대생활을 한 셈이었다. 그렇게 긴 세월 동안 군대생활을 했어도 그가 달 수 있었던 계급장은 중사 계급장뿐이었다. 그것도 하사 말년에, 중사 진급명령을 받아 놓고 부상을 입었기에 갈매기라도 하나 더 붙였지, 그렇잖으면 그나마도 못 붙일 뻔했다.

다행히 월남에 있을 때 웬만한 작전은 다 참가했고, 작전지역에 투하되기만 하면 죽을 줄 모르고 베트콩의 은거지를 찾아 헤맸기 때문에 미국 정부로부터 매월 일백 오십여 불씩 지급되는 동성무공훈장을 받았고, 한국 정부로부터는 사병이 받을 수 있는 최고의 훈장과 포장까지 받아서 가슴에 다 매달 수가 없을 정도였다.

게다가 종신토록 생활비가 지급되는 원호가족(지금은 보훈가족이라고 부른다)이어서 본인만 의욕을 잃지 않고 꿋꿋하게 살아가면 그럭저럭 사는 것은 염려가 없을 것 같은데, 말끝마다 비관에 찬 말만 내뱉어서 신중사는 가슴이 아팠던 것이다. 그래도 신중사는 그런 내색을 밖으로 내보이지 않고 말없이 휠체어를 밀었다.

토요일 오후라 진해 역 대합실 쪽은 기차를 타러 나온 시민들과 군인들로 붐볐다. 신중사는 성길이가 사람들이 몰려 있는 곳을 병적으로 싫어한다는 것을 염두에 두며 한적한 역광장 노천벤치 옆에 휠체어를 세웠다. 퇴원명령을 받고 제대까지 한 몸이지만, 성길은 아직까지 내적 우울증과 군중공포증 같은 정신 질환에 몹시 시달리고 있었다.

"어떻게 할까?"

신중사가 모자를 벗고 땀을 닦으면서 물었다.

"뭘 말이야?"

"네 고향까지 열차를 타고 갈까, 택시를 타고 갈까?"

"병신 주제에 택시는……? 동네 사람들 보기도 창피하다 열차 타고 밤늦게나 들어가자."

성길은 별 뚱딴지 같은 소리도 다 한다는 듯 끼고 있던 색안경을 벗어 소매 자락으로 닦았다.

"너, 자꾸 그런 식으로……."

신중사는 싫은 말을 한마디하려다 억지로 참는 표정이었다. 병든 배춧잎처럼 누르스름한 성길의 안색이 동공을 찔러왔고, 잘록하게 발목만 남은 외쪽다리와 무릎 위 한 뼘 가량 올라온 오른쪽 고무다리를 보는 순간 그만 욱, 하고 치밀던 짜증마저 사라지는 것이다.

신중사는 담배를 한 대 붙여 물며 돌아섰다. 십여 미터 뒤에, 성길의 목발과 제대가방을 들고 유하사가 걸어왔다. 신중사는 다가온 유하사에게 담배를 한 대 권하고, 열차 시간을 알아보기 위해 대합실로 걸어갔다.

"불 붙여."

신중사의 뒷모습을 바라보고 있던 성길이가 라이터를 꺼내 유하사에게 내밀었다.

"됐습니다. 조금 있다가 피우겠습니다."

"임마, 받기라도 해. 이건 내 정이야. 두 다리 멀쩡하면 내가 진해에 와서 너희들을 찾아보겠지만, 오늘 헤어지면 언제 또 너를 만나볼 수 있겠어?”

　유하사는 손수건을 꺼내 땀을 닦다가 어쩔 줄 몰라하는 표정으로 성길을 바라봤다.

　“왜 그런 말씀을 하십니까? 선배님만 반가이 맞아주신다면 휴가 때 제가 종종 찾아뵙겠습니다.”

　“나야, 유하사를 외면할 이유가 없지.”

　“그럼 왜 그런 말씀을 하십니까? 오늘 이 작별은 결코 영원한 이별이 아닙니다, 선배님!”

　“말은 고맙지만, 과연 그렇게 될까? 월남으로 떠날 때도 이런 기분은 아니었는데 왜 자꾸 이렇게 앞이 캄캄하고 모든 것이 마지막 보는 기분인지 모르겠어, 씨팔!”

　“아마, 병원생활을 오래 하셔서 심약해져 그럴 겁니다. 빨리 건강이나 회복하십시오.”

　“병신 주제에 건강을 회복해 본들…….”

　유하사가 성길을 바라보다 안타까운 듯 이마를 찡그렸다.

　“고향이 어디십니까? 다음 휴가 때 제가 꼭 선배님을 찾아뵙겠습니다.”

　“안강(安康)이란 곳이야. 경주와 포항 사이에 끼어 발전을 못하는 소읍이지만 물이 맑고 들판이 넓은 평화로운 농촌이지. 휴가 때 시간 나면 놀러 와…….”

　“포항에서 20여 개월 복무해서 안강은 저도 잘 압니다. 휴가 때 놀러갈 테니까 닭이라도 한 마리 잡아 주십시오.”

　유하사는 애써 너스레를 떨며 웃었다.

　“그래, 꼭 찾아 와. 닭뿐만 아니라 돼지라도 잡아 줄 테니까. 넌 고향이 어디니?”

“전 백령도 섬놈입니다.”

“백령도? 어디쯤인데?”

“중화동(中和洞)입니다. 잘 아십니까?”

유하사가 의외롭게 반가운 빛을 보였다.

“파월 전에 일 년 정도 근무했던 곳이라 잘 알지. 중화동은 숲 속에 묻혀 있는 교회가 그림 같아서 꼭 한 번 더 가보고 싶은 곳이었는데 이렇게 병신이 됐으니 옛날 사진이나 보면서 속 차려야겠지…….”

유하사는 웃는 표정으로 성길을 바라보고 있다 그만 혀 깨물린 표정으로 어금니를 깨물었다. 유하사의 표정이 순식간에 변하고 있는 것도 의식하지 못한 채 성길은 혼잣말로 중얼거렸다.

“빌어먹을 놈의 인생! 그만 수류탄이나 까고 자빠지고 싶어도 부모님 생전에 그 짓은 차마 못하겠고, 궁상스럽게 살아갈 앞날을 생각하니 머리만 아프군. 내가 어쩌다 이 모양이 되었는가 싶은 게…….”

“선배님답지 않게 별 말씀을 다 하십니다. 고향의 부모님께는 오늘 제대한다는 소식을 전했습니까?”

“그 걸 알려서 뭘 해? 평소 면회도 못 오시게 했는데.”

“왜요?”

“지인(知人)공포증 때문이야. 두 다리 멀쩡할 때 알던 사람들만 찾아오면 왜 그런지 그들이 꼭 내 병신 된 모습을 구경하러 오는 것 같이 느껴져 발광을 했거든. 우리 부모님은 그 통에 면회조차 제대로 못 왔어.”

“제가 괜한 것을 물었군요. 이젠 잊어버리십시오. 따지고 보면 선배님들의 그런 고통과 가슴 아픈 희생이 다 6·25 때문이고, 6·25 때 우리가 미국으로부터 신세만 지지 않았다면 뭣 때문에 우리가 피를 판 전쟁에 참전해야 했겠습니까? 형은 월남 정규군으로, 동생은 베트콩으로 나가서 세월 없이 피를 흘리는 족속들의 한심한 민족전쟁인데 말입니다."

"너는 술도 안 먹고 맨 정신에도 얘기를 곧잘 하는구나. 나는 너희들의 참전처럼 떳떳하지가 못 해."

"그게 무슨 말씀입니까? 월남에 파병된 것이 떳떳한 파병도 있고, 떳떳하지 못한 파병도 있습니까?"

"있지. 너희들은 미국으로부터 진 우리 국민들의 정신적인 부채도 갚고, 지리멸렬할 가난도 구제하기 위해 긍지와 자부심을 갖고 파월했겠지만, 나는 삼촌이 월북했기 때문에 그 멍에를 벗기 위해 참전했을 뿐이야."

"그건 또 무슨 말씀입니까?"

"너는 어떻게 봤는지 모르겠지만 나는 지금까지 월남전을 6·25의 연장선이라고 봐 왔어. 그래서 스스로 지원했고, 훈장을 받기 위해 작전만 나가면 미친놈처럼 베트콩을 찾아 헤매며 싸웠어. 수없이 훈장을 받아 놓으면 그 훈장의 무게만큼 삼촌의 죄상이 감면 될 것 같았고, 후일 내가 자식을 낳더라도 연좌제의 사슬에 묶여 고뇌하지 않을 것이라고 생각했거든. 그 때문에 나는 빨갱이의 탈을 쓴 베트콩을 필요 이상 잔인하게 죽였고, 작전이란 작전은 몸 사리지 않고 따라 다녔는데 그 바람에 명예롭다는 훈장은 다 받았어. 그런데, 그 훈장이 연좌제의 사슬을 끊어줄지, 의문이야. 그게 안 되면 10년 7개월 간의 군대생활도 헛수고가 되고, 건장하던 두 다리만 날려버린 꼴이

어서 하루도 못 살 것 같아. 더러운 놈의 세상……."

"선배님께 그런 말못할 고뇌가 있었습니까? 전 금시초문입니다."

"부끄러운 고백 같지만 나는 삼촌의 반민족적인 죄상만 없었다면 굳이 해병대하사관으로 말뚝을 박지는 않았을 거야. 그걸 모르고 있던 대학교 2학년 때까지만 해도 나는 행시(行試)를 준비하고 있었던 놈이니까."

"정말 충격적인 얘깁니다. 어떻게 행정고시를 준비하면서도 삼촌이 월북하셨다는 것을 그때까지 모르고 계셨습니까?"

"그게 우리 형과 내가 포복졸도 할 우리 집안의 비극이야 우리 형은 사법고시에 합격해 사법연수원에 들어갈 때까지 우리 삼촌이 거물급 빨갱이였다는 사실을 모르고 있었을 정도니까 말이야."

"진짭니까, 선배님?"

"그래. 나는 지금도 권력을 잡은 놈들이 우리 형제들에게 덮어씌운 연좌제의 형벌만 생각하면 발작이 일어날 것 같애."

"덮어씌우다니요……?"

"6·25 때 우리 부모님이 살고 계시던 원적지는 한동안 적치하에 들어간 적이 있었지. 그때 빨갱이에게 끌려간 삼촌이 이웃 사람들과 같이 집단 사살되었다면서, 순경이 찾아와 삼촌의 시신을 찾아가라고 했어. 우리 아버지는 순경이 시키는 대로 부패되어 형체도 제대로 알 수 없는 삼촌의 시신을 수습해 와서 선산에 묻고, 해마다 제사까지 지내주었어. 우리 형과 나도 삼촌의 기일만 다가오면 삼촌의 제사상 앞에서 술을 올리며 고인의 명복을 빌었으니까 밀이야. 그런데 내가 대학교 2학년 때, 지서에서 순경이 다시 찾아 왔어. 전쟁 중에 삼촌이 사살되었다는 것은 행정착오며, 국군의 반격에 밀려 인민군들이 도피할 때 삼촌은 자신이 마을 사람들과 함께 집단사살 된 것처럼 위장시키기 위해 자신의 신분증과 소지품을 다른 사살자의 주머니에 넣어두고 일본 와세다대학 동기생인 인민군 군관과 함께 월북해 그 당시 이북에서 대남공작부 경북 담당 과장이 되어 계속 간첩을 남파시키고 있다는 거야? 그리고 그런 사실이 남파된 생포간첩에 의해 확인되었다는 거야. 그러니 사법고시에 합격해 사법연수교육을 받던 우리 형과 행정고시를 준비하고 있던 나로서는 미치고 팔딱 뛸 일이지…….”

“선배님 원적지가 어딘 데요?”

“오진우가 유격대를 끌고 와서 설쳤던 경북 영일군 운봉산 기슭이야.”

“결국, 선배님 집안은 대한민국 공안기관이 병 주고 약 주면서 한참 저들 멋대로 갖고 놀은 셈이군요…….”

“그게 어디 우리 집만 그런가, 뭐? 광복 이후 한국 현대사가 다 그런 식으로 뒤범벅이었는데…….”

“정말, 기가 막힙니다. 어떻게 위로의 말씀을 드려야 좋을지도 모르겠습니다, 선배님?”

“이젠 깨질 대로 깨진 인생이야. 과거지사는 한 순간이라도 빨리 잊어버리고 싶으니까 우리 저 밑에 가서 이별주나 한 잔 하자.”

“좋습니다. 차시간만 허락된다면 제가 오늘 한 잔 사겠습니다.”

“봉급날도 멀었는데 유하사가 무슨 돈이 있겠나. 오늘은 내가 한 잔 살 테니까 자리나 같이 해 줘.”

“봉급날이야 멀었지만 제대하시는 선배님께 술 한 잔 대접할 힘이야 없겠습니까? 갑시다. 제가 한 잔 사겠습니다.”

“말만 들어도 고마워. 우리 신중사 오면 요 앞에 있는 와이키키에 가서 간단하게 목이나 추기고 헤어지자. 이 놈의 진해, 나에겐 인연도 많고 한도 많은 도신데 이렇게 맨 정신에 떠나가면 평생 못 잊을 것 같아. 병신 주제에 혼자 다시 와 볼 수도 없고……”

유하사는 발목만 남은 성길의 왼쪽 다리를 내려다보다 어금니를 꽉 깨물었다.

“와이키키에 아는 분이라도 계십니까?”

유하사는 진해 역에서 얼마 떨어지지 않은 와이키키를 관심 깊게 물었다. 요사이는 맥주집으로 변했지만, 그가 입대할 때만 해도 와이키키는 환상적인 째즈와 요염한 호스테스들을 앞세워 국산 도라지 위스키와 대선 매실주 따위를 파는 카페 타입의 고급 주점이었다.

“내가 파월하기 전까지는 있었는데, 요사이는 모르겠어. 박정심(朴貞心)이라는 아인데, 한때는 얼굴도 반반하고 관록 있던 호스테스였지……아마 진해에서 술잔께나 마셨다는 군바리는 대부분 그 애 품에 안겨 술을 한 번씩은 마셔봤을 거야……”

“옛날 7번 아가씨 말씀입니까?”

“음, 너도 알고 있군. 그 애는 키 크고, 유방 크고, 히프짝 크고, 눈이 커서 우리 친구들은 사대(四大)라 불렀었지.”

“우리 동기생들이 그 집을 들락거릴 때는 7번 아가씨가 와이키키를 인수해서 직접 운영했기 때문에 우린 그냥 미즈 박이라고 불렀는데, 선배님도 미즈 박을 잘 알고 계시군요."

"옛날, 해군 통제부에 근무할 때 잠시 동거했던 여자야."

"그랬습니까? 그럼 근간에도 자주 만났습니까?"

"아냐, 지금은 어디에 있는 지도 몰라."

"지금 생각해 보니 그렇겠군요. 저도 한동안 얼굴을 못 봤으니까요."

"행방이라도 한번 알아보고 싶어. 지독히도 나를 좋아했던 여자였거든."

그 심정을 충분히 이해할 수 있겠다는 표정으로 유하사가 고개를 끄덕였다. 성길은 오늘 그녀를 꼭 만나리라고는 생각지 않았다. 그가 해군의무단에 후송되어 사경을 헤매고 있었을 때, 몇 번 찾아왔다는 후배들의 이야기도 있고 해서 그녀를 잊지 못하고 있을 뿐이었다. 성길은 자신도 모르게 배어 나온 눈물이 앞을 가리는 것 같아 안경을 벗고 눈 밑을 훔쳤다.

그때 신중사가 걸어왔다. 신중사는 두 사람 곁으로 다가와 모자를 벗고 땀을 닦으며 성길을 내려다봤다.

"야, 택시 타고 가자. 아무래도 안 되겠어."

신중사를 쳐다보며 성길이가 물었다.

"왜, 부산으로 가는 열차가 없어?"

"아냐, 4시 넘어야 탈 수 있어."

"대구 쪽은?"

"마찬가지야. 삼랑진에서 경부선 받아 타야 하니까."

"그럼 술이나 몇 잔 마시다 저녁 때 가자. 택시 타고 가기는 싫으니까."

"어젯밤 그렇게 마시고 또 술을 마셔? 일찍 고향에 도착해 편히 쉴 궁리나 해."

"그 쓸데없는 간섭을 하려거든 지금이라도 꺼져 버려, 새 꺄! 난 술이나 마시다 어두워지면 혼자 갈 테니까."

"너, 갑자기 왜 그러니?"

신중사는 어이없다는 듯 핏발이 곤두선 성길의 얼굴을 바라 보며 허허 웃었다. 나이도 서른이 넘고, 중사쯤 되어 제대하면 팔팔하던 하사 때 버릇은 좀 버릴 만도 한데 성길에게는 그런 모습이 없었다. 나직한 목소리로 이야기를 하다가도 금시 곁에 있는 목발을 집어던지며 "이 새끼들! 너희들마저 내가 병신 되었다고 괄시하는 거야, 뭐야?" 하고 병적으로 흥분하는 통 에 신중사는 민망할 때가 한두 번이 아니었다.

"니가 임마, 화나게 만들었잖아? 나 같은 놈이 몇 년을 더 살겠다고 술까지 참고 살아, 새꺄!"

"그래, 내가 잘못했다. 우선 화부터 풀어라, 이 친구야."

신중사는 사정하듯 성길의 성깔부터 주저앉혔다.

"너도 임마 이 시커먼 제대복 한번 입어 봐. 어젯밤에 술 마셨다고 맨 정신에 진해를 떠날 수 있는가?"

성길은 신중사를 쏘아보며 담배를 붙여 물었다. 동기생을 대 표해서, 또 고향까지 동행해 주기 위해 나온 신중사가 자신의 심정을 너무 몰라준다는 표정이었다. 두 다리가 잘려나간 불구 의 몸이지만, 사람을 온실 속의 화초보다 더 유약하게 보는 데 는 짜증부터 먼저 치솟았던 것이다. 그렇잖아도 앞날이 걱정되 어 심란하고, 버티는 데까지 버티어 보다가 안 되면 제대 가방 속에 감추어 둔 수면제를 꺼내 삼키고 죽어버리고 말겠다고 독한 마음까지 먹고 있는데 말끝마다 불구자라고 과보호하는 통에 그는 그만 속이 뒤집힌 것이다.

"선배님 고정하십시오."

유하사가 어색한 순간을 무마시키듯 중간에서 어눌한 목소리로 말을 건넸다.

"그래, 마지막 떠나는 날까지 이런 모습을 보여 줘서 면목 없다. 이해해라."

"별 말씀을 다 하십니다."

유하사가 성길의 기분을 맞추면서 뒤에 서 있는 신중사에게 양보를 구했다.

"요 앞에 가서 기분 전환이라도 할 겸 간단히 목이나 축이시지요, 선임하사님?"

신중사가 동조하듯 고개를 끄덕이며 성길에게 물었다.

"어디서 마실래?"

"와이키키로 가자."

"왜 또 거길 가려고 그래?"

신중사가 돌연 언성을 높였다.

"정심이가 보고 싶어서 그래."

"너 미즈 박과 헤어진 지가 언젠데 아직도 그런 소리를 하고 있어?"

"그 애는 자의로 헤어진 게 아니라 전쟁 때문에 못 만난 것 뿐이야. 아무 소리말고 휠체어나 밀어 줘."

"대관절 지금 와서 미즈 박을 만나 뭘 하겠다는 거야?"

"결혼해 달라고 사정해 봐야겠어. 평생 어머니와 살면서 똥 오줌 받아 달라고 할 수는 없잖아?"

"정신 좀 차려라, 이 친구야. 결혼이 뉘 집 아이 이름인 줄 아니?"

신중사는 억장이 무너진다는 표정으로 한숨을 쉬었다.

"화류계에서 볼 장 다 본 여자를 데리고 살려는 내가 너는 이해가 안 되겠지. 그렇지만 임마, 나를 이해하고 좋아해 줄 여자는 이 세상에서 그 애와 어머니뿐인 걸 어떻게 하니?"

"그러면 어제쯤에라도 말하지, 왜 오늘 같은 날 느닷없이 이러냐? 사람 당황하게."

"사실, 어제까지만 해도 나는 신중사 니가 시키는 대로 정심이를 잊으려고만 했어. 그러나 지금 생각해 보니 그건 술기운에 부려 본 헛지랄에 불과해. 그렇게 죽자살자 나를 따라다니며 좋아하던 정심이를 내가 어떻게 잊고 떠나겠니? 아무소리 말고 나 좀 도와줘. 그냥은 도저히 못 떠나겠어……."

신중사는 고개를 숙이고 있는 성길을 바라보며 물었다.

"그럼 너는 지금도 미즈 박이 옛날처럼 널 좋아하고 있을 거라고 믿고 있니?"

"그래. 그 앤 절대로 나를 잊지 못하고 있을 거야."

"웬만하면 잊어라. 한 때 동거를 한 여자이기는 하지만 미련을 가질 인물은 못 된다고 생각해."

"나도 잘 알아. 아무 놈이나 제 마음에 들면 가랭이를 벌린 여자라는 걸. 그러나 내 처지에 그런 걸 따지겠어? 나는 훈장 하나 더 받으려고 월남에서 여자의 그것까지 도려내어 부적처럼 차고 다니던 놈이야."

"거긴, 전쟁터잖아. 임마!"

신중사는 얼토당토않은 성길의 비유에 그만 화를 냈다.

　"여긴 전쟁터가 아니라고 생각해? 포탄만 오고 가지 않을 뿐 여기도 마찬가지야."

　신중사는 말대꾸조차 하기 싫은 듯 왈칵 휠체어를 밀었다. 엉뚱하게 흥분하고 비약하는 성길을 달래어 볼 수가 없었던 것이다. 세 사람은 큰길을 건너 말없이 와이키키로 걸어갔다.

　"어머, 자기 씨!"

　밖을 내다보던 호스테스가 앞서 오는 유하사를 보고 반가이 뛰어나왔다. 그러다 뒤따라오는 신중사와 성길을 보고는 이맛살을 찡그렸다. 호스테스의 얼굴에는 금세 성길이가 행패라도 부리면 어떻게 하는가, 하는 근심이 어리기 시작했다. 유 하사

가 말했다.

"아늑한 자리 하나 마련해 줘."

호스테스는 근심 어린 표정으로 물러갔다.

잠시 후, 세 사람은 호스테스의 안내를 받으며 주점 안으로 들어갔다. 토요일 오후라 일찍 외출 나온 해군수병들이 드문드문 주점 안을 메우고 있었다. 수병들은 등받이가 높은 의자에 앉아 여자의 허벅지와 유방을 주무르면서 항해에 시달린 피로를 풀고 있었다.

"이쪽으로 들어오세요."

앞서 걸어가던 호스테스가 내실로 일행을 안내했다. 세 사람은 내실 창가에 앉아 맥주를 주문했다. 잠시 후 주인마담이 긴 드레스를 입고 나와 그들에게 공손히 인사를 올렸다.

세 사람은 호스테스와 주인마담의 서비스를 받으며 기분 좋게 술을 마셨다. 얼마 후 성길은 술이 취해오자 곁에 앉은 주인 마담에게 정심의 행방을 물었다. 주인 마담은 잠잠히 성길의 이야기를 듣고 있다 난처한 표정을 지었다.

"미즈 박이라면 3년 전에 이 주점을 강마담에게 인계하고 떠난 사람 같은데……."

성길이가 다시 물었다.

"그럼 마담은 미즈 박으로부터 이 주점을 인수하지 않았단 말이오?"

"네. 저는 강마담으로부터 이 주점을 인수했어요."

성길의 표정은 갑자기 어두워졌다. 주인마담은 더 앉아 있기가 거북한 듯 일어날 눈치였다.

"그럼 한 가지만 더 물어 봅시다. 마담은 혹 강마담의 거처도 모르십니까?"

"대구 신암주차장 옆에서 다방을 운영한다는 얘기를 들었는데 지금도 하고 있는 지는 모르겠어요. 결혼한다는 소리가 들렸거든요."

"젠장! 되게 안 풀리는구먼……."

성길은 맥 풀린 시선으로 담배를 붙여 물었다. 주인마담은 어색한 순간을 피하듯 카운터로 나갔다.

"이젠 단념해. 설마 살다보면 결혼 못하겠니? 왜 미즈 박이 아니면 안 된다는 극단적인 생각만 하니?"

"그만해, 임마! 골머리 아파."

성길은 신경질적으로 담뱃불을 끄고 벌컥벌컥 술을 마셔댔다. 그의 직감으로는 틀림없이 신중사가 정심의 행방을 알고 있을 것 같은데 모른다고 딱 잡아떼고 있으니까 뭐라고 더 말을 건네 볼 수가 없는 것이다. 그는 급작스럽게 밀어닥치는 허탈감을 이기지 못해 계속 술만 마셔댔다.

한국과 미국 정부에서 꼬박꼬박 생활비를 보내주고, 몸이 아프면 아무 종합병원에라도 찾아가 치료를 받을 수 있는 '옐로우 카드'까지 지급되기에 제대를 서둘렀는데, 막상 제대증을 받고 해군의무단을 나와 보니까 어떻게 살아가야 좋을지 시시각각으로 밀려오는 두려움 때문에 견딜 수가 없는 것이다.

군대에서 쓰던 육두문자처럼 비 오면 우의 입고, 바람 불면 방에 들어가고, 보기 싫은 것이 나타나면 월남에서 가지고 온 짙은 색안경으로 한 꺼풀 앞을 가리고 살아가면 해군의무단에서 비비적거리는 것보다는 내용적으로도 더 알차게 살아갈 것 같은 생각이 들어 제대는 했지만 며칠 전에 자살한 박하사만 생각하면 그만 또 앞이 캄캄하고 약해지는 것이다.

"후유 ―. 오늘 같은 날 박하사 그 새끼 상통이 왜 이렇게 나를 괴롭히지……."

성길은 눈앞에서 어른거리는 박하사의 환영을 지울 듯 고개를 흔들어댔다. 그러다간 고개를 푹 떨구고는 후, 하고 길게 한숨을 쉬며 다시 담배를 붙여 물었다.

박하사는 그와 함께 입원해 있던 후배인데 강제명령에 의해 월남으로 파병되었다가 심하게 척추를 다친 놈이었다. 그것 때문에 그 놈은 성기가 있어도 그 짓을 못했다. 박하사는 그런 문제 때문에 남몰래 고민하다가 야밤에 해군의무단 분수대까

지 기어가서 쇠 울타리에 혁대로 발을 묶고 수심 1미터도 안
되는 물에 머리를 처박고 자살해 버린 것이다.

성길은 퉁퉁 부운 박하사의 시신을 보며 느낀 게 많았다. 저
놈이 왜 저런 짓까지 하면서 자기 목숨을 끊었을까 하고. 그
후 깊이 생각해 보니까 사는 것이 주택이나 생활비, 또 의료수
혜 카드 같은 것만 가지고는 완전히 해결될 수 없다는 것을
깨닫게 된 것이다.

반쪽의 육신이지만 이야기라도 나누며 일생을 함께 살아갈
여자는 있어야 될 것 같았다. 해군의무단에 있을 때는 졸병들
이 있어서 대·소변을 볼 때도 도움을 받았고, 옷도 세탁해 주
었고, 사소한 잔심부름도 해주었지만 이젠 그런 일을 대신해
줄 사람이 없는 것이다.

물론 고향에 가면 어머니가 계시니까 우선은 곤란이 없을
것이다. 그렇지만 평생 어머니의 도움만 받으며 살수는 없지
않은가. 나이도 서른 셋이나 되었으니 가정도 일구어야겠고,
자식도 한 둘은 낳아야 사는 의미가 있을 것 같았다. 박하사는
그런 인간의 기본적인 욕구마저 충족시킬 능력이 없으니까 모
질게 자기 생명을 끊어버렸는지 모르겠지만, 그는 두 다리가
불구라도 자식을 낳을 수 있는 가능성은 아침마다 솟구치는
성욕으로 확인할 수 있었기 때문에 여자는 꼭 필요할 것이라
고 생각했던 것이다.

그러나 어느 여자가 자신에게 시집와서 머리가 파뿌리가 될
때까지 같이 살아줄 것인가 말이다. 신중사의 권고대로 열심히
맞선을 봐서 함께 살 여자가 나타나면 천만다행인데 만약 나
타나지 않을 때는 어떻게 할 것인가. 그런 최악의 경우를 생각

해 보니까 와이키키 호스테스 출신이거나 말거나 정심이라도 찾아야겠다는 생각이 갑자기 밀려오는 것이다. 그런데, 신중사는 자신의 다급한 심정도 모른 채 그녀가 화류계 출신이라고 계속 반대만 해대는 것이다.

물론 그도 신중사의 깊은 마음을 모르는 바는 아니다. 그러나 그의 처지로서는 지금 정심의 출신 문제 따위를 따질 여유가 없는 것이다. 출신이야 어떻든, 함께 정을 통하며 동거까지 했던 여자니까 생면 부지의 여자에게 반쪽의 육신을 내보이며 함께 살아 달라고 청혼하는 것보다는 훨씬 쉽게 가정을 꾸며 정착할 수 있을 것 같은 생각이 들었던 것이다. 정심이만 옛날의 정리를 생각해 굳세게 살아준다면 그녀의 출신 따위는 그가 마음만 넓게 먹으면 누가 시비할 사람도 없을 것 같았다. 그래서 입씨름까지 하며 와이키키를 찾아왔는데, 그녀의 행방을 아무도 모른다고 하니 이제는 더 앉아 있을 수도 없는 것이다.

"목발 좀 줘. 소변이나 보고 가야겠다."

성길은 비틀거리며 일어났다. 유하사가 그의 뒤를 따라가며 내실 바깥에 있는 화장실까지 안내해 주었다.

"부축해 드릴까요?"

그가 화장실로 들어가자 유하사가 뒤에서 물었다.

"냄새 나. 문 닫고 물러나 있어."

성길은 두 겨드랑이에 목발을 낀 채 소변을 보았다. 줄줄 흘러내리는 오줌줄기를 내려다보고 있으니까 가슴속에서 장대비가 오줌 줄기처럼 쏟아지는 기분이었다. 깊은 정을 주었던 여자는 거처마저 알 수 없고, 요강이나 좌변기가 없으면 대변 한

번 보는 것도 걱정이 되는 육신으로 어떻게 사회생활을 시작해야 좋을지, 앞날만 생각하면 자꾸 눈물이 나오는 것이다. 이렇게 세상만사가 캄캄할 줄 알았으면 제대를 하지 말고 해군 의무단에서 더 뭉그적거렸다면 벼랑 끝에 나앉은 것처럼 두려움은 밀려오지 않을 것 같은 생각도 들었다.

그는 자라새끼처럼 두 어깨 사이에 목을 쑥 집어넣은 채로 혁혁 울었다. 생각할수록 앞날이 막막했고, 생각지도 않던 두려움까지 밀려와서 화장실을 나올 수가 없었던 것이다.

"선배님, 어디가 불편하십니까?"

울음소리가 바깥에까지 흘러나갔는지 변소 문 앞에서 기다리고 있겠다던 유하사의 목소리가 들려왔다. 성길은 남몰래 은밀한 짓을 하다 들켜버린 아이처럼 얼른 눈 밑을 훔치며 대답했다.

"아냐, 곧 나갈 테니까 물러가 있어."

유하사의 재촉 때문에 한껏 울지도 못하고 성길은 바지를 여몄다. 이제는 엎질러진 물이라는 생각이 들었고, 신중사의 권고대로 고향에 가서 맞선이나 보며 비비적거려 보는 수밖에 없었다. 그렇게 최선을 다해 보고도 안 되면, 수면제라도 꺼내 삼키고 죽어버리겠다고 생각하니까 조금 용기가 솟는 기분이었다. 성길은 울었던 흔적을 감추며 내실로 들어와 갈 길을 재촉했다.

"나가자. 이러다간 열차마저 놓치겠다."

잠시 후, 세 사람은 술값을 치르고 와이키키를 나왔다.

따사롭던 가을 햇살은 그새 기울고 있었다. 성길은 역 광장에서 유하사를 돌려보내고 신중사와 같이 부산행 열차에 몸을 실었다. 월남에서, 미국 정부가 수여하는 동성무공훈장을 받은 뒤 잠시 귀국하여 휴가를 즐기고 간 이후 처음 가니까 고향은 꼭 5년 만에 가는 셈이었다.

그 때 할아버지 할머니는 이미 돌아가셨고, 형은 사법연수원을 졸업할 때까지 삼촌 때문에 발령을 못 받아 별 볼일 없는 변호사로 개업하느니 차라리 사업이나 하겠다고 방향전환을 했는데 이제는 좀 전망이 좀 보이는지, 누님과 매형은 여전히 서울에서 살고 있는지, 기차가 진해 역을 출발해 부산을 향해 달릴 때는 오랫동안 만나보지 못한 가족들의 얼굴이 떠올라 절로 눈시울이 후끈해졌다.

그러나 부산 역에서 동해남부선을 바꿔 타고, 열차가 울산을 향해 달릴 때는 가족들과 어떻게 해후의 정을 나누어야 좋을지 자꾸 두려움이 밀려왔다. 해군의무단에 있을 때 같이 입원한 김중사는 가족들만 찾아오면 간호원 방에서 훔쳐온 아기곰을 만지작거리며 슬픔에 잠겨 있는 가족들을 피하곤 했는데, 자신은 그 어색하고 눈물겨운 순간을 토니의 머리나 쓰다듬어 주며 침묵으로 때워야겠다고 생각했다.

해군의무단에 있을 때는 가족들의 얼굴을 보지 않으려고 면회만 오면 번번이 미친 짓을 하며 피해버렸는데, 제대복을 입고 귀가해서도 그런 짓을 하면 가족들이 충격을 받을 것 같았다. 가족들의 반대에도 불구하고 해병대하사관으로 지원해 불구가 되어 제대한 것도 가족들의 입장에서는 가슴이 터질 일인데, 불구 자식이 집에 들어오기가 무섭게 또 미친 짓을 해대면 어머니는 당장 까무러칠 것 같은 생각도 들었다.

그래서는 안 된다고 생각했다. 적당히 거리를 두면서, 말하기 싫은 사람 자꾸 건드리면 또 미친다는 엄포만 놓으면서, 자기 앞에서는 가족들 중 어느 누구라도 속 시끄럽게 우는 사람이 없도록 경고만 하고 싶었다.

그런데, 오래 간 만에 만나는 토니 녀석이 꼬리를 옹그리고 달아나면 자신은 정말 고역을 치를 것 같은 생각도 들었다. 그러고 보니 그에게 토니를 선사해 준 목중사에게 인사도 못 드리고 진해를 떠나온 것이 몹시 마음에 걸렸다. 그는 목중사의 얼굴을 그려보며 5년 전 잠시 귀국했던 휴가기간을 더듬었다.

“이게 누구야? 멋쟁이 한성길이가 그 먼 곳에서 개 중사를 찾아오다니……포상휴가 받았어?”

목중사는 직책이 군견사육사여서 자신을 ‘개 중사’라고 불렀다. 그는 짧은 휴가 기간에도 자신을 잊지 않고 찾아간 후배가 그렇게 반가웠는지 성길을 보자마자 덥석 껴안았다.

“귀국하는 즉시 찾아온다는 게 이렇게 늦었습니다. 어서 일하십시오. 훈련 중인가 보죠?”

성길은 검게 탄 얼굴로 목중사를 바라보았다. 고향에서 진돗개를 사육하다 입대한 목중사는 그 날도 해안초소로 보낼 군견을 훈련시키느라 바빴다.

“내가 하는 일이야 맨 날 그렇지 뭐. 어디 좀 앉자.”

목중사는 훈련시키던 개 세 마리를 데리고 나무 밑으로 걸어갔다. 성길은 유심히 개를 바라보며 목중사를 뒤따라갔다. 생후 2개월밖에 안 되었다는 개들이 목중사의 지시에 따라 걸어가다가도 앉고, 앉았다간 앞다리를 들어올린 채 꼿꼿이 서는 모습이 신기하기만 했다.

"강아지들이 어떻게 이렇게 영리하죠? 한 마리 훔치고 싶은 심정입니다, 선임하사님?"

성길은 군견사육장 옆에 있는 벤치에 앉아서도 계속 개들만 쳐다보았다.

"한 마리 갖고 싶어?"

"녜에. 영리한 모습을 보니까 언젠가 책에서 읽은 '오수(獒樹)의 개'가 생각나는군요."

목중사도 전북 오수에서 전래되고 있는 노인과 개 이야기는 잘 알고 있다며 고개를 끄덕였다.

"도리 없이 내가 개를 한 마리 선사해야겠구먼. 오수의 개처럼 우리 해병대를 빛낸 한성길이를 지키라고 말이야……."

"정말입니까? 그럼 휴가기념으로 한 마리 사겠습니다. 이 놈을 주시겠습니까?"

"이놈들이야 국가의 재산인데 내가 함부로 줄 수 있나? 술이라도 한 잔 마시게 일단 우리 집으로 가세. 내가 집에서 키우는 세퍼트가 한 마리 있는데, 그걸 줄 테니까 잘 키워보게. 토니란 놈인데 3개월 되었어."

그렇게 인연이 되어 성길은 훈련이 잘 된 세퍼드 한 마리를 갖게 되었는데 지금도 토니란 놈이 자신의 얼굴을 기억할지가 의문이었다. 만약 주인의 얼굴을 잊어버리고 슬금슬금 달아나면 낭패다 싶었다. 성길은 토니를 믿느니 차라리 술에 취하여 들어가자 싶어, 기차가 불국사를 지나갈 때 소주 두 병을 샀다. 그리고는 신중사에게 마셔보라는 말 한 마디 없이 병 채로 마셔댔다.

"그만 마셔! 집 가까워 오는데 너 또 왜 이러니?"

신중사는 보다 못해 짜증을 내었다.

"누군 마시고 싶어 이러는 줄 아니? 넌 내 마음을 몰라."

성길은 쓴웃음을 삼키며 오징어다리를 씹었다. 부모님이 보고 싶으면서도 만나는 그 순간이 두렵고 가슴 떨려 술을 마신다는 것을 신중사에게 설명할 도리가 없었던 것이다. 그도 사실 자신이 이해가 되지 않았다. 보고 싶었던 가족들 곁으로 가는데 왜 이렇게 가슴이 뛰고 두려움이 앞서는지 알다가도 모를 일이었던 것이다.

아직도 마음의 병이 다 아물지 않았단 말인가?

성길은 그렇게도 자문해 보며 또 술을 삼켰다. 신중사는 술 냄새조차 싫은 듯 차장 밖으로 고개를 돌렸다. 기차는 경주에서 잠시 쉬었다가 안강(安康)을 향해 다시 달리기 시작했다.

인연이 닿지 않는 사람은 잊어야 한다

　하늘이 낮게 내려앉아 있었다. 으스스하게 몰아치는 바람만 자면 금시 눈이라도 펑펑 쏟아질 것 같은 초겨울 날씨였다.
　"저리 가거라."
　만석어른은 칭얼칭얼 달라붙는 토니를 밀치며 빗자루를 들고 일어섰다. 가을걷이를 마치자마자 보리갈이에 매달리느라 집안은 어수선하기만 했다. 넓은 마당가엔 탈곡을 안한 볏가리가 노적봉처럼 쌓여 있고, 집 뒤 과수원 쪽으로 빠지는 토담 밑에는 보리갈이 때 실어내고 남은 두엄더미가 있었는데 그걸 닭들이 파헤쳐서 몹시 너저분하게 널려 있었다.
　집안에 꼴머슴만 있어도 마당이 이렇게 너저분하지는 않을 것이다. 꼴머슴은 과수원 옆에 있는 파밭에 나가 있는지 어둠 사리가 깔리는 데도 코빼기도 안 보였다. 만석어른은 눈이라도 내려 너저분한 마당이 얼어붙으면 볏가리 탈곡할 때 낭패다 싶어 서둘러 비질을 했다.

볏가리며, 능금상자가 높이 쌓여 있는 마당을 요모조모 뜯어내어 다 쓸고 나니 가슴이 다 후련해지는 것 같았다. 만석 어른은 들고 있던 빗자루를 외양간 옆에 세워 놓고 아랫채 부엌으로 다가갔다. 마른 콩깍지며, 풋바심 해서 말린 볏짚들을 작두로 썰어 쇠죽을 끓이고 있는 중이라 아랫채 부엌 앞은 미친년 오지랖 같다. 쇠죽솥은 푸릉푸릉 한김이 치솟았고, 쇠죽가마 앞은 여물을 썰어 넣고 뒷손을 안 봐서 작두며 소쿠리며 썰어 넣고 남은 여물이 곡식 낟처럼 아깝게 널려 있었다.

"야야, 쇠죽이 끓으면 덜렁덜렁 이런 것도 좀 치우면서 불을 넣어라. 이래 퍼질러 놓고 있다가 눈이라도 쏟아지면 우얄래(어쩔래)?"

만석어른은 쇠죽 끓이는 식모 아이를 꾸짖으며 부엌 앞도 말끔히 치웠다.

"길이 방에 불이나 한 아구리 오지게 넣어라. 아무래도 날씨가 눈이 올 것 같다."

"낮에도 고구마 한 솥 삶아 내느라 불은 많이 넣었심더."

"길이는 뭐 하노?"

만석어른은 현미가루가 담긴 짚소쿠리를 광에 넣고 나오며 아들을 찾았다. 제대하고 고향으로 돌아온 지도 두 달이 넘었건만 아직 성길은 갈 길을 잃은 사공처럼 갈피를 잡지 못하고 있었다.

"주무십니더."

"오늘은 점심이라도 제대로 묵었나?"

인순이는 대답을 못했다. 만석어른은 뭔가 심상찮은 듯 성길의 방문을 열었다.

"하이구, 이놈의 술 냄새! 야가 어디서 이래 술을 마셨노?"

만석어른은 코를 찌를 듯이 밀려오는 술 냄새에 놀라 인순이를 돌아보았다.

"낮에 친구 분들이 찾아와서 마지못해 술상을 차려 드렸심더."

만석어른은 그제서야 놀란 빛을 감추며 문 앞에 달린 전등 스위치를 올렸다. 끔벅거리던 형광등에 불이 들어오자 광속처럼 어둡던 방안이 한눈에 들어왔다.

방안에는 소주병이 뒹굴었다. 친구들이 찾아와서 술을 마셨다 해도 대낮에 무슨 놈의 술을 이렇게 곤죽이 되도록 마셨단 말인가? 만석 어른은 떼어놓은 성길의 의각(義脚)과 뚜껑도 덮지 않은 요강을 밀치며 아들을 깨웠다.

"친구들이 찾아오더라도 술은 좀 자중해서 마셔라."

만석어른은 일어나서 앉지도 못하는 아들을 나무랐다.

"알겠어요. 문이나 좀 닫아 주세요."

"저녁 묵어야지, 자꾸 잠만 자면 우야노(어쩌니)?"

"술 먹어서 생각 없어요."

만석어른은 야윈 얼굴에 수염이 쭈뼛쭈뼛 솟은 아들의 얼굴을 잠시 바라보다가 길게 한숨을 쉬며 문을 닫아주었다. 여차하면 폭음을 하는 아들이 아무래도 걱정인 것이다. 저러다 건강이라도 해치면 어쩌려고 그러는지 도무지 갈피를 잡을 수가 없는 것이다.

만석어른은 아랫채 앞에서 담배를 한 대 붙여 물며 우두커니 서 있었다. 곁에서 말벗이 되어주는 여자라도 있으면 저놈이 술을 좀 덜 마실까? 빨리 짝이라도 맞추어 주고 싶은데 수소문해 놓은 중매쟁이는 소식도 없고, 어디 여행이라도 다녀오라고 돈푼이라도 빼주고 싶어도 동행해 줄 사람이 없고…….

아니 할 말로, 재산으로 어떻게 해결할 길이 있으면 남은 재산 몽땅 팔아서 해결해 주고, 그들 내외는 과수원 옆에 붙은 밭 스무남은 마지기로 끼니나 이으며 마음 편히 살아가고 싶었다. 제 형이 사업인가 뭔가 한다고 그 많던 재산을 팔아치웠어도 아직은 막내 몫으로 물려 줄 3천여 평의 과수원과 논 삼십여 마지기가 남아 있는 것이다.

만석어른은 보기 흉하게 불구가 된 자식의 몸뚱어리만 보면 동강난 이 나라 땅덩이와 역사를 보는 듯해 눈에 핏발이 치솟을 때도 많았다. 일찍부터 한자리하겠다고 행정고시를 준비하던 놈이 연좌제에 묶여 방황하다가 해병대에 지원 입대하고, 입대해서는 부모형제들이 원하지도 않던 장기복무를 신청하여 남의 나라 전쟁터에까지 파병되더니만 종국에는 제 몸뚱어리만 덜렁 끊어져 왔으니 말이다. 얼마 살지는 않았지만, 아들의 지난 일생만 생각하면 울분과 오욕으로 얼룩진 이 나라 역사를 되돌아보는 느낌이 들었고, 아들이 살아갈 앞날을 생각하면 동강난 땅덩이가 치러야 할 국운처럼 숱한 피눈물을 흘려야 될 것 같은 생각이 들어 또 명치뼈 밑이 답답해졌다.

“후유 —.”

만석어른은 더 꿈지럭거리기도 싫어서 또 담배에 불을 붙이며 한숨을 쉬었다.

“영천댁이 있는교?”

　겨우 가슴을 가라앉혀 앞마당으로 나오는데 밀쳐놓은 대문을 열고 사람이 들어왔다. 개털 목도리로 머리를 싸매고 있어 얼른 얼굴을 알아볼 수는 없으나 갑산(甲山)에 있는 중매쟁이 같은 느낌이 들었다.

　"누군교? 안으로 좀 들어오소."

　만석어른은 대문 앞으로 다가가며 찾아온 사람을 맞았다.

　"하이구, 거기 계시는 것은 못 봤구만요. 형님 있는교?"

　마당 안으로 걸어 들어온 중매쟁이가 만석어른을 알아보고 인사를 했다. 만석어른은 얼른 안으로 들어가자고 하면서 큰채 부엌 쪽을 향해 소리쳤다.

　"보래, 인순아! 에미 손님 오셨다고 해라."

　만석어른은 안에다 알려놓고 중매쟁이를 데리고 안으로 들어갔다. 이곳저곳 굿을 하러 다니느라 타관 출입이 잦은 중매쟁이는 마흔 조금 넘은 과부인데, 아들 중매 문제로 찾아온 것 같았다.

　"윤선네 아닌가? 어서 오너라. 늦게 웬 일이고?"

　영천댁이가 겉절이를 버무리다 양념이 묻은 손으로 얼굴을 내밀었다.

　"이 집 둘째아들 장개(가) 보낼라고 여기저기 처녀 찾으러 다니다 보니 내가 이래 바쁘다니까요……."

　윤선네는 개털 목도리를 풀고 마루에 걸터앉았다.

　"좋은 자리 있더나? 우선 방에 좀 들어가자. 손 씻고 들어가꾸나."

　영천댁은 혈육이 찾아온 것보다 더 반가운 표정으로 윤선네를 맞이했다. 만석어른도 귀가 번쩍 트이는지 먼저 방으로 들

어가 불을 켰다. 윤선네는 마당에 쌓인 볏가리며, 능금 상자를
잠시 탐욕스럽게 쳐다보다 방으로 들어갔다.

"능금은 다 땄는교?"

"예. 어제부터 거두어들여 다마쏘래이(선별) 하고 있심더."

만석어른은 먼저 윗목에 앉으며 윤선네에게 아랫목에 앉으
라고 자리를 권했다.

"그라면 아들 장개 보낼 일만 남았는데 우야면 좋은교?"

윤선네가 입고 있던 외투와 개털목도리를 벗어 한 쪽에 놓
으며 자리에 앉았다.

"와요. 어디 마땅한 규수라도 있던교? 한 대 하소?"

만석어른은 윤선네에게 담배를 권했다. 이야기를 다 들어보
지 않아 속사정은 모를 일이지만, 정말 마땅한 자리라도 있었
으면 좋겠다. 만석어른은 수염이 텁수룩한 아들의 얼굴을 떠올
려보다 한숨을 쉬었다.

"예. 경주 처잔데 한 가지 흠이 있심더."

윤선네가 막 이야기 보따리를 풀어놓으려는데 영천댁이가
손을 씻고 들어와서 만석어른 곁에 앉았다.

"그래, 어서 말해라 보자."

"나이는 스물 여섯이고 고등학교까지 나왔는데, 집안이 원
체 궁해서 치울 때가 되어도 못 치우는 처자(처녀)가 한 사람
있심더……."

"재산 없는 거야 어떻노. 처자만 우리 아들하고 같이 살겠
다면 우리가 혼사 비용을 대주더라도 데리고 오지. 우리 아아
도……."

영천댁은 성길이도 불구인데 그런 것까지 따질 형편은 못

된다는 말을 하려다 차마 그런 말을 입 밖에 내지는 못했다. 윤선네는 이 쪽의 사정을 간파한 듯 몇 번 고개를 끄덕이면서도 영천댁과 만석어른의 눈치만 살폈다. 영천댁이 물었다.

"또 무슨 어려움이 있나?"

"예. 처자는 지금 부산에 있는 방직공장에 다니고 있는데 시집가고 나면 부모들 살기가 난감해요. 그래서 처자 어마씨는 누가 논이라도 댓 마지기 끊어주면 치우겠다는데, 이 집 사정이 어떤지 내가 대답을 할 수가 있어야지요."

"그래요?"

만석어른은 또 명치뼈 밑이 갑갑해 왔으나 자세를 흐트러뜨리지 않고 고개를 끄덕였다. 내 자식이 불구이니 이만한 아픔은 참아야지, 하고 잠시 자신을 자제하고 있었던 것이다.

"사람만 마땅하면 논 댓 마지기가 문제겠는교. 그런 거는 차후의 문제고, 당사자들끼리 대면하여 이야기나 한 번 나눠볼 수 있도록 자리나 좀 주선해 주소."

만석어른은 애 써 심중의 아픔을 참으며 자신의 의사를 내보였다. 방에 더 앉아 있다가는 홧김에 엉뚱한 이야기라도 할 것 같아 그는 마루로 나왔다.

싸락눈이 또그르르 굴러 떨어졌다. 만석어른은 빈 사과 상자 위에 눈이 쌓이면 안 좋겠다 싶어 천막을 꺼내 덮으며 눈 설거지를 했다. 뒤늦게 들어온 머슴들과 능금창고까지 둘러보고 오니 영천댁이 밥상을 들여놓고 불렀다. 만석어른은 인순이가 들고 온 따뜻한 물로 세면을 하고 방으로 들어갔다.

"반찬은 없더라도 많이 잡수소."

만석어른은 독상을 받았다. 윤선네와 영천댁은 둥근 상을 펴놓고 인순이와 같이 앉아 저녁밥을 먹었다.

"처자 시집가고 난 다음은 걱정 말라고 해라. 저그들끼리 마음만 맞아 잘 살면 노부모 뒷일은 우리가 책임질 테니까. 우리 큰 아아가 인천 5공단에서 회사를 하고 있는데 설마 남은 식구들 입에 거무(미)줄 치게끔 놔두겠나?"

영천댁은 윤선네의 밥술 위에 새로 버무린 겉절이도 걸쳐주고 고깃점도 얹어 주며 부디 혼사만 성사시켜 달라고 애원하듯 매달렸다.

"걱정 마이소. 나도 이 집 아들 장개만 보내면 속이 다 후련하겠꾸마……."

"혼사만 성사되면 윤선네한테는 내가 별도로 쌀이라도 몇 가마니 건네주마."

"고맙심더. 소(쇠)뿔도 단김에 빼라고, 섣달 초하룻날 선이라도 한 번 봅시더."

"섣달 초하루 같으면 사흘 후 아닌가?"

"맞심더. 그 날이 일요일이니까 빨리 처녀 총각이 만나보고 결정을 내립시더. 장소는 경주쯤이 좋겠지요?"

"그래. 우리 아아가 나가야지 직장 다니는 처녀한테 안강까지 오라고 할 수는 없다……."

윤선네는 밤늦게 돌아갔다. 영천댁은 이튿날 새벽녘에 성길의 보약을 짜서 아랫채로 건너갔다.

성길의 방에는 불이 켜져 있었다. 저놈이 오늘은 어째 저래 일찍 일어났을꼬? 영천댁은 그런 생각을 하며 큰기침 소리도 없이 덜컹 문고리를 당겼다. 그러나 문은 열리지 않았다. 안에서 잠가놓은 것이 분명했다.

“누구야?”

성길이가 당황하는 목소리로 물었다. 이 놈이 잠도 자지 않고 뭔 짓을 하고 있었길래 이래 놀라노? 영천댁은 철렁 가슴이 내려앉는 듯한 당혹감을 감추며 대답했다.

“에미다. 문 좀 열어라 보자.”

“왜요?”

“약 가지고 왔다.”

“나중에 먹을 깨요. 조금 있다가 주세요. 지금 움직일 수가 없어서 그래요.”

“야가, 새벽부터 문을 잠가놓고 와 이래 야단이고? 빨리 열어라 보자. 약 다 식어빠지구마는.”

마지못해 성길이가 문을 열었다. 영천댁은 방문 앞에서 코를 팽 풀고 방으로 들어갔다. 예순이 넘었지만 한 때는 천석꾼 살림을 꾸려가던 대갓집 맏며느리라 영천댁은 아직도 기백이 대단했다.

“야가 이 무슨 짓이고?”

영천댁은 보약사발을 든 채 새까맣게 얼굴이 타들어 갔다. 웬 비린내인가 싶어 방안을 살피는데 방바닥에 검붉은 핏방울이 흥건하게 떨어져 있는 것이다. 영천댁은 펄떡거리는 가슴을 가까스로 가라앉히며 아들의 거동을 살폈다.

아들의 손에는 죽침이 쥐어져 있었다. 그 죽침으로 절구공이 같은 왼쪽 다리를 얼마나 찔렀는지 잘록한 왼쪽다리 봉합 부위에서 연방 붉은 피가 뚝뚝 떨어졌다.

“니가 와 이라노? 그 꽃잎 같은 생살을 헐게 해서 우얄라 카노(어쩌려고 그러니)?”

영천댁은 약사발을 놓고 아들의 손을 잡았다.

"썩은 피 빼내고 있는 중이에요. 걱정 마세요."

"이놈아! 이렇게 선지같이 고운 피를 썩었다니……."

"제발, 혼자 좀 있게 해 주세요. 왜 새벽부터 이렇게 소란을 피우세요?"

성길은 짜증을 냈다. 영천댁은 섣달 초하룻날 경주 제황다방에서 맞선을 봐야 한다고 소식을 전하러 왔다가 지레 겁을 먹었는지

"그래, 나갔꾸마. 어서 약이나 마셔라……."
하고는 다음 말을 못했다.

성길은 어머니를 빨리 나가게 하려고 얼른 약을 마셨다. 영천댁은 빈 약사발을 들고 방을 나왔다. 성길은 그새 죽침을 깨끗이 닦아놓고, 상처 낸 부위에 마이신 가루를 뿌려 붕대로 싸맸다.

영천댁은 아들의 일거수 일투족이 꼭 목숨을 끊으려는 사람 같아 종일 집을 비울 수가 없었다. 그녀는 아들의 방문 앞을 의식적으로 내왕하다 저녁나절에는 또 보약사발을 들고 아들의 방으로 들어갔다. 아들 곁에 여자라도 붙여주면 수절하는 과부처럼 죽침으로 생살을 찔러 피를 빼내지는 않을 것 같은 생각이 들어 영천댁은 아들의 방을 치워 주면서 윤선네가 다녀갔다는 이야기를 꺼냈다. 그리고 섣달 초하룻날 맞선을 보아야 된다는 것을 훈계하듯 말했다.

"싫어요!"

"이놈아! 수절하는 과부처럼 제 살따구(피부)를 찔러 피를 내면서 장개(가) 가는 게 싫다니? 에미도 속일래?"

　영천댁은 아들이 다른 말을 못하게 엄하게 꾸짖었다. 성길은 구구하게 변명을 늘어놓는 것이 싫어서 입을 다물어버렸다. 전기톱으로 발목을 절단한 부위가 미칠 만큼 가려워서 일부러 상처를 좀 냈는데, 어머니는 그런 행위를 성욕의 억제수단이라고 잘라 말하니 어떻게 다른 말을 할 수가 없는 것이다.
　"언제 만나자고 했어요?"
　한참 후 성길은 맞선에 동조하는 빛을 보였다. 어머니를 안심시키고, 고생을 덜어드리기 위해서도 그 길밖에 다른 방법이 없었다. 못 이긴 척하고 따라가서 여자를 만나고, 여자가 자신의 처지만 이해하여 준다면 결혼이라도 해야겠다고 생각했다. 정심의 생각이 사라질 때까지라도 결혼을 보류하고 싶었는데, 만날 기약도, 또 행방도 알 수 없는 여자를 일방적으로 기다리며 부모의 요청을 계속 거부할 수는 없었던 것이다.
　"모레다."
　"왜 그렇게 촉박하게 날을 받았어요?"
　"처자도 직장에 나가는 몸이라 그 날 외에는 달리 틈을 낼 시간이 없단다."
　"굳은살을 배이게 하려고 다리 끝을 찔러 이렇게 헐게 해놓았는데 모레면 목발도 짚을 수 없잖아요?"
　"괜찮다, 이놈아! 니가 남들처럼 분탕질을 하다가 몸을 다쳤나, 아니면 배냇병신이가? 다 이 나라 국민을 위해 싸우다 다쳤는데 휠체어 타고 가면 어떻노?"
　"그렇다면 마음의 준비라도 하게 생각할 수 있는 시간을 좀 주세요."
　"알았다."

　영천댁은 큰 근심을 덜은 듯 약사발을 들고 나갔다. 성길은 개어놓은 이불에 상체를 기대고 담배를 한 대 붙여 물었다. 좌충우돌하는 인생처럼 갑자기 맞선을 보게 되었지만, 여자와 만나면 무슨 말부터 먼저 하여야 좋을지 막막하기만 했다. 그는 이 궁리 저 궁리하면서 앞날을 구상해 보기 시작했다.

　진해를 떠나올 때부터 앞날에 대한 큰 기대는 없었다. 말뚝처럼 잘록한 왼쪽다리 끝에 굳은살이나 배이게 해서 1km 정도만 걸을 수 있으면, 자신을 이해해 주는 여자와 결혼해 집 주위나 거닐며 은인자중 하듯 조용히 살고 싶었다.

　정부에서 매달 생활비를 보내주니 그 정도의 생활은 크게 어려움이 없을 것 같았다. 그러다 자식이 태어나면 친구처럼 같이 놀아주고, 자식들이 사물을 이해할 나이가 되면 교육적인 동화나 이 사회를 위해 사심 없이 일한 위인들의 전기를 읽어 주며 원대한 꿈과 기개를 심어 주고 싶었다. 그러면 곁에 있는 안사람도 뒤늦게나마 자신의 꿈과 젊은 날의 인생관을 이해할 것 같고, 자식들도 불구가 된 아버지를 두었지만 기죽지 않고 밝게 성장하리라는 생각이 들었다.

　그러나 새 여자를 만나서 살 섞고 살다보면 가슴 깊이 박혀 있는 정심이를 잊을 수 있을까? 진해를 떠나오면서 누차 정심이를 잊어야 한다고 스스로도 이를 깨물었지만, 의식 속에 앙금처럼 가라앉아 있는 그녀의 환영을 지우기엔 시간적으로 너무 이르다 싶은 생각도 들었다.

　"그래도 인연이 닿지 않은 사람은 잊어야 한다……."

　그는 체념하듯 모질게 어금니를 깨물며 담배 연기를 내뿜었다. 자신도 모르게 눈 꼬리 밑이 축축하게 젖어왔다.

돈일랑 부쳐주고 싸우다가 죽어라

맞선을 보러 가는 날 아침, 성길은 꼴머슴에게 휠체어를 좀 밀어 달라고 해서 목욕도 하고 이발도 했다. 그리고 같이 동행해 주기로 약속한 죽마고우 — 김우식이와 함께 택시를 타고 경주로 나갔다.

경주에 도착해 처녀를 만나기로 한 제황다방으로 들어갈 때는 뭇 시선이 집중되는 것 같아 얼굴이 따가웠다. 그러나 이것도 인생을 살아가는 한 과정이라고 생각하며 이를 깨물고 참았다. 가슴은 여전히 두근거렸다.

약속시간이 되자 중매쟁이 윤선네가 뛰어왔다. 그녀는 식식거리며 다가와서 처녀가 나오지 못한 사유를 전해 주었다. 처녀는 여러 사람이 모인 다방은 쑥스러워서 못 나오겠다며, 대신 한적한 다과점에서 만나면 어떻겠느냐고 했다. 성길이도 많은 사람과 시끌시끌한 다방 분위기가 고통스러워 애써 참고 있던 처지라 불만 없이 윤선네를 뒤따라 나갔다. 그러나 그런 약속장소 변경이, 성길이가 어느 정도 다쳤는가를 염탐하려는 는 처녀 쪽의 은밀한 사전 포석임을 성길이 쪽에서는 까마득히 모르고 있었다.

"성길아, 웬만하면 결혼하자고 해라. 인물 잘 나고 못난 것은 말이다, 6개월만 같이 살고 나면 양귀비를 데려다 놔도 그게 그거다……"

김우식은 휠체어를 밀면서 미혼의 총각이 갖기 쉬운 편견을 염려했다. 성길은 자기 처지에 그런 걸 따지겠느냐며, 결코 인물은 왈가왈부하지 않겠다고 약속했다.

"여기시더."

앞서 가던 윤선네가 경주박물관 옆에 있는 다과점으로 두 사람을 안내했다. 성길은 휠체어를 탄 채 다과점 안으로 들어갔다. 다과점은 손님이 없었고, 처녀 어머니가 딸을 데리고 나와 그들을 기다리고 있었다.

성길은 월남에서 매복 나갔을 때처럼 전 신경을 곤두세워 다과점 안을 살피면서 처녀를 훔쳐보았다. 처녀는 몸이 건강하고 억세어 보였다. 나이 든 것을 캄플라지 하기 위해 단발머리를 했는데, 핼쑥한 성길의 얼굴과는 대조적으로 화장을 했는데도 왕여드름 자국이 듬성듬성 돋아난 피부가 남자피부보다 더 검게 보였다. 성길은 영천댁과 김우식의 도움을 받으며 휠체어에서 내려앉았다.

"몸도 성찮은데 이쪽으로 오라고 해서 미안심더."

윤선네가 처녀 쪽을 대신해 먼 길 오느라 고생했다면서 인사를 했다. 성길은 어색하고 괴로웠지만 등뼈에 힘을 주고 앉아 안정된 표정을 지으려고 노력했다.

"내가 말했듯이 총각은 월남에서 다리를 다쳤고, 처녀는 현재 부산에 있는 태창방직에 다니고 있심더……."

윤선네가 처녀 총각의 이름을 소개하고 양가 어른들을 소개시켰다. 양가 어른들은 이렇게 만나보게 되어 반갑다며 앉은 채로 인사를 나누었다.

"그럼 어른들은 그만 일어나지요."

김우식은 양가 어른들의 인사가 끝나자 두 사람에게 속닥한 분위기를 만들어주려고 먼저 일어났다. 그는 일어나며 잘해 보라는 듯 성길에게 눈을 찡긋했다.

"그라면 우리는 요 앞에 나가 있겠심더. 서로 이야기나 잘해 보이소……."

윤선네가 눈치 빠르게 양가의 어른들을 데리고 나갔다. 다과점 안에는 처녀 총각만 남게 되었다. 카운터에 앉은 주인 여자가 두 사람을 위해 '부베의 연인'을 틀어 주었다.

"직장에 다니신다는 말을 들었는데 휴일 날 쉬지도 못하게 해서 죄송합니다. 대충 얘기는 들으셨겠지만 저는……."

성길은 군에 있을 때 신고하던 어투로 자신의 신상을 솔직하게 털어놓았다. 처녀는 신경자(申京子)예요, 하고 짤막하게 자기소개를 하고 난 다음, 또박또박 성길의 말을 받아주었다.

직장 생활을 하고 있는 처녀라서 그런지, 성길은 경자의 대답이 퍽 사무적으로 들렸다. 동정심을 내보이는 안타깝다는 말도 감정을 싣지 않고 그대로 내뱉어 대는 것 같아 성길은 그녀의 말이 가슴에 와 닿지가 않았다.

그런 낯설고 어색한 분위기 속에서도 성길은 경자의 신상에 관한 사항을 대충 알아냈다. 경자는 경주에서 태어나 중학교를 졸업하고 기능공으로 태창방직에 들어갔는데, 어렵게 야간고등학교를 졸업하고 지금은 총무과 정규 여사원이 되어 있었다.

"집념이 대단하시군요……."

성길은 경자의 얼굴에서 흘러내리는 강인하고 억센 느낌을 좋은 방향으로 받아들이려고 노력했다. 그녀의 언행이 타산적이고 메마른 듯해도, 그런 모습은 가난한 집안에서 태어난 자식들이 어려운 환경을 극복하며 꿈을 실현해 가는 과정 중에 필연적으로 나타나기 마련인 냉정함이라고 풀이했다. 오히려 그런 모습은, 활동력이 없는 자신에게는 집안을 지키고 보호하는 방벽 같은 역할을 할 것 같아, 경자 쪽에서 좋다고만 하면 또 만날 수 있는 기회까지 마련하려고 했다. 옛날 정심이와 동거하여 본 경험으로 미루어 보아, 남녀간의 정분이란 것은 살아가면서 부단한 대화와 헌신적인 행위로 쌓이는 것이지 하루 아침에 죽고 못 사는 사이가 되는 경우는 지극히 드물다는 것을 그는 잘 알고 있었던 것이다.

"저는 처녀총각이 만나서 결혼하여 산다는 것에 대해 큰 기대나 환상 같은 꿈을 꾸지는 않습니다. 결혼생활도 일상 생활의 연장이고, 본인들이 얼마나 노력하고 열심히 사느냐에 따라 결과를 얻는다고 생각하고 있으니까요. 비록 불구의 몸이지만, 만약 경자 씨가 저와 결혼하여 주신다면 경자 씨가 가난에서 해방되어 나름대로 꿈을 펼쳐가며 살 수 있게끔 가장으로서의 역할을 충실히 하며 살아갈 각오는 되어 있습니다. 그리고 경자 씨의 의욕적이고 생기 찬 생활 속에서 저도 행복을 느끼며 열심히 살아볼 계획입니다. 좀 무리한 요구인지는 몰라도, 중간에서 우리를 도와주고 있는 윤선이 어머님 편으로 좋은 소식 주십시오. 즐거운 마음으로 경자 씨를 다시 만나러 나오겠습니다. 만약 경주까지 오실 시간이 없으면 제가 부산으로 나가겠습니다.”

처음 만난 여자에게 소곤소곤 주고받을 말도 없어서, 성길은 자신의 의사만 충분히 전하면서 매듭을 지으려고 했다. 경자도 성길의 마음을 간파했는지, 평소 자신이 동경했던 장래의 꿈과 생활의 설계, 그리고 성격이나 취향 같은 것을 내보이면서 성길에게 자신을 이해시키려고 노력했다.

“저는 부모님이 선을 보라고 해도 선뜻 대답을 못했어요. 그 이유는 우리 집이 경제적으로 너무 어렵고, 또 제가 결혼하고 나면 노부모 님의 생계가 막연해서요. 허지만 중매를 주선해 주신 분이 제가 결혼해도 시가가 될 쪽에서 노부모 님의 생활을 보살펴 준다기에 용기를 내어서 따라 나왔습니다.”

성길은 전혀 생각지도 않던 처녀 쪽 부모의 생계보장까지 조건으로 내세우는 것이 힘겹게 느껴져 쓸쓸한 표정을 지었다.

“그 분이 그런 말까지 합디까? 저는 사실 신체활동이 부자유스러운 몸이라 경자 씨의 노부모님 생활과 내 가정생활을 같이 꾸려 나갈 만큼 생활비를 벌 수 있는 능력은 없습니다. 국가로부터 매월 받는 원호금과 부모님으로부터 물려받는 유산으로 내 가정을 꾸린 연후에, 여력이 있으면 도와드릴 수는 있어도 지금으로서는 약속을 못하겠습니다. 또 새 가정을 탄생시키는 과정 속에서는 그런 문제들이 조건으로 대두되어서는 안 된다고 생각합니다.”

“어머, 그럼 오늘 이렇게 만나게 된 경위를 전혀 모르고 계셨어요?”

경자는 쑥스럽고 얼굴이 화끈거렸지만, 노부모의 생활 문제와 결혼비용은 꼭 짚고 넘어갈 문제라 들은 대로 이야기했다. 성길은 무슨 그런 뚱딴지 같은 이야기까지 오고갔나 싶어서 조용히 듣고 있다가 굳은 표정을 지었다.

“어른들끼리 주고받은 이야기에 대해서는 저는 아무 것도 모르고 있습니다.”

“그러세요. 그럼 할 이야기는 아니지만 저는 그런 문제가 우선적으로 해결되지 않으면 계속 직장생활을 해야 할 처지라 결혼은 생각해 볼 여유가 없습니다.”

“그런 문제는 결혼식을 올린 다음에 다시 생각해 보면 안 되겠습니까?”

“결혼 후에 다시 그런 문제를 거론하게 되다면 제 자신이 너무 비참해질 것 같아 싫은데요.”

“그럼 두 가정을 꾸려 나갈 경제력도 없는 몸이, 결혼 전에 선거공약처럼 그런 걸 조건으로 내걸고 청혼하는 제 입장을 한번 생각해 보신 일이 있습니까?”

“그거야 그 쪽 부모님이 내건 조건이니까 백 번 감수하셔 야지요…….”

경자는 공무과 직원에게 내쏘듯 얼떨결에 내뱉고 보니 너무 심한 말을 했다 싶었다. 그러나 한번 뱉은 말을 급히 주워 담을 수도 없는 일이어서, 성길의 표정만 살피며 불안하게 앉아 있었다.

“뭐라고? 내 부모가 내건 조건이라 나는 백 번 감수해야 된다고? 나는 병신이지만 그런 식으로는 결혼 못해. 나가, 이

똥치 같은 년아!"

성길은 버럭 욕설을 뱉으며 다탁을 들어 경자에게 던져버렸다. 얼굴 똑바로 들고 매정하게 내뱉는 경자의 말이 참을 수 없을 만큼 모멸감과 분노를 치솟게 했던 것이다.

"앗, 뜨거! 사람 살려요."

경자는 눈 깜빡할 사이에 날라 온 유리컵과 뜨거운 보리차를 덮어쓰고 사색이 되어 뛰어 나갔다……

그로부터 5개월 후, 성길은 또 맞선을 보게 되었다. 선을 본다는 자체가 두렵고 고통스러워도 주변 사람들의 성화 때문에 견딜 수가 없었던 것이다.

성질 부리지 말아라. 맞선도 엄격히 따지면 좋은 짝을 만나 혼자 있을 때보다 행복하게 살려는 구애행위와 같은데 여자와 맞선을 보는 자리에서 성질을 부리다니? 여자가 어디 군에 있을 때 너 시중 들어주던 쫄병인 줄 아니? 여자라도 하나 꿰차고 가정을 꾸미고 싶거든 너 자신을 돌아보아라. 너는 다른 남자와 틀리는 불구자다. 멀쩡한 여자가 불구 남자와 결혼할 때는 성한 남자와 결혼하는 것보다 호감을 끌 다른 조건이 있어야 마음이라도 한 번 내보지, 그렇잖으면 얼굴도 내밀지 않는다. 부모가 재산을 떼어주든, 여자 쪽 노부모 생활을 도와주든, 그건 네가 관여할 바가 아니다. 너는 그저 인생의 주관과 부드러운 말만 주고받으며 사랑을 싹 틔울 기회만 찾아라. 불편한 너를 위해 여자가 자기 일생을 접으며 동고동락하여 주는데 그까짓 논 닷 마지기가 뭐 그렇게 대수로운 것이냐? 또 있는 재산 처가가 될 집안과 나눠 쓰면 어떠니? 네가 생각하는 것처럼, 결혼하기 전에 재산을 거론한다는 것이 결코 매음행위가 아니다. 결혼을 성행위와 연결시킨다는 것은 재산을 따지는 여자 쪽보다 너 자신에게 더 문제점이 많다. 부디 생각을 고치고 다시 한 번 선을 보아라…….

이런 식의 충고를, 그는 맞선을 본 이후 귀에 못이 박히도록 들어왔다. 한 5개월 정도 그런 충고만 들으며 실의에 시달리다 보니 그도 후회가 일었다. 경자와 선을 봤을 때, 조금만 참았으면 지금쯤 결혼을 했으리라는 생각도 들었던 것이다. 그는 김우식이와 같이 맞선을 보는 다방까지 휠체어를 타고 가면서 새벽의 고통을 생각했다.

이슬처럼 몸을 적시며 피어오르는 본능의 부름을 무리하게 참다보면 이튿날 새벽에는 어김없이 신비한 여체의 모습이 꿈에 나타났고, 꿈속에서 그 여체의 깊디깊은 곳을 바라다보면 아릿한 몽정의 쾌감과 함께 노작지근한 나른함이 줄기차게 밀려왔다. 그때마다 몸뚱어리 전체가 천 길 나락 속으로 떨어지는 듯해 꿈속에서 깨어나곤 했다. 이게 생시인가, 꿈인가 싶어 사방을 두리번거리면 벌써 날은 밝아 있고, 써늘하고 불쾌한 감촉이 아랫도리를 끈끈하게 하는 것 같았다. 그는 오만상을 찡그리며 팬티를 벗었고, 정액이 풀칠된 그 팬티를 어머니에게 던져 줄 때는 자신이 처량하고 궁상맞아 보여서 쥐구멍에라도 들어가고 싶은 심정이었다.

어머니와 함께 사는 것도 분명히 한계가 있다 싶었다. 어머니야 산전수전 다 겪으며 60 평생을 살아오신 분이라 그의 처지를 누구보다 깊이 이해하여 주시겠지만, 나이 서른이 넘은 자식의 입장에서는 호강은 못 시켜 드리더라도 심려는 끼치지 말아야 하는데, 정액이 풀칠된 팬티를 벗어 던지려니까 자신의 몰골이 처참해 견딜 수가 없었던 것이다. 그는 그런 궁상맞음과 처참한 순간들을 떠올려보며, 이번에는 어떠한 일이 있더라도 맞선을 성사시키리라고 이를 깨물었다.

"성길아? 데리고 살 여자는 인물보고 선택하면 판판이 실패한다. 내 말 꼭 명심해라……."

김우식은 그 날도 인물이 잘난 여자는 꼭 인물값을 한다는 것을 강조했다. 성길은 알겠다며 목발을 짚고 다방으로 들어갔다.

처녀는 나이 든 언니와 함께 다가왔다. 먼저 와 있었던지, 그가 차를 주문하고 담배를 한 대 붙여 물자 자리를 옮겨 앉았다.

김명희(金明姬)라는 여자였다. 읍 소재지에 있는 조그마한 다방이라 그들은 이내 맞선보는 처녀총각이라는 것이 노출되어 찻잔 날라주는 어린 레지들에게 구경거리가 되었다.

성길은 낯이 화끈거렸지만 목발을 곁에 놓고 억지로 앉아 있었다. 여자에게 걸을 수 있다는 능력을 보여주기 위해 휠체어를 타고 와서, 다방 앞에서는 걸어 들어오기까지 했는데 처녀가 살짝 얽은 곰보일 게 뭔가? 성길은 자신의 눈을 의심하며 다시 한 번 명희를 쳐다봤다.

틀림없는 곰보였다. 입도 약간 돌아간 것 같았다. 안면신경마비증에라도 걸렸나? 왜 입은 돌아갔지? 성길은 자신의 이름을 소개하고는 더 말을 건넬 수가 없어서 멍하니 허공만 쳐다보고 있었다. 경자와 만났을 때는 자신도 모르게 말이 줄줄 나왔는데, 명희와 만나니까 무슨 말을 해야 좋을지 머리가 띵해

오며 자꾸 눈물이 나왔다.

세상에 이렇게 기가 막힐 일이 또 있을까? 여자와 가정을 이루어 살아야 한다는 주위의 권고 때문에 어금니를 깨물고 나온 사람에게 입 삐뚤어지고 얽은 처녀가 기다리고 있다니? 그는 누군가로부터 심하게 희롱을 당하는 느낌이었고, 아무리 두 다리가 불구가 된 병신이지만 저런 여자와는 겁이 나서 함께 살 수가 없을 것 같았다.

"잠시 나갔다 오겠습니다."

그는 어쩔어쩔하게 밀려오는 현기증과 주르르 흘러내릴 듯한 눈물 때문에 목발을 짚고 일어났다.

"어디 불편해?"

다방 입구에 앉아 있던 김우식이가 걱정스럽게 물었다.

"그래. 바람 좀 쐬고 올께……."

성길은 다방을 나왔다. 거리는 자글자글 끓는 듯한 봄볕에 하얗게 바래진 느낌이고, 자꾸 매스꺼운 기운이 밀려와서 쓰러질 것 같았다. 그는 길가 전신주에 등을 기대고 흐르는 눈물부터 닦았다.

이것이 현실인가?

정말 해도 너무 한다 싶었다. 자신이 병신이라고 입 삐뚤어진 곰보와 선을 보아야 하다니. 그것이 자신의 운명이라면 차라리 결혼을 포기하고 싶었다. 불효자가 되어도 혼자 살고 싶었다. 누가 이런 맞선을 주선했는지, 이가 갈리도록 저주스러웠다. 그래도 국가와 국민을 위해 싸우다 다친 무공수훈자(武功受勳者)인데, 입 삐뚤어진 곰보와 함께 살아보라니. 그는 심하게 고개를 저었다. 죽어도 그렇게는 못한다 싶었다. 이런 급부가 뒤따를 줄 알았으면 용병(傭兵)이라는 억설까지 들어가며 월남에 파병되는 것을 자청하지는 않았을 것이고, 값없이 죽어 간 동료와 선·후배들의 죽음이 원통해 목숨을 내놓고 분전하지는 않았을 것이라는 생각이 들었다.

왜냐하면 그에게도 약삭빠르게 비전투원으로 빠져나갈 수 있는 길이 있었고, 의무기간만 채우고 귀국할 수 있는 길도 있었던 것이다. 그러나 그는 뿌리쳤다. 그가 싸우지 않으면 대신 누군가가 싸워야 하고, 그가 다치지 않으면 다른 누군가가 다쳐야 하기 때문이었다. 또 그들 세대가 그런 문제를 매듭짓지 않으면 반드시 후대가 그처럼 땀과 피와 눈물을 뿌리며 미국으로부터 진 국민의 정신적 부채를 해결해야 되기 때문에, 그는 이 시대를 산 젊은이답게 자신을 희생하며 부과된 시대적 소임을 마쳤다고 자부했다. 그런데, 그런 젊은이들이 고향으로 돌아와서 결혼하려는데 입 삐뚤어진 곰보를 맞선 상대로 앉혀 주다니…….

이것이 일국의 원호행정(지금은, 보훈행정이라 부른다) 담당자가 주선한 사람의 짓이란 말인가?

만약, 사람이 한 짓이라면 그들의 꼭대기에 앉은 정책 부서의 책임자들을 향해 "순 사기꾼 같은 놈들!"이라고 욕을 퍼부어 주고 싶었다. 월남으로 파병 될 초기에는 정의의 십자군이니, 평화의 사도니 하며 이 땅의 순진한 젊은이들을 부추겨 전쟁터로 내몰면서 저들의 위치만 굳혀 나가더니, 이제는 포식한 짐승들처럼 저들이 뜯어먹은 먹이의 뼈조차 묻어주지 않고 저들의 갈 길만 서두르고 있는 느낌도 들었다.

성길은 이 시대를 이끌어가고 있는 지배집단의 실세들이 꼭

장판에서 완력께나 쓰는 주먹잡이들을 바람잡이로 내세워 놓고 뺑뺑이를 돌리며 촌사람들의 쌈짓돈을 빼먹는 야바위꾼 같은 느낌이 들었다. 저들이 옳다고 판단해서 힘으로 밀어붙였으면, 긍정적인 결과가 나오든 부정적인 결과가 나오든 저들이 한 행위에 대해 책임감을 느껴야 하는데, 월남전쟁이 반전 여론에 주눅이 들어 종전으로 치닫자 쉬쉬하면서 끌어 덮어놓고 달아나기에만 바쁠 뿐, 그 전쟁터에서 몸과 마음과 청춘까지 다 바치고 돌아온 전상자에게는 구호물자 나눠주듯 옐로우 카드와 생활비만 국민들이 낸 세금에서 몇 푼씩 떼어주며 파월 전상자들의 일상생활 자체를 입 밖에 내지도 못하게 했다. 마치 한 번 쓰고 버리는 휴지처럼 그들이 죽을 먹고 사는지 밥을 먹고 사는지 거들떠보지도 않는 게 그렇게 괘씸하고 저주스러울 수가 없었다.

성길은 신에게 이들을 단죄해 달라고 빌었다. 그리고 몸 건강하고 정신 똑바로 박힌 여자 하나만 소개시켜 달라고 흐느끼며 애원했다. 미인이 아니어도 좋았다. 학력이 높지 않아도 되었다. 중학교 정도 졸업해 후일 자식들에게 가갸, 거겨, 정도만 가르칠 수 있는 실력이면 되었다. ABCD가 어느 나라 글자라는 것만 알아도 그로서는 흡족해 할 것 같았다.

그렇지만 입 삐뚤어진 곰보는 정말 싫었다. 그가 불구인데 아내마저 곰보에다 입 삐뚤어진 여자이면 어쩌는가 말이다. 태어날 자식을 위해서도 남의 입에 입방아거리가 안 될 여자 하나만 소개시켜 달라고 흑흑 울면서 빌었다.

"야, 너 어디 가?"

혼자서 울면서 걷는데 김우식이가 빈 휠체어를 끌고 뒤따라오며 소리쳤다.

"집에 가자. 어지럽고 속이 불편해 더 앉아 있을 수가 없어……."

성길은 서러움에 젖은 표정으로 휠체어에 앉았다.

세번째 맞선은 그로부터 4개월 후에 보았다. 제대한 지 꼭 1년만이었다. 경자와 명희의 얼굴이 지워지지 않았지만, 평생 독신으로 살아갈 수만은 없다는 강박관념 때문에 또 선을 보러 나간 것이다.

이번에 만나는 장소는 처녀 쪽 친척집이었다. 그 집은 어머니의 먼 친척집이기도 했다. 택시를 대절해 영천까지 가서, 처녀 쪽 친척집 앞에서 목발로 걸어 들어갔다.

가정집에서 만나기로 되어 있어 다과점이나 다방에서 만날 때보다 마음이 편했다. 성길은 처녀 쪽 친척이 안내해 준 방에 앉아 묵묵히 처녀를 기다렸다.

얼마 후 이모할머니 뻘 되는 친척과 같이 처녀가 들어왔다. 주변 사람들의 소개로 인사가 끝나고, 두 사람은 술안주와 과일접시가 놓인 자개소반을 사이에 놓고 단둘이 앉아 있었다.

박미경(朴美慶)이라는 처녀였다. 키는 160cm 정도 되었고, 갸름한 얼굴에 눈매가 고운 여자였다. 목소리도 맑았다. 나이는 스물 아홉이었고, 학력은 중졸이었다. 일찍 아버지를 잃었고, 월남에 기술자로 나간 오빠를 대신해 병든 어머니를 가료하다 혼기를 놓친 노처녀였다. 그러나 수줍음이 많았고, 천성적으로 앳된 얼굴형이어서 나이 먹은 티가 전혀 나지 않았다.

성길은 미경이가 한눈에 들었다. 이만한 여자 같으면 불구가 된 아픔을 잊고 의욕적으로 살아갈 자신이 있었다. 성길은 경자를 만났을 때처럼 자신이 성장해 온 경위와 불구가 된 경위, 앞날의 생활설계 등을 차근차근 이야기하며 미경이에게 매달렸다. 몸은 비록 불구가 되었지만 종신토록 지급되는 원호금과 자기 앞으로 갈무리되어 있는 부모님의 재산 등을 간접적으로 내보이며 생계에 대해서는 결코 어려움이 없다는 것을 거듭거듭 강조했다.

"무척 소탈하시군요. 저는 나이는 먹었어도 줄곧 어머님 병구완하며 집에서 살림만 해서 남들처럼 구변도 없어요……."

미경은 두 다리를 잃고도 좌절하지 않는 성길의 표정이 가슴에 와 닿는 표정이었다. 그녀는 성길의 빈 잔에다 술을 채워주고 자신도 깎아놓은 과일을 한 점 집어먹었다.

"이렇게 만난 인연을 평생 잊지 않겠습니다. 빠른 시일 내에 구체적인 이야기까지 주고받을 수 있게 다시 만날 수 있는 기회를 만들어 주십시오. 평생 감사하는 마음으로 힘껏 살겠습니다."

"변변찮은 저에게 과분한 말씀을 해주시니 오히려 부끄럽군요. 대충 이야기는 들었으리라 믿어지지만, 저희 집은 일찍 아버지가 돌아가시고, 오빠가 아버지를 대신해 집안 대소사를 처리하는 집안이라 저의 의사는 오빠가 승낙하셔야만 어떤 말씀을 드릴 수가 있겠습니다. 오빠가 귀국하시는 대로 상의해서 제 생각을 전하겠습니다. 답답하시더라도 좀 기다려 주세요."

"오빠는 지금 국내에 안 계십니까?"

"예. 월남에 기술자로 나가 계시는데 어머니가 편찮으시기 때문에 늦어도 다음달 말일까지는 귀국하실 거예요."

"그럼 그 사이 한번 더 만날 수 있는 기회는 없겠습니까?"

"어머니도 위중하시고, 오빠의 승낙도 없이 자꾸 만난다는 것이 저에게는 부담스럽게 느껴지네요."

"잘 알겠습니다. 너무 부담스럽게 생각지 마십시오. 오빠 되시는 분이 귀국할 때까지 기다리겠습니다. 생각해 보니 제가 너무 성급했던 것 같군요."

"별말씀을……. 그럼 전, 이만 실례하겠습니다."

미경은 다소곳이 고개를 속이고 물러갔다. 성길은 빈방에 앉아 술을 한 잔 더 마셨다. 문을 열고 뒷걸음친 미경의 모습이 달빛 아래 피어난 한 송이 박꽃처럼 지워지지 않았던 것이다. 그렇게 화려하지도 않으면서 세찬 파문을 일으키는 여자 ─. 성길의 눈에는 미경이가 그런 모습으로 보였다.

그는 집으로 돌아와서 미경의 오빠가 귀국할 때를 기다렸다. 기다리는 것이 지루해서 과수원과 파밭을 내왕하면서 걷기연습을 했다. 겨드랑이 밑에 불이 화끈화끈 이는 것 같아도 그녀와 다시 만나는 날을 기대하니까 그런 연습이 고통스럽지가 않았다.

그는 다시 만나자고 연락만 오면 그녀를 읍내로 불러내어 맛있는 음식을 사주고 싶었다. 그때 자신이 품고 있는 앞날의 설계와 포부를 말해 주며 여자의 가슴에 깔린 동정심을 유발해 볼 계획이었다.

만약 혼사가 성사되어 부부가 되다면 결코 그녀를 고생시키지 않으리라는 생각을 했다. 그녀가 원하는 곳에다 살림집을 마련하고 싶었고, 그녀가 원하는 옷과 패물을 사줄 것이며, 부

억일조차 인순이를 데려다 시키면서 그녀는 자신의 시중만 들
게 할 계획이었다. 그녀가 시골에서 살기를 싫어한다면 도회지
로 나가서 살 계획도 했고, 시부모와 같이 사는 것이 거북하다
면 결혼 즉시 분가해 살수도 있다고 생각했다.

문제는 그런 데에 있는 것이 아니었다. 빠른 시일 내에 그녀
를 다시 만나는 것인데, 한 달이 지나도 그녀의 오빠가 귀국했
다는 소식이 없었다.

그는 중매쟁이를 사이에 넣어 오빠의 소식을 알아보았다. 그
녀의 오빠는 그때까지 귀국하지 않은 것이 확실했다. 그러면
그렇지……. 성길은 맞선을 보던 날 미경의 눈에서 풍기던 연
민의 정을 철석같이 믿으며 조용히 기다리기로 했다.

그러나 성격이 불같이 급한 그로서는 하는 일 없이 하루하
루 기다린다는 것이 형벌처럼 고통스러웠다. 그는 그 고통을
잊기 위해 토니를 불렀다. 근간에는 걷기연습에 매달리느라 훈
련을 못 시켰는데, 이 지루하고 답답한 기간을 이용해 토니의
태만한 행동을 고쳐 주고 싶었다.

그는 토니의 목테에다 목 끈을 묶어 놓고

"앉아. 일어 서. 엎드려. 기어 가. 저거 물고 와. 앞발 들어.
누워……."
하고 목 중사가 훈련시키던 것처럼 행동 명령을 내렸다.

목중사 집에서 사올 때만 해도 그런 훈련은 잘 했는데 풀어
놓고 키우니까 기강이 해이해져 엉망이었다. 그래도 원체 혈통
이 좋은 놈이라 지금도 쥐를 잡는다거나 도둑을 지킨다거나
장바구니를 물고 걷는 정도는 잘하지만, 이른 아침 집을 뛰어
나가 똥개와 흘레를 붙거나 누가 맛있는 음식을 던져 주면 사

족을 못 쓰고 따라붙는 것을 보면 그는 눈이 뒤집힐 만큼 신경질이 치솟았다. 더구나 그가 제대를 하고 고향집으로 돌아왔을 때, 꼬리를 옹그려 붙이고 슬슬 내뺀 것을 생각하면 당장이라도 패 죽이고 싶을 만큼 분노가 치밀었다. 토니마저 자신이 불구가 되었다고 기피하는 것 같은 생각이 들었던 것이다.

"너, 오늘 죽고 싶어?"

성길은 기다리는 소식이 오지 않는 것도 모두 토니 탓이나 되는 듯 대뜸 가죽혁대를 풀어서 토니의 허리와 면상을 사정없이 갈겼다. 휠체어 손잡이에 목 끈을 바짝 묶어 놓아서 토니는 물러서지도 못했다. 그냥 두들겨 맞으며 성길의 화풀이 대상이 되었다.

"이새꺄! 주인은 죽느냐 사느냐 기로를 헤매고 있을 때, 너는 피둥피둥 살이나 찌우고 흘레나 하면서 내 얼굴마저 잊었지? 아버지 어머니가 귀여워 해준다고 그런 식으로 막 놀아날 거야? 누구 허락 맡고 똥개 새끼와 흘레를 했어? 죽을래? 체통도 없이 또 그럴 거야? 엎드려, 새꺄!"

고함을 치며 가죽혁대를 휘둘러 댈 때마다 성길의 눈에서는 독기와 살기가 흘렀다. 그런 모습은 월남에서 정글을 헤맬 때의 모습과 똑 같았다.

"그만 해라. 그 말 못하는 짐승이 무슨 죄가 있다고 그래 모지락스럽게 때리노?"

들에서 돌아온 영천댁이 토니를 때리는 모습을 보고 아들을 나무랐다.

"물러가 있으세요. 어무이 아부지가 풀어 키워서 똥개처럼 변했단 말입니다."

"이미 그래 되었는 거를 때린다고 고쳐지나. 사람도 아닌 짐 승을."

"혈통이 좋은 놈이라 밥을 굶기면서 한 달만 훈련시키면 옛날처럼 회복시킬 수가 있어요."

"그래도 죽일 듯이 패면 우야노?"

"개새끼는 때려야 말을 들어요."

"그러다 어혈들어 죽으면 큰일이다. 제발 그만 해라."

"나는 이보다 더한 고통도 이겨내면서 훈련받고 전쟁터까 지 나갔어요."

성길은 버럭 화를 내면서 어머니를 물러가게 했다. 그리고는 계속해서

"일어 서. 앉아. 엎드려. 기어가……."

하면서 토니를 괴롭혔다.

토니는 사정없이 두들겨 맞으니까 옛날 훈련받았던 기억이 떠오르는지, 몇 번 실수를 하면서도 곧잘 순응했다. 성길은 그 때서야 만족한지 하얀 쌀밥을 버터에 비벼서 먹였다. 그러나 말을 듣지 않은 날은 목전에다 고깃덩이를 놓아두고 촐촐 배 를 굶겼다.

토니는 한 달 가량 그런 식으로 훈련시키니까 옛날로 돌아 가는 듯했다. 성길이가 주는 밥 외에는 잘 먹지도 않았다. 아 들이 모질게 토니를 때리니까 영천댁은 주고 싶은 먹이가 있 어도 단념하고 말았다.

그렇게 토니와 씨름하는 사이 두 달이라는 시간이 바람같이 흘러갔다. 중매쟁이를 사이에 넣어 미경의 오빠가 귀국했는가, 안 했는가를 알아본 시간까지 합하면 꼭 3개월이 흘러간 것이

다. 그렇게 긴 시간이 흘러갔는데도 영천에서는 이렇다 말 한 마디 없었다. 뭔가 잘못되어 가고 있다는 느낌이 들었다.

성길은 체면만 차리고 있을 수가 없었다. 오빠가 귀국하지 않았으면 찾아가서 마음이라도 기울여놓아야겠다고 생각했다. 그는 어머니를 불렀다.

"돈 좀 주세요."

"술 마실라고 그러나?"

"아뇨. 영천에 좀 다녀와야겠어요."

"석 달이 넘도록 연락 없는 것 보니 생각 없는갑다. 그만 잊었뿌고 다른 처자와 선 볼 생각이나 해라."

"안 되요. 그렇게 무책임한 아가씨가 아니란 말이에요."

이튿날 오전, 성길은 택시를 대절해 영천으로 달려갔다. 택시는 안강을 출발한 지 1시간만에, 그녀의 집이 있는 영천군청 뒤에 그를 내려주었다. 성길은 목발을 짚고 천천히 골목길을 따라 들어갔다. 막다른 골목 끝에 있는 미경의 집은 그날 따라 포장이 쳐져 있었고, 사람들이 잔치집처럼 복작거렸다. 성길은 마당 안으로 들어가지는 못하고 이만큼 떨어진 골목 옆에서 동태만 살폈다. 그러다 미경의 집에서 바삐 걸어나오는 중년부인을 붙잡고 물었다.

"이 집에 오늘 무슨 큰 일이 있습니까?"

"예. 오늘 이 집 딸 치웁니더."

"예에?"

"와 그렇게 놀라는교? 잔치에 왔으면 안으로 들어갑시더."

중년부인은 급한 일이 있는 듯 치마 깃을 당겨 올리며 물러 갔다. 성길은 눈앞에 다가온 현실이 너무 청천벽력 같아 믿어지지 않았다. 수줍은 소녀처럼 목소리도 곱고 눈매도 잔잔한 미경이가 그 사이 이렇게 변할 수가 있을까? 성길은 자신의 두 눈으로 직접 확인하지 않고는 물러설 수가 없는 심정이어서 사람들이 복작거리는 마당 안으로 걸어 들어갔다.

그 때 마당 복판에 천막을 치고 초례청이 마련된 모습이 눈에 들어왔다. 이 집에 진짜 잔치가 있긴 있는 모양이구나. 성길은 우우 몰려 서 있는 사람들 뒤에 서서 혼자 그런 생각을 하며 초례청 쪽을 바라보았다. 초례청 안으로 먼저 들어선 신랑이 싱글벙글 웃으며 서 있었고, 한복 두루마기를 차려 입은 집사(執事)가 잠시 신랑의 거동을 지켜보다 홀기(笏記)를 외쳤다.

"신부 출(出)!"

잠시 후 안방에 있던 신부가 수모(手母)의 도움을 받으며 천천히 초례청 앞으로 걸어나왔다.

"하이구, 예쁘기도 해라. 저래 꾸며 놓으니까 노처녀 티가 하나도 안 나는구나."

성길 옆에 섰던 아낙네들이 걸어 나오는 신부를 보고 감탄했다. 신부는 활옷에다 족두리를 쓴 채 수모의 도움을 받으며 조심스럽게 초례청 안으로 들어왔다. 헐렁해 보이는 활옷 소매로 얼굴 전체를 가리고 있어 성길은 초례청 안으로 들어온 신부가 진짜 미경이인지, 아닌지를 금방 알아볼 수가 없었다. 그는 빨리 신부가 얼굴을 가리고 있는 손을 내릴 때를 기다리며 목발을 끼고 있는 겨드랑이에다 힘을 주었다. 그때 집사가 다시 홀기를 보고 외쳤다.

"신랑 정면(新郞正面)!"

신랑이 돌아섰다. 신랑은 사모관대를 쓰고 정장을 했지만 키가 작고 얼굴이 가무잡잡했다.

"신부 재배(新婦再拜)!"

이윽고 신랑신부가 서로 꿇어앉았다가 일어나서, 신랑은 신부에게 읍(揖)을 하고 초례상 앞으로 다가섰다. 이어서 신부가 신랑을 향해 절을 두 번 했다. 신랑은 아주 만족한 표정으로 신부를 바라보다 답례를 했다.

"웃지 마라. 신랑신부가 초례상 앞에서 싱겁게 자꾸 웃으면 딸 놓는단다……."

둘러섰던 아낙들이 농을 던지며 웃었다. 신랑신부는 웃음을 참지 못해 애를 먹는 표정이었다.

"신랑은 장개(가) 가는 날 세수도 안 했나, 우예 저래 얼굴이 시커멓노?"

"월남에서 그을러서 그렇대요."

"군인인가?"

"아니시더. 이 집 아들과 같이 일한 기술잔데, 오빠가 월남에서 들어오며 여동생 짝을 구해 왔데요."

"늦게나마 시집 잘 가는구나."

"또 월남으로 들어가기 때문에 혼례도 번갯불에 콩 볶아 먹듯 서둘렀데요……."

성길은 아낙들의 이야기를 엿듣다가 다시 초례상을 지켜봤다. 집사가 외쳤다.

"행사 배례(行砂盃禮)!"

신부 쪽에서 사발 잔에 술을 부어 신랑 쪽으로 보냈다. 신랑은 그 술잔을 받아 땅에 조금 지운 다음, 입에 대었다.

“됐다. 조금만 마셔라. 신부도 마셔야지…….”

신부 측 친척들이 신랑에게 우스갯소리를 던졌다. 신랑은 또다시 빙긋 웃으며 입을 댄 술잔을 신부에게 넘겼다. 신부는 수모의 도움을 받으며 신랑이 입을 댄 술을 조심스럽게 받아 마셨다.

“앙큼한 것! 겉모양과는 완전히 딴판이군…….”

성길은 술을 받아 마시는 신부를 바라보다 고개를 떨구고 물러섰다. 여태껏 신부가 활옷 소매로 얼굴을 가리고 있어 정확히 볼 수가 없었는데, 신랑이 보낸 술잔을 받아 마시는 모습을 보니 미경이가 틀림없었다.

“신랑 신부 각귀 처소(各歸處所)!”

이만큼 걸어 나오는데 신랑신부는 각각 방으로 들어가라는 집사의 외침이 들려왔다. 성길은 너무 맥이 풀려 대로변에 있는 목로주점으로 들어갔다.

“망할 것!”

순대를 안주 삼아 소주를 한 잔 삼키는데 방에 들어가 수줍게 앉아 있을 미경의 모습이 스쳐갔다. 그리고 밤이 되어 신랑과 함께 잠자리에 드는 모습을 상상하니까 피가 넘어올 듯한 패배감이 밀려왔다. 몸만 다치지 않았어도, 아니 허벅지에 총상 정도만 입었어도 그 가무잡잡한 신랑 녀석에게 미경이를 뺏기지 않았을 것이라는 생각이 들었다.

그는 훌쩍, 또다시 술을 한 잔 삼키면서 미경을 잊으려고 했다. 이젠 다른 남자의 아내가 된 그녀를 생각해 보아도 소용이 없는 것이다.

이 봐요, 한성길 씨!

술값을 치르고 목로주점을 나오는데 누군가가 자신을 부르는 소리가 들렸다. 성길은 그 소리를 듣지 않으려고 빨리 걸었다. 천지가 빙글빙글 돌면서 겨드랑이 밑에 불이 화끈화끈 이는 것 같았다. 이마에 진땀도 솟구치는 것 같았다. 그는 더 걷지를 못하고 가로수에 등을 기댄 채 잠시 쉬었다. 어쩔어찔한 현기증은 가시는 듯했으나 이명(耳鳴)은 계속 되었다.

당신 뭐 하려고 박미경이란 여자를 찾아갔어요. 그 초라한 모습으로 말이에요. 박미경이라는 여자는 아까 초례를 올리면서 당신의 그 초라한 모습을 보고 비웃었어요. 이 속없는 남자야! 아무리 내가 노처녀지만 당신 같은 병신하고 결혼식을 올리겠나, 하고 말이에요. 한성길 씨, 이제 알았어요. 제발 그 초라한 몰골로 결혼할 생각일랑 마세요. 정신 똑바로 박힌 여자 같으면 누가 불구 남자와 결혼하겠어요? 앞으로 여자와 맞선을 볼 때는 경자를 생각하세요. 세상에 약점 없는 여자는 당신 같은 사람과 결혼하지 않을 거예요. 앉은뱅이 남자하고 무슨 재미가 있어 일생을 함께 살겠어요? 더구나 그런 몸으로 멀쩡한 여자를 아내로 맞아들이겠다는 당신의 배포가 더 엉큼해요. 당신은 지난 날 군복 입고 다니면서 얼마나 많은 여자를 울렸어요. 또 전쟁터에서는 가냘픈 여자들마저 얼마나 잔인하게 죽였어요? 비록 그들이 당신의 생명을 노린 베트콩이긴 하지만 말이에요. 당신은 결혼하면 안 돼요. 당신 같은 죄인은 평생 혼자 살든지, 그게 싫으면 곧장 죽어야 돼요. 그렇게 많은 죄를 지은 남자가 어떻게 결혼해서 인간으로 살려고 해요. 살인마! 당신은 정말 낯두꺼운 살인마예요……

이 봐. 당신은 누구야? 내가 두 다리 멀쩡할 때 여자를 좀 농락했지만 그렇게 독설을 퍼부을 수가 있어?

나, 유라에요? 옛날 당신에게 배신당한 시골 처녀 말이예요. 당신 군복 입고 있을 때, 나 사랑한다고 만날 때마다 감언이설 퍼뜨리다 순결까지 짓밟았죠? 그러고도 미경이 같이 아릿다운 아가씨를 넘볼 수 있어요? 흉악한 도둑 놈 같으니라구……. 샘통이다, 요놈아!

아아아…….

성길은 몸을 떨었다. 이름도 알 수 없고, 얼굴도 선명하지 않은 여자가 또 나타나 의식을 혼미하게 했다. 그 여자는 정신병동에 입원해 있을 때도 수없이 나타나서 수면을 방해하던 악령 같은 여자였다.

"택시!"

성길은 정신적 혼란에 시달리다 번쩍 손을 들었다. 달려오던 택시가 급히 정지했다. 성길은 어둔하게 목발을 거두며 택시 뒷좌석에다 몸을 실었다.

"어디로 모실까요."

"안강으로 가요."

"이 택시는 대구로 올라가는 차인데 시외버스 주차장에서 다른 택시를 바꿔 타면 안 되겠습니까?"

택시 기사는 귀찮은 고객이 올라탔다는 표정이면서도, 성길의 파리한 안색이 두려운 듯 가식적인 친절을 보였다. 성길은 기사의 속마음을 빤히 읽으면서도 갑자기 생각난 듯,

"그럼 대구 신암주차장까지만 좀 실어다 주세요."

하고 행선지를 바꿔 말했다.

택시 기사는 요금이나 제대로 받을 수 있을까, 하고 우려하

는 표정이었으나 군말 없이 달렸다. 성길은 시트에 편안히 상
체를 기대고 눈을 감았다. 홧김에 서방질한다는 말이 있듯, 이
기회에 강마담을 찾아가 정심의 행방을 한 번 더 수소문해 봐
야겠다고 생각했다. 미경이에게 어이없이 차이고 나니까, 중매
로 마음에 드는 처녀를 만나서 가정을 이룬다는 것이 얼마나
어렵고 어리석은 시도였던가를 뼈저리게 느낀 것이다.

　"손님, 다 왔습니다."

　택시 기사가 깨웠다. 성길은 번쩍 눈을 뜨고 주위를 두리번
거렸다. 잠시 졸은 것 같은데 택시는 그새 대구 신암주차장에
도착해 있었다. 성길은 후하게 차삯을 지불하고 택시에서 내렸
다.

　시계는 오후 3시를 가리켰다. 영천을 떠나 40여 분 가량 달
려 온 셈이었다. 그 시간이면 80여 리 길은 도착하고도 남을
시간이었다. 그는 신암주차장 대로변으로 나와 두리번거리다
진해를 떠나올 때 윤마담이 일러준 홍실다방을 발견하고 기우
뚱거리며 걸어갔다.

　초겨울의 짧은 해는 그의 그림자를 길게 늘어뜨리며 기울기
시작했다. 홍실다방은 2층에 있었다. 가파르고 손잡이도 없는
층계를 목발을 짚고 올라갈 수가 없었다. 어떻게 할까, 하고
잠시 망설이다 그는 지나가는 30대 남자를 붙잡고 도움을 청
했다.

　"보시오, 나 좀 도와주시오."

　"뭘 말이요?"

　사내가 겁먹은 시선으로 바라보다

　"내 등에 업히시오."

하고 성길을 업어다 홍실다방까지 올려다 주었다.

"고맙소. 바쁘지 않으면 차나 한 잔 하고 가시오."

성길은 업어준 사례로 차를 한 잔 대접하고 싶었으나 그 사내는 바빠서 안 되겠다며 그냥 다방을 내려갔다. 성길은 사내의 뒷모습을 지켜보다 레지를 불러 커피를 한 잔 주문하며 강마담을 찾았다.

"우리 다방에는 그런 사람 없는데요."

차 주문을 받은 레지는 고개를 갸우뚱하며 카운터로 다가가더니

"언니, 저 손님에게 좀 가 봐……."

하고 주방 쪽으로 걸어갔다.

성길은 조금씩 밀려오는 복통을 참으며 담배를 붙여 물었다. 김추자의 '월남에서 돌아온 김 상사'가 담배 연기가 자욱한 다방 안을 휘젓듯 흐르고 있었다.

"실례지만 강마담을 무슨 일로 찾으시죠?"

잠시 후, 한복을 곱상하게 차려 입은 마담이 다가와 앉으며 물었다. 성길은 마담에게 차를 한 잔 권하며 잠시만 곁에 앉아 달라고 사정했다. 마담은,

"김마담이예요."

하고 자기 소개를 하면서 우유를 한 잔 시켰다.

성길은 김마담이라는 말에 절망했다. 그러나 자신이 진해에서 제대한지 1년 조금 넘었다는 것과 진해를 떠나올 때 와이키키에서 강마담을 소개받았다는 것, 그리고 강마담을 만나서 물어보고 싶었던 내용들을 숨김없이 말했다. 김마담은 레지가 들고 온 우유를 홀짝홀짝 마시며 고개를 저었다.

“글쎄요, 지난봄에 결혼한다면서 저에게 이 다방을 넘겨준
사람이 강마담인 것 같은데 어떡하면 좋죠? 우리는 연락처도
안 갖고 있는데⋯⋯.”
“그럼, 강마담이 어디 사는지도 모르시오?”
성길은 지푸라기라도 붙잡을 듯한 심정으로 김마담을 쳐다
봤다. 김마담은 살래살래 고개를 저었다.
“몰라요. 서비스 업종에 종사하는 여자들은 대부분 자기 주
소나 행처를 바로 가르쳐 주는 사람이 드물어요. 부채 관계,
남자 관계, 고용 관계 등이 복잡하게 얽혀 있고, 떠날 때 인사
는 그럴 듯하게 해도 알고 보면 대부분 피신하듯 다른 곳으로
옮겨가는 경우가 많으니까 말이에요⋯⋯.”
김마담은 차 한 잔 얻어 마신 것이 부담스러운 듯 솔직하게
자기 심정을 이야기해 주었다. 성길은 더 물어볼 꼬투리도 찾
지 못한 채 자리에서 일어났다. 강마담의 행처도 알 수 없으니
정심의 행처는 더욱 알 길이 막연한 것이다. 그는 정심이를 찾
는 일을 포기하며 김마담에게 도움을 청했다.
“전쟁터에서 불구자가 된 몸이라서 그런데 이 찻값 받으시
고 저를 다방 아래까지 내려줄 남자 한 사람만 구해주시오.”
“그래요.”
김마담은 성길이가 내민 찻값을 받으며 주방 쪽을 보고 소
리쳤다.
“이군아! 이 아저씨 다방 아래까지 좀 업어다 드려라.”
성길은 주방장에게 업혀 다방을 나왔다. 살이 허여멀쑥하게
찐 주방장은 성길이가 목발을 끼고 몸의 중심을 잡자 달아나
듯 다방으로 올라갔다.

성길은 담뱃값이라도 하라고 찻값을 내고 받은 거스름돈을 몇 닢 꺼냈다가, 무안한 듯 다시 집어넣고 신암주차장 북편에 있는 공중변소(그때는 공중화장실을 국민 대다수가 공중변소라고 불렀다) 쪽으로 걸어갔다. 아침에 느긋하게 앉아 보아야 할 대변을 여태껏 참았더니 아랫배가 꽉 차 있는 느낌이었다. 이따금 배가 사르르 아파 오면서 구린 방귀가 자주 나왔다.

미경이에게 야멸차게 차일 줄 알았으면 집에서 느긋하게 변이라도 보고 올 걸…….

성길은 그런 생각을 하며 공중변소 입구에 앉아 있는 꼬마에게 지전 한 닢을 던졌다. 자신도 모르게 광야에 내팽개친 느낌이 들었고, 자꾸 쓴웃음이 끓어올랐다.

공중변소는 유료로 이용되고 있어 깨끗했다. 그러나 수세식이 아니어서 환풍기가 돌아가고 있는 데도 악취가 심했다. 그는 변소 문을 열어 놓고 다시 밖으로 나왔다. 급해서 빨리 들어가 변을 보려고 했는데, 그건 마음뿐이었다. 한 쪽 다리가 없으니 성한 사람처럼 두 무릎을 굽혀 쪼그리고 앉아 변을 볼 수가 없는 것이다. 그는 공중변소를 지키고 있는 꼬마에게 신문을 몇 장 사 달라고 한 뒤, 화장실 바닥에다 신문지를 깔았다.

그가 무슨 엉뚱한 짓이라도 하는 줄 알고 꼬마가 화장실 안으로 들어와 힐끔 들여다보다 물러갔다. 성길은 급해서 왜 웃느냐고 따지지도 못한 채 화장실 문을 잠그고, 목발의 손잡이를 끈처럼 끌어당기며 살며시 변소 바닥에 펑퍼질러 앉았다.

용케 항문과 변기구가 잘 맞았다 싶었다. 그는 변이 똥통으로 빠질 수 있게 신문지 중앙에다 구멍을 내고 용을 썼다. 순

간 피비빅, 하고 방귀가 튀어나오면서 아랫배를 압박하던 변이
빠져나오는 느낌이 밀려왔다.

　며칠 동안 대장 속에 꽉 차 있던 숙변이 빠져 나와서 그런
지 아랫배에 시원한 느낌이 밀려왔다. 그러나 살아 있는 게 똥
통에서 치솟는 구린내만큼 구차스럽게 느껴졌다. 기다리는 부
모 형제만 없으면 금시 똥통에다 머리를 처박고 죽어버리고
싶은 심정이었다. 변을 한 번 보는 것도 요강이 없으면 이렇게
고역인데, 무슨 희망으로 이 고통스러운 세상살이를 이겨내어
야 할지, 자신의 처지가 너무 처량하게 느껴져 그만 자신도 모
르게 퍽퍽 울어버렸다. 미경이가 돌아선 것은 당연하다는 생각
이 들었다.

　실컷 울고 난 뒤, 그는 바지를 끄집어올리고 화장실을 나왔
다. 목발을 옮겨놓을 힘마저 없어 공중변소 옆에 잠시 서 있는
데, 반대편 변소 모퉁이가 떠들썩했다. 자세히 보니 조금 전에
자신을 따라오던 사내가 유료변소인 줄 모르고 소변을 보고
나오다, 화장실을 지키고 있는 꼬마 녀석과 싸움이 벌어져 있
었다.

　성길은 어이없는 광경에 픽 웃어버렸다. 공중변소 사용료 5
원을 받으려고 악다구니를 쓰는 꼬마 녀석도 딱하지만, 달라붙
는 꼬마를 짚고 있던 지팡이로 밀어버린 사내도 한심하게 느
껴졌다. 그런데도 행인들은 그 광경을 흥미롭게 구경만 할 뿐,
누가 돈 5원을 적선하며 싸움을 말리는 사람이 없었다.

　성길은 주머니를 뒤적거렸다. 10원짜리 지폐 한 장이 잡혔
다. 그는 꼬마 곁으로 다가갔다. 자세히 보니 붙잡혀 있는 사
내는 한 쪽 다리를 못 쓰는 불구자였다. 사내는 성길이가 다가

가도 꼬마에게 계속 욕을 퍼붓고 있었다.

"이놈아, 이 공중변소가 언제부터 유료변소로 변했어?"

"한 달 전부터요."

"그러면 임마, 유료변소라고 써 붙여 놓아야 될 게 아냐?"

"앞에 적어 놓았잖아요."

"나는 임마, 그것 못 봤어. 다음에 올 때 줄 테니까 빨리 이것 놓아."

"그럼 처음부터 그런 말을 하지 왜 때려요. 난 분해서도 못 놓겠어요. 빨리 돈 내고 가요."

"이 새끼 이거, 악밖에 안 남은 놈한테 죽고 싶어? 왜 이렇게 귀찮게 굴어?"

"씨팔, 죽이려면 죽여 봐요. 나도 아저씨한테 돈 못 받으면 모가지란 말예요."

"이 새끼 이거, 이제 보니 형편없는 놈이구나……."

사내가 짚고 있던 지팡이로 또 꼬마를 콱 쑤셔버렸다. 꼬마는 죽는다고 악을 쓰면서도 사내의 다리를 붙잡고 늘어졌다.

"이놈아, 이거 놓아!"

성길은 다가서서 꼬마를 나무랐다.

"어른한테 무슨 짓이냐? 내가 대신 돈을 줄 테니까 어서 일어 서."

성길은 꼬마에게 10원짜리 한 장을 주었다. 꼬마는 사내를 놓고 돈을 받았다. 사내는 머쓱한 표정으로 성길을 바라보며 고개를 조아렸다.

"이거, 초면에 미안하게 됐습니다."

"괜찮소. 보기가 딱해서 끼어 들었소."

"부끄럽습니다. 병신은 그저, 칵 죽어버려야지 이젠 눈에 사열이 올라 더 못 살겠소."

사내는 동료를 만난 듯 성길을 보고 눈물을 글썽거렸다.

"행인들이 보고 있소. 빨리 저쪽으로 물러납시다."

사내는 심하게 절었다. 성길은 사내와 같이 걸어나오다 버럭 욕설을 뱉었다.

"너들, 빨리 꺼지지 못 해!"

두 사람을 지켜보고 있던 행인들이 황급히 뒷걸음쳤다. 성길은 물러나는 행인들을 보고 "피도 눈물도 없는 놈들!"이라고 욕을 퍼부었다. 돈 5원을 적선할 줄 모르는 행인들이 너무 야박하게 느껴졌고, 저런 사람들을 위해 자신이 두 다리마저 날렸는가 하고 생각하니 몸이 떨릴 만큼 배신감이 끓어올랐던 것이다.

"잠시 시간을 내어주실 수 있겠소?"

이만큼 걸어나왔을 때 사내가 성길을 쳐다보고 물었다. 성길은 잠시 사내의 표정을 지켜보다 되물었다.

"왜 그러시오?"

"나는 지금 가진 돈은 없지만 여기 잘 아는 막걸리 집이 있으니까 술이나 한 잔 마시고 가시오. 보자 하니 파월 용사 같은데……."

성길은 갈 길이 바빴지만 고개를 끄덕였다. 사내의 호의도 고맙지만, 오늘 같은 날은 한 잔 마시지 않고는 견딜 수가 없었다. 그는 사내와 같이 막걸리 집으로 들어갔다.

바깥에서 보기보다는 아늑한 술집이었다. 무연탄을 때는 둥근 화덕이 네 군데나 놓여 있고, 홀에는 색시들도 앉아 있었다. 거나하게 술이 취한 주객들은 색시들과 어울려 음담 패설을 늘어놓으며 시끄럽게 술을 마시고 있었다.

두 사람은 문 앞에서 그런 모습을 잠시 바라보다 비어 있는 화덕 앞으로 걸어가 의자에 앉았다. 사내는 주모에게 막걸리 한 되와 찌개를 시켰다.

두 사람은 술을 마시면서 인사를 나누었다. 사내는 권중걸(權重桀)이라고 했다. 1967년 1월 17일, 동해 상에서 북한 해안포에 맞아 56함이 침몰될 때 가슴과 다리에 파편을 맞고 극적으로 구출되었는데, 해군의무단에서 치료가 끝나 제대할 때는 정부가 직장까지 마련해 주었다고 했다. 그러나 계속 몸이 좋지 않아 직장생활을 스스로 포기하고 말았다고 했다. 요사이는 죽지 못하고 살아 있는 것이 후회롭다고 했다. 생활비가 될 만큼 원호금도 충분히 나오지 않고, 그렇다고 평생 요양이나 하며 살 수 있을 만큼 가정도 넉넉하지 못해 하루하루 살아가는 것이 몸부림 같다고 했다.

성길은 노상에서 만난 권중걸이로부터 그런 이야기를 듣다 보니 문득 자기 앞의 삶을 보는 듯했다. 권중걸이보다 더 중상을 입은 몸이라 원호비는 몇 푼 더 받을지 모르지만, 앞으로 펼쳐질 인생사는 권중걸이보다 몇 배 더 고통스러운 생활을 감수해야만 하루하루의 삶이 연결될 것 같은 생각이 들었다.

정말 막막했다. 이런 고통이 따를 줄 알았으면 스스로 지원해서 전쟁터에 나가지는 않았을 것이라는 생각도 들었다. 그러나 지금 와서 그런 후회를 한들 무슨 소용이 있겠는가? 그는 이래저래 심란하고, 자신도 모르게 밀려오는 앞날의 걱정들을 잊어버리려고 자꾸 술을 마셨다.

"사는 데까지 살다가 안 되면 죽어버려야지요, 뭐."

"저도 그런 생각을 수십 번도 더 했습니다. 골머리가 아플 때는 나 자신도 모르게 그런 생각밖엔 떠오르는 것이 없으니까 말입니다."

두 사람은 동병상련의 심정으로 술잔을 주고받으며 몹시 취하도록 술을 마셨다. 주점 안은 분위기가 무르익어서, 아까부터 술을 마시던 축들은 신나게 노래를 부르기 시작했다. 색시들은 젓가락으로 장단을 맞추다 남자들이 노래를 멈추면 자청해서 노래를 불렀다.

사랑하는 그대 월남으로 가세
돈일랑 부쳐주고 싸우다가 죽어라.
아낌없이 아낌없이 부쳐준 그 돈은…….

성길은 묵묵히 술잔을 기우리다 고개를 돌렸다. 건너편에서 술을 마시며 부르는 사내와 계집들의 노래가 누굴 비아냥거리는 것 같아 견딜 수가 없었던 것이다.

돈일랑 부쳐주고 싸우다가 죽으라니? 그럼 제 년은 다른 놈과 눈맞추며 잘 살겠다는 소리 아닌가?

술기운에 흥얼거리는 노래 소리지만 듣고 보니 분노가 치밀었다. 국내에 있는 젊은 사내와 계집들은 저런 노래나 부르며 인생을 즐기는데, 그는 누구를 위해 싸웠고, 그와 함께 월남으로 파병되었던 동료들과 선·후배들은 무엇 때문에 개처럼 정글을 누비다 이역 만리에서 죽어갔는지 이해가 되지 않았다.

이것은 결국 월남 파병이 국민 전체의 성원과 합의를 얻지 못했다는 소리가 된다. 지배집단의 일방적인 결정에 국민들은 마지못해 끌려갔으며, 그 짓눌려 사는 피해심리가 술기운에 흥얼거리는 노랫가락에도 나타났는데, 취객들은 파월 용사들을 용병으로 전락시켜 비아냥거리고 있는 것이 분명했다.

그렇지만 성길의 귀에는 그 노래 소리가 그렇게 듣길 리가 만무했다. 술손님과 색시들은 이 나라 권력집단을 향해 그렇게 비아냥거렸는지 모르겠지만, 성길의 귀에는 자기를 향해 비아냥거리는 노래 소리로 들려오는 것이다.

"야, 그만 해! 너희들이 지금 누굴 약올리는 거야?"

성길은 핏발 선 눈으로 색시를 노려보았다.

"어머머, 참 별꼴이야. 누가 누굴 약올렸단 말이에요?"

색시는 성길의 아랫도리는 보지 못한 채 되바라진 목소리로 대꾸했다.

"뭐어? 별꼴이라고……."

성길은 치솟는 분노를 자제하지 못해 앞에 놓인 술잔과 술 주전자를 집어던지며 목발을 짚고 일어났다.

주점 안은 갑자기 난투극이 벌어진 느낌이었다. 바닥과 벽에는 안주와 술이 범벅이 되어 있고, 주모는 기물을 부수는 성길을 말리느라 정신이 없었다.

"야, 빨리 가자. 이제 보니 피해의식에 사로잡힌 월남전 짤래(팔과 다리가 잘려나간 불구자) 같애……."

엉겁결에 술과 안주를 덮어쓴 주객들이 악을 쓰는 성길을 피해 혼비백산하듯 주점을 빠져나갔다. 성길은 그래도 분이 풀리지 않는 듯 의자와 목발까지 집어던지며 몸부림치다 나중에는 바닥에 드러누웠다.

“빨리 그 년놈들 잡아 와. 그렇잖으면 오늘 이 집, 박살을 내버릴 거야.”

성길의 패악 소리가 창문을 흔들었다. 그를 달래느라 권중걸이와 주모가 진땀을 흘리면서 그의 곁에 달라붙어 사정해 댔다. 제발 한번만 봐 달라고 ―.

해야 저물면 종도 울리련만

미라보 다리 아래 세느 강이 흐르고
우리들의 사랑도 흘러내린다.
괴로움에 이어서 잊은 보람을
나는 또 꿈꾸며 기다리고 있다.

해야 저물면 종도 울리련만
세월은 흐르고 나는 취한다.

손과 손 엮어들고 얼굴 대하면
우리들의 팔 밑으로
흐르는 영원이여
오오, 피곤한 눈길이여.

해야 저물면 종도 울리련만
세월은 흐르고 나는 취한다.

흐르는 물결이 실어 가는 사랑
실어 가는 사랑에
목숨만이 길었구나.
보람만이 뻗쳤구나.

해야 저물면 종도 울리련만
세월은 흐르고 나는 취한다.

해가 가고 달이 가고 젊음도 가면
사랑은 옛날로 돌아갈 수도 없고
미라보 다리 아래 세느만 흐른다.

해야 저물면 종도 울리련만
세월은 흐르고 나는 취한다.

　성길은 빈방에 홀로 누워 벽에 걸린 액자를 처다보다 주르
르 눈물을 흘렸다. 대학시절 애송한 '아뽈리네르'의 시 한 편이
그렇게 애달프게 가슴에 와 닿을 수가 없고, '미라보다리' 라는
시가 꼭 자신을 주인공으로 해서 지은 시 같았다. 그는 '해야
저물면 종도 울리련만' 다음에 '나는 누굴 믿고 무슨 희망으로
이 고통스러운 세상을 살아가야 하는가?' 하고 시 구절을 환치
시키고 보니 가슴이 찢어질 듯이 아파 그만 흑흑 흐느꼈다.

그러다 시계를 바라보았다. 밤 11시가 넘어 있었다. 부모님과 머슴들은 다 잠이 들었는지, 큰 채 쪽에서는 스산한 바람 소리만 들려올 뿐 인기척이 없었다. 성길은 잠을 이루지 못하고 뒤치락거리다 제대할 때 들고 온 가방을 꺼냈다. 가방 속에는 해군의무단에 입원해 있을 때 한 알 두 알 모아놓았던 수면제가 그대로 들어 있었다. 그는 50알이 넘는 수면제를 내려다보다 또 주르르 눈물을 흘렸다. 미경이에게 차이고, 대구에서 일어났던 불상사를 생각하니까 자기 자신이 불쌍하고 서글퍼서 못 견딜 지경이었다.

너무 오래 살았다는 생각이 들었다. 필리핀 클라크병원에서라도 죽어버렸으면 미경이에게 야멸차게 차이지는 않았을 것이고, 술집 작부들의 비아냥거리는 노래 소리도 듣지 않았을 것이라는 생각이 들었다. 더구나 악취가 치솟는 변소 바닥에 신문을 깔아 놓고 변을 본 것을 생각하니 비참해서 혀를 빼물고라도 죽고 싶은 생각뿐이었다.

결혼도 그렇다.

대구에서 내려온 이후 열흘 동안 계속 생각해 봤지만, 맞선을 봐서 결혼한다는 것은 어렵다는 생각이 들었다. 구차한 삶을 연장하기 위해 성사되지도 않을 맞선을 자꾸 보다보면 부모님 가슴에 아픔만 남겨 드릴 것 같았다. 이 시대 여성들의 입에서 "돈일랑 부쳐주고 싸우다가 죽어라." 하는 노래 소리가 흘러나오는 풍토에서는 하루씩 미련을 갖고 살수록 치욕과 분노와 괄시뿐이라는 생각이 들었다. 자기 한 몸 떨꺽 죽어버리고 나면 만사가 다 해결되는데 왜 여태껏 구차하게 살아왔는지 이해가 되지 않을 만큼 자신이 어리석게도 느껴졌다.

어쩌면 이 모두가 정심이를 잊지 못하는 미련 때문인지 모른다는 생각이 들었다. 하루하루 고통을 참고 살아가다 보면 언젠가 그녀의 소식도 들을 수 있겠지, 하고 원하지도 않았던 맞선을 보면서 세월을 보냈는데 이제는 그녀마저 잊어야 할 시기가 된 것 같았다. 아무도 그녀가 있는 곳을 모르니 찾아갈 수가 없는 것이다.

그는 예상하지 못했던 사회생활에 보복이라도 하듯, 수면제를 한 움큼 쥐고 물그릇을 끌어 당겼다. 그러나 물그릇은 초저녁에 다 마셔버려서 비어 있었다. 그는 물그릇을 밀어버리고 잠이 오지 않을 때 한 잔씩 마시고 자던 소주병을 꺼냈다. 소주병도 바닥에 조금 깔려 있을 뿐 수면제를 삼킬 분량은 되지 않았다.

"빌어먹을!"

그는 만사가 불만인 듯 밖으로 나왔다. 살을 에는 듯한 찬바람이 대문에 매달아 놓은 워낭을 요란하게 흔들며 지나갔다. 그는 목발을 짚고 인근 가게까지 걸어가서 4홉들이 소주 한 병을 사왔다. 대문을 밀치고 들어와도 머슴들은 고개 한번 내밀지 않았다. 모두 잠이 든 것이 분명했다. 토니만 다가와서 꼬리를 흔들어댔다. 그는 패 죽일 듯 목발을 들고 토니를 노려보다 방으로 들어와서 소주병을 땄다.

소주잔에다 가득 채우고 그 속에다 수면제 다섯 알을 넣었다. 의무단에 있을 때부터 약을 입에 넣고 물을 마시는 일이 귀찮아서 쓴 약을 먹을 때는 늘 그렇게 약을 먹곤 했던 것이다.

그는 소주잔을 내려보다 꿀꺽 삼켰다. 탁 쏘는 소주 맛에 약이 넘어가는 것도 모르고 다섯 알이 넘어간 것이다. 그는 다시 소주잔을 채우고 수면제 다섯 알을 또 넣었다.

첫잔은 아무 생각 없이 삼켰는데 둘째 잔을 내려다보니 가슴이 꽉 막히는 것 같았다. 이렇게 삶을 정리하면 되는데 해군 의무단에 입원해 있을 땐 왜 그렇게 번민하고 괴로워하다 정신병동 신세까지 졌는지 지나온 삶이 우습게도 느껴졌다. 그는 부어놓은 소주잔을 또 훌쩍, 삼키면서 정신병동에 감금되어 있던 시절을 회상했다.

어디로 달아나지 못하게 쇠창살을 덧붙여 놓은 방 ―. 침대와 모포 한 장만 놓여 있던 그 방에서 정심이가 보고싶어 밤새 울던 시절, 그는 잠 못 든 승냥이처럼 밖으로 뛰어 나가고 싶어 쇠창살을 붙잡고 몸부림쳤고, 제대시켜 달라고 애원했다. 제대만 하면 보고싶은 정심이도 만나볼 수 있고, 부모형제 밑에서 고통 없이 살 것 같은 생각도 들었다.

그러나 얼마 되지도 않은 사회생활은 패배와 실망만 연속되는 느낌이었다. 그는 재대하고 나와서 부딪친 일상생활을 잊을 듯 또 수면제 다섯 알을 소주와 함께 삼켰다.

그새 약 기운이 피어오르는지 머리가 띵하고 드러눕고 싶은 생각이 들었다. 그는 자기 체질에 수면제 열 다섯 알 먹고는 죽지 않을 것이란 생각이 들어 또 소주를 붓고 수면제 다섯 알을 더 삼켰다.

술과 약 기운에 취해서 몽롱한 상태인데도 정심의 모습이 신기루처럼 스쳐갔고, 그녀와 함께 보낸 지난날의 추억들이 일그러진 영상처럼 뒤죽박죽이 되어 밀려오다간, 의식 속에다 커다란 구멍을 뚫으면서 펑, 하고 터지는 느낌이 들었다.

"정심아……!"

그는 또 눈물을 주르르 흘리며 소주를 삼켰다. 그때 뒤란에서 닭 우는 소리가 들려왔다. 성길은 소주를 한 잔 더 부으려고 술병을 기우리다 옆으로 픽 쓰러졌다. 술도 취했지만, 수면제도 35알을 삼킨 것이다.

그는 죽는다는 것이 정말 만족했던지, 약간 웃는 듯한 표정으로 쓰러져 북쪽 벽을 바라보고 있었다. 그를 한없이 외롭게 만들었던 아뽈리네르의 시 한 수가 마지막까지 그의 시선을 끌어당겼고, 쓰러진 술병에서 질금질금 흘러나오는 소주가 그의 어깨 밑으로 배어들었다.

"어무이요오 — 어무이요오 —."

영천댁은 번쩍 눈을 떴다. 아들이 자신을 부르는 것 같아 벌떡 일어났는데 사위는 아직도 칠흑같이 어둡고 고요했다.

"거, 이상타……."

그녀는 꿈이었구나 하면서 버릇처럼 시계를 보았다. 새벽 세 시 반이었다. 일어날 시간은 멀었지만 연탄 화덕 위에 올려놓은 성길의 한약이 걱정되어 벗어놓은 스웨터를 걸쳤다. 시름시름 끓으라고 뚜껑을 덮고, 그 위에다 올려놓았지만 새로 갈아넣은 연탄불이 피어올랐으면 지금쯤 짤 때가 되었겠다 싶었다.

그녀는 마루로 나왔다. 성길의 방에는 불이 켜져 있었다. 저놈이 뭐 한다고 여태 불을 켜놓고 있을꼬? 그녀는 고개를 갸우뚱하며 부엌으로 들어갔다.

약은 잘 달여져 있었다. 그녀는 바로 한약을 짜서 아래채 성길의 방으로 건너갔다.

"여태 안 자고 뭐 하노? 문 좀 열어라 보자."

영천댁은 소반에다 약사발을 받혀 든 채 한 손으로 문고리를 당겼다. 또 문이 잠겨 있었다. 예감이 이상했다. 그녀는 거듭 문고리를 당겨도 인기척이 없자, 손가락으로 창호지 문을 뚫고 걸어놓은 문고리를 벗겼다.

"아이구, 술 냄새!"

잠긴 문을 열어 놓고 보니 술 냄새가 등천을 했다. 영천댁은 대뜸 방안을 살폈다.

"이놈이, 이 무슨 짓이고?"

영천댁은 방안을 살피다 버럭 고함을 질렀다. 4홉들이 소주병이 쓰러져 있는 것도 놀랄 일인데, 한 잔 부어 놓은 소주잔에 이름도 모를 알약이 다섯 알이나 들어 있었던 것이다.

"길아! 길아!"

영천댁은 황급히 방으로 들어가 성길의 고개를 흔들어 보았다. 대답이 없었다. 성길은 타액을 질질 흘리며 자꾸 늘어졌다. 영천댁은 직감적으로 아들이 약을 먹었다고 생각했다.

"이런 못 된 놈이 있나? 에미 애비가 두 눈 시퍼렇게 뜨고 살아 있는데 어디서 이런 못된 짓을 한단 말이고……."

영천댁은 맨발로 큰 채로 뛰어갔다. 그녀는 큰 방 앞에서 만석어른을 깨웠다.

"보소, 좀 일어나소."

"새벽부터 와 이래 시끄럽노? 이웃 사람들 잠 깨겠다, 좀 조용해라."

"하이고, 이 양반아! 빨리 좀 나와보소. 길이란 놈이 약을 묵었꾸마,"

영천댁이 발을 동동 굴리며 만석어른을 나무랐다.

"뭐라고? 약을 묵었다고?"

만석어른은 그제서야 정신이 드는 듯 점퍼를 걸치며 아래채 성길의 방으로 건너갔다.

"이놈아, 정신 차려라 보자. 길아!"

만석어른은 성길을 안고 흔들었다. 그래도 성길은 입을 꼭 다문 채 축 늘어졌다. 만석어른은 성길을 내려놓으며 뺨을 한 대 철썩 때렸다.

"에라이 이놈아! 부모 생전에 이 무슨 짓이고……."

만석어른은 탈기된 얼굴로 성길의 방을 나왔다. 가슴이 꽉 막히고 자식이 애물 덩어리 같이 느껴졌다. 그러나 잘하고 못한 것은 사람을 살려놓고 난 다음에 따질 일이다. 만석어른은 성길을 병원으로 옮기려고 머슴들을 깨웠다.

"와 그러시는교?"

웃머슴과 꼴머슴이 눈을 비비며 봉놋방을 나왔다. 그들은 자다가 일어나서 그런지 한동안 정신이 온전치 않았다.

"길이란 놈이 우중타. 빨리 리야까에 싣고 병원에 좀 가자."

"어느 병원에 가끼요?"

꼴머슴이 성길을 받아 안으면서 물었다.

"광제병원으로 가자."

성길은 리어카에 실려 병원으로 옮겨졌다. 전날 저녁에 사경을 헤매던 수술환자가 있어서, 꼭두새벽에 달려갔는데도 병원에는 원장이 있었다. 그 덕에 성길은 재빨리 위를 세척해 낼 수 있었다. 그러나 술기운을 타고 수면제가 온몸으로 확산되고 있던 중이어서 맥박과 혈압은 자꾸 떨어졌다. 의사는 산소호흡기까지 갖다대면서 실낱같이 붙은 성길의 명줄을 잡으려고 안간힘을 다했다.

만석어른은 부리나케 인천에다 시외전화를 걸어서 큰아들 한정길 사장을 내려오게 했다. 지방병원에서 소생이 불가능하면 대도시 종합병원으로 옮겨 볼 심산이었다.

다행이 성길은 정오를 넘기면서부터 맥박과 혈압이 정상으로 돌아오기 시작했다. 큰아들 한정길 사장이 고향에 도착했을 때는 헛소리까지 내뱉었다.

"정심아, 어딧어? 나 좀 도와 줘."

만석어른과 영천댁은 그때야 마음이 놓이는지 눈물을 글썽거리며 병실을 나왔다.

"고얀 놈 같으니라구, 부모 생전에 이 무슨 짓이고 말이다……."

영천댁은 그제서야 한시름 놓은 듯 눈 밑을 찍으며 병석에 누운 성길을 나무랐다.

"됐다 마, 가만히 있거라. 그 놈도 얼마나 괴로웠으면 지(제) 목숨을 지(제) 손으로 끊을라고 했겠노……."

만석어른은 복도에 놓여 있는 장의자에 걸터앉아 담배를 한 대 피워 물며 영천댁을 달랬다. 그 때 생각지도 않던 신중사가 들어 왔다. 만석어른과 영천댁은 너무나 뜻밖인 듯 자리에서 일어나 덥석 신중사의 손을 잡았다.

"연락도 없이 웬 일인교?"

"지난주에 포항으로 근무지를 옮겼습니다. 진작 한 번 와 본다는 게 일이 바빠 못 왔습니다."

"그런교?"

만석어른과 영천댁은 같이 고개를 끄덕이며 반가워했다.

"성길은 어디가 아파서 입원했습니까? 집에 가니까 입원했다고 해서 바로 달려오는 길입니다."

"말도 마소. 우리도……."

영천댁으로부터 자세한 경위를 전해들은 신중사는 가슴이 철렁 내려앉는 느낌이었다. 남녀가 맞선을 보면 서로 보이코트할 때도 있고 당할 때도 있는데, 그까짓 일로 약을 먹고 삶을 포기하다니……. 생각할수록 어처구니없는 일같이 느껴졌지만, 신중사는 성길을 나무라지 않았다. 전쟁터에 끌려나가 불구자가 된 동료들과 선·후배들은 한결같이 자살을 염원했고, 개중에는 상상도 못할 방법으로 자기 목숨을 끊은 사례를 그는 수없이 봐 왔던 것이다.

"너무 상심하지 마십시오. 성길이가 한순간 잘못 생각했던 것 같습니다."

신중사는 넋이 빠진 성길의 부모님을 위로했다.

"안에 들어갑시더. 즈그 형이 조금 전에 내려와 지키고 있심더."

영천댁이 신중사를 데리고 병실로 들어갔다. 성길은 계속 헛소리만 중얼거려대다 잠이 들어 있었다. 숨소리도 고르고 혈압도 정상으로 회복되고 있었다.

"야야, 인사해라. 우리 길이를 집에까지 데려다 준 친구 분이시다."

영천댁이 한정길 사장에게 신중사를 소개했다.

"아, 그러세요. 한정길입니다. 동생을 위해 많이 도와주신다는 말은 들었어도 한 번 찾아보지도 못했습니다.”

“별말씀 다하십니다. 말씀 낮추십시오. 성길이와 같이 군대 생활을 한 신영굽니다.”

“그러세요. 담배라도 한 대 피우게 잠시 밖으로 나갑시다.”

한정길 사장은 영천댁에게 병실을 맡겨놓고 신영구 중사와 같이 병실을 나왔다. 한정길 사장은 만석어른 옆에서 담배를 피우기가 거북한 듯 병원복도를 나와 인근에 있는 다방으로 신중사를 안내했다.

“인천에서 기업체를 운영하고 계신다던데 잘 되십니까?”

“고전하다 이제 좀 자리가 잡혔습니다.”

“제약 계통이라 하셨죠?”

“예. 마이신 캡슐을 생산하는 조그마한 중소기업입니다.”

“어떻게 잘 운영하셔서 성길이에게도 의욕적으로 일할 수 있는 자리라도 하나 마련해 주십시오. 저보다 형님이 잘 아시겠지만, 성길이는 가정의 불명예를 벗기기 위해 자신을 희생한 장본인입니다. 사실, 법 중에서도 그런 악법이 없는 집안의 연좌제를 벗기려고 자기 자신을 그렇게까지 희생할 필요는 없는데 말입니다.”

한정길 사장은 말없이 고개를 끄덕였다.

“제 동생과 군대생활을 계속 같이 했습니까?”

“네. 파월 전까지는 같이 있었습니다.”

“그럼 제 동생의 사생활도 잘 알고 계시겠군요?”

“예, 흉금을 터놓고 지내는 사이라 웬만한 것은 다 알고 있습니다. 왜 그러십니까?”

　"이젠 헛소리가 멎었는데, 조금 전까지만 해도 동생은 정심이란 여자 분을 찾고 있었습니다. 그래서 맞선 봐서 보이코트 당한 여자의 이름이 정심이란 분인가 싶어 제 어머니에게 물어봤는데, 그렇지가 않더군요……."
　신중사는 충격을 받은 듯 잠시 혼자 생각에 잠겨 고개를 끄덕여대다 낮은 목소리로 물었다.
　"형님은 성길이가 군대생활을 할 때의 정황을 전혀 모르고 계십니까?"
　"부끄러운 얘기지만 저도 그 때는 사법고시에 합격하고도 가정사정 때문에 발령을 못 받고 방황하고 있던 때라 동생의 사생활까지 생각할 여유가 없었습니다."
　"그랬군요. 정심이란 여자 분은 성길이가 하사 때 동거를 한 여잡니다."
　"혹 거처나 주소를 알고 있습니까?"
　"왜 그러시죠?"
　"동생이 세 번씩이나 맞선을 보고도 성사가 안 되니까 그 여자 분을 찾고 있는 눈치 같아서……."
　"제대하고 고향으로 돌아오던 날도 성길은 그랬습니다. 저는 그 때 정심 씨의 거처를 알면서도 입을 다물고 있었습니다. 저의 일방적인 판단이었지만, 성길이가 정심 씨와 계속 만난다는 것은 상처만 남길 것 같은 예감이 들었거든요……."
　신중사는 더 입을 다물고 있을 수가 없어서 그 동안의 사정을 늘어놓았다. 한정길 사장은 대충 이해가 되는 듯 고개를 끄덕이다 어렵게 입을 열었다.
　"현재 제 입장에선 이런저런 문제를 떠나서 한 번 만나볼

수 있게 자리라도 만들어 주고 싶은데, 신중사 님의 생각은 어
떻습니까?”
　“글쎄요. 사경을 헤매면서도 정심 씨를 찾았다니 저도 지금
은 생각이 달라지는군요. 두 사람 사이의 깊은 관계도 정확히
모르면서 독선을 부린 것 같은 느낌도 들고…….”
　“그럼, 정심 씨의 거처를 신중사 님은 알고 계십니까?”
　“예. 정심 씨는 지금 부산 서면로터리에서 토주집을 운영하
고 있습니다.”
　“그 토주집 상호가 어떻게 됩니까? 내려온 길에 그 분을
한번 만나보고 싶은데…….”
　“형님의 생각이 그러하시다면 제가 찾아가서 그쪽의 의사
를 한번 타진해 보겠습니다. 아무래도 형님이 가시는 것보다는
제가 가는 것이 덜 어색할 지도 모르니까요.”
　“그런 일까지 수고를 끼쳐서야…….”
　“별말씀을 다 하십니다.”
　“그럼 제 차를 타고 한번 다녀와 주십시오. 저는 내일 저녁
때나 올라갈 계획이라 그 안에 차를 쓸 일은 없습니다.”
　두 사람은 어렵잖게 의견이 일치되어, 신중사는 한정길 사장
의 승용차를 빌려 타고 부산으로 달려갔다. 마침 저녁때라 정
심은 주점에 나와 있었다. 토색적인 정취가 풍기도록 실내를
꾸미고, 동동주에다 파전이나 녹두전 같은 안주를 장만해 실비
로 술을 파는 아담한 토주집이라 신중사가 도착했을 때는 일
찍 퇴근한 봉급쟁이들이 빽빽하게 주점을 메우고 있었다.
　신중사는 간신히 구석에다 자리를 잡고 정심을 찾았다. 정심
은 한복에다 앞치마까지 두르고 다가와서는 어이없이 놀라고

있었다.

"연락도 없이 웬 일이세요?"

신중사는 싱긋 웃으면서 좀 앉으라고 했다. 정심은 카운터에다 일러놓고 와서 잠시 신중사와 마주 앉았다. 신중사는 술을 한 잔 권하면서 찬찬히 정심을 바라보았다. 한복을 입고 있어서 그런지, 중년 부인 티가 흐르면서 젊은 시절의 요염한 자태는 많이 사라진 느낌이 들었다.

"장사는 잘 됩니까?"

"그런대로 되는 편인데 이젠 이 장사도 못하겠어요. 술 취한 사람들의 주정이 싫어서요."

"허! 나도 주정 좀 부리려고 왔는데 미리 그런 말을 하니 술 먹고 싶은 생각이 싹 달아나는데요……."

"농담도……. 그나저나 근무지를 부산으로 옮기셨어요? 아니면 지나는 길에 들리셨어요?"

정심은 신중사의 돌연한 방문을 아직도 의아해하는 눈치였다. 신중사는 일단 그녀를 안심시키려고 자신의 생활부터 알려주며 곧 돌아가야 된다는 것을 강조했다.

"저녁이라도 들고 가셔야지 금방 가시다뇨. 혹 그이 문제 때문에 오셨어요?"

정심은 신중사의 눈치를 살피다 단도직입적으로 물었다. 신중사는 허허허 웃고 말았다. 그가 알기로는 헤어진 지가 꽤나 오래 되었다고 생각되는데, 성길을 '그이'라고 부르는 것이 보통 관계는 아니었구나 하는 생각이 들었던 것이다.

"성길이가 제대한 소식을 들었습니까?"

"아뇨. 정신병동에 입원한 이후로는 소식도 피하고 있는 실정이에요."

"왜요?"

"그이에게 너무 많은 죄를 많이 지어 제 자신이 괴롭고, 앞으로 가까이 해야 좋을지 멀리 해야 좋을지 판단도 서지 않았어요……."

"도무지 무슨 말을 하는지 나는 이해도 안 되네."

정심은 말없이 웃음을 보이다간 그만 옷고름으로 눈 밑을 눌러댔다. 신중사는 그러고 있는 정심의 모습을 잠시 말없이 지켜보다 어렵게 말을 건넸다.

"지금 성길을 좀 도와 주어야 할 입장인데, 미즈 박의 프라이버시를 침해하는 일이 아니면 두 분의 지난날을 정확히 좀 압시다. 대관절 두 분의 관계는 어떤 사입니까?"

정심은 말할 수 없다는 듯 고개를 저었다. 신중사는 그만 애가 타서 정심에게 매달렸다.

"그럼 성길의 고향까지 같이 좀 가줄 수 있겠소? 성길이는 지금 입원해 있소. "

"왜요?"

정심은 무척 놀라면서도 동행은 망설이는 표정이었다. 신중사는 깊이 고심하다 성길이가 제대한 이후의 생활을 솔직하게 털어놓았다. 정심은 신중사의 이야기를 다 듣고는 눈시울을 붉히며 자리에서 일어났다.

"안에 들어가 준비하고 나올게요. 목이나 추기면서 조금만 기다려 주세요."

신중사는 고맙다는 듯 고개를 끄덕였다. 정심은 신중사의 술잔에 술을 한 잔 채워주고는 내실로 들어갔다.

　얼마 후 정심은 양장으로 갈아입고 나왔다. 신중사는 그녀와 같이 승용차에 올라탔다. 그녀는 뒷좌석에 앉고, 신중사는 운전기사와 같이 앞좌석으로 올라탔다.

　운전기사는 말없는 두 사람을 싣고 국도를 전속력으로 달렸다. 정심은 병상에 누워 있는 성길을 그려보다 또 흐느꼈다. 불현듯 그와 처음 만났을 때가 떠오르고, 그의 소식을 의식적으로 피하려고 했던 그 동안의 생활이 가슴을 짓눌러왔던 것이다…….

　거리에 어둠이 깔렸다.

　주점 와이키키의 창문에는 선정적인 불빛이 흘러나왔다. 홀에는 낮부터 술손님이 가득 찼다가는 빠지고, 빠졌다가는 또 들어차며 왁자지껄한 분위기가 하루 종일 계속 되었다.

　술손님들은 대부분 팔도에서 몰려온 입대 장정들이었다. 내일 오전 11시 해병 제○○○기 입소식이 있기 때문이었다.

　이런 현상은 진해 시내 어느 주점이든 마찬가지였다. 달포마다 해군과 해병대가 번갈아 입소하는 진해는, 항시 입소 전야만 되면 팔도에서 몰려온 장정들로 소란했다. 주점은 사회에 대한 미련을 버리고 입대하는 젊은이들로 꽉꽉 들어차곤 했다.

　주점 와이키키도 예외는 아니었다. 어두워지면서부터 몰려온 젊은이들이 밤 9시가 되자 빈자리 하나 없을 정도로 홀을 메웠다. 정심은 그런 젊은이들과 어울려 하루종일 영업을 하느라 약간 취해 있는 상태였다. 캬, 캬……독한 도라지 위스키를 물처럼 마시는 그들과 마주 앉아 때로는 깔깔깔 웃어주고, 때로는 흑흑 흐느껴 주면서 대여섯 잔 받아 마신 술이 그때까지 깨지 않은 것이다.

　그녀는 한 무리의 장정들이 빠져나가자 카운터로 나왔다. 째즈가 난무하고 있던 홀은 담배연기가 자욱했고, 음악이 바뀌고 있었다. 마루 바닥을 굴리는 듯한 로큰롤 계열의 째즈가 흐르더니 경쾌한 휘파람 소리와 함께 '콰이 마치'가 울려 퍼졌다.

　음악은 정말 신비한 힘을 갖고 있다 싶었다. 뿌얀 흙먼지를 일으키는 발자국 소리와 휘파람 소리 속에 수많은 포로들이 어디론가 행군해 가는 듯한 콰이 마치는, 그녀마저 어디론가 끌고 가는 듯한 느낌을 안겨주었다.

　이 봐요? 제주도가 고향인 군인 아저씨!

　그녀는 콰이 마치에 끌려 한없이 좋아가다 소리 높여 외쳤다. 그러나 그녀가 애타게 불렀던 병사는 뒤도 돌아보지 않고 가버린 느낌이었다.

　언제나 그랬었다. 술에 취해, 밤새 그녀의 젖무덤에다 동정 같은 입김을 쏟아놓던 군인들은 새벽이면 뒤도 돌아보지 않고 떠나갔었다. 그녀는 자신을 소유하고 떠난 군인들의 얼굴을 생각하다 정신을 차렸다.

　음악이 바뀌어 있었다. 시계는 10시 30분이었다. 아직도 통금시간까지는 한 시간 반이 남아 있었다.

　그녀는 머리칼을 쓸어 올리며 내실 뒤쪽으로 뚫린 통로를 따라 뒤란으로 들어갔다. 운이 좋으면 아직도 입대하는 장정들을 한두 패거리 정도는 더 받을 시간인데 정신이 몽롱할 만큼 술기운이 끓어올랐던 것이다. 그녀는 치약을 짜서 양치질을 하면서 혓바닥을 긁어냈다.

　울컥 매스꺼움이 밀려왔다. 그래도 계속 혓바닥을 자극하니까 뱃속에 든 음식물이 왈칵 넘어왔다. 그녀는 아낌없이 토사물을 뱉어냈다. 좀더 술을 마시고 손님을 받기 위해서는 그렇게 뱃속에 든 술기운을 토해낼 수밖에 없었던 것이다.

입을 가셔낸 후, 그녀는 내실로 들어가 화장을 손질하고 옷을 바꾸어 입었다. 지금껏 입고 있던 춘추용 스웨터와 미니스커트를 벗어버리고, 과감하게 가슴을 노출시킨 실크류의 롱 드레스를 꺼내 입었다.

옷을 다 입고 거울 앞에서 포즈를 잡아보니 두어 살 완숙해 보였다. 머리 탓이라고 생각했다. 파마가 풀리면 이번에는 짧게 커트를 해야지. 그녀는 군항제 때 애인을 면회하러 왔다가 호스테스로 풀린 4년 전을 회상하며 머리를 빗었다.

열 일곱 살 때였다. 결혼까지 약속했던 애인은 부대주소마저 감추고 달아났고, 여관방에서 실연의 아픔을 못 이겨 몇 며칠 동안 울고 있었던 그녀는 그만 여관주인한테 붙잡힌 신세가 되고 말았다. 그 빚을 갚기 위해 그녀는 자의반 타의반으로 여관의 종업원이 되었고, 어느 날 여관주인의 소개로 옮겨 앉은 곳이 지금의 와이키키였다.

4년 동안의 와이키키 생활은 술 취한 군인들의 입김만 가슴팍으로 받아낸 느낌이었다. 그 대가는 화려한 의상 몇 벌과 침대가 놓인 월세방 한 칸 뿐이었다. 그나마 월세방을 빨리 전세로 돌려야지, 그렇잖으면 매달 꼬박꼬박 나가는 월세 때문에 인기 있는 7번 자리도 뺏길 지경이었다. 한번씩 군항제를 치르고 나면 참신한 인물들이 무수히 밀려오는데, 그런 앳된 인물들 때문에 자리가 위태로웠던 것이다.

영업실적에 따라 고유번호가 결정되는 와이키키 생활은 한 마디로 말해 보이지 않는 전쟁을 치르고 있는 느낌이었다. 10여 명의 호스테스 중에서 제일 멋지고 화려한 의상을 입을 줄 알아야 하고, 누구와 대결해도 이길 수 있는 몸매와 미모도 지녀야 한다. 매상고 또한 누구보다 높여야 한다.

그러기 위해서는 그녀 또한 적잖이 경비를 뿌려야 한다. 발길이 뜸한 단골들에게는 짜릿한 자극과 은밀한 서비스로 찾아오게 만들어야 하고, 찾아온 단골손님들은 내일을 걱정하지 않고 돈을 쓰게 만들어야 하는 것이다. 그렇잖으면 붙임성이 없는 데다 자극을 좋아하는 군인들을 단골손님으로 묶어놓을 수가 없는 것이다.

젊은 시절, 낯선 도시에서 몇 년간 군대생활을 하고 떠나가는 병사들의 봉급은 한 달 생계를 꾸리는 생활비가 아니다. 그건 마치 한 번 쓰고 버리는 휴지와 같다. 있을 때는 쓰고, 없을 때는 안 쓰는 것이 미혼의, 영내 거주 병사들의 봉급 활용 유형이었다.

그래도 의식주가 보장되기 때문에 생활에 지장은 없는 것이다. 그런 봉급은 누가 먼저 거둬들이느냐가 중요했다.

군대가 주둔하고 있는 도시의 호스테스들은 모두가 일선에서 그런 돈을 거두어들이는 비즈니스 결과 같다. 미끈한 몸과 웃음으로 봉급은 받은 그 날로 다 쓰게 만들고, 그 이후는 고향에서 갖다 쓰도록 조종해야 하는 것이다. 자의식이 약한 애송이들은 섹스로 이성을 흐트러뜨려 인연을 맺게 하는 것이다. 그래야 7번 자리를 유지하며 인기 있게 살아갈 수 있는데, 그런 작업은 대부분 입대 전야부터 시작된다. 한두 시간씩 서비스를 해주며 가정이 부유해 보이는 장정들을 면밀히 찾아내는 것이다.

달포마다 해군과 해병대가 번갈아 가며 입소하는 진해는 그런 작업을 하기에 참 편리한 도시다. 진해가 군항으로 발전하면서 그런 행사가 계속 이어져 왔던 것이다. 그녀는 그런 행사 때마다 인물을 찾고, 리스트를 만들고, 타지방으로 전출명령을 받지 않으면 꼭 그 병사들이 찾아와 기분 좋게 놀다가 가도록 은밀하게 밑작업을 해왔던 것이다.

그런 밑작업이 그녀가 2년 동안 7번 자리를 유지한 비법이었는데, 그 날은 이상하게도 수확이 없었다. 너댓 번 예비고객들 테이블에 앉았으나 전망이 있어 보이는 입소 장정이 보이지 않았던 것이다. 모두가 생활에 닳고, 입대라는 현실 앞에서도 강하게 자신을 다스리는 유형의 남자들뿐이었다.

그런 인물들은 건실한 생활인의 입장에서 보면 백 점을 받을 남자들이다. 자유와 젊음을 만끽할 수 있는 사회생활을 하직하고 떠나는 마지막 밤에도 흔들리지 않게 자신을 다스릴 수 있다는 것은 상대적으로 그만큼 유혹의 손길이 스며들 틈새가 없기 때문이었다.

그런 인물들은 거북하기만 했다. 한 마디로 말해 피로한 것이다. 그런 인물들보다는 내적갈등이 심한 남자들 — 일테면 입소하면 금방 죽을 듯이 입대를 서러워하고 고통스러워하는 젊은이들이 유혹의 손길에 약하고, 한번 인연만 맺어놓으면 군대생활 전 기간 동안 고향에서 돈을 갖고 와 뿌려 주는데 그 날은 그런 실팍한 인물들이 걸려들지가 않았던 것이다.

팬티 속에는 생활에 닳고닳은 입소 장정들이 던져준 팁 몇 푼뿐이었다. 잘못하다가는 그런 팁 몇 푼 들고 집으로 돌아갈 형편이었다. 그래서는 안 된다. 남은 한 시간 반 동안 부지런히 노력해서 참신하고 전망 있는 인물을 찾아내어야 하는 것이다. 그렇지 않으면 달포만에 찾아온 대목도 소득 없이 끝나버리는 것이다. 그녀는 쫓기는 심정으로 카운터로 나왔다.

"정심이 뭐하니? 빨리 저 손님 모셔!"

언니가 닦달했다. 정심은 웃음을 뿌리며 출입문 쪽으로 나갔다. 문 앞에는 술이 약간 취한 건장한 장정이 한 사람 서 있었다.

"어서 오세요."

정심은 그의 곁으로 다가가 다짜고짜 허리를 껴안았다.

"내일 입대하세요?"

장정은 그녀가 끄는 대로 따라가며 고개를 끄덕였다.

"이쪽으로 앉으세요."

그녀가 아늑한 자리에다 장정을 앉히고 같이 앉았다. 장정은 노 브레지어인 그녀의 가슴을 잠시 바라보다,

"무슨 술이 있소?"

하고 허스키한 목소리로 물었다.

"위스키, 맥주, 매실주……. 허지만 맥주는 비싸요. 가능하면 드시지 마세요."

"매실주나 한 병 줘."

정심은 카운터에다 술을 주문해 놓고 물수건을 들고 왔다.

"공부하는 학생이신가 봐?"

그녀는 일방적으로 장정의 손을 뺏어 정성스럽게 닦아주며 살풋 웃었다.

"어떻게 알았지?"

"손을 보구요. 맞았죠?"

정심은 부드럽게 웃으며 언니가 들고 온 술을 받아 놓았다.

"전주가 있으신 것 같은데 가능하면 술은 조금만 마시세요. 저와 이야기를 하며 보낸 이 시간도 입대하고 나면 좋은 추억이 될 거예요……."

정심은 장정의 잔에다 술을 따르며 찬찬히 그를 뜯어보았다. 귀티가 흐르고 고생 없이 성장한 대학생 같은데, 두 눈에는 말 못할 비애와 분노가 배어 있었다.

얄궂어라. 귀공자 같이 잘 생긴 남자가 어떻게 나이에 걸맞게 수심을 품고 있다니……실연이라도 했는가?

그녀는 혼잣생각에 잠겨 있다가 그가 석 잔 째 술을 비웠을 때 의식적으로 말을 시켰다.

"춤출 줄 아세요?"

"트위스트 정도는……."

"그럼 됐어요. 일어나세요. 더 마시면 취하실 얼굴이에요."

정심은 장정의 팔을 끌어당겼다. 장정은 못 이기는 척 끌려왔다. 정심은 그를 밀실로 안내했다.

"어떠세요?"

그녀가 물었다. 비밀 댄스홀처럼 생긴 밀실에는 명일 아침 입소할 장정들이 파트너와 함께 춤을 추고 있었다. 그들의 이마엔 땀이 번들거렸고, 신나게 트위스트를 추어대다 곡이 바뀌자 블루스로 바꿔 추고 있었다. 장정은 얼떨떨한 표정으로 밀실의 분위기만 살피고 있었다.

"갑갑해 보여요. 상의 좀 벗으세요."

그녀가 장정의 상의를 벗겼다. 장정은 마지못해 옷을 벗어

주었다. 그녀는 옷걸이 쪽으로 걸어가며 장정의 상의 속주머니를 보았다. 두툼한 지갑이 들어 있었고, 한성길이라는 이름이 새겨져 있었다. 그녀는 지갑을 꺼내며 그의 이름을 두어 번 되뇌었다.

"지갑은 바지 뒷주머니에다 넣으세요."

그녀는 지갑을 건네주었다. 그리고는 스스럼없이 그의 팔을 받아 스텝을 밟아 나갔다.

"애인은 진해에 내려오지 않았어요?"

그녀가 그의 가슴에 얼굴을 묻으며 물었다 그러나 그는 대답이 없었다.

"휴학계를 내놓고 입대했어요?"

"……."

"오늘 저녁 주무실 여관은 정해 놓았어요? 진해는 이상한 도시라서 댁에처럼 입대장정이 몰리는 밤엔 여관이 만원이에요."

"……."

"진해에 친척은 없으세요? 친척이 계시면 내일 아침에라도 일찍 친척을 찾아가 가진 소지품과 돈을 맡겨 놓고 가세요. 그렇잖으면 질 나쁜 조교들한테 다 뺏겨요."

"……."

"해병대는 훈련이 힘들다고 해요. 그래도 열어놓은 뒷문으로 빠져 나오지는 마세요. 가입소(假入所) 때는 고향 앞으로 가는 문을 열어놓고 있지만, 그건 해병대신병훈련소가 당신의 의지력을 시험하는 함정이어요……."

"……."

"신병훈련이 끝날 때쯤 적성검사를 할 거예요. 그때 신상카드에는 나이와 주소와 학력을 거짓없이 적어도 기성부대에 떨어져서는 대학교 다니다 입대했다는 사실을 가능하면 숨기세요 해병대는 특히 대학교 다니다 입대하신 분들이 곤욕을 치르는 곳이에요……."

"왜?"

정심은 속으로 휴우, 하고 길게 숨을 내쉬었다. 꼭 다물고 있던 성길의 입을 그때야 열은 것이다.

"개가 되라고요."

"뭐, 개가 되라고?"

"우습죠?"

성길은 약간 놀라는 표정이었으나 이내 안정을 찾았다.

"댁에처럼 대학교 다니시던 분들은 육군이나 공군들처럼 3년 넘게 군대생활을 하지 않고 27개월만에 병역의무를 끝마친다고 애써 해병대에 지원하지만, 먼저 들어온 선배들의 입장에선 댁에 같은 최고의 지성인들을 귀신 잡는 해병으로 육성시키려면 무척 힘이 드는가 봐요. 논리적으로 따지고, 대학생 특유의 낭만과 강한 자부심 때문에 말이에요……."

"어떻게 그런 것까지 알지?"

"한 때 저를 사랑했던 애인도 해병대였고, 이 카페에 자주 놀러 오는 손님들도 해병대가 많으니까요."

"아직 잠 잘 곳을 마련해놓지 못했는데 어떻게 하면 좋지?"

그가 손을 풀면서 물었다. 그녀가 앙큼스럽게 웃으며 상의를 가지고 왔다.

"여긴 더워요. 나가서 상의해요."

두 사람은 다시 홀로 나왔다. 성길은 테이블에 앉자마자 술
잔을 비웠다.

"잠자리가 걱정되어서 그러세요? 왜 그렇게 술을 폭음하세
요?"

성길은 대답 않고 또 술을 부어 마셨다.

"잠자리 때문에 그렇다면 제가 해결해 드릴게요. 그런 식으
로 술은 폭음하지 마세요……."

그녀는 성길의 술잔을 뺏어 대신 마셨다. 그녀의 그런 친절
은 엉뚱한 결과를 불렀다. 성길은 명일 아침까지 자신을 보호
해 줄 사람을 만난 듯, 몸 걱정 않고 술을 마셔댄 것이다. 그
리고는 마신 술을 감당 못해 자정 무렵에는 막 토해내기 시작
했다.

정심은 택시를 불러 자신의 방으로 성길을 데리고 갔다. 잘
아는 여관에다 내려놓고 가도 되지만, 성길에게는 끝까지 친절
을 베풀 생각이었다. 훈련만 마치면 틀림없이 찾아올 가망성이
있어 보이던 유망한 예비고객이었던 것이다.

그녀는 집에 도착해 그의 양말과 바지를 벗겨주며 연방 웃
었다. 가정사정과 성장과정을 파악하지 못해 얼마짜리 고객인
지는 몰라도, 길만 잘 들여놓으면 심심찮게 돈을 뿌려 줄 부잣
집 막내둥이 같은 느낌이 들었던 것이다.

이 봐, 한 성길! 내 품에서 놀면서 군대생활 끝마쳐. 알았지?

그녀는 한 잎 두 잎 옷을 벗어 던지고 그의 곁에 누웠다. 그
래도 성길은 세상 모르고 코만 드르렁거리고 있었다. 정심은
풋술에 곯아떨어진 성길의 모습이 어린아이처럼 귀엽고 순진

해 보여서 그의 이마에다 키스를 한 번 해 주었다.

이튿날 새벽 성길은 갈증에 못 이겨 잠이 깨었다. 그는 어둠 속에서 주위를 더듬었다. 정심은 놀란 듯 다시 일어나 불을 켰다. 성길은 브레지어도 차지 않고 서 있는 그녀를 보고 부르르 몸을 떨었다.

"여기가 어디요?"

"제가 사는 집이에요."

"미안하지만 물 좀 주시오."

그녀는 머리맡에 준비해 놓은 물병과 컵을 집어주었다. 거푸 두 잔을 부어 마신 성길은 그녀를 바라보았다. 풍만한 가슴을 자랑하듯 내보이는 그녀가 너무 대담하고 요염해 무서운 느낌까지 밀려왔다.

"내가 어떻게 여기까지 왔죠?"

"전혀 기억이 없으세요?"

그녀가 그의 곁으로 다가앉으며 물었다. 그는 고개를 저었다. 그녀는 누워서 이야기하자면서 이불을 당겨 덮어주었다.

"자정이 가까워 올 무렵 심하게 오바이트를 하시면서 길바닥에 쓰러졌어요. 여관에 모셔 드리면 아침에 못 일어날 것 같아 어쩔 수 없이 제 방으로 모셨어요. 술은 많이 드시지 말라고 여러 번 말씀 드렸는데 왜 그렇게 폭음을 하셨죠?"

"나도 모르겠소. 지금 몇 시쯤 되었소?"

정심은 벗겨놓은 그의 시계를 건네주었다. 새벽 3시 40분이었다. 오전 11시까지 집결이니까 아직도 대여섯 시간은 남아 있는 셈이었다. 그녀가 몸을 움츠리며 말했다.

"추워요. 빨리 누워요. 잠드시면 아침에 시간 맞춰 깨워 드릴게요."

그는 마지못해 다시 누웠다. 그녀가 몸을 떨면서 그를 꼭 껴안았다. 그러다 다시 일어나 불을 끄고, 이불을 끌어당겨 그의 어깨를 덮어주었다. 그녀의 유방이 팔에 닿을 때마다 그는 진저리를 쳤다.

정심은 다른 날보다 일찍 일어나 조반을 지었다. 성길은 그녀가 지어준 조반을 먹고 입소했다.

그녀는 낮 동안 집에서 쉬면서 목욕을 다녀왔다. 이상하게 그의 얼굴이 지워지지 않았고, 새벽에 그와 같이 즐긴 정사가 찌릿찌릿한 쾌감을 안고 그때까지 밀려오는 느낌이었다.

그녀는 침대를 털면서 혼자 웃었다. 순박하면서도 뜨거운 가슴을 지닌 남자! 뻣듯이 자신을 소유하고 떠난 그는 지금 어설픈 가입소(假入所) 생활을 시작하며 훈련병이 되어 갈 것이다. 그녀는 성길이가 고되게 훈련을 받을 때쯤 면회나 한번 가봐야겠다고 생각했다.

그녀가 면회를 가지 않아도 가족 중에 누군가가 면회를 갈 것이다. 그러나 가족이 면회를 가는 것과 그녀가 면회를 가는 것은 엄청난 차이가 있을 것이다. 가족은 당연히 와 줄 것으로 기대하고 있기 때문에 그렇게 고마움을 못 느끼는데, 생각지도 않던 그녀가 예고도 없이 불쑥 찾아간다면 그는 끔벅 죽을 듯이 고마워하며 평생 잊지 못할 것이라고 생각했다.

그러면 그는 분명히 다시 찾아올 것이다. 그런 생각은 그녀의 체험에서 얻어진 직감이었다. 와이키키를 찾아오는 그녀의 단골들은 대부분 그런 인연으로 맺어진 손님들이니까.

그런데 생각지도 않던 이변이 일어났다. 한참 땀을 흘리며

훈련을 받고 있어야 할 그가 일주일만에 다시 얼굴을 내민 것
이다. 그녀는 그가 신병훈련을 못 이겨 중간에 포기한 것이라
고 판단했다. 허우대는 훤칠한 사람이 어찌 그렇게 의지가 약
할까? 그녀는 조소가 섞인 표정으로 물었다.

 "웬 일이세요? 벌써 훈련이 끝났어요?"

 성길은 말이 없었다. 저주와 원망이 서린 시선으로 그녀를
노려보고 있었다.

 "이제 보니 훈련이 고되어서 중도에서 포기하셨군요. 딱하
기도 하셔라……."

 그녀는 깔깔깔 웃었다. 다른 사람 다 받는 훈련을 못 이겨서
중도에 포기하다니. 그 훤칠한 골격과 인물이 아까워요. 그녀
는 무슨 재미있는 일이 벌어진 듯 연방 비아냥거렸다.

 "못된 계집! 일 푼의 뉘우침도 없이 웃어?"

 성길은 계속 깔깔거리고 있는 그녀의 뺨을 후려쳤다. 그래도
분노가 풀리지 않아서 그는 그녀의 멱살을 잡고 집어던질 기
세로 달려들었다.

 "왜 이러세요. 제가 뭘 잘못했다고 때려요?"

 그녀가 그의 팔을 붙잡고 소리쳤다. 성길은 손자국이 벌겋게
피어난 그녀를 더 때릴 수가 없어서 의자에 밀어버렸다.

 "왜 그래요?"

 마담이 뛰어나와 그를 말렸다. 그는 금방 울어버릴 듯한 표
정으로 술을 찾았다. 마담은 마지못해 술을 갖다주었다.

 "왜 때려요? 이런 데 나와 있는 여자는 함부로 때려도 되
는 거예요?"

 그가 술을 한 잔 부어 마셨을 때, 그녀가 울면서 덤벼들었

다. 성길은 기가 막히는지, 술잔을 꽉 움켜쥐며 되물었다.

"너, 내가 왜 훈련도 못 받고 쫓겨 나온 줄 아니?"

"그걸 제가 어떻게 알아요."

"임마, 아무리 술을 파는 여자지만 입대하는 놈한테는 한 마디 충고라도 해줘야 할 게 아냐? 몸이 그러면……."

성길은 드러내 놓고 말할 수도 없어서 또 술을 마셨다. 그녀는 비로소 짚이는 게 있는지 누그러진 목소리로 물었다.

"몸에 이상이 있어요?"

"그래, 임마!"

정심은 고개를 숙였다. 가입소생활이 끝나면 신병훈련소에서는 정밀신체검사가 실시되는데, 그는 성병 때문에 '신병 훈련 이수 부적격자'로 판명되어 탈락된 것 같았다.

"죄송해요. 정말 고의는 아니었어요."

그녀는 용서를 빌었다. 닳고닳은 사내 같으면 딴 소리라도 해보겠지만, 자신도 모르게 성길에게는 그래서는 안 된다는 생각이 들었던 것이다.

"다른 사람에겐 그러지 마라. 아가씬 대수롭잖게 생각할지 모르지만 남자들에겐 일생을 좌우할 중요한 일이야. 귀띔이라도 해줬으면 약이라도 먹고 입소했을 것 아냐?"

"정말 죄송해요. 저는 몸이 완전히 치료된 줄 알고 댁의 요구를 받아들였어요."

"이젠 그만 해. 아까는 화가 나서 손찌검을 했는데 미안해. 이걸로 술값을 계산해."

성길은 지폐 몇 장을 빼주고 일어났다. 어디로 가야 좋을지, 판단마저 서지 않았다. 성병을 치료한 뒤 다시 입대하라는 명

령을 받아서 훈련은 더 받을 수도 없고,

고향에는 부모님 보기가 죄송스러워 돌아갈 수도 없었다. 입소 전야의 과음과 방탕이 이렇게 무서운 결과를 몰고 올 줄은 꿈에도 생각지 못했던 것이다. 그는 외롭고 막막한 심정이어서 또 한숨을 내뱉었다.

"가지 마세요. 제 방에서 치료라도 하고 떠나세요. 그냥은 마음이 아파 보내 드릴 수가 없어요."

그녀는 와이키키를 나서는 성길을 붙잡고 애원하듯 매달렸다. 따지고 보면 서로가 잘못이 있지만, 성길에게는 치료라도 해줘야 마음이 놓일 것 같았다.

"그래도 돼?"

"네에. 제 방보다 은밀하게 치료를 할 수 있는 곳이 있다면 잡지 않겠어요. 허지만 고향으로 돌아가서 치료하실 형편이면 여기서 치료하시고 떠나세요. 그게 오히려 부모님 뵙기에도 덜 난처할 거예요."

성길은 용단을 내리지 못하고 서 있었다. 입대한다고 이웃이 시끄러울 만큼 송별인사를 하고 떠나왔는데, 일주일만에 다시 얼굴을 내밀면 체면이 말이 아닌 것이다.

"제가 알고 있는 병원을 소개해 드릴게요. 걱정 마시고 치료나 하고 떠나세요."

그녀는 옷을 갈아입고 주점을 나왔다. 성길은 일단 성병이나 치료하고 보자면서 그녀에게 몸을 맡겼다. 같이 병원에 가서 정밀검사를 하여 보니 성병은 악성임질이었다.

이튿날부터 정심은 그의 병을 치료하는데 정성을 쏟았다. 주점에도 나가지 않고 시간 맞추어 밥을 지어 주며 병원에도 따

라 다녔다. 다행히 성길은 친척들이 준 송별금을 많이 지참하
고 있어서 치료비 걱정은 안 해도 되었다.

성길은 성병이 다 나은 후 다시 입대했다. 그녀는 성길을 송
별하고 들어와서 방을 정리했다. 두 달 반 동안 신혼을 즐긴
기분이었다. 그의 신상에 대해서도 많이 알았다. 허지만 그의
얼굴에 짙게 깔려 있는 우수의 실체는 알 길이 없었다. 더구나
그녀를 당혹하게 한 것은 그가 재입대해서는 훈련도 끝나기
전에 장기하사관으로 돌아선 것이다.

휴학계를 내놓고 온 대학생이 장기복무를 지원하다니? 도대
체 정신이 있는 것인가, 없는 것인가?

그녀는 면회를 마치고 나오면서 계속 고개를 갸우뚱거렸다.
도무지 이해가 되지 않았고, 그것도 자신이 성병을 옮겨 주었
기 때문에 그렇게 되었는가 싶어 잠이 오지 않았다. 그때부터
그녀는 진정한 원인이 어디에 있는가를 알기 위해 그의 신상
을 깊이 파고들기 시작했다.

그녀가 짐작한 대로 그는 시골 부잣집 막내아들이었다. K
대학교에서 행정학을 전공하다가 휴학계를 내놓고 입대했는데,
그녀는 그런 그가 장기하사관으로 돌아선 진정한 원인을 파악
하기 위해 그의 고향까지 찾아가 호적등본을 떼어보며 은밀하
게 신원을 파악하던 중 어이없는 사실 앞에 놀라고 말았다.

왜냐하면 그의 삼촌은 6 · 25 때 인민군에 의해 사살된 것으
로 인정되어 무덤까지 만들어 놓고 제사를 지내왔는데, 1년 전
에 남파된 생포 간첩에 의해, 그의 삼촌은 사살된 것이 아니라
위장 월북한 것으로 드러났으며, 현재 이북의 대남공작기관에
서 경북 담당 과장으로 일하고 있다는 것이 뒤늦게 확인되어

그의 집안은 난데없는 연좌제의 사슬에 묶여 가족 전체가 몸살을 앓고 있다는 사실도 알게 되었던 것이다.

그녀는 그제서야 성길의 얼굴에 짙게 깔려 있는 우수의 실체를 알 수 있을 것 같았다. 그는 삼촌 때문에 연좌제의 규제를 덜 받는 분야로 전공과 진로를 바꾸어야 했는데, 그런 와중에서 번민하다 군에나 갔다온 뒤에 생각하자 하고 복무기간이 짧은 해병대 수병으로 지원 입대한 것이다.

그런데 그녀가 옮겨준 성병 때문에 그는 또다시 쓰디쓴 아픔과 충격을 받은 것이다. 그런 예기치 못한 사고 때문에 그는 그녀의 방에서 성병을 치료하면서 그녀와는 어렵잖게 사실혼의 관계에 빠지게 되었는데, 이 기간 동안 그는 재산·권력·명예 중 어는 것을 선택할 것인가 하고 고민하다 결국에는 명예 쪽을 선택한 것이다. 재산은 그의 부친이 물려주는 유산으로도 평생을 걱정 없이 살 수 있다고 판단했던 것이다. 그리고 고급공무원이 되어 관료사회로 진출하고 싶었던 야심은 삼촌 때문에 포기하지 않을 수가 없었던 것이다.

결국, 그는 빨갱이의 후손이라는 불명예를 회복하기 위해 직업군인이 되기로 작심한 것이다. 평생 조국과 국민을 지키는 직업군인으로 살아가다 보면 자기 자식들은 연좌제에 묶여 관료사회나 교육계, 그리고 해외유학이나 사관학교에 입학할 수 있는 기회를 박탈당하지 않을 것이라고 생각했던 것이다.

그가 그런 결정을 내리게 된 데에는 두 가지 요인이 크게 작용했다. 조교의 감언이설처럼, 그는 연좌제에 묶여 있기 때문에 당장은 장교로 입대할 수는 없어도, 하사관으로 복무하며 성실성과 실력을 인정받게 되면 부대장의 추천에 의해 간부후보생으로 진출이 가능하다는 조교에 말에 마음이 흔들렸고, 또 하나는 정심의 낭창낭창한 허리와 터질 듯이 탱탱한 젖가슴을 소유하며 주지육림에 빠져 있어 보니 군대생활도 그렇게 싫은 느낌이 들지 않는 것이다. 전쟁이 터지면 일선에 나가 죽을지언정, 그 전까지는 계집의 젖꼭지나 빨면서 탕아처럼 술에 취해 살면 연좌제가 주는 고통도 쉽게 잊을 수가 있을 것이라고 생각했던 것이다.

"개자식들! 제 놈들이 정치 잘못해서 사회 혼란하게 하고, 또 김일성의 남침기도를 사전에 예측하지 못해 6·25 터지게 해놓고……정작 전쟁 터지니까 작전이란 미명으로 한강다리 끊어놓고 제 놈들이 먼저 국민들 우롱하면서 달아났으면서도, 이제 와선 유례를 찾아볼 수 없는 악법 만들어 무수한 국민들만 죽도록 괴롭혔지? 퇘에이, 이 개 같은 새끼들아! 너들끼리 잘 해처먹고 살다가 역사의 칼이나 맞고 자빠져라……."

하고 그는 자유당 정권의 실세들을 저주하며 신병훈련소에서 바로 말뚝을 박아버린 것이다. 그녀는 그런 사연을 다 알고 난 뒤부터는 성길의 얼굴에 짙게 깔려 있는 우수를 걷어주고 싶은 마음 때문에 연민의 정을 느끼기 시작했다. 고등학교를 중퇴한 그녀의 식견으로 생각해 보아도, 그는 정말 우리 사회의 지배세력들이 공권력을 앞세워 오징어 다리처럼 질겅질겅 씹다가 뱉어놓은 존재 같았다. 허지만 호스테스 신분인 그녀가 그를 도울 수 있는 길은 없었다. 가정환경, 학벌, 성장환경 등이 모두 넘지 못할 장벽이 되어 그녀에게 아픔만 안겨주는 꼴이었다.

그녀는 그런 연민의 정 때문에 한동안 고민하다 끝내는 이를 깨물고 말았다. 그가 군에 있을 때까지라도 같이 있으면서 돈이라도 벌어보자고 생각한 것이다. 두 달 반 동안의 동거 생활 때문에 그녀도 적잖게 마음이 흔들렸는데, 지금 와서 냉정하게 생각해 보니까 그 같은 남자에게 깊은 정을 주다가는 자신만 골병이 들 것 같았던 것이다.

그녀는 며칠 후 또 성길을 면회하러 갔다. 그는 고된 해병대 하사관 교육에 시달려 야윌 대로 야위어 있었다. 그녀는 기름에 튀긴 통닭 몇 마리를 동료들과 같이 먹으라고 전해주면서 군번과 소속을 적었다. 그리고 시내로 나와 해병대 인사계에 근무하는 정상사에게 전화를 걸었다.

정상사는 그녀를 좋아하는 단골고객이었다. 그런데다 인사담당이었다. 그 날 밤 그녀는 정상사를 융숭히 대접하면서 성길의 인사문제를 부탁했다. 휴일 날 그가 외출 나와 와이키키를 찾아올 수 있게끔 교육이 끝나면 그를 진해에 떨어뜨려 줄 것을 부탁했던 것이다.

그녀의 요구는 관철되었다. 그는 그녀의 원격조정 속에 움직이는 피에로처럼 아무 것도 모른 채 주말만 되면 그녀를 찾아와 엄청난 매상을 올려놓고 돌아가곤 했다. 단조롭고 권태로운 군대생활이, 월북자의 후예라는 그의 우울이, 그를 방황과 타락의 길로 빠져들게 했던 것이다.

그가 그런 생활로 세월을 보내고 있을 때 4·19와 5·16이 일 년 간격으로 지나갔다. 군사정권은 2년 만에 종식되고, 옷만 바꿔 입은 제3공화국 정권은 집권 1년 만에 한일회담 반대 데모에 시달리기 시작했다. 그런 북새통에 성길은 고참하사가 되었고, 어느덧 영외거주권까지 얻게 되었다.

그녀는 기다리고 있었던 사람처럼 동거생활을 제의했다. 그는 망설이지 않고 수락했다. 그는 술과 여자와 도박이 없으면 하루도 못 견디는 사람으로 변질되어 있었다.

그녀는 한 남자의 일생이 정말 이상하게 망가져 간다는 생각이 들었다. 그렇지만 그런 방법이 아니고는 그같이 마음에 드는 남자와 동거조차 못한다는 강박관념 때문에 깊이 생각해 볼 여유가 없었다.

그때 그녀는 그의 삼촌과 숙모가 북한에 생존해 있다는 사실을 알았다. 그 때문에 그는 간부후보생 시험에 누차 실패했다. 실패의 원인은 부대장이 추천서를 써 주지 않았기 때문이었다. 그는 그 날 자작 술을 마시면서 이해하지 못할 말을 횡설수설했다.

"정심아, 우리 삼촌이 김일성에게 충성하고 있는 것 이상으로 내가 대한민국에 충성하면 간부후보생이 될 수 있을까?"

"왜 그러세요?"

"빌어먹을! 신체검사, 학과시험 다 합격했는데 추천서 써 줄 사람이 없어 장교가 될 수 없어. 고등학교 나온 놈들도 장교가 되는데 말이야……."

"부대장이 추천서를 써 주지 않는 이유가 뭐예요?"

"자기들의 진로에 무슨 화라도 생길까 봐 그러지……."

"그 사람들은 당신 삼촌이 빨갱이니까 조카도 빨갱일 것이라고 보고 있는 모양이죠?"

"모르지, 내가 그걸 어떻게 알아……."

그는 절망감에 망가진 표정으로 매일같이 술타령만 해대다 백령도로 발령이 나서 그녀 곁에서도 떠나고 말았다. 그 무렵 월남에 파병이 시작되었다. 일년 남짓 백령도에 들어가 있던 그는 의기양양한 표정으로 다시 나타났다. 스스로 월남전에 참전하겠다면서 지원했다는 것이다. 그리고 포항으로 훈련을 받으러 내려가면서 잠시 얼굴을 내민 것이라고 말했다.

"남의 나라 전쟁에 뭐 하려고 지원했어요?"

그녀는 1년 만에 다시 만난 그와 잠자리를 같이 하면서 투덜거렸다. 지원했다는 말에 그녀 자신도 모르게 속이 상했던 것이다.

"남의 나라 전쟁이 아냐."

"그럼 우리나라 전쟁이에요?"

"그래. 월남에서 터졌지만 우리나라에서 터진 것과 마찬가지야."

"어째서요? 코쟁이가 일으킨 전쟁이라던데 성길 씨가 무슨 상관이 있어요?"

"어느 놈이 일으켰던 그건 중요한 게 아냐. 단지, 코쟁이가 즈네들의 이권을 위해 개입했기 때문에 내가 흥분하는 거야."

"왜 그렇죠?"

"첫째는 6·25 때 그놈들한테 진 우리 부모님 세대의 빚을 갚을 수 있고, 둘째는 훈장을 받을 수 있는 기회가 생겼단 말이야……."

"그 전쟁에서 훈장을 받아본들 무슨 소용이 있겠어요?"

"모르는 소리! 그 전쟁도 우리의 역사에서는 6·25의 연장선인데 왜 소용이 없어? 열심히 싸워 훈장을 받아놓으면, 권력을 잡고 있는 이 개자식들이 나를 빨갱이 조카라고 출세할 수 있는 기회가 있을 때마다 나를 소외시키지는 않을 것 아냐?"

“그게 그렇게 한이 맺히세요?”

“정심이 너는 내가 당하고 있는 고통을 모른다. 대한민국에 살고 있으면서도 국민이 누릴 수 있는 기본권을 행사할 수 없는 이 고통을……이건 말이야, 내일을 꿈꾸고 기다리며 살 수 있는 한 인간의 본능적인 욕망을 싹뚝 잘라놓는 것과 마찬가지란 말이야…….”

“그건 그렇다손 쳐도, 전 아무래도 이해가 안 되네요. 월남전이 어째서 6·25의 연장선이 되는 거죠?”

“정심이 너는 그런 거 몰라도 돼. 그건 나에게만 중요한 일이니까…….”

성길은 그런 말만 늘어놓고 떠나갔다. 그녀는 성길을 위해 자신이 할 수 있는 일이 무엇인가를 생각하다 포항으로 내려갔다. 그가 파병 훈련을 끝마치고 부산으로 떠나는 전날 밤이었다.

그녀는 전쟁터로 떠나는 그를 위해 시내에다 깨끗한 여관을 마련해 놓고 면회를 신청했다. 면회는 되어도 외출은 공식적으로 허락되지 않았다. 그녀는 진해로 돌아갈 채비를 하고 있었다. 그런데, 그가 비공식적으로 외박을 나왔다. 그녀는 진해에서 준비해 간 도시락을 함께 먹었고, 떨어져 있어도 보고 싶지 않을 만큼 격렬하게 육욕을 즐겼다.

“이걸 드리고 싶어요.”

그녀는 어머니로부터 물려받은 목걸이를 벗겼다. 두꺼운 동판에다 마리아 상이 양각된 메달이었다. 그는 그녀의 체온이 배어 있는 목걸이가 가슴을 저릿하게 짓눌러오는 것 같아 잠시 말없이 그녀의 눈동자를 바라보다 낮게 물었다.

"니 체온이 배어 있는 걸 왜 나에게 주지?"

"무사히 귀국하시라고요."

"이 목걸이가 나를 지켜 줄까?"

"그럼요."

"무사히 돌아오면 어떻게 할거야?"

"한 1년만 더 살다가 헤어질 거예요."

"죽어서 돌아오면?"

"국립묘지에 장미꽃이나 한 송이 꽂아 드리죠, 뭐."

"젠장, 이 젖가슴이나 한 번 더 만질 수 있게 살아서 돌아와야겠구먼……."

그는 또 격렬하게 그녀의 몸을 애무했다. 그녀는 다시 끓어오르는 욕정에 취해 그 밤을 뜬눈으로 새웠다.

이튿날 아침 그는 부산으로 떠났다. 그녀는 부산까지 따라가서 그를 배웅했다.

1년 후에 돌아오겠다고 떠난 그는 돌아오지 않았다. 연장을 한 것이다. 같이 참전했던 동료들은 과반수 이상 전사했고, 그 중에서 무사히 귀국한 몇몇은 그를 전쟁에 미친놈이라고 욕했다. 필요 이상 잔인하게 베트콩을 죽였고, 작전이란 작전은 죽을 줄 모르고 다 참가한다는 소식이 들려왔다.

그녀는 그런 무용담을 들을 때마다 홀로 술을 마셨다. 연좌제의 사슬을 끊으려고 그가 장기하사관으로 돌아섰다지만, 그녀가 성병만 옮기지 않았어도 그는 27개월 간의 의무복무 기간만 채우고 제대했을 것 같았고, 그렇게 되었으면 월남전에는 참전하고 싶어도 못했을 것이라는 생각이 뒤늦게 밀려왔던 것이다.

　더구나 그런 죄책감은, 그가 부상을 당해 후송되었다는 소식을 들었을 때 더욱 그녀의 가슴을 아프게 했다. 그녀는 혼자서 눈물을 흘려대다 해군의무단으로 들어갔다. 면회를 가는 행위가 다른 사람의 눈에는 어떻게 보일지 몰라도, 그렇게라도 해야만 그녀는 자신이 지은 죄를 용서받을 수 있을 것 같은 생각이 들었던 것이다.

　그 날은 그가 후송되어서 두번째 다리수술을 받던 날이었다. 고향에도 연락이 되지 않았는지, 보호자 대기실에는 그의 동기생들만 몇 명 앉아 있었다. 그녀는 그의 동기생들과 같이 기다리다 오후 늦게야 그의 얼굴을 볼 수 있었다.

　그의 얼굴은 말이 아니었다. 병상 곁에 그녀가 다가가도 마취에 취한 상태라 세상 모르고 자고 있었다. 파병 전에, 포항에서 훈련을 마치고 비공식적으로 외박을 나왔을 때의 모습은 찾아볼 수가 없었다. 짙게 기미가 낀 데다 야윌 대로 여위어 광대뼈가 불거진 그의 얼굴은 흡사 딴 사람 같았다.

　몸도 마찬가지였다. 하체는 군용 담요로 덮어놓아 볼 수도 없었다. 링게르를 맞기 위해 두 팔을 침대 밖으로 내놓았는데 백랍 같은 팔뚝에서는 시퍼런 혈관만 솟아 있는 느낌이었다. 그녀는 수혈이 되고 있는 그의 팔뚝을 내려다보다 병실 밖으로 나왔다. 눈물이 앞을 가려 더 바라볼 수가 없었던 것이다.

　저 남자를 누가 저렇게 만들었나? 젊음과 패기와 열정으로 가득 찬 저 남자를 누가 저렇게 만들었나? 저 남자가 깨어나서 나를 알아보면 나는 뭐라고 말을 해야 하나?

　자신도 모르게 밀려오는 그런 생각 때문에 그녀는 울면서 해군의무단 분수대 쪽으로 뛰어갔다. 일광욕을 하러 나온 전상자들이 뒤쫓아오는 것 같았고, 가슴이 펄떡펄떡 뛰어서 그 날은 도저히 그의 침대 곁으로 다시 다가 갈 수가 없었다.

그녀는 마음을 안정시켜 이틀 후에 다시 그를 면회하러 갔다. 수술 후 처음 드레싱을 받으러 가는 날이라 그는 병상에 없었다. 그녀는 대기실에서 홀로 그를 기다렸다.

얼마 후 그가 드레싱을 마치고 이동침대에 실려 병실로 돌아왔다. 그는 통증 때문에 초죽음이 되어 있었다. 그녀가 다가가도 계속 신음만 뱉고 있었다. 간호원이 보다못해 모르핀을 놓아주었다.

잠시 후 간호원들과 경환자들이 이동침대에 실린 그를 안아다 병상에 눕혔다. 환자복 오른쪽 가랑이가 제멋대로 펄럭거렸다. 그녀는 그때 그가 오른쪽 다리가 없다는 것을 알았다.

"아! 저 다리."

그녀는 가슴이 펄떡거리고 온 몸이 굳어오는 것 같았다. 그러나 이를 깨물고 그가 기운을 차릴 때까지 기다렸다.

"만나 보세요. 가급적이면 자극적인 말은 피하세요."

그녀는 당직 간호원으로부터 주의를 받고 그의 침대 곁으로 다가갔다. 그는 퀭한 눈을 치뜨고 허공만 쳐다보고 있었다. 그녀가 다가가도 고개 한번 돌리지 않았다.

"한 성길 씨! 면회 왔어요."

보다못한 간호원이 그에게 면회 왔다는 것을 알려주었다. 성길은 그때서야 링게르를 드리운 채 천천히 고개를 돌렸다.

"저예요. 정심이에요!"

그녀는 반가웠다. 미이라처럼 바싹 말랐지만 2년 가까이 헤어졌다가 다시 만나니 눈물이 먼저 앞을 막았다. 그녀는 얼른

한 걸음 더 다가서며 웃음을 보였다.

"엇, 정심이!"

"진작 못 와봐서 죄송해요. 그 엄청난 고통을 어떻게 다 이겨내셨어요?"

그녀는 그의 손을 만져보고 싶어 침대 곁에 다가앉았다. 고개를 돌려 잠시 지켜보던 그가 돌연 그녀의 손을 홱 뿌리치며 화를 내었다.

"저리 가! 어느 놈이 내가 병신 되었다고 알려주었어? 빨리 나가!"

그녀는 움찔 놀라면서 물러섰다. 무슨 말로 그를 위로하고 진정시켜야 좋을지 정신이 없었던 것이다.

"성길 씨! 저예요. 정심이예요. 진정하세요."

그녀는 다시 접근했다.

"다가오지 마! 왜 왔어? 내가 병신 된 모습이 그렇게 보고 싶었어?"

성길은 침대가 들썩거릴 정도로 몸부림치며 고함을 질렀다. 그래도 그녀가 넋을 잃고 서 있자, 행거에 걸어 놓은 링게르 병을 끌어당겨 집어 던졌다.

"죄송하지만 잠시 밖에 나가 계세요."

손을 씻고 들어오던 간호원이 깜짝 놀라며 그녀의 등을 밀었다.

"한, 성, 길, 씨! 진정하세요. 이러면 몸에 해롭다니까요."

간호원이 몸부림치는 그의 곁으로 다가가서 어깨를 누르며 소리쳤다.

"옆방에 누가 없어요? 빨리 이 방으로 건너와 나 좀 도와

주세요…….”

　간호원은 간호장교들처럼 환자를 자신 있게 다루지 못했다. 전상자가 급격히 늘어나자 민간병원에서 일하던 간호원들을 미봉책으로 임시 고용해 쓰던 때라 그럴 수밖에 없었다. 옆방에서 경환자 2명이 달려와서 성길의 발작적인 몸부림을 강제적으로 제압했다.

　병실은 순식간에 아수라장이 되었다. 성길이가 집어던진 링게르 병이 깨어져 군데군데 유리조각이 튀었고, 주사바늘을 꽂아 놓은 팔은 함부로 끌어당겨 성길의 팔뚝에서는 피가 뚝뚝 떨어졌다. 흰 매트리스 시트는 이내 피투성이가 되었고, 모포로 덮어놓은 성길의 하체에서도 검붉은 피가 배어 나왔다.

　정심은 보호자 대기실로 쫓겨 나와 벌벌 떨고 있었다. 핏발선 그의 시선이 지워지지 않았고, 저리 가라고 고함치며 링게르 병을 던질 때의 모습은, 옛날 그녀의 뺨을 때릴 때의 모습과 흡사했다. 그녀는 다시 그의 병실로 들어갈 수가 없어서 반원형의 퀀셋병동 밖으로 나왔다.

　“놀라셨죠? 이젠 괜찮을 거예요.”

　그녀가 새로 짓고 있는 콘크리트 병동을 바라보며 가슴을 진정시키고 있을 때, 간호원이 다가와서 그녀를 위로했다.

　“환자는 지금 어때요?”

　“잠시 실신상태인데 조금 후면 깨어날 거예요.”

　“앞으로 괜찮겠습니까?”

　“다소 지장은 있겠지만 크게 염려할 것은 없어요.”

　“죄송해요. 오늘은 이만 돌아가겠어요. 저 환자를 잘 좀 돌보아주세요.”

“사랑하시는 분이세요?”

정심은 긍정도 부정도 할 수 없는 얼굴로 가만히 서 있기만
했다.

“몸을 다쳐 후송된 환자들의 심리는 건강한 사람들이 이해
하지 못할 만큼 예민하고 이상할 때도 많아요. 한성길 씨도 아
마 자신의 변한 모습을 연인에게 보이지 않으려는 심리가 작
용한 것 같은데, 이해하세요. 차차 마음의 여유가 생기면 오늘
같은 증상은 사라질 거예요.”

간호원은 병동에서 일어나는 사례를 들어가며 정심을 안심
시켜 주었다. 그러나 정심은 간호원의 말을 듣고 보니 더 가슴
이 아팠다. 누가 성길을 저렇게 변하게 했는가, 하는 죄책감이
밀려와서 심판을 받는 심정이었던 것이다.

“오늘 수고 많으셨어요. 저분이 안정을 찾을 때까지 당분간
찾아오지 않겠어요. 잘 좀 간호해 주세요. 이건……”

정심은 촌지봉투를 간호원의 주머니에 찔러주고 해군의무단
을 나왔다. 그 후 그녀는 성길을 면회하러 가지 않았다. 전화
로만 문의했을 뿐 직접 찾아가는 것을 자제했다. 보고 싶은 마
음은 간절해도 그가 지인(知人)공포증 증세를 보이고 있다는
말 때문에 찾아볼 수가 없었던 것이다.

그때부터 그녀는 진해를 떠날 궁리를 했다. 휴일만 되면 치
료를 받고 있는 전상자들이 외출을 나오는데, 그들을 보면 성
길에 대한 죄책감 때문에 마음이 괴로웠던 것이다. 더구나 외
출 나온 전상자들이 기분 좋게 술을 마시다가도, 우발적인 신
경질과 발작증세를 보이면서 기물을 부술 때는 두려움에 질려
그녀마저도 미칠 지경이었다. 그런데다 그가 정신병동에 입원

했다는 소식까지 듣고 보니 술장사도 넌덜머리가 났다.

그녀는 장사도 팽개치고 정신병동으로 들어갔다. 그는 쇠창살로 창문과 출입구를 폐쇄해 놓은 독방에 홀로 수용되어 있었다. 한번씩 우울증이 밀려오면 주위의 기물을 부수고, 울부짖고, 폭언을 뱉는 통에 해군의무단에서도 어찌할 수가 없었던 모양이었다.

면회는 금지되고 있었다. 보고 싶어 찾아갔지만 허사였다. 그녀는 먼발치에서 송장처럼 쓰러져 있는 성길의 뒷모습만 지켜보다 돌아왔다. 그는 정신마저 폐인이 된 느낌이었고, 그가 육체적으로 또 정신적으로 폐인이 된 책임은 전적 그녀가 져야 된다는 심적 부담감 때문에 마음은 더 괴로웠다. 그러나 어떤 방법으로 책임져야 할지, 곰곰 생각하면 막연하고 허황한 느낌뿐이었다.

그녀는 만사가 귀찮았다. 주점도 버리다시피 처분하고 말았다. 그녀는 새로운 정착지를 찾기 위해 대구·부산·마산 등지를 돌아다니며 1년 동안 장사도 않고 쉬었다.

그렇게 전전긍긍하는 사이 그녀는 두 번 그를 찾아갔다. 그는 계속 독방에 수용되어 있었다. 창문에 기대서서 먼 하늘만 바라보는 그를 먼 곳에서만 바라보는 것이 안타까워, 그녀는 간호원의 주의도 어기며 그의 병실 곁으로 다가갔다.

"성길 씨, 절 모르겠어요?"

그는 아는 체를 안 했다. 그녀는 하도 안타까워, 간호원이 다가오는 것도 의식하지 못한 체 울어버렸다.

"환자는 지금 심한 자폐증상이 있습니다. 회복될 때까지 자극을 주는 행위는 자제해 주세요."

마흔이 넘은 당직간호원은 그녀를 밀어내었다. 그녀는 해군 의무단을 나와서 부산으로 내려갔다. 간호원은 회복된다고 해도, 그녀의 판단으로는 절망뿐이었다.

내가 이 죄를 어떻게 다 갚을까?

그녀는 캄캄한 절망과 가슴 아픈 죄책감을 쫓기 위해 또 다시 장사를 시작했다. 장사를 시작하고 보니 진해를 다녀올 틈이 없어 한동안 그를 잊고 있었는데, 그사이 그는 치료가 끝나서 제대까지 했다니 기쁘고 축복할 일이었다. 그런데, 그가 무엇 때문에 삶을 포기하려고 했는지, 쇠창살을 붙잡고 먼 하늘만 바라보고 있던 그의 모습이 떠올라 덜컥 겁부터 밀려왔다. 그리고 그 동안 찾아보지 못한 심정을 뭐라고 말해야 좋을지, 그의 고향이 다가오니까 자꾸 가슴만 두근거렸다……

"이제 내리시죠."

신중사가 승용차의 뒷문을 열었다. 그녀는 혼잣생각에서 깨어나며 정신을 차렸다. 시계는 밤 열 시가 넘어 있었다. 그녀는 승용차에서 내려서 천천히 신중사의 뒤를 따라갔다.

"어떻게 되었습니까?"

병원 복도로 들어섰을 때, 성길의 형이 다가와서 물었다. 한정길 사장은 계속 신중사를 기다리고 있었던 것 같았다.

"같이 왔습니다."

"아, 그래요. 수고했습니다."

한정길 사장의 표정이 활짝 퍼졌다. 그는 말없이 따라오는 정심을 보고 안도의 한숨을 쉬었다.

"어른들은 어디 계십니까? 우선 인사부터 하십시오."

　신중사가 한정길 사장을 소개했다. 정심은 성길의 형을 향해 말없이 고개만 숙였다.

　"연락도 없이 먼길을 오시라고 해서 죄송합니다. 우선 안으로 들어가시지요. 어른들은 조금 전에 집에 들어가셨습니다."

　한정길 사장은 정심을 안내하듯 앞장서서 걸었다. 신중사가 물었다.

　"성길이는 지금 어떻습니까?"

　"저녁때부터 의식이 회복되고 있습니다."

　세 사람은 함께 병실로 들어갔다. 성길은 링게르를 드리운 채 독방에 홀로 누워 있었다. 그는 곁에 사람이 다가오는 것도 귀찮은 듯 형이 다가가도 고개도 돌리지 않았다. 한정길 사장은 성길의 귀에다 대고 신중사와 박정심 씨가 병 문안을 왔다고 일러주었다.

　성길은 움찔 놀라는 표정으로 고개를 돌렸다. 두 사람은 천천히 성길의 곁으로 다가섰다. 성길의 눈에 신중사가 먼저 들어온 것 같았다. 그가 천천히 손을 내밀었다. 신중사는 성길의 손을 꼭 감싸쥐었다.

　"너하고 나하고의 얘기는 내일 하기로 하고, 우선 정심 씨를 만나 봐. 나는 형님과 같이 밖에 나가 담배나 한 대 피우고 올 테니까."

　신중사와 한정길 사장은 정심을 위해 자리를 비켜 주었다.

　잠시 후 방안에는 성길이와 정심이, 두 사람뿐이었다. 성길은 아직도 그녀가 왔다는 신중사의 말이 믿어지지 않는 듯 정신을 차리려고 애를 쓰는 모습이었다. 그녀는 그런 모습을 말없이 지켜보다 고개를 떨구었다.

　얼마 후 두 사람은 시선이 마주쳤다. 정심의 눈에서 눈물이 흘러내렸다. 그래도 성길은 한동안 정심이를 바라보기만 할 뿐 말이 없었다. 무슨 말이 나오지가 않는 것이다. 그런 어색하고 서먹서먹한 시간 속에 헤어졌던 만 5년 동안의 세월이 눈물로 변해 허물어지고 있었다.

　“정심아, 니 손 좀 줘.”

　이슥토록 시간이 흐른 후 성길이가 손을 내밀며 먼저 입을 열었다. 정심은 다가앉으며 그의 손을 잡았다. 얼마나 주사를 맞았는지, 성길의 손등에는 주사바늘 자국과 반창고 자국이 흉터처럼 남아 있었다. 그녀가 성길의 손을 매만지며 말했다.

　“왜 그렇게 옹졸한 생각을 했어요.? 어디 아픈 데는 없어요?”

　“왜 그랬는지 모르겠어. 아직 내 정신이 아니야……”

　성길은 정심의 손을 끌어당겨 얼굴에다 비비면서 소리 없이 오열했다. 월남으로 떠나던 날, 포항에서 같이 살을 맞대고는 처음 잡아 보는 손이었다. 그래도 정심의 손은 변함이 없었다. 따뜻하고, 부드럽고, 작고, 어머니의 젖가슴처럼 이 눈치 저 눈치 안 보고 독점해도 괜찮은 푸근함과 믿음이 있는 손이었다. 그는 두 번 다시 그녀의 손을 놓지 않을 듯 격렬하게 오열하며 꼭 쥐었다.

　“정심아! 나 좀 도와 줘. 아무 여자도 쳐다보지 않는 이 반쪽의 몸뚱어리로는 이 험한 세상을 살아갈 수가 없어서 그래……”

　성길은 정신을 차리고 그 동안 어떻게 지냈느냐고 안부를 물어보고 싶어도 가슴이 진정되지 않아 말을 못 건넬 지경이었다. 그녀의 손을 잡고 있으니까 어릴 적 어머니의 젖꼭지를 물고 있을 때보다 더 푸근하고 아늑한 느낌이 밀려왔다. 제대하고 지금까지 고향에서 생활하면서 어머니에게도 말할 수 없었던 내면의 고통을 죄다 털어놓아도 그녀는 다 들어주고 이해해 줄 것 같았다.

"이젠 고정하세요."

정심은 두 손으로 그의 손을 잡고 쩔쩔 몸을 떨었다. 끝까지 흐트러지지 않으려고 어금니까지 깨물었으나 가슴이 답답해 견딜 수가 없었던 것이다. 나 좀 도와 달라고, 스스럼없이 도움을 청하는 그의 말이 가슴을 갈갈이 찢어놓는 것 같아 견딜 수가 없었다.

누가 이 남자를 이렇게 허약하게 만들었나?

누가 이 남자를 아무도 쳐다보지 않게 만들었나?

이런 의문 때문에 그녀는 그의 침대에 고개를 떨구고 같이 흐느끼다 이를 깨물었다.

"울지 마세요. 옛날, 저의 뺨을 때릴 때처럼 당당하게 저를 바라보며 얘기해 주세요. 무엇이 그렇게 고통스럽고 억울해서 스스로 목숨을 끊으려고 했는지 말이에요……."

정심은 눈물을 닦았다. 닦고 또 닦아도 눈물은 멎어지지가 않았다. 초췌한 모습으로 오열하고 있는 그를 보니 절로 눈물이 흘러나왔다. 그녀는 두 손으로 얼굴을 가리고 심하게 어깨를 떨었다.

내가 천벌을 받을 년이지. 건장하던 남자를 이 지경으로 만들어놓고 찾아보지도 않다니……. 내가 이 죄를 어떻게 다 갚을까?

　정심은 고개를 떨구고 한동안 오열하다 모질게 이를 깨물고 고개를 들었다.

　"울지 마세요. 우리는 그 동안 너무 많이 울었어요. 이젠 함께 있으면서 울지 않고 살도록 노력해요. 걷지 못하시면 제가 대신 걷고, 아픔이 있으면 함께 참고 견뎌요. 성길 씨만 싫다고 하지 않으시면 저는 평생 성길 씨와 함께 있고 싶어요. 이제 그만 고정하세요. 몸에 해로워요."

　두 사람은 서로 달래 주면서도 울었고, 울지 말자고 서로 다짐하면서도 울었다. 헤어졌던 만 5년 동안의 세월은 눈물로 변해 녹아 내리는 것 같았다. 떨어지지 말자고 다짐해도 눈물이 흘렀고, 빠른 시일 내에 생활을 정리하고 가정을 꾸미자고 의논할 때도 눈물은 앞을 막았다. 마치 눈물은 그들의 감정과 의식을, 생활을 다시 이어주는 접착제처럼 말끝마다 흘러내렸다.

　그 해후는 눈물로 가슴에 감춰진 가식을 씻는 의식 같았다. 아니, 한번 잘못 생각해 반생을 어둡게 살아온 중년의 남녀가 재기할 것을 다짐하는 약속의 날이었다. 왜냐하면 그들은 그로부터 3개월 후 주변 사람들의 축복을 받으며 결혼했기 때문이었다.

청해당의 아침

영천댁은 저녁을 먹고 평상으로 나왔다. 초저녁 날씨가 몹시 후텁지근했다. 과수원 쪽에서 풋내를 실은 바람이 이따금씩 밀려왔으나 시원한 느낌은 요만큼도 없었다. 코가 매울 만큼 모깃불이 피어올라도 하루살이와 모기가 귀찮게 달려들었다.

영천댁은 한참 부채질을 하다 평상에 올라앉았다. 꼴머슴이 들에서 강낭콩을 한 바소쿠리 뽑아 와서 저녁 먹기 전부터 까기 시작했는데도 아직은 한참을 더 까야 할 것 같았다.

큰 채 툇마루에는 웃머슴과 꼴머슴이 마주앉아 저녁을 먹고 있었다. 만석어른은 동네 회갑연에 가서 오지도 않았고, 인순이는 부엌에서 설거지를 하고 있었다.

성길 내외는 뒤란 우물가에서 등물을 하고 있었다. 한참 물 퍼붓는 소리가 들리더니, 며느리가 빨아놓은 성길의 속옷을 들고 뒤란으로 들어가는 모습이 보였다.

영천댁은 집안의 이런 모습을 평상에 앉아서 관망하며 콩을
깠다. 그녀의 얼굴에는 햇곡식을 거두는 농부의 표정처럼 보람
과 기쁨이 어려 있었다. 봄에 하루 틈을 내어 능금나무 밑에
드문드문 심어놓은 콩이 비료 한 줌 안 주었는데도 오지게 속
이 여물어 잠시 손을 놀려도 한 움큼씩 콩이 쏟아지는 것이
그저 즐거웠다.

"어머님, 저도 좀 거들까요?"

아들의 등물이 끝났는지, 며느리가 앞치마에 물 묻은 손을
닦으며 다가왔다.

"괜찮다. 길이 모구장이나 펴주고 니도 좀 쉬어라. 이까짓
거야 오늘 다 못하면 내일 하면 그만이지."

영천댁은 며느리가 평상 곁으로 다가앉는 것이 달갑잖은 듯
안쓰러운 빛을 보였다. 지난 해 봄에 결혼식을 올리고, 아들
내외가 기념사진을 찍을 때만 해도 영천댁은 며느리가 키도
크고 이목구비가 반듯해서 가슴이 뿌듯했으나, 한편으로는 저
아이가 정말로 내 아들과 해로할 수 있을까 싶어 은근히 걱정
이 되기도 했다. 나이야 아들보다 세 살 아래라서 딱 맞지만,
어디로 보나 아들이 부족한 게 많고 어금버금하게 짝이 맞지
않는 느낌이 들었던 것이다.

그래도 즈그들끼리 마음이 맞아서 결혼을 하겠다고 하기에
영천댁은 이것저것 생각지 않고 날을 받아 혼례를 올려주었다.
그리고는 부부끼리 마음이 맞지 않아 싸움이라도 하면 어쩌나
하고 마음을 조이면서 1년 6개월을 같이 살았는데 이건 며느
리를 무릎 위에 올려놓고 등이라도 토닥거려 주고 싶을 만큼
귀염받을 짓만 하는 것이다.

부엌에서 조석 갈무리하는 인순이가 있는데도 누구보다 먼저 일어나 조반 걱정을 안 하나, 머슴들 샛참 걱정을 안 하나, 어쩌다 들일에 쫓겨 곤하게 늦잠을 자고 부엌에 나와 보면 며느리는 그새 인순이와 조반을 다 지어 놓고 시부모에게 문안 인사를 올리는 것이다. 그리고는 일어나기 싫어하는 아들을 깨워 호젓한 방천(防川) 둑으로 산책을 나가는 것이다.

영천댁은 며느리가 아들을 휠체어에 태워 집을 나설 때면 눈 밑이 다 후끈해 오곤 했다. 내 속을 빠져 나온 여석도 저렇게 하기는 힘드는데, 며느리는 얼굴 한번 찌푸리는 일없이 궂은 일까지 척척 이겨내는 것이다.

우예 저래 하는 일마다 올 차고 야물어 보일까?

영천댁은 아들이 늦게 결혼했어도 여자 복은 대복이라고 생각했다. 여자가 나이 서른이 넘으면 옛날에는 며느리 볼 생각도 했다지만, 정심의 당찬 모습만 보면 절로 혀가 차지는 것이다.

이제 자질구레한 일은 인순이에게 맡기고, 며느리는 손자나 하나 낳아주면 지금 죽어도 여한이 없으련만, 젊은것들이 신혼기분에 들떠 피임인가 뭔가를 하는지 1년이 지났는데도 몸 다른 구석이 없는 것이다. 영천댁은 하도 애가 타서 지난달에는 며느리가 부엌에 있는 사이 아들 방에 들어가 살며시 물어보기도 했다.

"야야, 너그들 혹시 신혼기분인가 뭔가 하면서 피임하는 거 앙이가?"

"어무이도……. 저 사람 지금 나이가 몇인데 그런 짓을 하겠습니까?"

“그럼 와 몸 다른 구석이 없노?”

“자기 딴에는 농촌 생활이 힘들어서 그런 것 같은데 좀더 기다려 봅시다. 몸이 적응되면 태기도 보이겠지요.”

“그래, 절대로 피임인가 뭔가는 하지 마래이.”

영천댁은 거듭거듭 당부를 하고 나왔는데도 며느리는 아직 태기가 없어 보였다. 영천댁은 일이 고되어서 그런가 싶어 요사이는 밤에 잔일거리도 가능하면 잡지 않았다. 그런데 오늘은 꼴머슴이 시키지도 않은 강낭콩을 한 바소쿠리 뽑아 와서 마지못해 까고 있기는 하지만, 그녀는 며느리가 평상 곁으로 다가와 앉는 것이 달갑지 않았다.

“이 많은 콩을 어머님 혼자서 다 까시려면 밤새도록 까야 할 것 같아요⋯⋯.”

정심은 할 일도 없는데 같이 까면 어떠냐는 투로 기어이 다가앉았다. 영천댁은 며느리를 내쫓을 수도 없고 해서, 저녁 먹고 잔일거리를 잡고 앉은 자신이 잘못이라며 며느리를 사랑스러운 눈으로 바라보았다.

“길이는 뭐 하노?”

“너무 걸어서 피곤한지 누웠어요.”

“무리하지 마라 해라. 병이라도 날라.”

“금년 말까지 1km를 걷는 게 목표래요.”

“지 다리에 힘 올리는 것도 급하지만 자식 볼 요량도 좀 하라고 해라. 니는 요새 아픈 데가 있나, 와 그렇게 몸이 마르노? 혹 몸 다른 데라도 있나?”

“아네요, 어머님!”

정심은 잘라 말하며 재바르게 콩을 깠다. 며칠 전에 생리를 한 것을 보면 분명히 임신은 아닌 것이다.

"하이구, 이 주책없는 늙은아! 어제같이 시집온 며느리 붙잡고 밤에 이 무슨 청승이고……."

전깃불 밑에 앉아 있어서 이쪽에서는 잘 보이지 않는데 이웃에 사는 능골댁과 양동색이 마을을 나오는 모양이었다. 정심은 얼른 오지랖을 털고 일어났다.

"어서 오세요."

"그래. 부지런한 시어미 밑에서 시집살이 할라니까 힘들제? 어서 신랑한테 딴살림하자고 해라."

능골댁이 정심의 등을 토닥거려 주며 평상에 걸터앉았다.

"어머님, 저는 잠시 물러가 있겠습니다."

"그래, 우리가 손 모아 거들 테니까 어서 들어가 쉬어라."

능골댁과 양동댁이 평상 위로 올라앉으면서 농을 던졌다.

"이것아, 손이 그렇게 심심하면 쓸데없는 영감쟁이 부랄이나 깔 일이지, 메느리 붙잡고 대체 이것이 뭐꼬? 니는 시집살이 할 때 시어미가 밤에 일거리 잡으니까 좋더나?"

"지랄 안 하나! 우리 영감 부랄(불알)은 아직 깔 때 멀었는데 백줴 와 까노?"

"젊은 메느리 옆에 세워 놓고 늙은 것들 입 건 거 보래. 이제 그만들 해라."

양동댁이 하얗게 눈을 흘기며 두 사람을 나무랐다. 평상에서는 금시 까르르 웃음이 피어올랐다. 정심은 못 들은 척하며 시어른 방으로 잠자리를 펴러 들어갔다.

"니는 아들네 집에 갔다가 언제 왔더노?"

한 움큼 깐 콩을 바가지에 담으며 영천댁이 물었다.

“어제 밤에 왔더라.”

“집에는 별고 없지를?”

영천댁이 뚝뚝 소리나게 다시 강낭콩 꼬투리를 훑으면서 다시 물었다.

“너그 둘째 메느리 입덧은 좀 가라앉았나?”

“인자아(이제) 좀 괜찮다. 밥도 잘 묵고……”

“니그는 마 잊었뿌랬다. 아아 볼라고 그래 애를 써 쌓더니만. 몇 달째고?”

“다섯 달째 접어드는데 딸이면 우얄지(어쩔지) 걱정이다. 남들처럼 아아나 잘 가지면 괜찮겠구마는.”

“이전(예전) 어른들 말씀이 딱 맞지. 말 장만하면 경마 잡히고 싶다고, 능골댁 메느리 임신 안 된다고 걱정할 때가 어제 같구마는 버시러(벌써) 딸 놓으면 우야꼬 하고 풍령 떠는 거 보래.”

영천댁은 부러우면서도 약간 비꼬는 어투로 능골댁을 쳐다보며 웃었다.

“글체, 사람 마음이 저렇게 변하는가 봐.”

“영천댁이 니도 메느리 붙잡을 생각 말고 일찌감치 저그 살림 살도록 내보내라. 능골댁은 저그 살림 살도록 내보내서 뒷말이 없지, 만약 시어미 밑에서 고되게 시집살이하다가 임신 안 되었다고 친정 권속들한테 말이라도 들어가 봐라. 요새 젊은 메느리들 포시랍게 커서 그렇다는 말은 안 돌고, 시어미 독하고 못 돼서 저그 딸 아아도 하나 제대로 못 놓는다고 오만 말이 다 오갈 거다……”

“맞지를!”

　능골댁은 양동댁의 이야기에 맞장구를 쳐 놓고는,

　"사람도 시절을 타는가 봐. 우리 시집살이 할 때는 콩밭이다, 보리밭이다, 하면서 그 더분(더운) 여름에도 허리가 휘어지도록 일을 해도 아아만 잘 들어섰는데, 요새는 직장생활 좀 한다고 여자 구실도 못하니 이걸 메느리 나무랄 끼가. 시절 탓할 끼가? 한 해라도 더 살은 우리가 이해해야지."

　"글치를! 내 새끼도 남의 집에 가면 그 모양인데 택(턱)도 없이 나무랄 일 만은 앙이다."

　"너그 젊은이도 많이 애빈(야윈) 것 같던데, 아아 서나? 인자아 때도 안 됐나."

　양동댁이 영천댁을 바라보며 물었다.

　"나도 글케 생각했는데 메칠 전에 경도(經度) 했단다. 보통 우환이 아니제?"

　영천댁은 자신도 모르게 가슴이 답답해졌다. 며느리의 나이가 있어서 빨리 두엇 낳고 단산했으면 좋겠는데 뜻대로 되지 않는다는 표정이었다.

　"그라며, 와 그렇게 몸이 마르노? 끼니 꺼리가 없어 밥을 굶으면 몰라도."

　"글세 말이다. 나는 요새 그거 때문에 속 시끄러버 못 견디겠다."

　"저 지랄 보래! 여자가 꼭 밥을 굶어야 몸이 마르는강? 도시에서 편하게 살다가 매몰시러운 시어미 밑에서 하나부터 열까지 다 배우면서 살라니까 마음이 안 편해서 그렇지……."

　능골댁이가 그렇기도 하겠다며 고개를 끄덕이더니 영천댁을 끌어당겼다.

"니는 살림 나가 있는 큰메느리한테는 큰소리쳐도 둘째한테
는 짜증 내지 마래이. 나도 딸을 셋이나 낳아 키웠지만 니그
젊은이 같은 사람 세상에 없다. 내 말 무슨 말인지 알겠제?"

"걱정 마라라. 남의 눈만 없으면 메느리 허리라도 주물러 주
고 싶은데 내가 와 독하게 하겠노. 말이라도 그런 말은 두 번
다시 하지 마래이. 천벌 받는다."

세 늙은이가 그런 이야기를 주고받으며 재미있게 콩을 까는
데 시어른 방에 모기장을 펴러 들어갔던 정심이가 다가왔다.
그녀는 그새 큰 쟁반에다 수박과 포도를 담아 들고 왔다.

"더운데 수박이나 한 쪽씩 드시고 하세요."

"자지 않고 이런 것은 뭐 할라고 들고 오노. 저녁밥 배부르
게 먹고 왔는데."

능골댁이 다리에 달라붙는 모기를 쫓으며 과일쟁반을 받았
다. 양동댁이가 그렇지 않아도 목이 탔는지, 정심을 사랑스럽
게 바라보았다.

"아이고, 그래. 물이 좀 묵고 싶었는데 잘 됐구나. 어서 들어
가 너그들도 마주 보고 묵어라. 수박이 잘 익었구나. 사온 거
가?"

"앙이다. 능금나무 밑에 몇 구덩이 심어놨더니마는 올해는
여름 볕이 좋아 그런지 그래 굵고 다네. 어서 묵어 봐라. 우물
에 담가 놨던 거라 시원할 끼다."

영천댁은 과일쟁반을 세 사람 사이에 당겨 놓았다. 정심은
평상 곁에 선 채로 물었다.

"어머님, 낮에 받아온 술도 많이 남았는데 좀 가지고 올까
요?"

“그래, 내가 그 생각을 못했구나. 너 그 술 한 모금씩 할래? 머슴들 샛참 주고 남은 도가(양조장) 술도 있다.”

“잘 밤에 술은 말라고 묵노. 수박하고 포도만 묵어도 닥상(충분하다)이다. 가지고 오지 마라.”

양동댁이 극구 사양하자 영천댁이 정심을 들어가게 했다.

“그러지요. 그럼 재밌게들 얘기하시며 노세요.”

“오냐 오냐. 우리 걱정 하지 말고 어서 들어가거라.”

영천댁이 방으로 들어가는 정심을 바라보며 수박 한 쪽을 깨물었다. 세 늙은이들은 일손을 멈추고 포도와 수박을 먹으며 더위를 잊었다. 능골댁이 수박 세 쪽을 먹고 나더니 영천댁의 무릎을 끌어당겼다.

“보래, 영천댁이! 이것저것 생각지 말고 만석어른 들어오시면 수의해서 저그 살림 살도록 내보내라. 너그 메느리 보니까 힘들어 보인다.”

“그러나?”

“그래. 정지아아(식모) 있는데 니도 내보내면 한 근심 덜 때도 많을 끼다.”

“오냐. 우리 영감 들어오면 수의해 볼 거니까 어서 수박이나 마자 묵어라. 영감쟁이는 꽃 같은 메느리 내보는 게 서운하겠지만, 내사 마, 아연코 측은해서 못 붙잡겠더라. 저래 나무랄 데 없는 메느리 가슴에 그늘이라도 지울까 싶어서 말이다.”

“그래. 시절 따라 산다고, 집안 내력 알만큼 같이 살았으면 내보내야지 귀엽다고 붙들고 있으면 메느리 욕보인대이…….”

“능골댁이 말도 일리는 있다. 분가시켜 내보냈다가 저그들이 다시 들어와서 살겠다면 몰라도 이녁 마음만 믿고 붙잡고 있으면 되려 욕보인다."

"그라모! 우리 시집살이 할 때 생각해 보면 자로 잰 듯이 알 수 있지. 내사 둘째 아아 배어 있을 때 시어른들이 딸네 집에 간다고 하루만 집을 비워도 내 세상 같더라니까……."

세 늙은이들은 다시 콩을 까기 시작했다. 수북하게 쌓여 있던 콩대(줄기)도 줄어들어 평상 곁에는 콩깍지와 콩대만 쌓여 있었다.

"너그도 콩 좀 거뒀나? 안 거뒀으면 이거 한 사발 가지고 가서 밥에 앉혀 묵어라. 낮에 한 움큼 앉혀놓으니까 밥맛 좋더라……."

"우리도 일전에 한 소쿠리 뽑아 와서 까났다. 능골댁이나 한 사발 줘라. 아들네 집에 갔다오느라 언제 콩 거둘 틈이나 있었겠나."

"맞다. 다 묵을 거 아니면 한 사발 꼬(뀌) 두가. 다음에 갚을 거이까네."

"또 저 지랄이다! 그냥 줬으면 줬지, 꼬 주지는 못할 따."

영천댁이 눈을 흘기며 자리를 털고 일어났다. 그녀는 부엌으로 들어가서 남바가지(통나무를 반으로 켜서 그 속을 파서 만든 나무바가지)를 들고 왔다. 그리고는 능골댁에게 줄 콩을 한 바가지 가득 담아 놓고 평상 곁에 너저분하게 깔려 있는 콩대를 모깃불 위에 쓸어 올렸다.

그때 토니가 몸을 털고 일어나 대문께로 걸어갔다. 영천댁은 대문께를 바라보았다. 워낭이 딸랑거리더니 만석어른이 기분 좋게 취한 모습으로 들어왔다.

"놀러 오싯는교?"

만석어른이 평상 곁으로 다가오며 능골댁과 양동댁을 바라보고 인사를 했다.

"예. 우리 집 양반도 같이 왔는교?"

"예, 같이 오다가 이 앞에서 헤어졌심더. 와 일어나는교?"

만석어른이 능골댁과 양동댁을 바라보며 놀라는 빛을 보였다. 능골댁이가 대답했다.

"밤도 깊었는데 인자 가봐야지요."

양동댁과 능골댁이 신발을 신는데 정심이가 방에서 나와 인사를 올렸다.

"아버님, 진지상 차릴까요?"

"잔치 집에서 묵었다. 걱정하지 마라."

정심은 영천댁과 같이 대문께로 걸어갔다. 능골댁과 양동댁이 대문을 나서며 "잘 자그래이." 하고 정심에게 먼저 인사를 해놓고는 "어서 들어가거라. 너그 젊은이 잠 모자라겠다." 하고 큰길로 걸어 나갔다.

영천댁과 정심은 대문을 밀어놓고 마당으로 들어왔다. 만석어른이 평상에 걸터앉아 정심을 불렀다.

"아가. 일로(이리로) 좀 오너라 보자."

"네, 아버님!"

정심은 생긋이 웃는 얼굴로 만석어른 곁으로 다가섰다.

"잔치 집에 갔다오다가 점방(가게)이 보이길래 샀다. 이거, 입 심심할 때 묵어라……."

만석어른이 담배를 입에 문 채 조끼주머니에서 드롭스 한 봉지와 비스킷 한 봉지를 꺼냈다. 영천댁은 일평생을 만석어른과 같이 살아도 저런 모습은 처음 본다면서 사뭇 놀라는 표정이었다.

"아버님두, 집에 과일이랑 군것질 거리가 지천으로 늘려 있는데 뭘 이런 것까지 다 사오십니까?"

"그렇다! 메느리가 귀여우면 고기나 몇 근 사올 일이지, 알사탕이 뭐꼬. 그 아아들이 시(세) 살 묵은 알라들도 앙인데 말이다……."

만석어른은 영천댁의 말도 맞다는 듯 껄껄껄 웃으며 큰채 마루로 걸어갔다. 정심은 부엌으로 들어가 냉수를 한 그릇 자리끼로 떠놓고 성길의 방으로 들어갔다.

만석어른과 영천댁도 큰채 마루에서 땀을 식히다가 방으로 들어갔다. 만석어른은 며느리가 펴놓을 홑이불을 밀치고 벌렁 드러누웠다. 늦게 모기장 안으로 들어온 영천댁이 만석어른 곁으로 다가앉았다.

"젊은이가 태기도 없이 자꾸 애비는데 우야면 좋겠는교?"

"글세, 얌생이(염소)라도 한 마리 잡으까. 어디 몸이 성찮으나?"

"그런 게 아니라 지 깐에는 어른들 밑에서 시집 사는 게 힘들어서 그런 거 같구마."

영천댁은 능골댁과 양동댁이 놀러 와서 주고받은 이야기들을 귀뜸해 주었다. 만석어른은 묵묵히 듣고 있다가 길게 한숨을 쉬면서 일어나 앉았다.

"나도 그런 생각이야 벌써부터 했다마는 저 언 삐가리(추위에 언 병아리) 같은 것들을 어디다 내보내노? 길이 곁에는 젊은이가 한시도 떨어질 수가 없는데……."

"우리 생각은 그래도 저그들은 또 딴 생각이 있을지 모르니까 뒷일은 생각지 말고 한번 내보내 봅시더. 설마 저그들끼리 나가서 살다가 힘들면 다시 들어오겠지요."

"이녁 생각이 그렇다면 내일 길이하고 의논이야 해 보겠다마는 저것들을 어디서 살게 하노?"

"그거야 나가서 살고 싶다는 의향만 보이면 저그들끼리 결정하라고 해야지, 우리가 어디서 살아라고 간섭하면 안 되구마……."

만석어른은 곰곰 생각해 보니 영천댁의 말도 틀린 말은 아닌 듯싶었다. 이왕 분가시켜 마음 편하게 살도록 도와줄 바에야 그런 것도 관여할 필요가 없는 것이다.

"알았다. 오늘은 그만 자고 내일 일어나 수의해 보자……."

이튿날 오전, 만석어른과 영천댁은 성길의 방으로 건너갔다. 정심은 뒤란에서 빨래를 하고 있는 중이어서 방에 없었다. 만석어른은 며느리도 방으로 들어오라고 해놓고 간밤에 결정한 분가 문제를 꺼냈다.

정심은 너무 뜻밖의 이야기라서 지레 겁을 먹은 표정이었고, 성길은 묵묵히 생각에 잠겨 있었다. 무엇 때문에 부모님들이 나가서 살아 보라고 하는지는 몰라도, 한편으로는 잘 되었다는 생각도 들었다. 성길은 정색을 하고 만석어른을 바라보았다.

"왜 그런 말씀을 하십니까?"

"별다른 생각이 있어서 그러는 거는 앙이다. 집에 있으면 젊은이가 너무 힘들 것 같아 그란다. 어른들 힘들게 일하는데 젊은이가 안 꾸무댈 수도 없고 말이다."

정심은 시어른들의 말씀이 너무 자상하고 따뜻하게 느껴져 눈물이 다 나올 지경이었다. 30년 가까이 도회지를 떠돌며 살았지만, 그녀의 기억 속에는 나이 잡수신 어른들로부터 그토록 귀염과 사랑을 받으며 살았던 때는 없었던 것이다. 그녀는 남편이 나가서 살자는 말만 않으면 시어른들 사랑 속에 묻혀 그대로 눌러 살고 싶었다.

"아버님도 별말씀을 다 하십니다. 가족들끼리 한데 모여 일하는 거야 어떠십니까?"

"우리가 이런 얘기를 하니까 니는 좀 섭섭하게 들릴지는 모르겠다마는, 세상사란 뭐든지 선후가 있다. 니가 시집와서 여태까지 내 밑에서 살며 우리 집 내력을 알았으면 그 다음은 자식을 놓는 일도 급하다. 길이도 건장치 못한데 일에 시달려 자식 놓는 것을 본의 아니게 미뤄서야 되겠나?"

정심은 그때서야 시어른들이 그냥 하는 말이 아니구나 하는 것을 느끼며 시어머니를 바라보았다. 영천댁이가 다시 말했다.

"나가서 너그들끼리 다녀보고 싶은 데도 가보고 먹고 싶은 것도 사서 먹으면서 마음 편히 지내다가 알라(아기)나 하나 가져라. 우리들이야 이제 다 살았는데 무슨 원이 있겠노? 그저 너그들 떡뚜꺼비 같은 자식 놓고 마음 편히 사는 것 보고 죽으면 그만이지……내 말 무슨 말인지 알겠제?"

영천댁은 깊은 마음을 감추지 못해서 끝내는 정심의 손을 끌어당겨 매만지다 눈물을 흘렸다. 고부간의 그런 모습을 묵묵히 지켜보던 성길은 낮게 한숨을 쉬었다. 결혼 전에는 장가를 못 가서 부모 눈에 애물 덩어리가 되었고, 결혼 후에는 빨리 자식을 낳지 못해서 늙은 부모님께 근심을 끼쳐 드리는 격이 되었다. 그는 나가서 딴 살림을 살아보겠다는 생각은 한 번도 가져본 일이 없었지만, 이번 기회에 부모님 곁을 떠나 힘차게 살아가는 모습을 한번 보여 드리고 싶은 생각이 들었다.

　"아부지 어무이 마음을 잘 알겠습니다. 저 사람과 의논해서 후일 다시 말씀드릴 테니까 너무 상심하지 마세요. 뭘 그런 데까지 신경을 써십니까?"

　"오냐. 깊이 생각해서 결정을 내려라. 결혼하고 나면 너그들끼리 자립해서 살아 보는 것도 필요하니까 말이다."

　"저희들끼리 나가서 살면 아부지 어무이가 적적하실 텐데 그래도 괜찮겠습니까?"

　영천댁은 아들의 말이 대견스러워서 조용히 웃었다.

　"괘않다. 정 외로우면 농사 도지(소작) 주고 니 히이(형)한테 가서 살면 되지……."

　"그러머! 방학 때만 되면 영학이 영숙이가 할애비 보구 싶다고 철따라 내려오는데 적적할 턱이 있나……."

　만석어른과 영천댁은 들일이 바쁘다면서 바깥으로 나갔다. 방안에는 어느덧 성길 내외만 굳은 표정으로 앉아 있었다.

　"노인네들, 아닌 밤중에 홍두깨처럼 갑자기 나가서 살아 보라니……."

　성길은 어른들의 의도를 알다가도 모르겠다는 듯 담배를 한 대 붙여 물었다.

　"왜 갑자기 그런 말씀을 하실까요? 제가 일하는 게 서툴러서 그러시는 게 아녜요?"

　정심은 오만 생각이 다 들어서 마음이 괴로웠다.

　"별 생각을 다 한다. 일하는 게 서툴면 자상하게 가르쳐 주실 일이지, 그럴 리가 있나. 문제는 당신이 자꾸 야위니까 편하게 살도록 해주고 손자나 하나 낳아 달라는 주문인데 그게 어디 인력으로 되나?"

"어머님도, 차암! 결혼하고 2년도 안 되는데 뭐 그렇게 걱정하시죠? 때가 되면 아이는 자연적 생길 텐데."

"글세 말이요. 어쨌든, 당신도 깊이 생각해 봐요. 어디서 살아야 좋을지……."

"전 그런 생각 한 번도 해 본 적이 없어요. 이번 일은 전적 당신이 결정을 내리세요. 전 묵묵히 따를 테니까요."

"당신답지 않은 소리! 어디 가나 나는 방만 지키는 사람인데 무슨 소리야. 당신이 이것저것 살피며 결정해야지."

"전 지금 연탄 위에 빨래 올려놓고 와서 길게 애기할 시간이 없어요. 이번 일은 신중사님과도 상의하며 신중히 결정을 내리세요."

"그래야겠군. 신중사가 언제 온다고 했지?"

"원래는 지난주에 온다고 했는데 당직 때문에 못 왔으니까 내일은 틀림없이 올 거예요. 주말이니까 말예요."

"그러면 신중사의 의견도 한번 들어보고 난 뒤 결정을 내리지. 당신은 나가서 일 봐요."

정심은 방을 나갔다. 성길은 목침을 배고 누워 오후 내내 분가 문제를 생각해 보았다. 하루종일 생각해 보았지만 친척들이 사는 도회지는 가능하면 피해야 되겠다고 생각했다. 뭘 좀 도와주겠다고 찾아와서는 옛날 이야기나 늘어놓으면서 주책없이 훌쩍거리다가 떠나는 친척은 마음만 아프게 할 뿐 그들의 생활에 도움이 안 된다는 생각이 들었다. 그렇다고 일가친척 한 사람 살지 않는 다른 도회지는 아내에 대한 불안감 때문에 선뜻 마음이 내키지 않았다. 살기 편하다고 유혹이 끓는 도회지로 나가서 살다가, 그들의 깊은 내막을 모르는 바람둥이가 정심의 외모에 끌려 끈질기게 달라붙기라도 하는 날이면 가정 전체가 파산될 위험이 있는 것이다.

그런 생각은 일주일에 한 번씩 갖는 부부 관계를 생각하면 오싹한 두려움까지 몰고 왔다. 두 다리를 전기톱으로 세 번이나 끊어 낸 사내가 성한 사람처럼 정력이 왕성할 리는 없지만, 그래도 한번씩 성관계를 가질 때는 부부가 같이 즐거움을 느끼도록 균형을 이루어야 하는데 그들의 부부 관계는 그가 생각해도 좀 한심한 생각이 드는 것이다.

성길은 그런 부조화를 극복하기 위해 요사이도 많은 노력을 했다. 의사의 권고대로 성관계를 갖는 날은 미리 진정제를 복용했고, 충분히 전희(前戱)를 가진 다음 교합했다. 그러나 아내가 운우지정에 빠져 퍽퍽 울기까지 했던 그 옛날의 정력은 어디로 가버렸는지, 요사이는 교합만 하면 사정(射精)이 되려는 통에 환장할 지경이었다. 이런 고통을 눈치 빠르게 파악한 아내가 전희만 끝나면 교합의 위치를 바꿔 자신이 해야 할 몫을 대신해 주어서 그런대로 유쾌한 시간을 갖는데, 그렇게 잠자리에서조차 빚을 지고 사는 사내가 아내를 데리고 대도시에 나가 산다는 것은 스스로 불행을 자초하는 행위라고 생각했다.

그는 천금을 준다 해도 대도시로 나가서 사는 것은 피하리라고 마음 속으로 다짐했다. 허지만 아내가 끝까지 도회지에 나가서 살자고 우기면 어떻게 설득하여야 좋을지 생각할수록 머리가 아팠다. 그러다 간밤에는 잠까지 설치고 보니 이튿날 아침은 그만 늦잠을 자고 말았다. 정심은 산책을 나갈 시간이라고 깨우면서 걱정스러운 표정을 지었다.

"몸이 안 좋으세요? 왜 그렇게 불편해 보이세요?"

성길은 분가 문제 때문에 단잠을 못 잤다고 말할 수가 없어서 고개를 저었다.

"아냐. 불편한 데 없어."

"그럼 왜 그렇게 우울하고 고통스러워 보이세요?"

"당신이 그렇게 봐서 그렇겠지……."

성길은 얼버무리며 옷을 꿰어 입었다. 정심은 방을 치우고 나와 휠체어를 폈다. 목발은 휠체어 뒤에 꽂았다.

"어머님, 저희들 바람 좀 쐬고 오겠습니다."

정심은 영천댁에게 인사를 하고 방천 둑으로 나가는 길을 택해 휠체어를 밀었다. 신록이 우거진 산책길은 이슬이 내려앉아 몹시 시원한 느낌을 주었다. 정심은 성길의 귓볼에다 뺨을 갖다 대며 다정하게 속삭였다.

"풀 냄새가 너무너무 싱그러워요. 어서 기운 좀 내세요."

성길은 마지못해 심호흡을 하며 기운을 냈다.

"어제 밤엔 왜 그렇게 잠을 못 주무시고 엎치락뒤치락했어요?"

"묻는 당신은?"

"당신이 못 주무시는데 내가 잠들 수 있겠어요?"

"그런 줄 알았으면 술이나 한 잔 달랄 걸……."

"술 잡수시고 여행 떠나자고 조를까 봐, 드리고 싶은 생각은 있어도 참았어요."

정심은 그들 두 사람의 부부관계를 '여행'이라고 표현했다. 성길은 1주일에 한 번밖에 성관계를 허용해 주지 않는 아내의 지나친 염려를 풀어줄 듯,

“요사이는 걷기 연습을 많이 한 탓인지 성감이 무척 좋
아…….”
하고 과시하듯 말했다.
　“저도 당신이 딴 사람 같은 느낌이 들어요.”
　“빚을 갚는 느낌이군…….”
　“빚이라뇨? 당신 자꾸 그런 식으로 말씀하시면 같이 여행
떠나지 않을 거예요. 혼자서 다녀오시든 말든.”
　“아, 미안 미안! 다시는 그런 말 안 할 테니까 그런 무서운
말은 하지 마.”
　“정말 약속하시는 거죠?”
　“그래. 약속할 게 뽀뽀 한 번 해줘.”
　“저기 사람이 온단 말예요.”
　정심은 마냥 행복한 사람처럼 그의 뺨에다 얼굴을 비비며
웃었다. 성길이가 전쟁터에서 돌아오면 한 1년만 동거를 하다
그의 앞날을 위해서 스스로 물러나리라고 생각했는데, 신은 그
녀에게 평생 그와 함께 살 수 있는 기회를 주었다고 생각했다.
그녀는 종교를 갖지 않은 무신론자였지만, 그걸 늘 행복의 여
신께 감사했다. 그리고 아침마다 동트는 지평선을 바라보며 산
책할 수 있는 시간을 내어주시는 시어른들의 뜨거운 사랑을
느낄 때마다 지신이 할 수 있는 모든 것을 남편과 가정을 위
해 바치고 싶었다. 성길은 아내의 그런 이야기와 소망을 듣고
는 간밤의 수심에서 완전히 깨어났다.
　“당신, 어제 아부지 말씀 어떻게 생각 해?”
　“너무 황송해요. 제가 시집살이를 하고 있는 건지, 아버님
어머님이 시집살이를 하고 있는 건지 분간도 안 되고요.”

"노인네들이 손자가 보고 싶어서 선심을 쓰시는 것 같은데 아무래도 받아드려야겠지?"

"그런 의미라면 받아 드려야지요. 저는 정말 능력만 닿으면 둘 다 충족시켜 드리고 싶어요."

"과욕이야. 한 가지는 포기해."

"당신이 원하신다면……."

"나가서 살아도 도회지보다는 이런 산책길이 있는 시골이 낫겠지?"

"그럼요. 저는 이제 도회지 생활이라면 진절머리가 나요."

"멀고 번거롭지만 않으면 백령도에 가서 한번 살아보고 싶어."

"거기 좋은 데 있어요?"

"당신도 가보면 알겠지만, 용기포(龍機浦) 천연비행장 옆에 있는 사곶(沙串) 백사장을 거닐어 보면 꼭 실낙원에 와 있는 기분이 들 거야. 정말 좋은 곳이야."

"당신이 마음에 드는 곳이라면 저도 담박 마음에 들 거예요. 허지만 너무 멀고 교통도 불편해 아버님 어머님이 섭섭해하실 것 같아요."

"그런 면은 있지. 여객선도 일주일에 한 번뿐이고."

"저는 조용히, 마음 편히 살 수 있는 곳이면 어디든 좋아요. 가능하면 멀리 나갈 생각은 말아요."

"그래. 이젠 좀 걷게 목발 좀 줘."

"어제 많이 걸었는데 오늘은 그만 맑은 공기나 마셔요. 무리하시는 것 같은데."

"꾸준히 연습해야지, 하다 안 하다 하면 더 고통스러워."

정심은 마지못해 목발을 건네주었다. 그리고 휠체어 앞으로 다가가서 자루처럼 생긴 가죽신발을 그의 왼발에 신겨 주었다. 그녀가 끈을 조이면서 물었다.

"너무 조이지 않았어요?"

"괜찮아. 좀 일으켜 줘."

정심은 성길을 일으켜 주고, 빈 휠체어를 밀면서 천천히 뒤따라 걸었다. 그들은 이제 광활한 들판을 가로지르는 방천 둑 중간쯤에 와 있었다.

"당신 오늘은 발걸음이 무척 가벼워 보여요?"

그가 5백여 미터쯤 걸었을 때 그녀가 바짝 다가붙으며 정겹게 물었다.

"나도 그런 느낌이 들어."

"이런 식으로 도보거리가 늘어나면 당신이 목표로 정한 1Km는 금방 돌파할 것 같은 생각이 들어요."

"늦어도 우리들의 결혼기념일까지는 돌파해야 돼."

"왜요. 무슨 이유라도 있어요?"

성길은 말없이 고개를 끄덕였다.

"뭐예요?"

"결혼기념일까지 기다려. 비밀이야."

"그때까지 어떻게 기다려요. 어서 얘기해 봐요."

성길은 빙그레 웃으면서도 계속 말이 없었다. 그는 1Km만 자력으로 걸을 수 있으면 아내와 같이 시장엘 한번 나가고 싶었다. 그의 집에서 시장까지는 왕복 1Km가 조금 못 되는데, 그때 결혼 2주년을 기념하는 뜻에서 부모님에겐 쇠고기라도 두어 근 사와서 국이라도 맛있게 끓여드리고 싶고, 아내에겐 향기 좋은 원두커피나 한 잔 사주고 싶었다. 그윽하게 피어오르는 커피 향내를 맡으며 지난 2년을 돌아보는 것도 의미가 깊지만, 자신과 함께 고락을 나눈 아내에게 고맙다는 말 한 마디를 결혼 2주년 선물로 들려주고 싶었다. 두 다리 멀쩡한 남자들은 그런 계획이 웃음거리처럼 들릴지 몰라도, 자신에겐 물질적인 그 어떤 선물보다 아내의 마음을 기쁘게 해줄 것 같았다.

"어제 라디오에서 들었는데 말이야, 삶이란 한 마디로 요약하면 기다리면서 사는 것이래. 그래서 인간의 삶 속에는 필연적으로 기다리는 정점, 즉 목표·희망·믿음·꿈 같은 것이 있기 마련이래. 내 말 무슨 뜻인지 이해가 가?"

"알겠어요. 이젠 더 보채지 않고 기다리면서 살 테니까 돌아서서 걸어요. 이러다간 아버님 어머님 조반이 너무 늦어지겠어요."

성길은 돌아서서 걸었다. 해가 달아오르고 있어서 땀이 몹시 흘렀다. 그는 손목에 묶어놓은 수건으로 땀을 닦으며 아내를 돌아보았다.

"인순이가 있는데 뭘 그런 것까지 걱정해? 설마 우리가 늦게 들어가면 먼저 잡수시겠지."

"안 돼요. 아버님은 인순이보다 제가 밥상을 올리는 것이 기쁘신가 봐요. 진지도 많이 잡수시고요."

성길은 아내의 그 말 한 마디에 분신 같은 정을 느끼면서 우뚝 섰다. 정심은 천 구백, 하고 그의 걸음걸이를 세어놓고는,

"힘드세요? 그러면 빨리 휠체어에 앉으세요."

하고 휠체어를 그의 뒤에 갖다 대었다.

“당신이 그런 걱정까지 하니까 더 걸을 수가 없군. 오늘은
부진하지?”
“아뇨! 어제보다 50보 더 걸었는 걸요.”
성길은 자신의 보폭을 40센티미터로 잡고, 천 구백 보를 얼
른 암산해 보았다. 어림으로 계산해도 7백여 미터는 될 것 같
았다. 악을 쓰고 걸으면 2천 보는 넘어설 것 같았지만 신중사
가 오는 날이라 참기로 했다. 무리하지 않아도 그가 목표로 정
하고 있는 1Km는 결혼기념일까지는 충분히 돌파할 것 같았다.
그는 동해남부선이 지나가는 철교 밑에서 세수를 하고 집으
로 돌아왔다. 어른들은 조반상을 물리자마자 과수원으로 나갔
다. 성길은 아랫채 옆에서 토니를 훈련시키며 아침나절을 보냈
다. 인순이 편에 머슴들 샛참을 챙겨주고 나오던 정심이가 환
하게 웃으며 소리쳤다.
“여보! 신중사님이 오셨어요.”
성길은 토니의 목끈을 풀어주며 싱긋 웃었다.
“어서 오세요. 정말 두 분이 같이 잘 오셨어요.”
정심이가 신중사가 들고 온 술병을 받으며 두 사람을 반겼
다.
“많이 기다렸죠? 지난주에 와서 하룻밤 묵고 가려고 했는데
아빠가 당직이라서 약속을 어겼어요. 그동안 어떻게 지내셨어
요?”
신중사의 아내가 정심의 손을 잡고 안부를 물었다.
“그렇게 섰지 말고 어서 시원한 데로 올라오세요. 우린 이렇
게 잘 지내요.”
정심은 신중사의 아내를 대청마루로 안내했다. 성길이가 신

중사를 향해 손을 내밀었다.

"너는 별일 없냐?"

"그래. 얼굴 많이 좋아졌구나. 어른들은 어디 계시니?"

신중사가 악수를 하며 마루에 걸터앉았다.

"과수원에 나가셨어. 빨리 군화 벗고 편히 올라앉아."

성길이가 재촉해도, 신중사는 마루 위로 올라앉을 생각을 않고 정심에게 농담을 던졌다.

"오늘, 하기휴양 삼아 왔습니다. 빨리 닭도 잡고 돼지도 잡아 한 상 차려주세요."

"오실 줄 알고 미리 다 준비해놨어요. 어서 들어가시기나 하세요. 애기 엄만 저랑 같이 애기나 좀 하다가 들어갈게요."

두 부부는 시간 가는 줄 모르고 그 동안의 소식을 주고받았다. 그때 과수원에 나갔던 영천댁이가 돌아왔다. 영천댁은 신중사 내외가 놀러왔다는 소식을 듣고는, 인천에서 큰아들 내외가 내려온 것보다 더 기쁜 표정으로 두 사람을 반겼다.

"야야, 저 사람들 점심이 좀 늦더라도 닭이나 한 마리 잡아서 볶아라. 술안주라도 하게……."

영천댁은 갑자기 바빠졌다. 그녀는 인순이를 뒷밭으로 보내 파·고추·오이·호박·토마토 등을 따오라고 하고는, 오는 길에 꼴머슴을 데리고 와서 빨리 닭부터 잡아 달라고 소리쳤다.

집안은 얼마 후 음식 만드는 냄새로 가득 차는 듯했다. 부엌에선 닭 볶는 냄새가 등천을 했고, 뒤란 우물가에서는 파전·고추전·호박전을 붙이는 냄새가 아랫채까지 풍겨 왔다.

그때 성길은 신중사와 같이 아랫채로 건너와서 수박과 토마토를 먹으면서 좀 늦어지는 점심을 벌충하고 있었다. 그는 신중사의 아내가 부엌으로 나가자, 그 틈을 이용해 분가 문제를 상의했다.

"친척이 살고 있는 도회지가 싫다면 별수 없이 포항이나 경주시 근교에서 살아야지 멀리 갈 수가 없잖니?"

신중사는 성길의 이야기를 다 듣고는 좀 난감하다는 표정을 지었다. 성길이가 받았다.

"그러니까 너랑 상의하잖니? 어디 추천해 줄만한 곳이 없어?"

신중사는 막연한 느낌이 들었다. 성길 내외가 한사코 도회지는 싫어하니 자신 있게 권할 곳이 없는 것이다. 그는 여러 방면으로 생각해보다 자기 부대에서 짓고 있는 '파월 전상자 자활촌'을 소개했다.

"새마을이라니, 그게 어디에 있는데?"

"포항 역에서 흥해 쪽으로 버스를 타고 30분 정도 가다 보면 '달전'이라는 동네가 나오는데, 거기다 백여 호 정도 되는 자활촌을 건립하고 있어."

"나는 금시 초문인데?"

"소문이 나지 않아서 그렇지, 우리 부대에서 그 공사를 시작한 지는 꽤 오래 되었어. 주택건립공사는 벌써 끝났으니까."

성길은 무슨 희소식을 들은 사람 모양 관심을 보였다.

"지난주부터 논을 뜨고, 황무지를 밀어서 입촌 전상자들이 자활할 수 있는 공장까지 짓고 있는데 아마 두어 달 후면 입주가 가능할 거야. 지금 입주신청서를 받고 있다는 소리가 들리니까."

"그런 곳에 나 같은 사람도 들어가서 살 자격이 돼?"

“물론이지! 파월 전상자들을 위해 건립한 자활촌인데 너 같은 사람이 못 들어가면 누가 거기 들어갈 수 있겠어? 너야 해병대 제대했고, 월남 갔다왔고, 1급 원호대상자(지금은, 보훈가족이라고 부른다)인데……”

“그렇다면 집사람과 한번 상의해 볼 일인데?”

“웬만하면 정심 씨를 위해서라도 도회지로 나가서 살아. 부대예산으로 조성되는 마을이라 후생복지 시설이 형편없어.”

“전기나 상·하수도 같은 시설은 되어 있지?”

“그런 거야 물론 다 갖추었지만 학교·병원·시장 가는 길이 멀고, 길도 비포장이라 비가 온다거나 바람이 세차게 부는 날은 고생이 심해.”

“전원에 들어가서 자연을 벗하고 살려는 놈이 그런 거야 각오 안 하고 되나? 그런 게 오히려 자연적인데……”

“그거야 너 혼자 생각이지. 정심 씨나 나이 드신 부모님이 승낙하시겠니?”

“알아듣게 말씀드리면 부모님들은 승낙해 주실 거야.”

“그래도 나는 너 말만 들으면 우선 답답해. 왜 병든 달팽이처럼 촌구석으로만 파고들려고 하니? 마누라 위해 주는 셈치고 도회지로 나가서 좀 편하게 살아. 집에서 부족한 생활비 지원 받을 수 있겠다. 무엇 때문에 올 데 갈 데 없는 전상자들처럼 그런 새마을에 들어가서 살려고 하니?”

“너는 아직 내 깊은 근심을 모른다. 나도 너만큼 마누라 사랑할 줄 안다. 그러나 마누라 위해 주려고 도회지에 나가서 살다 여편네 마음이라도 변해 떠나버리면 그 다음은 어떻게 할 거니?”

"답답한 친구! 대가리가 파뿌리 될 때까지 해로하자고 맹세한 부부 사이에 그런 의심이 있으면 어떻게 사니?"

"여유 작작한 소리 그만 해라. 결혼이 어디 여편네 다리라도 묶어놓는 족쇄니?"

성길은 그만 언성을 높이며 흥분하기 시작했다.

"나는 지금 아내가 부모님들보다 더 소중한 사람이야. 누가 들으면 미친놈이라고 욕도 하겠지. 그렇지만 할 수 없어. 아내는 나와 같이 현실적인 고통을 극복해 가는 대화의 상대자니까 말이야. 솔직히 말해 나는 아내가 없으면 한시도 존재할 수 없다는 극단적인 생각까지 갖고 사는 사람이야. 그런데, 그 생명줄 같은 아내를 내가 함부로 내돌리겠니? 내 아내는 너조차 결혼대상자로서는 실격이라고 반대한 화류계 출신이야. 이런 아내와 같이 사는 내가 자연 속에서 구원을 받으며 조용히 살아보려는 것이 그렇게 옹졸하고 비정상적이라고 생각하니? 아니면 너같이 사지 멀쩡한 녀석들이 남의 아픈 속은 모르고 위선적인 기분에 들떠 마구 지껄이는 것이 정상적이라고 생각하니?"

신중사는 자신의 생각이 깊지 못했다는 것을 깨닫고는 당황하는 표정을 보였다.

"네가 그런 생각으로 새마을에 입주하겠다면 적극 도와줄 테니까 진정해. 내가 생각이 얕았던 것 같다."

"부부 사이에서 일어나는 일들을 시시콜콜 다 이야기할 수는 없지만, 나는 아내에게 모든 것을 빚지고 사는 인생이야. 성생활도 그렇고, 정서생활도 그렇고. 정말 아내가 자신의 인간적 욕구까지 참으며 사니까 오늘의 내 가정이 요만큼이라도 유지되면서 웃음이 돌지, 평범한 여염집 여자 같아도 나와 같이 살 수가 없을 거야. 이런 아내를 위해 내가 할 수 있는 일은 무엇이겠나? 육체적으로는 좀 괴롭더라도 전원에서 정신적인 행복을 추구하며 편하게 살게 해주는 일이라고 생각해. 신중사, 내가 왜 병든 달팽이처럼 촌구석으로만 파고들려는지 이제 그 마음을 알 수 있겠나?”

“알았어. 부대에 들어가는 대로 알아 볼 테니까 네 집사람과 잘 상의해 봐. 혹 다른 생각이 있을 지도 모르니까.”

신중사는 그 날 늦게 포항으로 돌아갔다. 성길은 신중사 내외를 배웅하고 들어와서 아내에게 새마을에 관한 이야기를 꺼냈다. 정심은 의외롭게 호감을 보였다.

“생활비를 벌어 써야 하는 형편이면 몰라도, 우리의 경우에서는 굳이 도시로 나가서 살 필요가 없어요. 당신과 아침저녁 산책 한번을 즐겨도 공기 탁한 도회지보다는 전원적인 분위기가 있는 시골이 나을 테니까요.”

정심은 솔직하게 자신의 심정을 성길에게 내보였다. 다른 사람들은 도회지 생활을 동경할지 몰라도, 그녀는 정말 도회지생활에 진절머리를 느끼고 있었다. 코딱지 만한 협소한 월세방, 자고 나면 연탄가스가 낮은 처마 밑을 감돌며 숨을 막히게 하는 불쾌한 아침, 월말만 되면 방세부터 마련해야 되는 생활…… 그러면서도 유행하는 옷과 격에 맞지 않은 음식은 본의 아니게 먹어야 살 수 있는 곳이 그녀의 기억 속에 남아 있는 도시생활의 전부였다.

“당신 생각이 그렇다면 아부지 어무이께 우리 생각을 말씀 드립시다.”

　　정심은 흔쾌히 고개를 끄덕였다. 성길은 그 날 밤 만석어른과 영천댁을 자기들 방으로 모셔놓고 분가해서 살 거주지 문제를 상의했다. 영천댁은 아들의 이야기를 듣고 있다가 탐탁잖은 빛을 보였다.

　　“이왕 나가서 살 바에는 친척들이 많이 사는 서울이나 인천에서 살지, 와 이곳보다 더 후미진 곳으로 들어가서 살라고 하노?”

　　성길은 어머니를 설득시키기 위해 또 입이 마르도록 자신의 심정과 처지를 설명해야 되었다. 만석어른이 그만큼 들었으면 알겠다는 듯 잘라 말했다.

　　“니 에미가 형 곁에서 살아보라고 하는 것은 도시가 병원 다니기 편하고 살기 수월해서 그랬는데, 너그들의 뜻이 정 그렇다면 우짜겠노. 복작거리는 사람들 속에 섞여서 원시이(원숭이)처럼 구경거리가 되기 싫다니 나는 다른 말은 않겠다. 그저 너들 마음 편하게만 살아라. 다행히 포항에서 얼마 떨어지지 않은 곳이라니까 우리들도 자주 가볼 수 있어서 그런 대로 좋은 생각도 든다……”

　　만석어른은 아들 내외의 마음을 더 건드리지 않으려고 수락하는 빛을 보였다. 그러나 명치뼈 밑이 또 갑갑해 왔다. 어린 젖먹이들도 자다가 깨어나서 울 때는 밝은 문 쪽으로 기어 나오는데, 앞길이 구만리 같은 아들이 왜 자꾸 촌구석으로 들어가 살려는가 하고 생각해 보니 북에 있는 동생이 끝까지 아들 내외에게 고통을 안겨준다는 생각이 들었다. 그래도 며느리 앞에서 동생을 나무랄 수가 없어서, 만석어른은 담배 한 대로 아픈 마음을 달래며 가슴을 진정시켰다.

"그나저나 새마을이란 그 곳에는 쉽게 들어갈 수가 있어야 할 낀데 자리가 안 나면 우야노?"

영천댁이 새로운 근심거리가 생겼다는 듯 포오 한숨을 쉬며 물었다.

"신중사가 근무하는 부대에서 입주자를 선정하고 있다니까 그거야 안 되겠습니까? 너무 걱정하지 마세요."

"그러면 며칠 더 기다려보자."

만석어른과 영천댁은 큰 채로 건너갔다. 여름도 다 끝나 가는지 이따금씩 서늘한 바람이 기분 좋게 밀려왔다. 성길 내외는 문을 닫고 새마을생활을 설계해 보다 단잠을 잤다.

그로부터 보름 후, 신중사로부터 기쁜 소식이 왔다. 입주가 가능하다는 것이다. 성길 내외는 신중사가 한가한 날을 택해 새마을을 둘러보러 갔다.

"여보! 우리 편하게 살기 위해 새마을로 들어가지만, 우리도 자식이 태어나 학교에 들어갈 나이가 되면 교육문제 때문에 도시로 나와서 살아야겠지?"

성길은 택시를 대절해 포항으로 달려가면서 지금은 전원으로 들어가 신혼생활을 즐기지만 자식이 태어나 교육시킬 때가 되면 그들도 자식들의 교육을 위해 도시로 나가서 살아야 된다는 것을 미리 내비쳤다.

"그렇군요. 우리도 자식의 울타리가 될 수 있는 부모가 되어야 하니까요. 전, 정말 당신 제대한 이후 지금까지 보약 떨어뜨리지 않고 달이시는 어머님 아버님 정성에 탄복했어요. 세상에 우리 아버님 어머님 같은 부모님은 없다는 생각도 들고요……."

그들은 만석어른과 영천댁을 부모로 모시고 있는 것을 큰 영광이고 행복이라고 생각했다.

"나도 자식이 태어나면 뜨거운 사랑을 줄 수 있는 아버지가 될 테니까 당신도 각오 단단히 해. 시장 다니기 불편하고, 생활비 지급되는 우체국 멀다고 투덜거리지 말고."

"이겨낼게요. 앞으로는 그런 걱정 마시고 당신 건강이나 염려하세요."

"전원에서 한 5년 정도 묻혀 살면 귓가에서 윙윙거리는 포성도 멎고 몸도 좋아질까?"

"네에? 지금도 전쟁터에서 울려 퍼지던 포성이 들려요?"

정심은 소스라치게 놀란 표정으로 성길을 바라보았다. 성길은 담배를 붙여 물며 고개를 끄덕였다.

"당신에겐 감추고 있었지만, 신경이 날카로운 날은 더 심하게 들리는 것 같아……."

그렇다. 지금도 성길은 크레모아 터지는 굉음, 공격해 들어가는 작전지역의 전방을 강타해 주는 아군의 포성, 지축을 흔드는 듯한 건쉽(Gun-ship : 중무장헬기)의 소음과 기총소사, 깊은 밤 별빛도 없는 정글 속에서 기분 나쁘게 들려오는 베트콩의 딱콩총 소리 때문에 잠을 이루지 못할 때가 많았다.

그런 밤은 왜 그렇게 신열이 끓고 정서가 불안할까? 성길은 그런 자신을 감추기 위해 담배도 피웠고, 빨리 잠 속으로 빠져들기 위해 군의관이 가르쳐 준 대로 마음 속으로 숫자도 세어보지만, 이상하게 잠이 달아나면서 머리만 빠개지듯 아팠다.

그런 날 성길은 계획에도 없던 정사를 요구했다. 성길의 내심을 모르는 정심은 남편의 건강을 염려하면서도 마지못해 옷

을 벗고 분위기를 만들어 주지만, 성길은 마음과는 달리 몸이
말을 듣지 않았다.

미끈한 월남 여자들처럼, 쪽 곧은 정심을 껴안을 때면 금시
몸이 활활 타오를 것 같았는데도, 광기를 부리며 정글을 달리
던 자신의 환영이 어른거리면 그만 몸의 한쪽 구석이 식어 가
는 것이다.

성길은 그런 환영을 쫓기 위해 미친 듯이 정심을 애무했다.
그의 혀끝이 정심의 목덜미를 타고 내려와 유방과 기름기 없
는 허리를 점점 찍어 갈 때마다 정심은 활처럼 몸을 휘면서
더운 입김을 내뿜었다. 그러나 성길은 그가 죽인 월남 여자들

의 환영 때문에 진저리쳤다.

"이새꺄! ○○가 달렸다고 다 계집인 줄 알아? 월남 계집들의 ○○구멍에서는 네놈의 순대를 씹는 수류탄이 튀어나온단 말이야, 임마. 작전 나와서 잡은 계집들은 모두 V·C(베트콩)로 간주하고 사살해!"

그러면서 성길은 분대장으로서의 위엄을 보이기 위해 남자 3명, 여자 1명으로 구성된 베트콩 1개 분대의 구성원인 여자 V·C를 부하들이 보는 앞에서 잔인하게 난사해 죽이곤 했다. 그것도 여자의 은밀한 사타구니를 향해. 그렇잖으면 매끈한 여체의 신비와 오징어 젓갈 썩는 냄새 같은 여체의 사타구니 냄

새에 혼이 빠져 허망하게 개죽음 당하는 부하들의 희생을 막
을 수가 없었던 것이다.

그렇게 여자를 사살하고 돌아오면 자기 비감에 빠져 우울할
때가 많았다. 대학 졸업 전에 행정고시에 합격하겠다고 밤새워
공부하던 자신이 어쩌다 살인마로 변했는가 싶어 눈물이 나왔
고, 어머니가 보고 싶어 못 견딜 지경이었다.

그런 날은 달빛이 스며드는 야자나무 아래서 도마뱀의 울음
소리를 들으며 맥주를 마시곤 했다. 아무리 마셔도 취하지 않
는 술. 그는 맥주 한 박스를 혼자서 다 비우고도 술이 취하지
않아 독한 술을 찾아 더 마시곤 했다. 그리고는 뒤늦게 취해
잠자리로 기어가곤 했지만, 그런 밤은 이상하게 성욕이 끓어올
라 잠을 이루지 못할 때가 많았다.

그때마다 성길은 목에 걸린 메달을 만지작거리곤 했다. 월남
으로 떠나던 전날 밤, 정심이 포항에서 밤을 같이 보내며 걸어
준 부적 같은 목걸이였다.

왜 이 목걸이를 나에게 주지?

살아서 돌아오시라고요.

이걸 목에 걸고 가면 살아서 돌아올까?

그럼요, 틀림없이 살아서 돌아오실 거예요…….

석별의 아픔을 달래기 위해 시시껄렁한 농지거리를 주고
받으며 받아 걸은 목걸이인데, 성길은 그 메달을 '트라봉 탐색
전' 때 잃어버릴 뻔했다.

트라봉 탐색전은 1966년 12월 12일부터 16일까지 전개된 작
전이었다. 이 작전은 해병대가 '북극성작전(1966. 8. 18 - 9.
23)'을 전개하여 총 병력을 추라이지구로 이동시킨 다음에 전

개했다. 당시 추라이지구를 포함한 쾅나이 성 일대는 1번도로 연변을 제외하고는 월남정부의 행정력이 미흡해 베트콩들이 통치하는 구역이었기 때문에 대부분의 주민들은 새로 진주한 한국군을 불신하거나 혐오의 대상으로 보고 있었다.

작전지역의 이러한 정황 때문에 해병대는 대민심리전과 대민사업을 전투와 병행하여야만 되었다. 이로 인해 해병대는 해당 지역에 이동 즉시 지방 베트콩들의 암약과 침습이 자심한 빈송 군과 송딘 군 일대 총면적 464㎢에 달하는 전술책임지역을 할당받아 색적(索敵) — 격멸(擊滅)의 전투행위와 대민사업을 병행하는 1단계작전을 펼쳤다.

이 1단계작전이 바로 '황금작전(일명, 추수보호작전)'이었다. 이 작전이 주효하여 '필승 따이한, 청룡'의 용맹과 더불어 파월 한국군의 진면목이 입증되었는데, 해병대는 이 작전을 성공적으로 마치면서 뒤이어 '비봉작전'과 '용안작전'을 펼쳤고, 이어 대대급의 '여명전투'를 전개하여 기선을 제압하게 되었다. 여기에 가세하여 실시한 것이 바로 트라봉 탐색전이었다.

이 탐색전은 1967년도 해병 제2여단 전술책임지역의 확장을 위한 전초전으로써 트라봉 강 유역에서 암약하는 베트콩들을 완전 소탕함과 동시에, 트라봉 강을 잠항하여 병력과 장비 등을 빈송 군과 송딘 군 일대의 적에게 공급해 오던 외곽의 적군을 일망 타진해 이들 상호간의 관계를 완전히 차단, 봉쇄하기 위한 작전이었다.

월맹군과 지역의 공산 게릴라들이 트라봉 강을 유일한 병참선으로 활용하게 된 불가피한 이유는 월맹군이 중부 해안도시와 산악지대에서 한·미·월군의 연합작전에 의해 연패했기

때문이었다. 이로 인해 지방 베트콩과 게릴라들에 대한 보급망
이 단절되자 그 돌파구를 17도선 이하에서 택하는 한편, 북부
해상과 라오스 국경지대를 거쳐 트라봉 강으로 잠입했던 것이
다. 그래서 해병대의 입장에서는 이 지역에서 암약하는 적을
완전히 소탕하지 않고는 쾅나이 성 일대의 평정작업과 주민들
의 안전한 거주가 곤란했기 때문에 트라봉 작전의 의의와 비
중은 실로 막중했던 것이다.
  이 탐색전은 원래 미 해병대와 합동작전을 펼 계획이었으나

미 해병대 측의 사정으로 취소되고 해병 1개 대대의 단독작전
으로 실시되었다. 참가부대는 해병 제2여단 3대대 소속의 9중
대·10중대·11중대가 출전했으며, 지원부대는 포병대대 105미
리 곡사포 1개 포대였다. 협력부대는 미 해병 제1비행사단 전
술항공대와 헬리콥터 1개 중대가 가담했다. 해병대는 이 탐색
전을 성공적으로 완수하기 위해 성길이가 몸담고 있던 소대를
서전(緖戰)에 투입하여 수색과 정찰을 펼치며 트라봉 강 유역
의 지세와 지형지물을 파악했다.

약 12㎞에 달하는 트라봉 강 유역 일대에는 149고지·183고지·197고지 등 무명고지가 많았다. 서남쪽으로 형성된 대소 구릉지대 아래로는 정글·소하천·전답 등을 끼고 점처럼 흩어져 있는 취락지역이 많았다. 또 강 인근에는 늪지·습지·갈대덩굴이 연속되었고, 동서 쪽으로 관통한 도로 주변에는 울창한 대나무 숲과 열대성 관목들로 둘러싸인 촌락들이 조밀하게 집단적으로 들어서 있었다.

이런 촌락들 도처에는 방어시설들이 많았다. 특히, 촌락으로 들어가는 어귀에는 개인 엄폐호와 교통호가 많았고, 인공 장애물인 지뢰와 부비트랩을 매설한 옆에는 죽창물(竹槍物)을 설치해 놓은 위장 덫도 많았다.

성길은 중대의 집중공격을 위해 벌써 며칠째 이 지역을 정찰 수색하면서 분대전투를 벌였다. 몸을 다치는 날은 꿈자리가 사나와서 그 날만은 전투를 피하고 싶었다. 그런데, 연일 병력이 손실되고 제 때에 보충병력도 충원되지 않아 꿈자리가 사납다고 전투를 피할 수 있는 형편이 못 되었다.

그는 월남 고참인 곽일수(郭一秀) 상병을 데리고 무명고지 기슭을 수색하기 시작했다. 대규모 작전을 앞두고 소수 병력이 분대를 편성해 암암리에 펼치는 정찰과 수색은 언제나 위험 부담이 높았다. 노련한 월남고참들로 분대를 편성했으면 그래도 마음이 놓이겠는데, 중대 내의 사정이 그렇게 되지 않았다. 그는 첨병으로 내세울 사람과 통신병만 월남고참으로 지정하고, 나머지는 신참들로 분대를 편성해 나갔기 때문에 수색을 펴면서도 마음을 놓을 수가 없었다. 안댐(An Diem) 부락으로 들어가는 어귀는 아군이 첫발을 내딛는 곳이었고, 관목 숲과 정글이 얽힌 197고지 동쪽 기슭은 유난히도 부비트랩과 발목지뢰가 많이 매설되어 있었기 때문이었다.

성길은 전 신경을 곤두세워 민가로 통하는 계곡을 수색해 나갔다. 그때 앞서 가던 곽일수가 폭음과 함께 푹 고꾸라졌다. 발목지뢰를 밟은 게 분명했다. 가까이 가서 보니 오른쪽 다리는 피투성이가 되어 있고, 그가 신었던 정글화 한쪽이 곁에 있는 관목 숲 위에 걸려 있었다. 분대의 사기는 갑자기 떨어졌다. 신음을 토하는 곽일수의 처참한 모습과 관목 숲 위에 걸려 있는 정글화 한 쪽을 본 분대원들이 두려움에 질려 발을 옮기지 않으려고 했던 것이다. 성길은 사주경계를 펴며 압박붕대로 곽일수의 다리를 지혈시키기에 바빴고, 매드백(Med Bag : 후송헬기에서 내리는 구조배낭)을 불러 곽일수를 실어 보내고 쓸쓸히 소대가 있는 지역으로 이동해야 되었다. 그런데 곽일수가 발목지뢰를 밟고 매드백을 타자, 전투경험이 적은 신참들이 몸이 굳어 움직이지 않는 것이다. 지뢰를 밟을까 봐 겁을 집어먹은 것이 분명했다.

"나를 따라 와!"

성길은 굳어 있는 부하들의 사기를 북돋우기 위해 오기로 발을 옮겨놓았다. 부하들은 그가 밟은 발자국만 밟으며 뒤따라 왔다. 성길은 어처구니가 없었다. 발목지뢰 하나 때문에 온몸 전체가 굳어버리는 부하들을 보니까 기가 차는 것이다. 그는 어이없는 웃음을 삼키며 앞으로 나가는데 저만치 있는 선인장 숲이 몹시 마음에 걸렸다. 그는 선인장 숲에 신경을 곤두세우며 한 걸음씩 발을 옮겨놓는데 뒤 따라 오던 통신병이 "분대장님!" 하고 그를 부르다 말곤 엉덩이를 냅다 걷어 차버리는

것이다. 통신병은 선인장 숲만 보고 있는 분대장이 바로 앞에
있는 지뢰를 밟을까 봐 엉겁결에 취한 행동이었다. 성길은 영
문도 모르고 앞으로 고꾸라질 듯 밀려 가다가 낭떠러지 밑으
로 떨어지는 듯한 섬뜩함을 느끼면서 "아!" 하고 비명을 질렀
다. 그리고 몸을 움직이는데 "분대장님!" 하는 외침이 비명처
럼 들려왔다.

　정말 눈 깜짝할 순간에 일어난 불상사였다. 그는 베트콩이
설치해 놓은 위장 덫에 빠진 것이다. 베트콩들은 사람이 다닐

수 있게 길을 내어놓고, 거기에다 지뢰를 매설해 놓은 것이다.
그리고 그 지뢰를 목격한 사람이 간이 콩알만해져서 옆으로
우회할 만한 곳에 또 위장 덫을 놓아두었는데, 그 위장 덫은
한 길 가량 호를 파고 그 속에다 물소 똥과 독을 바른 죽침을
수반에 쓰는 침봉처럼 세워놓은 것이다. 성길은 그 날 뒤따라
오던 통신병이 엉겁결에 걸어 차버린 반동을 제어하지 못해
그 죽침 덫에 빠지고 만 것이다.

통신병은 포복졸도 할 지경이었다. 지뢰를 밟을 것 같아 엉

겁결에 걷어 차버렸는데 서너 걸음 고꾸라질 듯 밀려가던 분대장이 갑자기 땅 속으로 푹 꺼지며 비명을 지르는 것이다. 그는 분대장을 구하려다가 도리어 죽인 꼴이 되었다. 통신병은 눈이 확 도는 것 같아 분대장이 빠진 위장 덫으로 다가서며 부분대장을 불렀다.

분대장이 위장 덫에 빠졌다는 소식을 듣고 급히 뛰어오던 부분대장이 덫 곁으로 다가오는데 또 쾅! 하는 폭음이 천지를 진동시켰다. 부분대장을 뒤따라오던 부하가 성길이가 밟을 뻔했던 그 지뢰를 밟아버린 것이다. 그 장난 같은 아비규환 때문에 성길은 8시간만에 구조되었다. 그는 왼쪽발목과 오른쪽 장딴지 쪽을 찔렸는데, 그때 벌써 그의 몸 속에서는 월남 쇠똥에서 번지는 파상풍과 독극물이 번지고 있었던 것이다.

성길은 지금도 그 장난 같던 아비규환의 순간만 생각하면 눈물이 앞을 가렸다. 빗발같이 총탄이 오고가는 교전에서도 죽지 않고 살아남은 불사조와 같은 존재였는데, 부하의 당황한 발길질 한 번에 최후가 다가올 줄은 꿈에도 생각지 못했던 것이다. 성길은 그 날 분명히 통신병이 우려한 지뢰를 보았던 것이다. 발걸음을 옮겨놓고 보니 지뢰가 있어서 오싹한 느낌을 진정시키며 선인장 숲을 지켜보았는데, 그의 내심을 모르고 당황한 통신병이 엉겁결에 걷어 차버린 것이다. 만약 통신병이 걷어차지만 않았더라도, 그는 선인장 숲을 확인한 뒤 그를 뒤따르는 부하들을 모아놓고 지뢰가 묻혀 있는 지형과 형태를 실제로 보여주면서 전투경험이 부족한 부하들을 교육시키려고 했던 것이다. 그런데 엉뚱한 사태가 벌어져 자신은 덫에 빠지고, 자신을 구하려고 다가오던 부하들은 통신병을 비롯해 6명이 순식간에 떼죽음을 당한 것이다.

월남전은 언제나 그랬었다. 서로 총격을 가하면서 교전을 하다가 죽는 것보다 베트콩이 매설해 놓은 덫이나 지뢰를 밟아 더 희생당한, 아이들 장난 같았던 전쟁터였다.

성길은 그 날 덫에 빠져서도 살려고 사력을 다 했지만 산적한 고기모양 죽침이 오른쪽 관절과 왼쪽 복숭아뼈 밑을 뚫고 들어와 있어서 힘을 쓸 수가 없었다. 몸을 조금씩 움직이면 무엇이 자신을 더 끌어당기는 것 같아서 누군가가 위에서 자신을 끌어당겨 줘야 지상으로 올라갈 수 있었는데, 엎친 데 덮친 격으로 부하들도 지뢰를 밟아 6명이나 참변을 당하고 보니 살아 있던 부하들도 모두 제 정신이 아니었던 것이다. 그 통에 성길은 8시간이 지난 뒤에야 구조되었다.

성길은 그때 혼미해 오는 의식을 깨우기 위해 목에 걸린 메달을 생각했다. 그리고 그는 죽지 않는다고 속으로 외쳤다. 메달이 그를 지켜주기 때문에 자신은 분명히 살아날 수 있다고 위로했다.

조금만 참자. 누군가 분명히 나를 구해줄 것이다. 나는 절대로 죽지 않는다…….

그런 생각을 하면서 고통의 순간을 이겨냈는데, 그때 그의 일생은 이미 끝난 것이나 다름없었다. 모질고 질긴 생명은 끊어지지 않고 붙어 있어서 지금은 아내라도 꿰어차고 사람 사는 흉내를 내면서 하루하루 연명하고 있지만, 그는 이것은 삶이 아니고 덤이라고 생각했다. 신이 회수하려던 생명을 깜박 잊고 빠뜨려서 그는 지금도 살아 있다고 생각했던 것이다.

이 기간에라도 번갯불에 콩 볶아 먹듯 자식이라도 두엇 낳으면 일생의 여한이 풀어질 것 같았다. 불구의 몸이지만 자식만 낳아놓으면 정부가 생계비를 매달 보내주기 때문에 대학까지는 걱정 없이 시킬 것 같고, 그렇게만 되면 자식들이 크는 과정을 지켜보며 지난날의 꿈과 아픔을 잊어버릴 수 있을 것 같았다.

그래서 그는 더욱더 전원생활을 동경했다. 전원으로 들어가면 인간의 마음을 흔드는 유혹이 적을 것이었고, 그런 유혹이 없으면 아내도 결혼식 때의 맹세처럼 자기 곁에서 살아 줄 것 같았다. 그러나 자식도 낳지 않은 이 때 도시로 나가서 살다가 아내가 사지 멀쩡한 사내들의 유혹에 빠져 자기 곁을 떠나는 날이면 그는 고생스럽게 더 살 이유가 없다고 생각했다. 아내가 없으면 자식을 낳을 수가 없고, 자식이 없으면 하루하루 미련을 갖고 이 세상을 살아갈 의욕을 얻지 못할 것 같았다.

그는 자식이 태어나면 아내가 자신의 곁을 떠나가는 일이 있어도 전원을 빠져 나오리라고 생각했다. 아내를 그렇게 의심한다는 것은 정말 죄스러운 일이나, 자식만 있으면 아내가 없어도 혼자 힘으로 자식을 키우면서 살 수 있을 것 같았다. 물론 아내가 끝까지 자기 곁에 있어 준다면 더 할 나위 없는 영광이고 금상첨화지만, 그는 그것을 과욕이라고 극단적인 생각을 할 때도 많았다. 그런데 그 빌어먹을 놈의 포성은 왜 그렇게 들려오는지, 그 포성만 들려오면 까닭 없이 불안하고 가슴이 두근거려서 새 생명을 잉태시키는 일을 맑은 마음으로 수행할 수가 없었다. 그러나 새마을 같은 곳에서 불안과 근심 없이 몇 년 간만 생활하면 분명히 지긋지긋하게 들려오던 의식속의 포성도 사라질 것만 같았다. 그렇게만 되면 정말 그가 원하던 자식도 태어날 것 같아서 포항으로 달려가는 그의 표정은 퍽 밝고 용기와 희망으로 가득 차 있었다.

"신중사는 어디서 만나기로 했어요?"

택시가 효자검문소를 통과했을 때 정심이가 물었다.

"포항역 광장에서."

정심은 고개를 끄덕이며 앞을 쳐다보았다. 택시는 형상강(兄山江) 하류를 따라 넓게 뚫린 강변도로를 10여 분간 더 달리다 포항 시내로 들어갔다.

신중사는 약속 장소에 나와 있었다. 성길 내외는 포항역 광장에서 신중사를 앞좌석에 합승시켜 다시 흥해 쪽으로 빠지는 동해안 국도를 따라 20여 분 간 더 달렸다.

"기사양반. 저 앞에 보이는 버스정류소 앞에서 좌회전해서 안으로 들어갑시다."

신중사가 길을 안내했다. 택시는 새마을정류소 앞에서 방향을 바꾸어 비탈길을 타고 천천히 마을 쪽으로 들어갔다.

"이 앞에 보이는 논들이 모두 이번에 뜬 논들이야."

성길은 고개를 끄덕이며 주위를 둘러보았다. 산비탈을 끼고 마을로 들어가는 진입로는 1㎞가 조금 넘었는데, 달구지 두 대가 겨우 비켜 갈 만한 폭이었다. 도로 양쪽에는 수양버들과 오리나무들이 일정한 거리를 유지하면서 서 있었고, 노면은 자갈이 깔려 있었다. 인근 들판은 벼가 익어가고 있었는데 도로 양쪽에 새로 뜬 논들은 붉은 황토 바닥을 보이며 비어 있었다.

"이 논들은 어떻게 관리되나?"

성길이가 빈 들판을 바라보며 물었다.

"애초의 계획은 입주자 한 사람 당 700평씩 경작권을 부여

하고, 형편이 닿는 대로 불하할 계획이었는데 자세한 내막은
나도 잘 모르겠어."

"나처럼 1급을 받은 전상자는 그 정도면 근근히 생계는 이
어 가겠지만, 2급이나 3급을 받은 사람들은 부족하지 않을까?"

"그런 문제가 대두되어 밭도 세대 당 500평씩 할당해 줄 예
정인데 부족한 모양이야. 그래서 이 마을에다 빵공장·두부공
장·피복공장 등을 신설해 유휴노동력을 흡수할 예정인데 두
고 봐야지. 어쨌든, 가축을 사육할 수 있게 돈사와 계사도 많
이 지어 놓았으니까 자신만 열심히 노력하면 생계는 염려가
없을 거야."

"입주자들은 다 내정되었어?"

"부대에서 누차 입주신청을 하라고 통보를 보냈는데도 반응
들이 시원찮아. 30세대 정도만 들어와서 살겠다고 동의서를 보
냈을 뿐."

"홍보가 덜 되어서 그렇겠지. 집 주고, 논 주고, 부인들 부업
거리 일자리까지 마련해 주는데 싫다는 사람이 있을까?"

"우리 생각은 그런데 나이 지긋한 고참 중·상사 출신들은
코앞에 닥친 자식들 교육문제와 병원 내왕 문제 때문에 갈등
이 많은 모양이야."

"나 같은 사람은 할 얘기가 아니지만, 이런 전상자 자활촌은
파월 지원자를 유도하기 위한 홍보용으로 해병대 차원에서 건
설될 게 아니라, 국가적 시혜 차원에서 지어져야 된다고 생각
해. 따져보면 파월 전상자는 국가를 위해 몸을 다친 사람들인
데, 그런 사람들을 위해 건설되는 전상자 촌이 왜 해병대 청룡
부대 차원에서 지어지는가 말이다. 6·25 후 전상자들이 사회

에 나와 그렇게 소란과 난동을 피웠는데도 말이야. 이건 결국 정치하는 사람들이 자기네들의 당리당략과 정치적 기반을 다지려고 이 나라 젊은이들을 남의 나라 전쟁터에 끌어넣어 실컷 이용이나 하다가 내팽개친 수작질이었지, 자기들이 한 일을 마무리지을 줄은 모른다는 생각이 들어. 고작 한다는 짓이, 한 달 생활비도 안 되는 원호비 몇 푼 지급하고, 그 가족들에게는 공무원 시험 칠 때 점수 몇 점 더 주는 정도인데, 이런 처사는 언젠가 역사적인 비판을 호되게 받을 거야. 개새끼들!”

성길은 입에 거품을 품으면서 흥분해 댔다.

“진정해. 우리가 잘 살게 되면 그렇게 되겠지…….”

“잘 살게 되면 거지도 집 지니고 이밥 먹고 살아, 임마.”

“전상자를 북한처럼 영예군인이란 이름 아래 강제로 한곳에서 모여 살도록 하는 것도 사실 자식들의 교육이나 진로 때문에 문제가 있다고 생각해. 민주주의 사회에서 그렇게 하면 주거 이전의 자유를 제한하는 경우가 되잖아?”

“누가 빨갱이들처럼 강제성을 띠랬나? 전상자들이 휠체어를 타고도 내왕하며 살도록 아파트단지라도 조성하고, 그 주변에 포항제철처럼 교육시설·의료기관·문화시설·시장 등을 개장해 불편을 느끼지 않고 살도록 해 봐. 누가 자식 교육시키겠다고 병신이 된 육체를 끌고 도회지로 나가 성한 사람들 속에서 열등감과 배반감과 비애를 느끼며 하루 하루를 우울하게 살겠는가?”

“그건 전상자뿐만 아니라 이 나라 전체 장애자들을 위해서도 필요한 정책이지…….”

“아니 할 말로, 질병으로 인한 신체장애자는 부모나 주변 가

족들의 잘못이 원인이 될 수도 있으니까 운명이라고 체념이라
도 하며 살 수 있어. 그러나 6·25와 월남전을 통해 속출된 전
상자는 뭐야? 6·25는 궁극적으로 정치하는 사람들이 잘못해
서 터진 전쟁이고, 월남전은 현 정권이 국가적 이익을 명분으
로 내세워 본인이 원하지 않아도 강제로 파병시켰는데, 몸 다
쳐 후송되니까 아픈 소리가 부대 바깥으로 흘러 나갈까 봐 덮
기 바빴고 그 가족들에게는 비밀이라는 미명 아래 입 봉하게
했잖아, 임마! 너 진해 해군의무단에 후송된 전상자들 중 눈
뜬 장님, 척추환자, 성 불구자, 전신마비가 된 중상자들이 삶을
비관하고 괴로워하다가 나처럼 미친 놈 되고, 또 상상도 못할
끔찍한 방법으로 제 목숨 끊으며 죽어간 원혼들이 얼마나 많
은지 알고 있지? 아직도 월남전이 끝나지 않아, 현 정권을 떠
맡고 있는 권력실세들이 그 원혼들을 어떻게 달래며 끝마무리
할지는 모르겠지만, 그래도 그렇지, 멀쩡한 임야를 국립공원이
니 도립공원이니 하고 이름 붙여 마구 훼손하면서 사지 멀쩡
한 놈들에게 휴일 즐기라고 국가예산 처바르는 것이 급하냐,
아니면 국가와 국민을 위하다 이역 만리에서 병신 되어 평생
어둡게 사는 사람들을 위해 살 자리 하나 마련해 주고 거기다
문화시설과 교육시설 갖춰 주는 게 시급하냐?"

"핫다, 그 아저씨 말 참 시원하게 잘 하시네."

택시 기사가 성길의 말끝을 이어 받으며 핸들을 꺾었다. 택
시는 그새 산모퉁이를 돌아 야트막한 언덕 위로 올라갔다. 언
덕 옆으로 펼쳐진 8천여 평의 밭과 뽕나무 울타리가 한눈에
들어왔다. 뽕나무는 방풍림처럼 동해에서 올라오는 바닷바람을
막아주고 있었다.

제법 황량한 느낌이 드는 밭 아래는 다시 넓은 계곡이 분지처럼 전개되었다. 마을은 모두 그 계곡에 있었다. 주택들은 가·나·다 동(凍)으로 구분되어 30여 호씩 군집을 이루고 있었고, 공장들은 주택에서 500여 미터 떨어진 연못가에 띄엄띄엄 서 있었다.

"기사양반, 이 언덕길을 따라 저 안골짝까지 들어갑시다."

운전사는 신중사가 시키는 대로 언덕 위에서 잠시 마을을 내려다보다 다, 동으로 택시를 몰았다.

"여긴 운동장이야?"

"아니, 어린이놀이터야. 꽤 넓지?"

"구색은 그래도 갖췄군……."

성길은 피식 웃으며 어린이놀이터를 돌아보았다. 100여 평 남짓한 운동장에는 미끄럼틀·그네·시소·평행봉 등이 서 있었다. 택시가 5분 정도 느릿느릿 다 동으로 들어가자 흰 페인트로 단장한 건물이 나타났다.

"여긴 청해당(靑海堂)이야. 이 안에 마을문고·매점·관리사무실 등이 있고, 주민들이 한 달에 한두 번씩 모여 회의도 할 수 있는 강당도 있어."

"지은 지가 꽤 오래된 것 같은데?"

"이 건물만은 충혼탑을 세우느라 1967년 대통령 하사금으로 지었는데, '청룡 해병의 집'이란 뜻이지."

성길은 고개를 끄덕이며 청해당을 돌아보았다. 흡사 종탑이 없는 교회 건물 같은 느낌이 들었다. 주위에는 숲이 우거졌고, 잔디가 깔린 뒤뜰에는 해병대 용사들의 충혼탑이 서 있었다.

택시는 청해당 앞에서 잠시 멎었다가 다 동(棟)으로 들어갔다. 방 두 칸, 부엌 한 칸, 광 한 칸이 달린 일자형 국민주택 40여 호가 별장 같은 분위기를 풍기며 산기슭에 아담하게 서 있었다.

주택 앞에는 텃밭이 넓게 깔려 있었다. 그 밭들을 돌아 공장으로 빠지는 길옆에는 계사와 돈사가 나란히 서 있었다. 그들은 천천히 주택지구를 돌아보고 다시 청해당 앞으로 나왔다.

성길은 택시기사를 좀 쉬게 한 뒤 아내와 같이 청해당으로 들어갔다. 사람이 없어서 몹시 서늘한 느낌이 들었다. 세 사람은 강당 입구에서 잠시 쉬었다.

"어때? 너무 조용해서 삭막한 느낌이 들지?"

신중사가 담배를 권하며 물었다.

"나는 불만이 없는데 이 사람이 고생이 많겠어. 연료는 뭘 때게 돼 있나?"

"나무·연탄·석유 등을 함께 땔 수 있게 아궁이를 만들어 놓았어."

"입주는 언제쯤 될 것 같으나?"

"다음달부터 가능할 거야?"

"들어오게 되면 우리는 어느 동에서 살게 되나?"

"나, 동(棟) 9호야."

"당신은 어때? 마음에 들어?"

성길은 아내를 바라보며 물었다.

"아버님 어머님만 허락해 주시면 들어오고 싶어요."

정심은 불만 없이 고개를 끄덕였다. 군인들이 지어 놓은 집이라 끝손질이 허술하고 외로와 보여도, 군데군데 지어 놓은 공장들이 돌아가고 입주예정자들이 다 들어차면 그런 문제들은 어느 정도 해결될 것 같았다.

성길은 입주해서 살기로 마음을 굳혔다. 자기 부부에겐 논과 밭이 필요하지 않았다. 아내만 동의하면 되었다. 남들보다 연금도 많이 받고, 매달 미국에서 오는 성금도 있어서 두 식구 먹고사는 문제는 걱정하지 않아도 되었던 것이다. 아직 자식도 없으니 교육문제도 그들 부부에겐 먼 장래의 문제일 뿐이었다. 그는 청해당을 나오는 길에 나 동(棟) 9호로 들어가 그들 내외가 살 단독주택을 둘러보고 안강 본가로 돌아왔다.

사자상 깎는 뜻은

　그 해 가을에, 성길 내외는 토니와 함께 새마을에 입주했다. 그들이 이사를 할 때만 해도 입주자들은 40세대밖에 안 되었고, 연령층도 나이가 지긋한 예비역 중·상사들이라서 마을은 빈 듯이 한산했다. 자체 인력이 부족해 빵공장과 두부공장, 장갑공장은 운영을 못하고 있는 실정이었다.

　성길 내외는 그런 주변 환경에 구애받지 않고 이듬해 봄까지 순탄하게 생활했다. 아침에 일어나면 정심은 빈 휠체어를 끌고, 성길은 힘이 부대낄 때까지 목발을 짚고 언덕을 올라가 산비탈을 끼고 걸으며 체력 회복에 심혈을 기울였다.

　산책길에서 돌아오면 정심은 조반을 짓고, 성길은 건넌방에다 마련해 놓은 작업대 앞에 앉아 책을 읽거나 군대시절 익힌 목각을 했다. 이사를 마치고 아내와 같이 목공예품점을 둘러보다 인근 목재상회에서 아름드리 박달나무를 하나 구했는데, 그 통나무는 길이가 3미터 정도 되고 지름이 60센티미터 정도 되었다. 그는 그 긴 통나무를 제재소로 싣고 가서 두 토막으로 잘랐다. 그 중 한 토막은 각목과 송판으로 쓰기 위해 켰고, 나머지 토막은 그대로 집으로 싣고 왔다. 나무가 잘 건조되고 단단해서 홍두깨나 도마 같은 목공예품을 만들면 일품일 것 같아서 아내가 포항 시내로 장을 보러 나갈 때마다 칼질을 해댔던 것이다. 그렇게 틈만 나면 건넌방 작업대 앞에 붙어 앉아 자귀질과 칼질을 해댄 덕에 잔잔하게 켜 온 각목으로 홍두깨를 두 개나 깎았고, 송판으로는 칼 도마를 여러 개 만들었다. 그리고는 신중사 집에도 홍두깨 한 개와 도마 한 개를 보냈고, 안강 본가에도 홍두깨와 안반 한 쌍을 보냈다. 그러고 보니 잘게 켠 나무는 그럭저럭 다 썼고 이젠 통나무 한쪽만 남아 있는 셈이었다.

성길은 그 통나무를 가지고 요즘 사자상을 깎기 시작했다. 질풍같이 밀림을 달리는 사자상이 완성되면 큰방 화장대 곁에 놓아두고, 그 사자상을 바라보며 정신을 통일하고 몸을 가다듬으면서 그만이 신봉하는 천상의 여신에게 기도를 올리고 싶었다. 사자처럼 용맹과 기개를 지닌 자식을 하나 낳게 해 달라고 축원하면서 말이다. 그러면 청년시절의 자기 초상을 보는 것 같아 살아가는 일도 한층 즐거울 것 같고, 전쟁후유증으로 망가지고 쇠약해진 몸과 마음도 하루하루 생기를 되찾을 것 같은 생각이 들었던 것이다.

그는 아침운동을 마치고 돌아와 조반을 지어먹고 나면 오전 내내 건넌방 작업대 앞에서 목각을 하면서 시간을 보냈다. 오후에는 휴식도 취할 겸 마루에 앉아 마을 정경을 관망하거나

아내가 텃밭에 나가 일을 하는 모습을 보며 사색을 즐겼다. 그
러다 저녁나절이 되면 토니와 같이 새마을로 들어오는 큰길가
버스정류장까지 바람을 쐬러 나갔다. 체력도 많이 향상되어서
이제 1㎞ 정도는 별 고통 없이 걸을 수 있었던 것이다.

그는 자신이 생각해도 몸과 마음이 나날이 새로워지는 느낌
이었다. 성생활도 1주일에 한 번씩은 꼭꼭 했다. 극심한 조루
증에 휘말려 아내의 문전에다 풀떼기나 쑤어놓고 물러나던 현
상도 사라졌다. 아내를 눕혀 놓고 그가 올라가서 대향위(對向
位)의 성교를 즐기지는 못했지만, 아내가 찌르르 몸을 떨며 그
를 꽉 껴안을 때까지 부부관계를 영위할 수 있었다.

아내와 함께 운우지정을 느낄 만큼 부부관계를 즐기고 나면
기분도 좋고 몸도 나른해져서 두 사람은 늦잠에 곯아떨어질
때가 많았다. 그래도 어른들과 떨어져 생활하니 신경이 쓰이는
구석이 없어서, 아침 8 시가 넘을 때까지 잠옷 차림으로 이불
속에 누워 있을 때도 많았다. 그러다 이웃에서 손님이 찾아오
면 황급히 옷을 걸치고 나가 얼굴을 붉히며 손님을 맞고, 손님
이 돌아가면 “우리 내일부터 좀 일찍 일어나요…….” 하고 웃
으면서 약속을 해 놓고도 이튿날 아침만 되면 또 이불 속에서
이것저것 밀어를 나누다가 아침 늦게나 일어나 조반을 지어먹
는 늦잠꾸러기 잉꼬부부가 되곤 했다.

그런 생활이 한 6개월 동안 지속되자 정심의 얼굴은 판이하
게 달라졌다. 체중도 옛날처럼 52kg으로 회복되었고, 영천댁이
정성 들여 고아 온 흑염소를 한 마리 먹고 난 뒤부터는 허리
통이 굵어지는 듯한 느낌도 들었다. 그때마다 정심은 임신이
되는가 싶어 월말을 기다려보지만, 나오지 말아야 하는 생리가

시작되어 하루 종일 속이 상해 있는 날도 더러 있었다.

　이런 두 사람의 생활에 갑자기 변화가 온 것은 성길의 서른여섯번째 생일날 오후부터였다. 결혼 후 두번째로 맞는 생일이어서 정심은 정성 들여 음식도 장만했는데, 저녁때는 새마을회장과 반장들을 초청해서 집에서 조출하게 파티를 벌였다.

　"내일은 우리 마을에 2차입주자 30세대가 새로 들어오는데 청해당에 모여서 다과회라도 열면서 인사라도 나눠야 되지 않겠나?"

　새마을회장은 생일파티가 끝날 때쯤, 2차입주자 환영회 문제를 꺼냈다. 성길은 여러 사람이 함께 모이는 자리는 그때까지도 싫어했지만, 그 날은 별 말없이 동조하는 빛을 보였다.

　"각 가정이 함께 모여서 음료수라도 놓고 인사를 하려면 얼마씩 추렴도 해야 하고, 젊은 부인들이 나와서 음식상도 차려야 하는데 한형은 부인이 시간이 있겠나?"

　"시간이 없어도 내어야겠지요."

　성길은 해병대 선배인 새마을회장이 집결시간만 알려주면 아내를 합석시키겠다고 약속했다. 1차입주자 40여 호 중에는 성길 내외만 아이가 없었고, 나이도 젊은 축에 끼는 터라 스스로 협소하지 않으면 사실 환영회 준비도 할 사람이 없었다.

　다음날 예정대로 2차입주자 30세대가 이삿짐을 옮겼다. 마을은 어느 날보다 붐볐다. 먼저 입주해 외롭게 생활한 고참 중·상사 출신들은 진심으로 그들을 반겼다. 성길처럼 두 다리가 불편하거나 앞을 못 보는 사람들은 방에 앉아 마음으로 그들을 환영했지만, 팔을 다치거나 한쪽 다리만 다쳐서 활동에 제약을 덜 받는 사람들은 몸소 청해당까지 나가서 입주수속을 밟는 후배들을 마중하며 악수를 청하기도 했다. 부인들도 조를 짜서 돌아다니며 이삿짐을 정리하느라 부산한 입주자들을 도와주며 먼저 인사를 했다.

2차입주자 30여 호의 인적구성은 입주를 망설이다 늦게 동의서를 보낸 중·상사 출신 다섯 세대를 제외하면 거의가 하사나 수병출신들이었다. 원호급수도 1급은 두 사람뿐이고, 대부분 손발이 없거나 다리·팔·가슴 등에 총상을 입어서 2~3급을 받은 사람들이었다.

새마을회장은 그들을 맞이하면서 연방 싱글벙글 웃었다. 1차입주자들은 대부분 중상자들인데 비해, 2차입주자들은 지팡이를 짚거나 멀쩡한 두 다리로 걸어 다닐 수 있는 사람이 많아서 마을에 길흉사가 생기면 요긴하게 도움을 요청할 수도 있었던 것이다.

1차입주자들이 새마을에 들어와서 생활한 지는 얼마 되지 않았지만, 그 동안 마을에서는 큰일이 한 번 있었다. 척추를 다쳐 아랫목 신세만 지고 있던 가 동, 김한돌 씨가 죽었던 것이다.

김한돌 씨는 6·25 때 단신 월남한 사람이라서 장례를 도와줄 친척이 없었다. 부인과 자식들이 아버지의 시신을 붙잡고 밤새 빈소를 지키는 형편이어서 새마을회장은 보고만 있을 수 없었다. 초상집을 지키며 밤을 새워 줄 사람도 필요했고, 출상 때 장지까지 따라갈 사람도 필요했는데 40여 호를 살펴보아도 빼낼 인력이 없었던 것이다. 부득불 성길이처럼 활동이 부자유스런 사람들이 화투를 치며 빈소를 지켰고, 장례는 군부대의 도움을 받아 눈물겹게 끝마쳤다.

그러나 2차입주자들은 자신처럼 팔만 다쳐 마음대로 걸어 다닐 수 있는 사람이 10여 명이나 되었고, 나이도 젊었다. 마을에 길흉사가 생겨도 이제는 김한돌 씨가 죽었을 때처럼 캄캄하지는 않을 것 같은 생각도 들었다. 회장은 입주자들의 명단을 보며 가볍게 전상을 입은 사람들을 일일이 표시했다. 신체활동이 자유로운 사람들에게는 앞으로 중책을 맡겨 마을의 공동관심사를 자체적으로 해결해보려고 구상했던 것이다.

그렇게 마을의 자치능력을 높여 나가려면 도리 없이 환영회를 서둘러야 될 것 같았다. 각 가정의 부부가 한자리에 모여 인사를 하고, 음료수라도 나누어 마시면서 담소하다 보면 자연적 친분도 생기는 법이다. 모두 해병대 출신인데다 인사만 하고 나면 저절로 인간적인 교류가 될 것 같은 생각이 들었기 때문이었다.

새마을회장은 그런 구상을 하루바삐 실현시키려고 1차입주자 중에서 시간적 여유가 있는 부인 10여 명을 차출했다. 그렇게 차출된 부인들 중에는 정심이도 끼어 있었다. 그녀는 성길의 생일파티 때 요리솜씨를 인정받아서 차출된 부인들 중에서도 빼놓을 수 없는 인물로 부각되었다. 그녀는 새마을회장과 같이 포항 시내에 나가서 다과회에 필요한 음료수와 음식을 구입했고, 다른 부인들과 어울려 오후 늦게까지 칵테일 파티 상을 차리느라 바빴다. 결혼 전에 부산 서면로터리에서 민속 토주집을 운영한 경험이 있어서, 그녀는 보통 부인들로서는 엄두도 못 낼 70여 부부의 칵테일 파티 상을 주변 사람들이 놀랄 만큼 훌륭하게 차려놓았다. 회장은 그녀의 손놀림과 칵테일 상을 차리는 미적 감각에 혀를 내둘렀다.

　“아니, 부인께서는 옛날에 이런 일을 여러 번 해보셨소? 어떻게 이렇게 직업요리사처럼 잘하십니까?”

　“몇 번 해봤어요.”

　정심은 새마을회장과 같이 칵테일 상을 둘러보며 곤혹스럽게 대답했다. 주점을 운영하면서 익힌 솜씨라 새마을회장이 시시콜콜 물으면 그녀는 정말 대답하기가 곤란했던 것이다.

　“하늘이 무너져도 솟아날 구멍이 있다더니 내 기분이 지금 그런 심정입니다. 70여 부부의 파티 상을 차려야 하는데 그걸 누가 차리느냐 하고 사실 적잖이 고심했거든요. 오늘 정말 큰일 했습니다. 어서 집으로 돌아가셔서 한형을 모셔 오십시오. 집결시간이 이젠 얼마 남지 않았습니다.”

　“그럼, 다녀오겠습니다.”

　정심은 청해당을 나와 집을 향해 걸었다. 성길은 혼자 집을 보기가 지루했던지, 문을 열어 놓고 뉘엿뉘엿 해가 넘어가는 서산 마루를 바라보며 아내를 기다리고 있었다. 그러다 마당으로 들어서는 아내를 보고는 반가운 빛을 보였다.

　“이제 오는 거야?”

　정심이 손을 씻고 방으로 들어오며 말했다.

　“심심했죠? 빨리 준비하고 가요.”

　“소문난 잔치 먹을 것 없다던데 저녁 안 먹고 가도 될까?”

　“걱정 마세요. 김밥이긴 하지만 저녁준비까지 다 준비되어 있어요.”

　“새로 입주하는 후배들 덕분에 생각지도 않던 술 한 잔 마시게 되었군……．”

　“과음하시면 안 돼요?”

정심은 화장을 손질하면서 성길을 쳐다봤다.

"당신도 수염을 좀 깎으세요. 오늘은 정장하고 나가게요."

"그럴까."

성길은 싫지 않은 표정으로 전기면도기를 꺼냈다. 그는 전기면도기로 수염을 깎으면서 아내를 바라보았다.

"다 모여 놓으면 마을회관이 복작거리겠는데?"

"청해당 뒤뜰에서 여는 가든파티니까 그렇게 복잡하지는 않을 거예요."

"허허, 이 새마을에서 가든파티가 다 열리다니……."

정심은 먼저 옥색 한복으로 갈아입고 성길의 양복을 꺼냈다.

"넥타이는 무슨 색으로 매실 거예요?"

"이왕이면 붉은 걸로 매고 좀 젊어질까?"

"그러세요. 오늘은 선·후배가 한자리에 모이는데 좀 젊어져서 유쾌하게 노세요."

"그런데 좀 도와줘야겠어. 오랜만에 매니까 넥타이가 잘 매어지지 않는군."

"또 잊어버리셨어요. 이걸 이쪽으로 돌려서 빼내어야죠?"

그녀가 쿡 웃으면서 넥타이를 매어주었다. 성길은 넥타이 매는 법을 다시 배우며 싱긋 웃었다. 아내가 정성스럽게 넥타이를 매어주는 것도 기분이 좋지만, 아내의 얼굴에서 은은하게 풍기는 화장 냄새가 이상하게 본능을 자극하는 것 같았다. 그는 매듭을 다 만든 뒤, 넥타이를 살풋 조여주는 아내를 와락 껴안았다.

"아니, 이이가 새삼스럽게……."

정심은 깜짝 놀라는 표정으로 그의 눈을 살피다가 이내 웃음을 띠며 싫지 않은 표정으로 그의 입술을 받았다.

"여보! 이러는 내가 우습지?"

"아뇨오! 언제나 그렇게 젊게 사세요. 당신이 그렇게 젊게 사시면 저는 더 할 나위 없이 행복해요."

"이렇게 이쁜 당신이 곁에 있는데 젊어져야지……."

그는 힘차게 아내를 포옹해 주다 입술을 뗐다.

"시간이 없어요. 빨리 옷을 갈아입으세요."

그녀가 회색양복을 입혀주었다.

"크럿치(목발)는 가지고 가지 말아요."

"술 먹고 소변 마려우면 어떻게 하지?"

"의족과 의각을 차고 가시면 휠체어 잡고 일어서실 수는 있잖아요."

"그럴까. 오전에는 당신도 없고 해서 의족과 의각을 차고 걷기연습을 해보았는데, 자력으로 여남은 걸음 걸었어. 앞으로 한 달 가량만 더 연습하면 방안은 살짝살짝 걸어다닐 수 있을 것 같은 생각도 들어."

"정말이세요?"

정심은 놀라는 얼굴로 남편을 바라보았다. 두 달 전, 포항 시내에 나가 왼쪽 발목에 끼우는 의족도 맞추어 왔는데, 남편은 양쪽 다리에 의족과 의각을 끼우고 목발 없이 여남은 걸음을 걸을 수 있다는 것이다.

"어젠 열 다섯 걸음을 걸었어. 당신이 귀여운 꼬마를 낳아주면 신이 나서 50보는 거뜬히 걸을 수 있을 걸……."

"정말 너무너무 놀랄 일이어요, 여보오!"

정심은 남편을 껴안고 울먹였다. 목발을 짚고 1㎞를 걷는 것이 소망이라더니, 이제는 그 목표는 아무것도 아닌 양 의족과 의각만 차고도 열 다섯 걸음을 걸을 수 있다는 것이 그녀로서는 꿈만 같은 것이다.

"이게 다 당신 덕이야. 일어서서 걸어볼 테니까 잘 봐."

성길은 두 다리에 의족과 의각을 끼우고 바들바들 몸을 떨면서 자력으로 일어났다. 정심은 그의 곁에서 팔을 벌린 채 걸음을 옮겨놓는 남편을 지켜보았다. 그녀의 눈은 어느 새 7~8개월 된 어린 자식을 보는 어머니의 눈이 되어 있었다.

"이젠 몸에 중심이 잡혔어. 몇 걸음이나 걷나 당신이 한번 세어 봐."

성길은 천천히 발걸음을 옮겨놓았다. 정심은 너무 기쁘고 황홀해서 대답도 못한 채 "하나 둘 셋…." 하고 그의 뒤를 따라 걸었다.

성길은 왼쪽 다리를 옮겨놓을 때가 불안해 보였다. 열 번째 발걸음을 옮겨놓을 때부터 몸이 심하게 떨렸다. 그래도 그는 한 뼘뿐인 오른쪽다리에다 의각을 걸고, 왼쪽다리에는 의족을 걸어 열 여섯 걸음을 걸었다.

"이젠 그만 해요. 이러시다 파티에 가시지도 못하고 몸살 나시겠어요."

그가 열 일곱 걸음을 걷는데 그녀가 달려들어 그를 껴안았다. 성길은 가쁘게 숨을 몰아쉬며 그녀의 어깨를 짚었다. 그녀는 자꾸 눈물이 나왔다. 이렇게 선 채로 남편의 가슴에 안겨 있는 것은 결혼 후 처음인 것이다. 그도 기쁨을 참지 못해,

"여보! 이렇게 선 채로 당신을 포옹하니까 기분이 이상해지는 것 같아……."

하며 거푸 가쁜 숨을 내쉬었다.

"저두요. 꼭 옛날로 돌아가는 기분이에요……."

"내가 이렇게 선 채로 당신을 마지막 포옹했던 때가 포항에서였지?"

그녀는 말없이 고개만 끄덕였다.

"자, 내가 자리에 앉게 당신이 허리를 좀 굽혀 줘."

성길은 오른손으로 뻣뻣한 오른쪽 의각의 관절 부분을 굽히고 방바닥에 앉았다.

"크럿치를 짚고 팔백 미터 정도 걷는 것만큼 체력이 소모되는 것 같아."

"너무 무리하지 마세요."

그녀는 방을 치워놓고 먼저 밖으로 나가 휠체어를 폈다. 성길은 휠체어에 조심스럽게 옮겨 앉아 아내가 구두를 신겨주는 것을 내려다보았다.

"우리 꼬마가 태어날 때까지 한 100보는 걸을 수 있어야 할 텐데 그것이 가능할까?"

정심은 남편의 말이 과욕처럼 느껴져 대답조차 못했다.

"그러면 말이야, 내가 최소한의 아비노릇은 할 수 있을 것 같은 생각이 들어."

"그럼 제가 아기를 좀더 늦게 낳아야겠군요?"

"아냐, 아냐! 우리 꼬마가 누워 있을 때 열심히 연습할 테니까 그런 걱정은 말고 꼬마나 빨리 낳아 줘."

두 사람은 마냥 기쁘고 행복해서 시간 가는 줄 모르고 깔깔깔 웃었다.

"이러다 정말 지각하겠어요, 여보. 우리 어서 가요."

정심은 치마 깃을 여미며 휠체어를 밀었다. 해가 놀빛을 피우며 서녁으로 완전히 넘어가고 있었다. 청해당으로 가는 길은 산그늘이 덮쳐 그새 어둑어둑 땅거미가 깔려왔다.

"어서 오게. 종일 부인이 집에 없어서 불편했지?"

두 사람이 청해당 앞에 도착했을 때, 앞에 나와 있던 새마을 회장이 환하게 웃으며 그들을 반겼다.

"뭘요. 다들 모였습니까?"

"가 동(棟) 이광석 씨 부부만 오면 돼. 병중에 있는 여섯 세대는 애초부터 못 온다고 했으니까. 어서 들어가세."

"늦게 와서 자리나 있겠습니까?"

"걱정 말게. 좀 비좁은 느낌은 들어도 전 동민이 함께 앉도록 자리를 만들어 놓았어."

성길 부부는 반장이 나눠주는 명찰을 가슴에 달고 청해당 안으로 들어갔다. 좌석은 예식장처럼 좌우로 나누어져 있었다. 오른쪽은 1차입주자들이 앉고, 왼쪽은 2차입주자들이 앉게 의자가 배치되어 있었다. 성길처럼 두 다리가 불편한 사람들은 휠체어에 앉은 채로 그냥 뒤쪽에 가서 앉게 되어 있었다.

성길 부부는 뒷문께에 가서 나란히 앉았다. 성길은 자리를 정하고는 식순과 국기가 붙어 있는 단상 쪽을 바라보다, 좌중이 웅성거리는 중간 좌석 쪽을 잠잠히 지켜보았다. 부인을 대동하고 앉아 있는 남자들 중 성한 사람이 한 사람도 없는 것이 오늘따라 이상하게 보였던 것이다. 모두들 자의든 타의든 남의 나라 전쟁터에 나가서 인심 후한 엿장수처럼 자기 살길은 생각지도 않은 채 팔도 끊어주고, 다리도 떼어주고, 눈도 빼주고 돌아온 정신 나간 불구자들처럼 느껴졌기 때문이었다.

그래도 그들의 얼굴은 밝아 보였다. 이웃을 만나 술이라도 한 잔 마실 수 있는 것이 종일 방에 들어앉아 내면적인 고통과 싸우는 것보다 기뻐 보였던 것이다. 하지만 성길은 그런 분위기에 쉽게 동화될 수가 없었다. 그 역시 집에서 나올 때만 해도 날아갈 듯 기뻤는데, 청해당에 도착해 우글우글 사람이 모여 있는 것을 보니까 자신도 모르게 그만 불안한 느낌이 밀려오는 것이다.

참으로 난감한 일이었다. 결혼식 이후, 많은 사람이 모인 집회에는 한 번도 참석해 본 일이 없어 불안한 증상은 염려하지 않고 살아왔는데, 지금도 많은 사람들만 보면 가슴이 두근거리고 불안하다니……. 그는 그런 증상을 아내에게 일일이 말할 수도 없어서 억지로 자신을 진정시키며 편치 않은 표정으로 앉아 있었다.

"어디 몸이 불편해요?"

눈치 빠른 아내가 성길의 표정을 살피며 물었다. 성길은 공기가 탁해서 그렇다고 돌려댔다. 정심은 '그럴 리가 없는데……' 하면서 남편의 말을 믿지 않았다.

그때 그녀는 통로 반대편에 앉아 있던 2차입주자와 눈이 마주쳤다. 눈이 마주친 젊은 남자는 팔이 없었고, 어디서 많이 본 듯한 남자였다. 이상하다. 내가 저 남자를 어디서 봤더라……. 정심은 은연중에 그런 생각을 하며 고개를 갸우뚱거렸다.

이윽고 시간이 다 되었는지 웅성거리던 실내가 갑자기 조용해졌다. 밖에 나가 있던 새마을회장과 반장들이 식장 안으로 들어왔다. 그들이 자리에 앉자 나 동 반장의 사회로 환영회는 곧 시작되었다. 간단한 국민의례와 함께 마을이 조성된 배경, 취지, 입주자 현황 등이 소개되면서 다 동 반장의 환영사가 낭독되었다.

이어서 1차입주자 46세대를 대표해서 나온 다 동 반장이 2차입주자 32세대를 대표해 나온 박길석 예비역 상사에게 악수를 청했다. 앉아 있던 사람들은 박수를 쳤다.

두 대표의 상견례가 끝난 뒤, 식장 안에 있던 부부들은 정원으로 나갔다. 그들은 자유 분방하게 흩어져 잔을 들었다. 술을 먹을 수 있는 남자들은 소주에다 콜라를 타서 들었고, 부인들은 사이다나 콜라 잔을 들고 축배를 했다.

성길 부부는 인사를 받느라 바빴다. 줄을 지어 인사를 하러 오는 2차입주자들에게 자신과 아내를 소개했고, 살고 있는 주택의 호수를 서로 알려주며 서먹서먹한 감정부터 없앴다. 그때 인사를 하러 온 한 젊은 사내가,

"분대장님!"

하고 성길의 손을 덥석 잡았다. 사내의 눈엔 이내 눈물이 글썽거렸다.

"이게 누구야?"

성길은 눈물을 글썽이는 사내를 보면서 어이없이 놀라고 말았다. 트라봉 탐색전 때 손수 응급처치를 해서 매드백을 태운 곽일수 상병이 한쪽 손에 지팡이를 짚은 채 손을 내민 것이다.

"접니다. 분대장님이 지혈시켜 주신 곽일숩니다."

"그래. 너 곽일수지? 피를 많이 흘려 죽은 줄 알았는데 용케 살아 있었구나. 서울병원에 있었더냐?"

성길은 발목이 잘라진 그의 왼쪽다리를 내려봤다. 의족을 차

고 있어서 그런지 약간 절기만 할 뿐 자신처럼 흉하게 보이지
는 않았다. 곽일수가 휠체어에 앉은 성길의 두 다리를 내려다
보며 눈물을 글썽거리다 고개를 들었다.

"네, 서울병원에 입원해 있었습니다. 죽지 않고 이렇게라도
살아 있으니까 분대장님을 한 번 더 만나는군요."

"반갑구나! 인사해라. 내 집사람이다."

성길은 곽일수를 정심에게 소개시켰다. 곽일수는 월남에 있
을 때 첨병을 시키기 위해 그가 데리고 다니면서 지형 지세를

가르쳐주었던 부하였다.

"아, 그러세요. 곽일수라고 합니다."

"반가워요. 이 파티가 끝나면 부인과 함께 집으로 놀러 오세요. 저희는 나 동 9호에 살아요."

정심은 휠체어 곁에 붙어 서서 친근감을 보였다.

"예, 집사람과 같이 다시 인사드리러 가겠습니다."

곽일수는 성길 내외에게 자기 아내를 소개시키고 일단 물러갔다. 파티는 그런 식으로 눈물과 환희가 함께 터져 나오면서 계속 분위기가 무르익어 갔다.

정심은 인사를 하러 오는 사람들을 맞이하고, 또 남편과 같이 인사를 하러 다니다 소스라치게 놀라고 말았다. 아까 식장에서 눈이 마주친 사내와 또 시선이 마주쳤던 것이다. 그런데, 그는 그녀가 진해 와이키키 주점에서 7번을 달고 근무할 때 짓궂게 자신을 따라다니며 돈을 뿌려 주었던 이명활(李明活) 하사였다. 그도 어디서 정심을 많이 보았다고 생각했던지 아내를 떼어놓고 슬금슬금 혼자 돌아다니다가 휠체어에 성길을 태우고 파티 장을 왔다갔다하는 정심을 보고는 갑자기 굳은 표정으로 서 있었다.

"엇!"

정심은 눈을 홉뜨고 이명활을 노려보다 고개를 돌렸다. 하필 이런 자리에서 이명활을 다시 만날 게 뭔가 말이다. 이명활은 와이키키에 근무할 때 매상을 높이기 위해 가끔 몸을 주었던 남자였다.

정심은 금시 기운이 쪽 빠지는 느낌이었다. 그렇지만 남편이 눈치 챌까 봐 얼른 휠체어를 밀었다. 그녀는 이만치에다 휠체어를 세워 놓고 뒤돌아보았다. 이명활은 그때까지 계속 그 자리에 굳은 채로 서 있었다. 그녀는 가슴이 두근거려 계속 서 있을 수가 없었다.

"여보. 여기 혼자 좀 계셔요. 저 화장실 좀 다녀올게요."

"그러지."

성길은 그때까지 이명활과 아내의 관계를 모르고 있었다. 정심은 고개를 숙인 채 파티 장을 빠져 나와 화장실로 달려갔다. 자신의 과거를 아는 사람과 또 마주칠까 봐 몸이 떨려 견딜 수가 없었던 것이다.

그녀는 화장실로 들어가서 문을 잠그고 잠시 가쁜 숨을 내쉬며 서 있었다. 가슴이 두근거려 못 견딜 지경이었다. 갈증이 밀려와서 입술이 바싹바싹 타는 것 같았다.

어떻게 해야 좋을까?

그녀는 용변도 보지 않은 채 깊이 생각해봤지만, 조용히 파티나 끝내 놓고 집으로 돌아가 성길에게 거짓없이 고백하고 이해를 바라는 것이 원만한 해결책 같았다. 그렇지만 어떻게 그런 말을 한다는 말인가? 그녀는 그만 고개를 저었다. 자기 입으로는 도저히 그 사실을 고백할 수 없을 것 같았다. 누구보다 자신의 과거사를 잘 알고 있는 남편이지만, 자신의 고백을 듣고 나면 금시 비감에 빠져 쓰러질 것 같은 예감이 밀려 왔던 것이다.

안 돼! 지금은 말할 수 없어…….

그녀는 남편이 좀더 삶에 대한 자신감을 가질 때까지 이 이야기를 입 밖에 내어서는 안 된다고 생각했다. 뒤늦게 이 사실이 밝혀져 자신이 쫓겨가는 일이 생긴다 해도 지금은 입을 다물어야 된다고 생각했다. 왜냐하면 이 사건으로 인해 남편의 신변에 무슨 일이라도 생기면 자신은 남편의 인생 굽이굽이마다 불행을 안겨주는 여자가 되기 때문이었다.

그녀는 남편에게 끊임없이 고통을 안겨주는 자기 자신이 두려웠다. 그를 위해서 골육이 가루가 될 때까지 헌신하고 싶은데 왜 이런 시련이 자꾸 다가오는지 이해가 되지 않았다. 소리 없이 그의 곁을 떠나버리고 싶어도 수면제를 과용하고 쓰러졌던 남편의 지난날 모습을 생각하니까 그런 생각을 갖는다는 자체도 죄스럽게 느껴졌다.

그이에게 고통을 주지 않고 이 일을 해결할 수 있는 방법은 없을까?

그녀는 한번 더 생각해봤지만 뾰족한 묘안이 떠오르지 않았다. 솔직히 고백하고 이 마을을 떠나는 길뿐이었다. 허지만 무슨 명분으로 시부모님을 설득시키며 떠난단 말인가?

그녀는 뚜렷한 결론도 내리지 못한 채 화장실을 나왔다. 너무 오래 있으면 남편이 또 이상하게 생각할 것 같은 조바심까지 들어 더 있을 수도 없었다. 그녀는 세면기 거울 앞에서 옷매무새와 화장을 점검하고 정원으로 나왔다.

환영회는 분위기가 고조되어 끝날 기미가 없었다. 오랜만에 술을 마신 남자들은 전쟁터 이야기로 마냥 젊어지는 듯했고, 부인들은 이웃과 함께 심중의 근심들을 토로하느라 시간 가는 줄 모르고 있었다.

정심은 곁눈질로 이명활이가 어디 있는가를 살피며 남편 곁으로 다가갔다. 성길은 곽일수와 다시 만나 그 동안의 이야기를 주고받으며 저녁 대용으로 차려놓은 김밥을 먹고 있었다. 그녀는 조용히 남편 곁으로 다가서며 콜라 잔을 들었다.

"뭐, 그래 오래 있었어. 몸이 불편해?"

"아뇨! 가 동 김한술 씨 부인하고 이야기를 하다가 왔어요. 아무 일 없으니까 어서 얘기나 계속하세요."

생각 같으면 어서 집으로 가자고 말하고 싶어도 곽일수와 해후의 정을 나누는 남편에게 차마 그런 말을 꺼낼 수가 없었다 그녀는 콜라를 한 모금 마시며 이명활이가 어디에 있는가 하고 다시 남편 몰래 살폈다.

이명활은 건너 쪽 테이블 끝에서 새로 들어온 입주자들과 즐겁게 술을 마시고 있었다. 그 옆에 그의 아내가 서 있는 모습이 보였다. 이명활은 술을 마시다가도 이따금씩 이쪽으로 시선을 주는 것 같았다.

"그럼 저는 저쪽에 계시는 새마을회장님과 이야기를 좀 나누겠습니다. 아주머님과 즐거운 대화 나누십시오. 아주 미인이시군요."

곽일수가 꾸벅 고개를 숙이고 물러갔다. 그는 술이 취해 걸음걸이가 퍽 어설퍼 보였다.

"몸이 안 좋아?"

성길이가 정색을 하고 다시 물었다. 그녀는 고개를 숙이고 있다가 임시 방편으로 돌려댔다.

"속이 좀 안 좋아요. 집에 가서 자세히 말씀드릴 테니까 너무 신경 쓰지 마세요."

"그럼 빨리 집으로 들어가자……."

성길은 갑자기 침울한 빛을 보였다. 달포 전에도 생리 후에 허리가 아프다고 해서 한약을 달여 먹였는데, 또 불편하다면 큰 근심거리가 아닌가? 그는 아내가 몸이 불편하다고 하면 금시 불안한 모습을 보이며 매사에 의욕을 잃곤 했다.

"그렇게 심각하지는 않아요. 조금 더 기다리다가 환영회가 끝나면 함께 들어가요."

정심은 몸이 안 좋다고 돌려댄 것을 후회했다. 그녀는 태연한 빛을 보이려고 또 콜라를 한 모금 마셨다. 성길은 그러는 아내를 지켜보다 건너편 테이블 쪽을 바라보았다. 혼자생각인지는 몰라도 건너편 테이블에 서 있는 사내들이 자신과 아내를 힐끔힐끔 훔쳐보는 것이 되게 기분 나빴다.

저 녀석들이 왜 자꾸 이쪽을 기웃거릴까?

성길은 담배를 붙여 물며 계속 그런 생각을 했다. 아까 식장에 있을 때도 힐끔힐끔 아내를 쳐다보는 것이 불순하게 느껴졌는데, 또 그런 시선으로 아내를 쳐다보고 있는 것이다.

저 녀석들을 불러다가 따끔하게 혼을 내줄까?

성길은 그런 생각까지 해보다 아내의 태도를 살폈다. 아내는 돌아서서 가 동 27호에 사는 유근석 씨 부인과 이야기하고 있었다. 아내가 이명활이란 녀석과 눈을 맞추고 있지 않아 다른 생각은 없었지만, 나이 젊고 두 다리 멀쩡한 녀석들이 아내를 쳐다보면 그는 까닭 없이 아내를 빼앗길 것 같은 불안감이 끓어올랐고, 그런 불안감이 끓어오를 때마다 아내의 건강한 아름다움조차 부담스럽게 느껴졌다.

그런 불안감을 없애려고 그는 새마을에 입주한 후에도 여러 사람이 모이는 집회는 가급적 피했다. 그것은 순전히 아내를 보호해야겠다는 조바심 때문이었다. 오늘 같은 집회도 사실은 마음에 내키지 않았다. 환영회에 참석하는 사람들이 다 자신처럼 두 다리가 없는 사람들 같으면 마음을 놓겠는데, 반수 이상이 상체 쪽에 부상을 입어 다리는 이상이 없는 사람들이었다.

성길은 그것이 마음에 걸려 이웃과 대화를 하면서도 파블노프의 개처럼 아내를 경계했다. 그런데 두 다리가 멀쩡한 후배 녀석들이 자꾸 아내를 힐끔힐끔 훔쳐보는 것이다. 그는 그것이 비위가 상해 빨리 집에 들어갈 생각이었는데, 아내가 몸까지 안 좋다니 오히려 잘 되었다 싶은 생각도 들었다.

성길은 새마을회장이 어느 곳에 있는가를 살폈다. 아내가 유근석 씨 부인과 이야기를 끝내면 휠체어를 그쪽으로 밀어 달라고 해서, 이해가 되게 이야기를 하고 먼저 집으로 들어갈 생각이었다.

"술 한 잔 더 마시겠어요."

아내가 유근석 씨 부인과 작별인사를 하고 돌아서면서 물었다.

"아냐, 이젠 배가 불러 술도 싫어. 휠체어를 저쪽 회장님 곁으로 좀 밀어 줘."

정심은 아무 생각 없이 휠체어를 밀었다. 새마을회장은 청해당 뒷문 곁에 서 있었다.

"어째, 뭐 좀 자셨습니까? 오늘은 부인께서 정말 수고가 많으셨습니다."

새마을회장이 정심을 보고 먼저 인사를 건넸다. 그는 추수보호작전 때 팔을 다쳐 의수를 차고 다니는 고참상사 출신이었다.

"예 많이 먹었습니다."

정심은 방긋 웃으면서 휠체어가 움직이지 못하게 브레이크 레버를 당겨 올렸다.

"한형도 뭐 좀 드셨소? 나는 새로 입주한 사람들과 인사 나누느라 한형과는 담배도 한 대 못 나눴네. 자, 한 대 하시오."

"회장님 덕분에 술도 많이 마시고 즐거운 시간도 가졌는데 뒷일이 걱정됩니다."

"왜?"

"내가 몸이 좀 불편해 집사람과 먼저 들어가고 싶은데 이렇게 떠벌려 놓은 음식상을 누가 다 치우죠?"

“괜찮아요. 오늘 못 치우면 내일 치우지. 여기 걱정은 말고
어서 들어가시오. 이젠 밤도 깊어서 우리도 들어갈 준비를 해
야 됩니다.”

“그럼 먼저 좀 들어가겠습니다.”

성길은 아내의 동의도 없이 일방적으로 하직인사를 하고 연
회장을 빠져 나왔다. 정심은 잘 되었다 싶어 휠체어를 밀었으
나 이명활과의 관계를 어떻게 풀어야 좋을지 머리가 아팠다.
그녀는 애 써 그런 기분을 감추고 집으로 들어와 남편의 양복
을 받아 걸고, 잠옷을 내어준 뒤 이불을 폈다.

“세수 좀 하셔야죠?”

“귀찮아서 싫은데.”

“그래도 술 잡수셨는데 양치질이라도 하고 주무셔야죠. 제가
물 떠다 드릴게요.”

성길은 마지못해 고개를 끄덕였다. 정심은 재빨리 큰 대야에
다 물을 담아 왔다.

“술이 취해요? 꿀 한 컵 타다 드릴까요?”

“아냐, 내일 아침에 먹을 테니 당신도 빨리 씻고 들어와.”

정심은 잠자리를 재촉하는 남편을 이상스런 눈으로 바라보
다 대야를 들고 나갔다. 저 양반이 왜 저렇게 서두를까? 정심
은 남편의 눈빛이 심상찮아 부엌에서 뒷물까지 하고 들어와서
잠자리에 들었다. 아니나 다를까, 천장을 응시하고 있던 남편
이 돌아누우며 유방을 더듬었다.

“여행을 떠나고 싶은데?”

“술 탓이에요? 피로해 보이는데 그만 주무셔요.”

“불안해서, 여행이라도 다녀와야 곯아떨어질 것 같은데? 내

편히 자기 위해 당신 괴롭히는 일은 미안치만.”

“좀 당당하세요. 전, 당신 부인인데 왜 그런 것도 떳떳하게 요구하지 못해요?”

“오늘 같은 날은 왠지…….”

“오늘 같은 날이 어땠어요? 부부 사이는 그러는 게 아니에요.”

주눅 든 사내처럼, 갑자기 허약해지는 남편이 안쓰러워서 정심은 옷을 벗었다. 관계를 갖고 싶은 생각은 없었으나, 남편이 원하니 싫은 빛은 보일 수가 없는 것이다. 그녀는 그의 잠옷을 벗기고 천천히 성감대를 자극시켰다.

“되었어요? 바꿔 누울까요?”

성길의 몸이 뜨거워졌을 때 그녀가 입술을 떼어 내며 물었다.

“아냐. 가만히 내버려 둬.”

그가 몸을 흔들었다. 정심은 반드시 누운 채로 그의 애무를 받으면서 눈을 감았다. 간절히 입술을 요구하던 그가 목덜미를 찍으며 손으로는 허리를 쓸어 내렸다.

정심은 더운 입김을 내뿜으며 몸을 비틀었다. 오늘따라 남편의 애무가 퍽 격정적이고 거친 느낌이 들었다. 다른 날 같으면 “도와 줘!” 하고 위치를 바꾸자고 할 때가 되었는데도 그가 계속 애무만 하고 있는 것이다.

이이가 오늘은 왜 이럴까? 빨리 여행을 다녀와서 자고 싶다던 사람이…….

그녀는 끈끈하게 땀이 배어드는 것을 느끼며 그의 심볼을 어루만졌다.

이것이 왜 이러나?

독사 대가리처럼 바짝 성을 내고 있어야 할 그것이 쇠불알처럼 덜렁거리며 노를 저을 준비조차 않고 있는 것이다.

못된 것! 주인은 긴 여행을 떠나려고 저래 땀을 흘리고 있는데 여태 축 늘어져 있다니. 이것아! 너는 주인이 애쓰는 모습이 가련치도 않느냐? 어서 일어나 고개를 들어라 보자.

그녀는 안타까운 심정으로 그것을 꽉 잡았다. 손아귀에 꽉 들어차야 할 그것이 오늘은 허전한 느낌만 안겨주었다. 이래서는 그녀가 위치를 바꾸어 노를 저을 수가 없다. 그것이 손아귀에 꽉 들어차고 활활 타고 있는 것처럼 뜨겁게 달아올라야 위치를 바꾸어 그녀가 노를 저을 수 있는 것이다. 그녀는 슬그머니 손을 풀며 일어날 기미가 보이지 않는 그것을 밀어버렸다.

이 양반이 오늘은 왜 이럴까?

그녀는 손을 빼 올려 그의 등을 쓸어 올리며 한숨을 쉬었다. 온몸이 불덩어리처럼 타고 있는데 그것은 계속 시무룩해 있는 것이다.

매정한 것! 주인이 있어야 제 놈이 있는데 주인의 심정을 그렇게도 몰라보다니. 이것아! 좀 일어나거라 보자. 뭔 심술보가 터져서 오늘은 그렇게 딴전을 부리고 있니? 돼먹지 못한 것 같으니라구…….

그녀는 자신의 가슴께를 애무하는 남편의 입술을 받으며 손을 아래로 뻗쳤다. 축 늘어진 그것이 잡혔다. 그녀는 위에서 애쓰고 있는 남편의 고통을 가늠해 보며 그것의 대가리를 꽉 싸잡았다. 그래도 그것은 답답하다는 몸짓 한번 않고 죽은 듯이 늘어져 있었다. 그녀는 답답했다. 그리고 그렇게 얄미울 수가 없었다. 그녀는 욱하고 치솟는 답답함과 미운 감정을 발산하듯 세차게 그것을 흔들었다. 약간 화를 내던 그것이 또 고개를 수그릴 낌새였다. 그녀는 갑자기 표정이 어두워지며 손짓을 멈추었다. 그리고 잘못 했다고 빌듯 부드러운 손놀림으로 그것을 감싸주며 달랬다. 그것은 그제서야 심통이 풀리는지 슬며시 고개를 들었다. 그러나 아직도 그녀가 위에 올라가 노를 저으려면 그것이 더 신명을 내어야 한다. 그녀는 매정하기 짝이 없는 그것과는 더 대화가 안 된다는 듯 남편을 흔들었다.

"여보! 오늘은 그만 자요. 이러다간 병나시겠어요……."

"가만 내버려 둬. 이대로 물러설 수는 없어……."

그녀의 유두를 더듬고 있던 그가 심하게 어깨를 비틀었다. 그의 얼굴에는 땀이 콩죽같이 흘러내렸다. 정심은 점점 뜨거워지는 자신의 몸을 이기지 못해 우는 목소리로 성길을 흔들었다.

"여보! 당신 오늘 왜 이렇게 고집을 부려요? 이러시면 저는 싫단 말이에요."

"고집이 아냐! 곧 될 것 같아. 조금만 기다려 줘."

성길은 안타깝게 몸을 떨며 아내의 허리 쪽으로 고개를 돌렸다. 금시 온몸이 활활 타오를 것 같은데 아래는 뜨거워지지 않는 것이다. 불이 붙을 것 같다가도 아내를 기웃거리는 놈들만 생각하면 그것은 그만 밑으로 축 늘어지는 것이다. 성길은 환영회에 참석한 것을 후회했다. 그리고 이명활이란 놈과 그의 동기생들을 저주했다.

망할 자식들! 왜 남의 여편네를 그렇게 기분 나쁜 시선으로 훔쳐보는가 말이다. 내 여편네가 그렇게도 불쌍해 보여? 제 놈

들 생각처럼 내가 다리가 없다고 부부관계도 못하는 줄 알았
나 보지? 웃기는 놈들! 다리가 없어도 두 다리 멀쩡한 제 놈
들보다 더 훌륭하게 그것을 하는데 말야. 이렇게 열심히 손가
락과 혀와 마음으로 아내를 애무해 주는데 내가 그놈들보다
못하다니? 제 놈들보다 나이는 더 먹고 볼품 없는 앉은뱅이
신세가 되었지만 그 짓만은 정성을 다해 해주는데 말이야.
  야, 이놈들아! 제발 그렇게 기분 나쁜 시선으로 내 마누라
훔쳐보지 말아. 네놈들의 그 불순한 눈길을 보면 비위가 상해.
뭣 때문에 남의 여편네를 그런 시선으로 쳐다보느냐 말이야?
나는 네놈들의 시선을 보면 꼭 송충이가 내 살갗 위로 기어오
르는 것 같아. 남의 평탄한 가정에 불지르고 아내마저 뺏어 갈
것 같은 불안감이 밀려와서 말이야. 보지 마! 네놈들의 눈에는
부조화를 이룰 것 같이 내 마누라가 아름답고 시원해 보여도,
사실 내 마누라는 마음 하나만 성녀 같을 뿐 다른 것은 모두
네 마누라와 똑 같아. 아니, 더 못할 지도 몰라. 화류계 출신이
었으니까. 제발, 눈 뒤집힌 놈들처럼 남의 여편네 개걸(丏乞)
스러운 시선으로 쳐다보지 말고 네 마누라한테나 잘해 줘.
  여자는 말이야 가꾸기 나름이야. 비쩍 말랐으면 흑염소라도
한 마리 잡아 고아먹이고, 살이 쪄 굴러갈 것 같으면 미용체조
좀 시켜. 미용체조 그것 별것 아냐. 군대 있을 때 유격훈련 받
으며 피티(P·T)체조 했지? 거기서 어깨 넓어지는 운동과 다
리 굵어지는 운동만 빼면 미용체조나 다를 바 없어. 누워 잘
때 TV 보다가 그대로 잠들지 말고 한 시간만 시간을 내어 다
리를 눌러주며 같이 해 봐. 젖소 같이 축 늘어진 네 여편네의
유방도 처녀 가슴처럼 착 달라붙고, 출렁거릴 정도로 살이 찐

허리 살도 빠질 거야. 그리고 술 좀 작작 마시고 여편네 데리
고 나갈 때 입힐 옷 한 벌 사서 입혀. 옷이 날개라고 임마, 창
녀도 잘 입혀 놓으면 요조숙녀로 변하는 세상인데 여편네 옷
들이 그게 뭐야? 집에서 가사 일을 할 때는 아무 옷을 입혀놔
도 괜찮지만, 부부 동반해 공식 석상에 나갈 때는 그래도 새
옷을 입혀 나가야지…….

　망할 자식! 제 놈은 노력하지 않고 잘 가꿔 놓은 남의 여편
네만 쳐다보다니. 군복 입고 있을 때는 두꺼비 파리 잡아먹듯,
진해 땅에 아다라시(수처녀) 나타나면 서로 경쟁이라도 하듯
올라타기 바빴겠지만, 이젠 네놈들도 사회인이고 한 가정의 가
장 아닌가? 가장이면 가장답게 여편네 위하고 자식 거두며 가
정을 이끌어갈 마음을 먹어야지, 그렇게 불순한 시선으로 남의
여편네만 훔쳐보면 어떡하니?

　나도 임마, 군에 있는 때는 잡놈처럼 수없이 여자 건드려 봐
서 네놈들 시선만 보면 심보를 알아. 네놈들 시선은 한 마디로
말해 내 마누라 한 번 품어 봤으면 하는 시선이야. 저 여자는
남자가 앉은뱅이라 그것은 되게 굶었겠구나, 하고. 제발 그런
걱정은 하지 마라. 내 마누라 굶주리지 않고 잘 살아. 이렇게
말이야. 이가 없으면 잇몸이 대신 한다고, 꿇릴 다리가 없으면
손으로 하고, 그래도 부족하면 혀가 있는데 왜 임마 내가 그
짓을 못하겠나? 세상사는 마음먹기에 달렸다고, 그 짓도 두 사
람이 마음만 맞으면 되는 거야. 제발, 내가 앉은뱅이라고 상상
해서 비약하지 마라. 군에 있을 때 같으면 끗발로 눌러서 네놈
들을 조져버리겠지만, 여기는 사회 아니냐. 사회생활 하는 사
람들이 어찌 군에 있을 때처럼 야만적으로 두들겨 패고 완력

으로 사람을 다루나? 우리도 이제 산전수전 다 겪은 사람들이
고, 또 남의 나라 전쟁터에까지 나가서 정의의 십자군이니 평
화의 사도니 하는 소리까지 들어가면서 무책임한 우리 할아버
지세대와 아버지세대들이 타국의 국민들한테 지어놓은 정신
적·물질적 부채를 갚으려고 몸뚱어리마저 뚝뚝 끊어주고 온
사람들인데, 뭔가 좀 달라져야 되지 않겠는가?

　제발, 남의 여편네 뺏어갈 듯이 쳐다보지 마라. 네놈들같이
미친 녀석들 피하려고 도회지 생활도 포기하고 여기 새마을로
들어왔는데, 네놈들이 이사 오는 첫날부터 내 여편네 힐끔거리
면 나는 이제 어디 가서 뿌리박고 사니? 우리 이제 맑은 마음
으로 지난 반생을 돌이켜 보며 네놈들도 살고 나도 좀 살자.
우리는 정말 이 시대를 살면서 너무 많은 것을 빼앗겼고, 너무
많은 것을 포기당했어. 너는 억울하지도 않니? 돈 있고, 백 있
는 놈들은 부모형제 권력 이용해 군대에도 가지 않고 외국유
학을 가는데, 우리는 개처럼 남의 나라 전쟁터까지 끌려가서
팔도 끊어주고 다리도 끊어주고 와서 한자리 술값도 안 되는
연금에 매달려 죽음의 날을 기다려야 하는 이 신세가 말이다.
더구나 나는 월북한 삼촌 때문에 연좌 죄까지 덮어쓴 몸이라
돈이 있어도 외국에 나갈 자격조차 박탈당해 해외유학도 포기
했단 말이야. 우리는 정말 불쌍한 존재들이야. 불쌍한 놈들은
즈그들 끼리끼리 도우며 살아야지, 그걸 깨우치지 못하고 남의
여편네까지 뺏어먹으려고 힐끔거리면 우리 신세가 어찌 되겠
니? 나 말이야, 지금껏 살아오면서 숱한 눈물 흘렸다. 오죽 답
답했으면 제대할 때 자살용 수면제까지 감추어 나왔겠는가?
정말 우여곡절 끝에 화류계 출신이거나 말거나 여편네 하나

꿰어차고 자식 하나 받으려고 요즘 공들이고 있는데 돌 던지
지 마라. 네놈들이 그렇게 비실비실 웃으면서 내 마누라한테
수작부리는 시선이 나에게는 수족을 끊어내는 것보다 더 괴롭
고 불안하단 말이야……."

성길은 이제 아내의 허벅지를 애무하기 시작했다. 자신도 모
르게 6과 9의 자세가 된 정심은 몸을 비틀었다. 남편의 혀 놀
림이 가슴을 터지게 하는 것 같고, 몸뚱이를 어디론가 깊은 나
락으로 끌고 들어가는 듯해 숨이 넘어갈 지경이었다.

"여보! 이제 그만……."

그녀는 푸르르 몸을 떨며 자리를 바꿔 누웠다. 6과 9의 자세
로 되어 있던 사람이 갑자기 6과 6의 자세가 되었다. 정심은
소리라도 치고 싶은 순간을 참지 못해 그의 배 위로 올라가려
고 했다.

그러나 성길은 그녀를 자신의 배 위에 올라오지 못하게 했
다. 정심은 금방 애욕의 늪에 익사될 것 같은 순간이었다. 그
녀가 노를 받아 저어도 좋을 만큼 남편도 몸이 달아서, 그녀가
노를 받으려는데 남편이 반대하는 것이다. 그녀는 평소의 순서
가 깨어져 당황하고 있는데, 남편이 모로 누운 자신의 몸을 반
듯이 눕히며 몸을 포개는 것이다.

정심은 뭐가 뭔지 분간도 못한 채 남편을 꼭 껴안았다. 남편
이 자신의 가슴 위로 올라오며 안타깝게 자신을 불렀다. 그녀
는 결혼 후 처음으로 남편의 중량감을 느끼며 다리를 받쳐 올
렸다. 남편은 두 팔로, 자신의 상체가 그녀의 가슴 위에서 흘
러내리지 않게 받치고, 한쪽뿐인 왼쪽 무릎을 방바닥에 댄 채,
천천히 노를 젓는 것이다. 그녀는 엄청난 중량감으로 복부를

짓눌러 대는 듯한 남편을 꽉 껴안으며 소리쳤다.

"여보! 나 좀 잡아줘요. 아……."

얼마 후 두 사람은 땀이 식은 몸으로 누워 있었다. 성길은 누운 채로 달빛이 스며드는 창문을 바라보며 담배를 피웠고, 정심은 모로 누운 채 성길의 젖꼭지를 만지작거리고 있었다.

"여보!"

그가 담뱃불을 끄고 팔을 내리자 그녀가 떨어져 누우며 불렀다.

"응?"

"당신 오늘 기분 나쁜 일 있었어요?"

"왜?"

"이상해요."

"뭐가?"

"당신 표정이요."

"젊은 녀석들이 힐끔힐끔 당신 훔쳐보는 게 무척 기분 나빴어……."

"그 사람들이 나 좀 쳐다보면 안 되어요?"

"그 녀석들 시선은 굶주린 수캐 새끼들 같아서 싫어!"

정심은 더 말을 못 붙이고 눈을 감았다. 어떻게 이명활과의 관계를 귀띔이라도 해볼까 하고 말을 붙였는데, 그런 말을 꺼내다간 나른하고 기분 좋은 정사 뒤의 분위기를 엉망으로 만들 것 같았다.

"여보! 그 사람들이 어떤 시선으로 쳐다보든 말든 저를 믿으세요. 저는 죽어서도 당신 부인이며 당신과 늘 함께 있고 싶어서 결혼한 안사람이에요."

"고마워! 당신을 위해 뼈가 으스러지도록 가정을 보살필 테니까 날 버리지만 말아 줘. 당신은 내 생명과 같은 사람이야."
"왜 자꾸 그런 생각을 하세요. 당신도 차암!"
"모르겠어. 나도 모르게 자꾸 그런 생각이 밀려와서 미칠 지경이야……."
성길은 그만 아내를 껴안고 흐느꼈다. 정심은 안타까워서 같이 울어버렸다…….

이 무렵, 이명활은 담뱃불을 비벼 끄고 잠자리에 누웠다.
아내는 그가 자리에 누운 것도 모른 채 코를 골고 있었다. 혼자서 이삿짐을 챙기고 도배까지 했으니 피로하기도 할 것이다. 그는 곤히 잠든 아내의 얼굴을 잠시 지켜보다 돌아누웠다.
잠이 오지 않았다. 우연히 만난 정심이란 여자 때문이었다. 그 여자를 여기서 다시 만날 게 뭔가 말이다. 그는 세상이 넓으면서도 좁은 것 같아 자신도 모르게 쓴웃음을 삼켰다.
진해에서 군대생활을 할 때 그는 시내 주점에 나와 있는 호스테스들을 닥치는 대로 섭렵했는데, 정심은 몸을 줄 듯 줄 듯 하면서도 호락호락 품안에 들어오지 않았다. 그는 정심을 소유하기 위해 집에다 엉뚱한 편지까지 쓰게 되었다. 총을 파손시켜 감옥에 들어가게 되었으니까 돈 5만 원만 보내 달라고. 고참하사의 한 달 봉급이 2천 원 할 때라 현금 5만 원은 그의 2년치 봉급이 넘을 만큼 큰 액수인데도 그의 부모님은 자식이 감옥에 가는 것이 싫어서 그 큰돈을 보내주었던 것이다. 그는 주점 와이키키에서 그 엄청난 액수의 돈을 물 쓰듯 뿌리며 물량공세로 그녀를 품안에 넣었는데, 이곳에서 그녀를 다시 만나

고 보니 과거 자기 초상을 보는 것처럼 야릇한 흥분까지 밀려
오는 것이다.

이명활은 세상사가 참으로 묘하게 얽혔다고 생각하며 아들
녀석을 당겨 내렸다. 두 번씩이나 바로 눕혀 주었는데도 또 위
로 올라갔다. 그는 몸부림이 심한 아들 녀석을 바로 눕히다 탱
탱하게 성을 낸 자지를 물끄러미 내려다보았다. 어렵게나마 가
정을 이루어 이런 아들이라도 하나 낳고 사는 것이 꿈만 같은
느낌이 들었다.

이 가정의 안정을 위해서도 한성길 선배의 부인과의 과거지
사는 슬기롭게 풀어나가야 된다고 생각했다. 잘못하다간 불구
의 몸으로 어렵게 이룬 가정마저 파산시킬 위험성이 있었다.
그는 그런 심적 부담 때문에 환영회에 참석했어도 아내의 눈
치만 살피며 촌놈처럼 앉아 있었던 것이다. 그런데 옆에 앉은
홍수영이란 녀석이 팔을 꼬집으며 저 여자를 한번 보라고 했
다. 무심결에 고개를 돌리고 보니 건너편 좌석에 정심이가 앉
아 있고, 그 옆에 해병대 대선배인 한성길 씨가 앉아 있었던
것이다. 한성길 선배는 그를 모르고 있어도 그는 한성길 선배
가 미국 동성무공훈장 수여자라서 해군의무단에 있었을 때부
터 알고 있었던 것이다. 저런 선배도 이런 곳에 들어와 사는
군……. 이러면서 그는 자신의 눈을 의심하고 있는데 홍수영이
란 녀석이 "야, 저 여자 옛날 네가 잡아먹었던 와이키키 7번
아가씨 맞지?" 하고 물었다.

이명활은 고개도 돌리지 않은 채 입 조심하라고 홍수영이에
게 함구령을 내렸다. 그녀는 분명 부모님에게 거짓말을 해서
송금된 거금 5만 원을 풀어서 소유한 7번 아가씨가 틀림없었

던 것이다. 그는 낮이 화끈해서 정신을 못 차리고 있는데, 그녀 쪽에서 먼저 고개를 돌려버렸다.

그래. 저게 자기생활을 보호하려는 인간의 본능이구나.

이명활은 그런 생각을 하면서 한성길 선배의 부인이 아는 척이라도 하면 질투심이 많은 아내에게 뭐라고 변명해야 하나, 하고 나름대로 고심하며 뒤뜰로 나와 술만 마시고 있었다. 그런데 그녀의 남편인 한성길 선배가 자꾸 그를 쳐다보는 것이다. 그는 한성길 선배의 그런 시선을 의식할 때마다 갈비뼈가 저려오는 통증을 느끼곤 했다.

아마 하사 2호봉 때일 것이다. 그는 주점에 나와 있는 선배의 정부(情婦)를 건드려 갈비뼈가 부러질 만큼 두들겨 맞은 기억이 있었던 것이다. 그런데, 한성길 선배의 시선을 보니까 자신도 모르게 당시의 처참한 자기 초상이 떠오르는 것이다. 그리고 한번 해병이면 죽어서도 영원히 해병인데, 선배한테 잘못 보여 놓으면 갖은 고난 끝에 얻은 일자리마저 잃는다는 걱정이 밀려와서 선배의 부인이 앉아 있는 쪽으로는 고개도 돌리기 싫었다.

그는 파티를 마치고 집으로 돌아와서도 내내 그런 문제로 혼자 고심했다. 앞뒤 생각지 않고 흥분부터 먼저 하는 아내에게 이 사실을 고백하느니, 서로가 모른 척하고 살다가 자신이 형편이 좀 나아지면 시내에다 방을 얻어 새마을을 떠나는 것이 두 가정을 건지는 길이라고 생각했던 것이다.

그러나 한성길 선배의 부인과의 관계는 그가 구상했던 대로 해결되지 않았다. 그가 비밀을 유지하려고 그토록 노력했는데, 신중하지 못한 홍수영이란 녀석이 일없는 녀석들과 모여 앉아 술내기 화투를 치면서 촉새처럼 나불거려서 알 만한 사람은 다 아는 사이가 되어버린 것이다. 이명활은 뒤늦게 이 사실을 알고, 그 날 화투를 친 사람들을 찾아다니며 함구해 줄 것을 호소했지만 소용없는 일이 되고 말았다. 왜냐하면 그가 새마을에 입주한 지 두 달 조금 넘은 어느 날 아침, 아내가 정심의 이야기를 꺼냈기 때문이었다.

"여보, 나 동 9호에 사는 한성길 씨 부인이 화류계 출신이라면서요?"

"누가 그런 소리를 해? 당신은 이 마을에 사는 사람들이 모두 해병대 선·후배 사이라는 걸 명심하고 입 막고 귀 막고 살아. 그렇잖으면 나한테 혼날 줄 알아."

이명활은 야무지게 아내를 단속하면서도 가슴을 조였다. 행여 이런 이야기들이 돌고 돌아 한성길 선배의 귀에라도 들어가는 날이면 두 사람 중 누군가가 이 마을을 떠나가야 될 것 같은 예감이 들었던 것이다.

그는 그런 근심 때문에 무척 우울한 기분으로 출근했다. 오전 내내 일이 손에 잡히지 않았다. 냉동창고에 입고된 어종과 반출된 어종을 정리해 계장에게 보고해야 되는데, 받아놓은 전표조차 정리하고 싶은 의욕이 없었던 것이다.

그는 애매한 담배만 죽여대다 사무실을 나왔다. 점심밥이라도 먹고 와서 차분한 마음으로 현황을 뽑아야지, 이대로는 아무것도 되지 않을 것 같았다.

그는 천천히 아랫시장 쪽으로 걸었다. 한 손으로 도시락을 들고 출근하는 것이 창피해 늘 아랫시장에 내려와서 순대국밥이나 비빔밥 따위로 점심을 때우곤 했는데, 그 날은 아내의 말

한 마디에 비위가 상해 아침도 먹는 둥 마는 둥 하다 집을 나와서 시장기까지 느껴졌다.

"엇!"

복작거리는 어물시장을 벗어나 밥집 골목으로 들어서는데 생각지도 않던 한성길 선배의 부인이 개를 끌고 앞에서 걸어왔다. 이명활은 깜짝 놀란 얼굴로 우물쭈물하다 인사를 건넸다.

"여긴 어쩐 일이십니까?"

정심은 너무도 뜻밖인지 곤혹한 웃음을 흘렸다.

"시장 보러 나왔어요. 헌데 여긴……?"

"직장이 이 부근에 있어서 점심 먹으러 나왔습니다."

"그러세요. 시장하실 텐데 어서 가보세요. 그럼……."

정심은 하직인사까지 하면서 헤어지려고 했다. 이명활은 장바구니를 물고 있는 개가 무서웠지만 용기를 내어 한 마디 더 건넸다.

"마을 일로 긴요하게 상의해야 될 일이 생겼는데 웬만하시면 시간 좀 내어 주십시오. 잠깐이면 됩니다."

정심은 마을 일로 긴요하게 상의해야 될 일이 생겼다는 말이 의아하게 느껴져 잠시 생각하는 표정이었다. 그러다 무슨 일이지요, 하는 표정으로 이명활을 바라봤다. 이명활은 노상에서 주고받을 일은 아니다면서 다방이 있는 큰길 쪽으로 앞장서 걸었다. 정심은 잠시 시간을 내자고 결정을 내린 듯 토니의 목 끈을 짧게 잡고 이명활의 뒤를 따라갔다.

"이상한 인연 때문에 저는 그 동안 무척 괴로웠습니다."

커피를 한 잔 시켜 놓고, 이명활은 토니의 거동을 살피며 조심스럽게 입을 열었다. 진하게 퍼지는 커피 냄새 때문인지는 몰라도, 자꾸 자신을 노려보며 쿵쿵 콧숨을 내쉬는 토니의 거동이 자신을 물고늘어질 것 같아 몹시 신경이 쓰였던 것이다. 그는 한성길 선배의 부인이 토니의 목 끈을 바짝 죄자 더듬거리면서 다시 말을 이어나갔다.

"저는 새마을에 입주한 것을 지금 후회하고 있습니다. 만약 입주 전에 한성길 선배님과 부인께서 이 마을에 계신 줄 알았으면 저는 입주신청도 하지 않았을 겁니다. 그런 심정은 부인께서도 마찬가질 것입니다. 그렇지만 어떡하겠습니까? 이미 엎질러진 물이나 다름없는데 말입니다. 여러 모로 괴롭더라도 조금만 더 참아 주십시오. 제가 형편이 닿는 대로 빨리 시내에다 살림집을 마련해 새마을을 떠나겠습니다. 혹, 이상한 이야기가 들리더라도 흔들리지 말고 견뎌 주십시오. 저는 그런 이야기들이 제 집사람과 한성길 선배님의 귀에 들어갈까 봐 제일 두렵습니다."

"험하게 살아온 여자니까 응당 그런 고통쯤은 이겨내어야겠지요. 다만, 한 가지 부탁하고 싶은 것이 있다면 이명활 씨께서 끝까지 침묵을 지켜주십사, 하는 것입니다. 우리 그이는 아직도 정신적으로 허약하고, 전쟁터의 포성이 신경성질환처럼 들려와서 지금도 고통당하고 있는 실정입니다. 이런 와중에, 이명활 씨와 저와의 과거 관계가 제 입을 통하지 않고 제3자의 입을 통해 먼저 들어가면 좀 곤란한 일들이 생길 것 같아 저도 사실은 한 번 만나고 싶었습니다."

이명활은 조용히 정심의 이야기를 듣고 있다가 돌연 고개를 저었다. 토니가 정심을 보호할 듯, 이명활을 노려보다 고개를 숙였다.

"안 됩니다. 한성길 선배님께 부인과 저와의 관계를 말씀 드리면 큰일납니다. 어떤 상황이 닥쳐와도 저는 입을 다물 것입니다. 그러니까 부인께서도 저를 믿고 침묵을 지켜 주십시오. 두 분의 애정을 의심하는 것 같이 들릴지도 모르겠지만, 그런 이야기는 아무리 부부 사이라도 침묵을 지키는 것이 가장 현명한 해결책이라고 생각합니다. 서로가 고통스러운 과거지사니까 말입니다……."

"말씀하시는 취지는 잘 알겠습니다. 허지만 저의 과거사가 다른 사람의 입을 통해 남편의 귀에 들어가면 걷잡을 수 없는 오해를 불러올 소지가 있어 계속 시치미를 떼고 있을 수만은 없는 것이 또한 저의 입장입니다."

"그래도 이야기하는 쪽보다 안 하는 쪽이 파란을 줄일 수 있다면 그쪽을 택하는 것이 현명하지 않겠습니까? 어엿하게 가정을 가진 사람들이 그것을 감추어서 다른 짓을 하자는 것은 아니니까 밀입니다."

"이명활 씨께서는 저와의 관계를 부인께 감추는 것이 덕이 될지 모르겠지만, 저는 계속 덮어 둘 수만은 없는 문제라고 생각합니다……."

"그럼 가까운 시일 내에 제가 빚을 내서라도 거처를 옮길 테니까 한성길 선배님께 말씀드리는 시기를 뒤로 좀 미뤄 줄 수도 없겠습니까?"

"다 같이 잘 살아 보자고 이 마을에 들어왔는데 이명활 씨만 그런 희생을 당해서야 되겠습니까? 우리 그이 역시 제가 철없던 시절 유혹이 끓는 유흥업소에서 일했다는 걸 잘 알고

있는데 그것이 그렇게 큰 파란을 일으킬 일이라고는 생각지
않습니다. 그이와 해후해 가정을 이룰 때 그런 문제는 충분히
이야기가 되었기 때문에 그이도 충분히 이해해 주리라 믿고
있기 때문입니다. 저의 판단으로는 오히려 제가 입을 꾹 다물
고 있는 것이 우리 그이로부터 더 큰 오해를 받을 것 같습니
다……."

"두 분 사이에 과거 문제를 거론치 않겠다고 결혼 전에 약
속이 되었더라도 한번 더 신중히 생각해 주십시오. 제가 아침
저녁 선배님 집 앞을 내왕하는 처지라 선배님의 입장에선 더
욱 고통이 클 것입니다."

"말씀을 듣고 보니 그런 일면도 있겠군요."

"그렇습니다. 제가 빨리 손을 써 이 마을을 떠날 테니까 그
때까지라도 미뤄주십시오. 이것은 단순한 문제가 아닙니다."

"알겠습니다. 이명활 씨께서 잘 좀 선처해 주십시오. 저희도
시댁의 어른들만 납득시킬 수 있으면 빠른 시일 내에 이 마을
을 떠나겠습니다."

"저 때문에 부인께서도 희생을 당하게 되었군요."

"철없던 시절, 잘못 살아온 과거지사 때문이겠지요. 요즘은
정말 다시 태어나서 정갈하게 살아보고 싶은 것이 하나의 소
망처럼 느껴질 때도 많습니다."

정심은 자신도 모르게 핑 도는 눈물을 닦았다.

"본의 아니게 선배님 내외분께 마음을 아프게 해드려서 정
말 죄송합니다. 그럼 바쁘실 텐데 먼저 내려가십시오. 같이 내
려가다가는 또 원치 않는 소리를 들을 소지가 있으므로 저는
조금 더 앉아 있다 내려가겠습니다."

정심은 이명활의 세심함에 또 놀랐다. 과거 와이키키를 들락거릴 때만 해도 이명활은 인간의 탈을 쓴 수캐와 같았는데 그 사이 많이 성숙된 느낌이 들었다. 세월은 인간의 심성을 변화시키는 그 무슨 힘이라도 가졌단 말인가? 정심은 성실하게 살아가려는 이명활을 위해서도 이 문제는 조용히 해결되기를 기원하며 고개를 끄덕였다.

"그럼, 먼저 실례하겠습니다."

정심은 다방을 내려와 시장골목으로 들어갔다. 시계는 그새 오후 1시를 넘어서고 있었다. 우체국에 들러서 생활비를 찾아 집으로 가려면 꽤나 늦어지겠다는 생각이 들었다. 그녀는 집에서 눈 빠지게 기다릴 성길을 생각해서 서둘러 시장을 보기 시작했다.

"오늘도 목각이십니까?"

곽일수가 인사를 건네며 마당으로 들어왔다. 성길은 시장에 나간 아내를 기다리기가 지루해 건넌방 작업대 앞에서 사자상(獅子像)을 깎고 있다 목각도를 놓고 마루로 나오면서 곽일수를 반겼다.

"어서 와. 나야 이게 하루 일과 아닌가."

"무슨 동물의 입상 같은데요."

곽일수가 막 자귀질이 끝난 사자상을 보며 물었다.

"맞아. 대학 시절 내 모교의 교문엔 하늘을 쳐다보며 포효하는 사자상이 서 있었는데 그걸 한번 깎아보려고 해."

"마음은 여전히 젊으시군요."

"하도 살아가는 게 두렵고, 꿈자리마저 뒤숭숭해 대학시절의

나 자신을 되돌아보며 소일이나 하자고 덤벼들었는데 나무가
단단해 힘드는구면. 좀 앉아라.”
　성길은 작업용 앞치마와 장갑을 벗으며 재떨이와 담뱃갑을
끌어당겼다.
　“아주머님은 어디 나가셨습니까?”
　곽일수는 며칠 전에 꾸어간 돈 만 원을 내놓으며 정심을 찾
았다. 성길은 고개를 끄덕이며 돈을 받아 챙겼다.
　“시장 갔어. 아이는 괜찮니?”
　“홍진열이라는데 며칠 더 치료해 봐야 될 것 같습니다.”
　“봄날에, 조심해야지. 이곳 바람이 좀 센가.”
　“어려울 때 선배님이 도와 주셔서 아이는 건졌습니다만, 이
은공을 어떻게 다 갚지요?”
　“별소리를 다 한다. 그 정도 돈은 언제든지 지니고 있으니까
필요하면 달려와. 어려울 때 서로 도와 가며 살아야 이웃이
지…….”
　“고맙습니다.”
　“담배 필래? 오늘은 집사람도 없는데 며칠 전 네가 했던 말
을 마무리나 지어놓고 가. 대관절 그 말이 무슨 뜻인가? 나는
마음 편히 살려고 여기 들어 왔는데, 왜 자꾸 떠나라고 해. 몇
며칠을 생각해 봤지만 난 아직도 곽일수 네가 한 말이 이해가
안 돼. 대관절 그런 말을 하는 진의가 뭐야?”
　성길은 담배를 한 대 붙여 물면서 며칠 전 곽일수가 돈을
꾸러 왔을 때 했던 말을 다시 물었다. 곽일수는 잠시 생각에
잠겨 있는 표정이더니 어렵게 입을 열었다.
　“아주머님의 정신적 고통을 생각해서 그랬습니다. 홍수영이

하고 그 옆집에 사는 젊은 축들이 아주머님의 지난 시절을 잘 알고 있는 것 같아요. 그놈들이 아주머님의 과거를 알아봤자 별 것 아니겠지만, 아주머님의 입장에서는 그들을 볼 때마다 얼마나 괴롭겠습니까? 그래서 선배님께 그런 말씀을 드렸는데, 지금 생각해 보니까 저도 그때 경솔했던 것 같습니다. 그만 잊어버리십시오."

성길은 조용히 눈을 감고 생각에 잠겼다가 피식 웃었다.

"고맙다. 내가 여태껏 그 생각을 못 했구나."

성길의 목소리는 몹시 떨렸다. 흡사 너무 급해서 남의 집 모퉁이에다 몰래 용변을 보다가 주인에게 들킨 기분이었다. 아내를 다른 사람에게 빼앗기지 않으려고, 아니 아내의 마음이 흔들리는 것을 막으려고 촌구석으로 피신했다가 난데없는 벼락을 맞은 느낌이었다.

자신도 모르게 눈물이 흐르면서 가슴이 답답했다. 충고를 해주는 곽일수가 한없이 고마우면서도 한편으로는 그렇게 얄미울 수가 없었다. 그게 아니라도 걱정거리가 한두 가지가 아닌데, 또 그런 충격을 안겨주면 나는 어떻게 해야 된단 말인가 하는 짜증도 끓어올랐다. 겨우 터를 잡아 자식을 받으려고 공을 들이고 있는 중인데, 또 그 문제를 들쑤셔 놓으면 다시 원점으로 돌아가 마음 편히 살 곳부터 찾아야 하는 것이 아닌가? 성길은 너무 기가 차서 침을 꿀꺽 삼켰다.

"너 누구한테 그 소리를 들었니? 그놈들도 옛날에 와이키키 출입하던 놈들이라고 하더냐?"

성길은 목구멍으로 피가 넘어오는 듯한 아픔을 참으며 곽일수를 바라보았다. 와이키키에 출입하던 놈들이냐고 물었지만

그의 표정은, 그 놈들도 과거 나처럼 와이키키 들락거리며 정
심이를 끼고 잔 놈들이라고 하더냐, 하고 묻고 있었던 것이다.
　곽일수는 갑자기 험악해지는 분위기에 짓눌려 말을 못하고
있다가,
　"이건 떠벌릴 일도 아니고, 선배님이 신중히 생각해서 조용
히 처리하는 게 최상의 선택이라고 생각합니다. 저는 그런 뜻
에서 말씀을 드린 것뿐입니다."
하고 성길을 진정시키기에 바빴다.
　"어쨌든, 그놈들 좀 데리고 와 봐. 이제 보니 어렵잖은 동서
지간인데 인사나 트고 살아야 될 게 아닌가?"
　성길은 담뱃불을 비벼 끄며 잠시 낄낄낄 혼자 웃었다. 곽일
수는 성길이가 갑자기 미친 사람같이 보여 덜컥 두려움이 밀
려왔다.
　"고정하십시오, 선배님!"
　"그래애. 변변치 못한 여편네하고 고해 같은 세상을 허우적
거리며 사는 내가 참아야지, 누굴 탓하면 뭐하겠나. 후유우 ―
가슴이 어찌 이렇게 답답하지?"
　성길은 또 담배를 빼물었다.
　"선배님! 제가 정말 죽을죄를 지은 것 같습니다. 제발, 저를
용서해 주는 셈치고 이번 일은 조용히 처리해 주십시오. 저는
생명을 구해 주신 선배님께 마음으로나마 보답하고 싶어 그런
말씀을 드렸을 뿐입니다."
　곽일수는 자신이 내뱉은 말을 감당하지 못해 진땀을 흘리고
있었다.
　"그래야겠지. 내가 좋아서 같이 사는 여편네인데 지금 와서

과거지사를 탓하면 무엇하겠나. 내가 참으면서 이곳을 떠날 준비를 해야지.”

“그럼요. 하루바삐 이곳을 떠나셔서 마음 편히 사십시오. 저는 누구보다 존경스럽고 우리 해병대를 위해 무공(武功)을 많이 쌓으신 선배님께서 후배들의 우스개 거리가 되는 게 싫어서 그런 말씀을 드렸을 뿐입니다.”

두 사람이 격한 감정을 식히고 있을 때 새마을회장이 뚜벅뚜벅 걸어 들어왔다. 성길은 멍하니 허공을 바라보고 있다가 새마을회장을 반겼다.

“웬 일이십니까?”

“급한 일이 떨어져서 잠시 들렀어. 부인은 어디 가셨나?”

새마을회장이 서류 봉투를 내려놓으며 마루에 걸터앉았다. 새마을회장은 정심에게 용건이 있는 듯 자꾸 부엌 쪽을 기웃거렸다.

“시장에 좀 나갔습니다. 왜 그러십니까?”

성길이가 정신을 차리고 다시 묻자, 곽일수가 자리를 피할 듯 일어났다.

“저는 이만 물러가겠습니다. 회장님, 그럼 일 보고 가십시오.”

“왜 그래? 나도 바빠서 곧 가야 돼…….”

새마을회장은 곽일수를 붙잡으려는 눈치였다. 그러나 곽일수는 급히 가봐야 할 곳이 있다면서 물러갔다. 성길은 곽일수가 마당을 나가자 다시 물었다.

“집사람한테 볼일이 있습니까?”

“아니야. 부인이 안 계시면 한 형이 대신 대답해 줘도 돼.”

새마을회장은 돋보기 안경을 끼고 서류봉투 속의 서류를 꺼
냈다. 그가 꺼낸 서류는 새마을 입주자들의 명단이었다. 성길
은 새마을회장이 꺼낸 서류를 건성으로 내려다봤는데, 거기에
는 새마을 동민의 학력·경력·나이·원호급수 등이 적혀 있
었다.

"뭘 파악하시는데요?"

"다음 달부터 두부공장과 장갑공장을 가동시킨다고 사업주
들이 이 마을 부인들의 경력과 나이 등을 좀 파악해 달라고
해서 들렸어……."

"그걸 알아서 뭘 하시게요?"

"상부의 지시대로 자체 인력을 흡수할 모양인데, 한 형 부인
은 하루 몇 시간 정도 공장에 나와서 일을 할 수 있는지, 무슨
자료가 있어야 부인들을 적재적소에 배정할 것 아닌가?"

"어떤 일을 하는데요."

성길은 이마 살을 찡그리며 고개를 저었다. 정심이를 그런
곳에 내보내고 싶은 의향이 없는 것이다.

"다리가 불편한 사람은 앉은일을 하고, 팔이 불편한 사람은
선 일을 할 모양인데 가능하면 부부가 함께 일할 수 있게 조
를 짤 모양이야."

"저희는 빠지고 싶습니다."

"왜? 다들 나와서 몇 시간씩이라도 일을 하겠다던데."

"몸도 불편하고, 그런 데까지 나가서 돈을 벌고 싶은 생각은
없습니다."

"꼭 돈 때문만은 아니야. 하루종일 집안에 들어박혀 실의와
싸우느니 단 몇 시간씩이라도 나와서 마주보고 일을 하면 답

답한 마음이라도 풀리지 않겠는가. 그래서 다들 신청하니까 한 형도 내 말 들어⋯⋯."

"그래도 저는 사양하겠습니다."

성길은 계속 싫은 빛을 보였다. 이명활과 정심의 관계가 노출되어 가뜩이나 신경이 곤두서 있는데, 공장에다 아내까지 내보내어 속상하는 소리를 더 듣고 싶지 않은 것이다. 옛말에, 여자와 항아리는 바깥으로 내돌리면 금이 간다는 말이 있듯, 거기 내보냈다가 과거 안면이 있는 남자들과 또 좋지 않은 일이라도 생기면 걷잡을 수 없이 가정이 흔들릴 것 같은 느낌이 들었다. 게다가, 그의 처지에서는 그런 일을 하지 않아도 생활이 쪼들릴 만큼 궁색하지도 않았던 것이다.

"어린 자식들도 없는데 하루 서너 시간씩이라도 나와서 시간을 보내지 왜? 집에 있으면 뭐 하나?"

새마을회장은 뜻밖이라는 듯 고개를 갸우뚱거렸다.

"회장님의 깊은 마음은 고맙지만 가까운 시일 내에 이곳을 뜨고 싶은 생각이 있었어요."

"뭐라구, 그게 진심인가?"

성길은 말없이 고개를 끄덕였다.

"허허, 이거 야단났구먼. 내년부터는 자체 구판장도 운영해볼까 하는데 한형 부인이 떠나시면 누가 그런 걸 운영할지 걱정이 태산 같구먼."

성길은 새마을회장이 더 억장 무너지는 소리만 골라서 한다 싶었다. 그는 새마을회장조차 아내에게 연심을 품고 있는가 싶어 퍽 기분이 상했다.

"그런 일이야 단산한 사람들이 해야지, 내 집사람은 그런 곳에 나가서 일할 형편이 못 됩니다. 내가 이 마을에 계속 눌러 산다 해도 말입니다."

"아니, 정말 떠날 텐가? 어려움이야 많겠지만 웬만하면 같이 눌러 살자구. 겨우 정 들만 하니까 떠나다니……."

"제 개인적인 사정을 자세히 말씀드릴 수가 없어서 원인은 밝힐 수는 없지만 꼭 떠나야 할 일이 생겼습니다."

"어디로 갈 텐가? 전번 한형 생일 때만 해도 몇 년 눌러 살 계획이라고 했잖은가?"

"녜에. 그 때만 해도 그럴 생각이었는데 최근에 피치 못할 사정이 생겼습니다."

"2차입주자들이 맨날 술이나 먹고 노름질해서 그런가? 만약 후배들의 그런 모습이 한형의 명예를 실추시키고 보기 싫어서 그렇다면 조금만 참아주게. 나도 그들이 일자리를 잡아 건실하게 살아갈 수 있도록 하기 위해 상부에 건의서도 올리며 이렇게 바삐 뛰고 있다네……."

"그까짓 거야 저만 너그럽게 이해하면 되지요. 실은 제 개인적으로 생각지도 않던 일이 느닷없이 불거져 그렇습니다. 오해는 마십시오."

"답답하구먼. 어쨌든, 내일 저녁에 두 분이 청해당에 좀 나오시게."

"왜요?"

"업주들이 이 마을 주민들에게 한 턱 낸다고 하니 우리 그 때 한 잔 마시면서 진지하게 얘기해 보자구……."

"저는 그 모임도 빠지고 싶습니다."

성길은 인연을 끊을 듯 딱 잘라서 말했다.

"이 사람이 정말 이 동네 사람과 원수질 일이라도 생겼나, 갑자기 왜 이러나?"

새마을회장은 알다가도 모르겠다는 듯 그만 허허허 웃었다.

"그냥 모르고 지냅시다. 시간이 흐르다 보면 회장님도 제 심정을 이해하실 겁니다."

"아니, 한형! 부인이 잠시 나와서 음식상 차리는 것도 협조하지 못하겠단 말인가?"

"네. 이 마을을 떠날 때까지 어떤 모임도 피하겠습니다. 집사람도 내보낼 수가 없고요."

"한형, 갑자기 왜 그러나? 나에게만 속 시원히 말 좀 해주시게."

"회장님 체면을 생각하면 꼭 말씀드려야 되겠지만, 현재 저의 심정으로는 무슨 말을 못하겠습니다. 섭섭하시겠지만, 오늘은 그만 돌아가 주십시오."

"허 참! 근심만 한 짐 지고 가는 기분이내 그려."

새마을회장은 소금 씹은 표정으로 돌아갔다. 성길은 회장의 뒷모습을 지켜보다가 시계를 보았다. 오후 4시가 넘었다. 아내가 귀가하고도 남을 시간인데 계속 소식이 없었다. 불안했다. 그는 아내가 소비해야 되는 시간을 꼼꼼하게 계산해보기 시작했다.

집에서 큰길까지 나가는데 20분 잡고, 5분이나 10분 정도 기다렸다가 버스나 택시를 타면 늦어도 정오까지는 포항 죽도시장 밑에 있는 아랫시장까지는 도착할 것 같았다. 그리고 아랫시장에서 1주일 치 부식과 생필품을 구입한 후, 연금이 지급되는 우체국까지 가면 오후 1시쯤 될 것 같았다. 거기서 차례를 기다려 생활비를 받고, 다시 택시를 타고 집으로 돌아오면 오후 2시까지는 충분히 집에 도착할 것이라는 생각이 들었다. 택시 잡기가 힘들어서 길에서 10여 분 정도 시간을 허비한다고 해도 오후 3시까지는 돌아오고도 남을 시간인데 아내는 4시가 넘도록 소식이 없는 것이다. 필시 아내가 자기 몰래 누구를 만나거나 예기치 않은 사고가 생겨 거리를 헤매고 있을 것 같은 생각이 들었다.

그는 불현듯 아내 혼자 집을 내보낸 것이 후회되었다. 남들처럼 아이라도 딸렸으면 마음이라도 놓이겠는데, 아이조차 없으니 마음만 먹으면 누구를 만나 밀회를 해도 거추장스러울 것이 없는 것이다. 빌어먹을, 빨리 아이라도 하나 생겼으면 좋으련만 그렇게 기다리는 아이는 왜 안 생기는지 그것마저 짜증스러웠다. 그는 묵묵히 앉아서 기다릴 수가 없어서 목발을 짚고 마당으로 내려섰다.

갑자기 자신의 생식기에 무슨 이상이 있는가, 하는 생각이 들었다. 월남에서 불란서 트기와 그 짓을 하다 악성임질에 걸려 고생한 경험이 있었는데, 그 때 자신의 성기는 생식능력을 잃어버린 게 아닌가, 하는 생각도 드는 것이다.

그는 집을 나와 뽕밭이 있는 언덕으로 걸어가면서 성병을 소홀히 다룬 시절을 후회했다. 정심에게 병을 옮았을 때처럼 완벽하게 치료해야 되는데, 월남에 있었을 때는 거듭되는 전투 때문에 치료를 한 번도 제대로 한 적이 없었다. 같이 작전 나간 부하들이 시체가 되어 사라지는 것을 보면 괴로워서도 술은 마셔야 되었고, 악성임질에 걸려 농이 줄줄 흐르는 성기를 가지고도 그 짓을 하여야만 전쟁에 대한 공포를 잊을 수가 있었던 것이다.

"씨팔! 살아서 돌아갈지, 유골로 돌아갈지도 모르는 판에 줄 줄 새면 어때……."

이러면서 그는 술을 마셨고, 기회만 있으면 농이 줄줄 흐르는 성기를 가지고도 그 짓을 했는데, 요즘 와서는 그게 몹시 켕겼다. 그 때 혹시 생식능력을 잃어버린 게 아닌가, 하고 말이다.

그렇지만 병원에 가서 정액검사를 받아보고 싶은 생각은 없었다. 이상 없다는 판정이 나오면 다행인데, 만약 무슨 이상 있다는 판정이 나오면 아내와 그는 무언가 기다리며 살 희망이 사라지는 것이다. 그는 그 참담한 순간이 두려워서 차일피일 미루어 왔는데, 이젠 아내를 위해서도 계속 미룰 일만은 아니라는 생각이 들었다. 그렇지만, 무슨 낯짝으로 아내에게 그런 검사를 받아보자고 한단 말인가? 그는 그런 생각만 하면 몸이 떨려 한숨부터 먼저 나왔다.

"야, 빨리 마시고 잔 줘. 집구석에 쇳가루 떨어지니까 술 한 잔 마시는 것도 힘들어."

무거운 머리를 식히며 뽕밭을 지나가는데 사람의 말소리가 들려왔다. 성길은 아내가 그곳에 있는가 싶어 숨소리도 죽인 채 뽕밭 속을 훔쳐보았다.

다행히 아내는 없었다. 자세히 보니 이명활이와 단짝인 홍수영이라는 후배 녀석이 옆집에 사는 백기택이라는 후배 녀석과 같이 뽕나무밭에 퍼질러앉아 술을 마시고 있었다. 성길은 저 녀석들이 왜 저기서 남몰래 숨어 술을 마시나, 하고 잠시 귀를 모으고 서 있었다.

“너는 그래도 1주일 만에 술을 마시니 다행이다. 나는 임마, 여편네가 쟁쟁거려서 3주 만에 소주 한 모금 삼키는 거란 말이야…….”

“답답하다, 이새꺄! 그렇게 술 생각이 간절하면 나가서라도 한 따까리 하지, 왜 참아? 이 좋은 술을.”

“속 모르는 소리 그만 해라. 여편네가 연금 타와서 꼭 움켜쥐고 있는데 무슨 돈으로 술 마시냐, 임마?”

“안 됐다, 짜석아! 여편네한테 꼭 쥐여서 술도 한 잔 못 마시고 사는 네 놈의 꼬락서니가…….”

“하긴 그래. 내 인생이 왜 이렇게 망가지고 있는지 내가 생각해도 한심하기 짝이 없어.”

“그래도 오늘은 형편 폈다? 무슨 수로 쇠주를 열 병씩이나 사와서 뽕밭에 묻어놓을 생각까지 다 했니?”

“자식! 세월 가는 줄 모르는구먼. 오늘 연금 받는 날이잖아, 임마?”

“으음, 그리고 보니까 오늘 정말 쇳가루 받는 날이었구나…….”

“씨팔! 오늘은 쇳가루도 받았겠다, 소싯적처럼 왕창 한 잔 퍼마시고 중앙대학(포항에 있는 홍등가)이나 한번 길까 하고 벼르다가 속 차리자 싶어 소주 몇 병 사 가지고 들어오는 길이야. 뽕밭에 묻어 놓고 따분할 때마다 나와서 한 따까리씩 하려고…….”

들고 보니 백기택이란 후배 녀석이 술을 사온 경위를 홍수영이에게 설명하며, 그 중 한 병을 따서 둘이서 나눠 마시고 있는 것 같았다.

“오늘은 어째 네가 돈을 타러 갔냐? 맨날 네 여편네가 타러 가더니. 순순히 도장은 내어주디?”

“쇼 한 번 했지. 몸이 아파 죽겠다고.”

“네놈도 점점 더 불쌍하게 망가져 가는구나?”

“불쌍한 게 다 뭐니. 평화의 사도니, 정의의 십자군이니 하는 정치 쇼에 속아 일생을 사기 당한 지가 벌써 한참 된 것 같은데…….”

“자식아, 그걸 지금 와서 따지면 뭐하니? 해방 이후 지금까지, 우리나라를 지배했던 놈들은 늘 그런 식으로 국민들 기만하며 제 놈들만 한 탕씩 해서 배 두들기며 잘 사는데…….”

“정치 쇼를 벌리며 우리를 월남 땅으로 끌어넣은 그놈들은 우리가 이렇게 고통 당하며 하루하루를 살아가고 있다는 것을 알고나 있을까?”

“염불 읊고 있네, 병신! 그 쳐죽일 놈들이 그런 걸 알면 우리를 이런 식으로 살도록 내버려두겠어? 우리는 임마, 그놈들이 정치적으로 이용하다가 원호금 몇 푼씩 떨어뜨리며 내팽개친 제물들이란 말이야…….”

“빌어먹을! 이렇게 한심하게 살아갈 줄 알았으면 중상을 입어 원호금이라도 더 받을 수 있게 급수라도 높여놓는 건데 말이야.”

“말하면 잔소리지…….”

“나는 지금 생각해 보면 나 동 9호에 사는 한성길 선배가 부러워. 1급인데다 미국에서 돈까지 오니 우리처럼 쇠주 한 잔 마실 돈이 없어 쩔쩔매지는 않을 것 아냐?”

“암, 오늘 우체국에서 한성길 선배 부인 돈 타는 거 보니까 부럽더라. 빠닥빠닥한 그린필더로 두 다발이더라, 니기미!"

"왕년에 7번 아가씨가 출세했지. 신나게 군바리 끼고 장사하다 늘마에 눈 먼 선배 만나 돈방석에 올라앉았으니 말이야. 하여간 머리 하나는 기막히게 잘 돌아가는 여자야."

"그러잖아도 며칠 전엔 화투 치면서 그런 이야기했다. 이명활이 그 새끼, 힘들게 직장 다니지 말고 한성길 선배 뒤나 슬슬 봐주라고. 옛날에 길 내어 놨겠다, 뭐 어려워. 누이 좋고 매부 좋은 격인데. 안 그래?"

"이 새끼, 그걸 말이라고 해? 뺄고 벌릴 말이라도 그 따위 소리는 두 번 다시 지껄이지 마……."

낄낄낄 웃는 소리가 들리더니, 두 사람이 일어서서 아랫도리를 털고 있는 소리가 들려왔다. 성길은 달려가서 그들을 붙잡아 세우고 요절을 내고 싶었지만, 분노를 깨물면서 자리를 피했다. 선배답지 않게 뒤에서 그들의 이야기를 염탐한 것도 떳떳하지 못한 데다 술이 취해 제 멋대로 지껄이는 그들을 따져 봐야 자기 얼굴에 침 뱉는 격이었다.

그는 하루바삐 이 마을을 떠나야겠다고 다짐했다. 더 머물다 간 무슨 소리를 더 들을지 모를 일이었다. 전쟁터에서 중상을 입어 연금 몇 푼 더 받는 것도 후배들의 입에 오르내리는데, 아내의 과거지사를 아는 사람들은 얼마나 입방아를 찧었겠는가 하고 생각하니까 눈앞에 아지랑이 같은 분노가 피어오르면서 한바탕 난동이라도 부리고 싶은 발작증세가 끓어올랐다.

이래서는 안 되지…….

성길은 모질게 어금니를 깨물며 자신을 진정시켰다. 그때 새마을로 택시 한 대가 들어왔다. 성길은 백랍같이 굳은 표정으로 택시를 노려보았다. 뒷좌석에 아내가 앉아 있는 모습이 보였다.

"여보! 왜 여기 나와 계셔요?"

아내가 차창 밖으로 고개를 내밀고 걱정스러운 표정으로 물었다. 성길은 대답도 않고 택시 속을 노려보았다. 뒷좌석에 토니와 아내가 앉아 있고, 앞좌석에는 기사와 다 동 3호에 사는 후배가 앉아 있었다. 성길은, 후배가 다리가 건장한 사내라서 아내가 더 미워 보였다.

"왜 이렇게 늦었어? 늦을 일이 있으면 미리 이야기라도 해 주고 나가야 될 게 아냐?"

성길은 잔뜩 의심이 밴 표정으로 따졌다.

"집에 가서 말씀드릴 테니까 어서 타세요."

성길은 택시에 오르면서 코부터 실룩거렸다. 아내의 몸에서 비린내와 땀 냄새가 풍겼고, 자신에게 무언가를 감추고 있는 느낌이 들었다.

"됐어요. 여기 세워 주세요."

집 앞에서 그녀가 차를 세우고 트렁크에 실어놓은 짐을 내렸다. 성길은 먼저 목발을 짚고 집으로 들어갔다. 정심은 시장 봐 온 것을 부엌으로 다 옮겨 놓은 뒤, 손을 씻고 방으로 들어가 밥상을 내려다보며 물었다.

"점심은 드셨어요?"

성길은 대답하지 않고 토니만 노려보았다. 토니는 살래살래 꼬리를 흔들며 그에게 다가갔다.

"왜 점심을 들지 않았어요? 시장에서 아는 사람을 만나 차 한 잔 마시느라 늦었어요. 걱정했어요?"

“시끄러!”

아내의 입에서 누구를 만났다는 이야기가 나오자, 성길은 신경질적인 언성으로 고함을 지르며 짚고 있던 목발로 토니의 등을 후려쳤다. 토니는 비명을 지르며 마루 밑을 뱅글뱅글 돌았다. 성길은 아내를 잘못 호위했다고 문책하듯 계속 토니를 때렸다.

“여보! 갑자기 왜 이러세요?”

정심이가 방에 들어갔다가 황급히 뛰어나오면서 그의 팔을 붙잡았다. 성길은 식식거리며 토니만 노려보았다. 망할 자식, 아내를 호위하라고 같이 내보냈는데 너는 뭐하고 마님은 다른 사람과 차를 마시고 있었어? 성길은 그 같은 분노를 이기지 못해 식식거리다가 아내의 팔마저 홱 뿌리쳤다.

“저리 비켜!”

“당신 자꾸 이러시면 마음대로 해보세요. 저도 가만히 있지 않겠어요.”

정심은 때릴 일이 있으면 자신을 때릴 일이지, 왜 말 못하는 토니를 때리느냐고 덩달아 화를 내었다. 그녀는 금세 집을 나가버릴 듯 대문으로 걸어나갔다.

“어딜 가? 이리 오지 못해!”

성길은 들고 있던 목발을 집어던지며 재빨리 기어서 정심의 뒤를 쫓았다. 정심은 대문을 나서려다, 남편이 기어서 따라오는 것을 보고 돌아섰다.

“왜 토니를 때려요? 토니가 뭘 잘못했다고 그렇게 때려요?”

정심은 울면서 남편에게 대들었다. 성길은 말을 못하고 식식거리다 방으로 들어갔다. 정심은 마루 밑에서 끙끙거리는 토니

를 끌어내어 만져주다, 방으로 들어와서 홈 드레스로 갈아입었
다.

"차 마신 사람이 이명활이지? 그 새끼와 무슨 이야기했어?"

성길은 아내를 노려보다 왈칵 끌어당겨 눕혔다. 아랫도리라
도 벗겨 그 짓을 했는지, 안 했는지, 확인이라도 하여야만 직
성이 풀리지 그렇지 않고는 아내가 의심스러워 견딜 수가 없
을 지경이었다.

"왜 이래요?"

겁에 질려 있던 정심이가 뒤늦게 악을 썼다. 그러나 성길의
손은 그새 정심의 팬티 속으로 들어갔고, 그의 손끝에는 패드
가 쥐어져 있었다. 그녀는 생리 중이었던 것이다.

"이게 뭐야? 어느 놈과 붙어먹다가 밑도 씻지 않고 이걸 끼
워 왔어? 그만 달아나지."

성길은 아내의 팬티 속에서 패드가 나오자, 갑자기 병적인
증세를 보였다.

"그걸 말이라고 해요?"

정심은 이성을 잃고 있는 남편이 원망스러워 자신도 모르게
뺨을 한 대 올려붙였다. 남편에게 의처증 증세가 있다는 것을
모르는 바는 아니지만, 몸이 떨려 참을 수가 없었던 것이다.

"다시 한 번 말해 봐요. 그게 무슨 말이에요?"

정심은 생각할수록 기가 막혀 남편을 붙잡고 흔들어 대다가
돌아섰다.

"전, 이런 식으로는 도저히 같이 못 살아요……."

"어서 들어오지 못해!"

아내가 방을 나가는 것을 본 성길이가 그녀의 다리를 붙잡

고 고함을 질렀다. 정심은 마루에서 몇 번 성길의 손을 뿌리치려고 안간힘을 쓰다 쓰러졌다. 그가 워낙 세차게 붙잡고 늘어져서 빠져나갈 수가 없었던 것이다. 성길은 얼른 아내를 끌고 방으로 들어와서는 문을 걸어 잠갔다…….

예상치도 않았던 부부싸움은 성길이가 손바닥이 닳도록 빌어서 그 이상 악화되지는 않았다. 두 사람은 기진 맥진해서 등을 돌리고 누워 있었다. 어디서 닭 우는 소리가 들려왔으나 두 사람은 그때까지 저녁도 먹지 않은 채로 쓰러져 있었다.

정심은 계속 흐느껴 울었다. 추한 과거를 지닌 여자지만, 이런 남편 밑에서 더 살면 무엇 하는가 하는 생각 때문에 울음이 그쳐지지가 않았던 것이다. 그녀는 가슴도 답답하고 생리도 흘러내리는 것 같아 조심스럽게 일어났다.

"어딜 가?"

방문을 여는데 성길이가 다가와서 또 다리를 붙잡았다. 정심은 남편의 손을 뿌리치며 짜증을 내었다.

"이거 놔요. 갈 때는 간다고 말하고 갈 테니까 제발 몸에 손 좀 대지 말아요."

그녀는 생리 패드를 빼내 들고 따지던 남편의 모습이 떠올라 부르르 몸을 떨었다.

"여보! 내 평생 비는 마음으로 살아갈 테니까 제발 한 번만 용서해 줘. 당신을 눈 빠지게 기다리다 나도 모르게 정신이 돌아버렸는가 봐. 꼭 가려거든 날 죽여주고 가. 당신 없이 내가 어떻게 살아……."

성길은 아내를 붙잡고 벌벌 떨기까지 했다.

"소변 좀 보고 올 테니까 제발 좀 믿어 줘요."

"정말 소변이 보고 싶어서 그러면 저기 요강에서 봐. 그러면 나도 안심할 수 있잖아?"

성길은 극심한 공포증에 시달리는 환자처럼 심하게 몸을 떨었다. 정심은 어처구니없는 표정으로 남편을 바라보다 그만 얼굴을 가렸다. 저 사람을 누가 이 지경으로 만들었는가, 하는 생각이 밀려오면서 머리끝까지 치솟던 분노도 그만 사라지는 것이다.

"알겠어요. 당신 시키는 대로 할 테니까 안심하세요."

정심은 어쩔 수 없이 요강에서 소변을 보았다. 성길은 돌아앉아 담배를 붙여 물었다.

"여보!"

"왜 그래요?"

"내가 할 소리는 아니지만 당신한테 솔직하게 털어놓고 싶은 얘기가 있소. 들어주겠소?"

"하세요."

"내가 당신만 없으면 불안해지는데 당신이 어디 가서 물어보고 이 병을 좀 고쳐 줄 수 없겠소?"

"그런 병은 스스로 고쳐야지 무슨 약으로 고쳐요."

"노력해도 안 되는 걸 어쩌나."

"그러면 사전에 그렇다고 이야기나 좀 해주시지, 바쁘게 나갔다 온 사람한테 그 짓이 뭐예요? 외간 남자하고 서방질하고 돌아다닐 여자 같으면 다시 들어오기나 하겠어요?"

"당신 말이 맞아."

"피곤하실 텐데 어서 누워요. 나도 오늘 당신한테 꼭 해야 될 이야기가 있어요."

두 사람은 다시 누웠다. 이젠 등을 돌리고 누운 게 아니라 서로 마주 보고 누웠다.

정심은 성길이가 베개를 배고 지켜보는 옆에서 그와 결혼하여야겠다고 결정을 내렸을 때의 심정, 시집살이를 할 때의 심정, 환영회 때 있었던 일, 시장에 나가서 이명활이를 만났던 일까지 숨김없이 털어놓았다. 묵묵히 듣고만 있던 성길은 아내가 이명활이와의 과거지사를 꺼내며 해결책을 묻자 길게 한숨을 쉬며 이 마을을 떠나자고 했다.

"두 가족 다 떠나야지, 어떻게 이곳에 더 살겠소. 우리도 하루속히 떠날 준비를 합시다……."

성길은 이명활과 아내와의 과거지사를 그렇게 해결하려고 했다. 선배의 입장을 생각해서 이명활이가 자진해서 떠난다 해도 성길은 이곳에서 더 살 수 없을 것 같았다. 창피스럽기도 하지만, 뽕밭에서 들은 후배들의 이야기와 곽일수의 충고를 저버릴 수 없었던 것이다.

"어머님께는 뭐라고 말씀드리려고요?"

"내가 거짓말을 하더라도 떠날 구실을 만들 테니까 당신은 다시 옮겨가서 살 곳이나 물색해 봐요. 우리가 이런 일을 사전에 생각지 못하고 이곳에 들어온 게 잘못인 것 같소."

정심은 남편이 실의를 느끼고 좌절하는 것 같아 조금 전의 자기 슬픔은 까마득히 잊고 있었다. 부부 싸움은 정말 칼로 물베기였다.

"외롭더라도 우리 두 사람만 살 수 있는 곳으로 가요. 이젠 과거의 나를 알고 있는 사람들이 무서워요……."

  정심은 남편의 손을 잡고 흐느꼈다. 전쟁이, 한 남자의 건강한 육체와 정신을 짓밟아 놓은 것을 생각지 못하고, 남편의 뺨을 때리면서 갈라설 것을 제의한 조금 전의 자기 행동이 뒤늦게 가슴을 아프게 하는 것이다.

  "이젠 좀 잡시다. 옮겨 살 곳이 없으면 다시 고향으로 들어가더라도……."

  성길은 그때서야 아내의 손을 놓고 잠을 청했다. 그는 잠들면서 자신에게 다짐했다. 아무리 마음이 불안하고 짜증스러워도 아내의 자존심을 침해하는 언동은 하지 말자고. 다시 그런 행동을 하면 아내는 험하게 반생을 살아온 여자라서 자기 곁을 떠나버릴 수도 있다는 것을 명심했다.

  그러나 어디로 옮겨가서 살아야 할지 마음은 여전히 무겁기만 했다. 아내를 빼앗길 위험이 없고, 두 사람이 마음 편히 살 수 있는 곳이 그와 아내가 찾고 있는 지상의 정토(淨土)인데, 새마을은 1년 남짓 살아 보니까 그들이 젊은 시절을 보낼 곳이 못 되었다. 그는 자신도 모르게 흘러내린 눈물을 닦으며 두 주먹을 꼭 움켜쥐었다.

  신이시여! 이 한성길이가 건강한 정신으로 살아갈 수 있게 힘과 용기를 주소서…….

살아 남은 자들의 슬픔

따사로운 봄볕이 대청마루 깊이 파고들었다. 영천댁은 봄볕을 즐기듯, 대청마루 끝에 걸터앉아 꼴머슴의 손끝을 지켜보고 있었다. 꼴머슴은 그녀가 광에서 내어준 고추·마늘·참깨·들깨·콩·쌀 등을 담은 마대를 단단히 동여매고 있었다. 봄나들이 삼아 서울 큰아들네 집과 딸네 집을 다녀오느라 한동안 막내 아들네는 다녀오지 못했는데, 내일은 꼭 새마을을 다녀와야겠다고 생각했던 것이다. 오랫동안 가보지 못해 막네아들네가 어떻게 사는지도 궁금했지만, 며느리 몸에 태기라도 있는지 내일 아들네 집에 들어가자마자 그것부터 물어봐야겠다고 생각했다.

"이 걸 말구르마(마차)로 싣고 갈 껍니꺼?"

꼴머슴이 마대를 다 묶어놓고 물었다.

"글쎄, 우옜으면(어떻게 했으면) 좋을지 생각 중이다……."

손에 들고 갈 짐만 없으면 열차 편으로 포항까지 가서, 포항
역에서 용달이라도 하나 대절해 새마을로 들어가면 좋겠는데
손에도 또 들고 갈 짐이 있는 것이다. 술단지 때문이었다. 아
들이 마음이 괴로울 때마다 술을 마시는 버릇이 있는데, 집에
서 공들여 술을 담가주지 않으면 꼭 소주를 사서 마시는 통에
그녀는 마음이 아팠다. 그런 술은 자꾸 마시면 속을 버리기 때
문이었다. 그래서 지난 가을에는 토종꿀과 인삼을 좀 구해 술
을 담가 두었는데, 이번에는 그 약술을 항아리 채 갖다 주어야
겠다고 보자기로 싸다 보니 식량이며 양념가지를 담은 마대
네 뭉치를 어떻게 싣고 가야 좋을지 망설여지는 것이다.
　"말구르마가 있으면 먼저 부치고, 나는 내일 가도 되는
데……포항 내려가는 말구르마가 있을까?"
　"글쎄요. 내일이 안강 장날이라 포항 내려가는 구르마가 있
을지 모르겠심더. 한번 나가 보고 올까요?"
　"그래라. 아무래도 마다리(마대) 짐은 구르마로 부쳐야지, 큰
차(열차)에 싣고 가는 것은 힘들 것 같다."
　꼴머슴은 자전거를 타고 직업적으로 화물을 나르는 마부네
집으로 갔다. 영천댁은 이번에 아들네 집에 가면 며느리를 불
러 앉혀놓고 따끔하게 엄명이라도 내려놓고 와야겠다고 벼르
기도 했다. 임신이 되었다면 무리한 일 하지 말고 몸조리를 잘
할 것이며, 임신이 되지 않았다면 금년에는 불공을 들여서라도
임신을 하라고 나무랄 참이었다. 아들의 나이도 나이지만, 며
느리의 나이가 금년에 서른 넷이니 자꾸 늦출 일 만은 아니었
던 것이다. 지금 임신이 되었다 해도 자식이 한참 늦었는데,
임신조차 되지 않았다면 이건 정말 낭패인 것이다. 막내가 큰

놈처럼 몸만 성하면 걱정이 덜 되겠는데, 방안 신세나 지는 불구자라 임신이 되지 않았다면 약을 먹든지 무슨 수를 내야지 더 두고 볼 일만은 아닌 것 같았다.

자신의 일생을 더듬어 보면 자식이란 있어도 걱정, 없어도 걱정이었다. 그럴 바에는 대(代)라도 이을 자식을 낳아놓고 걱정하는 게 나을 성싶었다. 남의 나라 전쟁터에 나가서 불구자가 되어 돌아온 것도 철천지한이 맺힐 일인데, 그로 인해 늦게 결혼한 자식이 대 이을 자식 하나 못 낳으면 어미 된 입장에서는 눈도 못 감고 죽을 것 같은 심정이었다. 그녀는 이번에 내려가면 아들과 며느리를 꾸짖어서라도 빨리 임신을 하도록 해야겠다고 모질게 마음을 사려먹었다.

"안주인요! 임씨 집 말구르마가 내일 포항 간다고 해서 이리로 오라고 했심더."

꼴머슴이 집으로 들어오며 마차 사정을 일러주었다.

"잘했다. 곧 온다고 하더나?"

"예. 뒤따라 올 낍니더. 구르마 들어오면 짐 실어놓고 밭에 나갈 꺼니까 점심이나 차려 주이소."

"그래라. 인순이는 어데 갔노?"

영천댁은 마루에 앉았다가 부엌으로 들어갔다. 인순이는 우물가에서 해묵은 감자를 깎고 있었다.

"야야, 상호 점심상 차려라."

영천댁은 된장항아리와 고추장항아리의 뚜껑을 열어놓고 마당으로 나왔다. 그새 마차가 마당으로 들어오고 있었다.

"실고 갈 짐이 이겁니꺼?"

마부 임씨가 물었다. 영천댁은 꼴머슴과 임씨가 짐을 싣는 것을 보고 물었다.

"내일 짐을 어데다 내려 줄라는교? 나는 포항 역전에 내려
주면 딱 좋겠는데……."

"그럴라면 영천댁이가 먼저 내려가서 포항 역전에서 기다리
고 있으소. 죽도시장 들어가면서 내려주고 갈 거니까요."

"첫 통학차 타고 가면 일찍겠는교?"

영천댁은 짐이 포항에 도착할 시간을 물었다.

"아, 그러면 딱 맞심더. 첫 통학차 타고 내려 올라는교?"

"그랍시더. 오신 김에 점심이나 좀 들고 가소. 상 차리고 있
심더."

"아니시더. 또 실을 짐이 있어서 빨리 나가 봐야 됩니더. 그
라면 내일 포항 역전에서 봅시더……."

마부 임씨는 "끼랴!" 하고 마차를 몰고 나갔다. 영천댁은 대
문까지 따라 나갔다가 다시 집으로 들어왔다. 아들 내외가 보
고 싶어서 그런지 점심 생각도 없었다. 그녀는 방으로 들어가
서 내일 입고 갈 옷을 챙겼다.

이튿날, 성길은 작업대 앞에 앉아 사자상을 다듬고 있다가
물러앉았다. 바쁜 일이 산적같이 밀려 있는데 자신이 지금 무
얼 하고 있는가, 하는 생각이 들었던 것이다. 그는 들고 있던
목각도를 칼집에 넣어놓고 큰방으로 건너갔다.

아내는 큰방에 없었다. 그는 물걸레로 손을 닦으면서 생각해
보니 지금 목각으로 시간을 보낼 때가 아니다 싶었다. 하루바
삐 거처할 곳을 물색해 이사를 하여야만 되는 것이다. 새마을
은 살아보니 자기 부부에게는 부적합하다는 생각이 들었던 것

이다. 아내를 유혹하는 사람은 없어도 아내와 그렇고 그런 관계까지 있는 후배가 입주해 자기 부부는 완전히 동물원의 원숭이 꼴이 되고 만 것이다.

지금 아내의 과거를 뒤적거리면서 잘잘못을 따지고 싶은 생각은 추호도 없었다. 복잡한 과거를 지니고 있는 아내지만, 자신에게는 이 세상 어느 누구보다 소중한 사람이었던 것이다. 문제는 두 사람이 힘을 합쳐 불행한 과거를 극복하며 다시 일어서는 것이 중요했다. 외부로부터 아내를 탐하는 유혹이 없고, 아내 역시 외부의 유혹에 휩쓸리지 않고 자연으로부터 위안을 받으며 건강하게 살아갈 수 있는 곳이 새마을이라고 생각했는데, 막상 들어와서 살아보니 더 추가되어야 할 조건이 있었다. 그건 새마을과 같은 자연적 여건을 갖춘 곳이면서도 자신들의 과거를 아는 사람이 없는 곳이 적지처럼 느껴졌다. 혹 자신들의 과거를 아는 사람이 있다 하더라도 아침저녁 얼굴을 마주치지 않고 살 수 있는 곳이 그들 부부가 마음놓고 살 곳처럼 느껴졌다.

그런 곳이 어딜까?

그는 친척들이 많이 사는 서울과 인천은 다시 생각해 볼 필요가 없다고 생각했다. 입이 있어도 남의 말을 하기 싫어하고, 어려운 사람들이 고통당할 때 사심 없이 돌보아 주는 사람들이 옹기종기 모여 사는 곳에 가서 정착하고 싶었다. 그런 곳을 찾아야만 연좌제에 무지막지하게 짓밟히고 찢겨진 자기 인생을 반이나마 재생하지, 그렇지 않으면 천추의 한을 남기고 이 세상을 떠날 것 같은 생각이 들었다.

벌써 나이 서른 여덟이 아닌가? 젊은 시절 다리를 세 번씩이나 잘라 내서 오래 산다 해도 회갑을 넘기기가 힘들 것 같은 생각도 드는데 그는 아직 대 이을 자식도 하나 받아 놓지 못한 것이다. 바빠도 보통 바쁜 게 아니구나 하는 생각이 들었다. 빨리 이곳을 떠나 새 삶을 시작하고 싶은데 마땅한 정착지조차 떠오르지 않는 것이다. 그는 몸 성할 때 다녀 본 서울·대구·부산·마산·포항·진해·백령도 등을 생각해보다 눈을 번쩍 떴다. 군대시절 백령도에서 근무하면서 몇 번 가보았던 중화동 '믿음의 마을'이 불현듯 뇌리를 스치고 가는 것이다.

그래. 내가 그곳을 미처 못 생각했구나.

그는 담배를 한 대 붙여 물며 속으로 쾌재를 불렀다. 고향에서 좀 멀기는 해도 중화동 믿음의 마을이 그에게는 지상의 정토처럼 느껴졌던 것이다. 금빛 모래로 궁형을 이룬 해안, 넓은 모래톱, 모래톱 뒤쪽으로 30여 호 남짓한 마을이 서해를 바라보며 평화롭게 들어앉아 있던 마을이 유년시절 그가 뛰어 놀던 원적지(原籍地)의 고향집처럼 정을 느끼게 하는 것이다. 마을 뒤에는 몇 백 년 묵은 노송이 남서쪽을 향해 숲을 이루고 있는데, 그 숲 속에 그림같이 서 있는 교회가 눈물이 나올 만큼 다시 가보고 싶기도 했다.

"이 교회는 겉으로 보기에는 작고 초라하지만 우리나라에서는 두 번째로 축성된 유서 깊은 곳이지요. 구한말, 서양 선교사들이 배를 타고 들어오면서 이곳에다 교회를 세웠거든요. 지금도 이곳은 성역으로 지정되어 술과 담배가 없답니다. 마을 사람들 모두가 외지로 나가서는 술과 담배를 피울 망정 이곳에 들어오면 스스로 금하고 있습니다. 그러니까 군인 아저씨들도 이곳에 들어와서 구경하시는 것은 얼마든지 환영하지만, 이곳 주민들이 계율처럼 지키는 금기사항 만큼은 꼭 지켜주시기 바랍니다……."

성길은 옛날 중화동 교회의 종지기가 일러준 말을 되새기며 침을 꿀꺽 삼켰다. 무겁게 가슴을 짓누르던 근심 덩어리가 뚝 떨어지는 것 같았고, 이제서야 그가 옮겨 살 곳을 찾았다는 기쁨이 가슴을 적시는 것 같았다.

여러 모로 생각해 보아도 믿음의 마을에서 순박하게 농사나 지으며 사는 섬사람들이 자신의 아내를 넘보며 유혹의 손길을 뻗치지는 않을 것 같았다. 그런 생각은 신념처럼 힘과 용기를 안겨주었다. 육지와 떨어진 섬인데다 동민 전체가 중화동 교회의 신자라서 주민 전체가 공동체적인 삶을 살아가는 믿음의 마을이었던 것이다. 거기다가 인간의 마음을 타락하게 만드는 술과 담배를 팔 수 없는 마을이니 그곳 사람들의 생활이야말로 속세를 떠난 느낌도 드는 것이다.

성길은 그곳에서 전쟁이 남겨 준 상처를 치유하며 살겠다고 마음의 결정을 내려버렸다. 자식이 보고 싶어 이따금씩 당신 손으로 지은 농산물을 날라다 주는 부모님들은 내왕이 불편해 싫어하실 지 모르겠지만, 그가 그곳에서 살겠다고 하면 끝까지 반대하지는 않을 것 같은 생각도 들었다. 부모님들은 그가 어디서 살든 하루라도 빨리 전쟁이 남겨 준 후유증을 극복하면서 스스로 용기와 희망을 갖고 살면 더 바라는 것이 없는 사람들이니까 말이다. 그는 아내에게 동의를 구하고 싶어 엉금엉금 기어서 방문을 열었다.

5월 초순의 따가운 봄볕이 후끈한 열기를 품으며 밀려왔다. 그는 앞산에서 들려오는 새 소리와 싱그러운 녹음 속에 화사하게 피어난 철쭉꽃 향기를 한껏 마시며 텃밭 쪽을 바라보았다. 아내는 그때 제법 푸르게 지기(地氣)를 받는 마늘밭을 메고 있었다.

"여보! 이쪽으로 좀 와 봐요."

성길은 마루로 내려와서 아내를 불렀다. 부부싸움을 한 뒤끝이라 정심은 아직도 얼굴이 까칠했다.

"왜 그래요? 한 줄만 메면 다 메는데……."

정심은 덮어쓴 수건으로 이마에 맺힌 땀을 닦으며 텃밭을 나왔다. 뒷집 닭이 병아리를 까서 울 바자 밑에서 모이를 쪼아 먹고 있었다. 그녀는 앙증스러운 병아리 떼를 잠시 지켜보다가 마루로 다가왔다.

"어무이가 오실 시간이 다 되었는데 좀 쉬었다 점심 준비라도 해야지. 그만 내일 해."

"시장 봐 놨는 거 있겠다 뭐 그래 걱정이세요. 오시는 것 보고 밥 안쳐도 금방 되는데……."

정심은 마루에 걸터앉아 땀 닦은 수건으로 아랫도리에 묻은 흙먼지를 탁탁 털었다. 성길은 그러고 있는 아내를 바라보며 중화동 믿음의 마을 이야기를 꺼냈다.

"여보, 우리 백령도 중화동에 들어가서 살면 어떻겠어?"

"그렇게나 멀리요?"

정심은 자신도 모르게 이마를 찡그렸다.

"아버님 어머님이 허락하시겠어요?"

"알아들으시도록 말씀을 드려야지."

"당신이 유골이라도 묻고 싶을 만큼 반한 곳이라니 저도 마음이 끌려요. 허지만 무슨 염치로 거기 들어가 살겠다고 말씀

드리겠어요? 두 분이 쉽게 와 보실 수 있는 곳이라면 몰라도……."

정심은 난색을 보였다. 남편이 이따금씩 중화동 믿음의 마을에 관한 이야기를 꺼내곤 해서 한번 가보고 싶은 생각도 있었지만, 시어른들만 생각하면 그만 마음이 달라지는 것이다.

"내가 알아들으시도록 말씀드리지. 자식이 남의 눈총 때문에 고통을 당하고 있는데 왜 허락해 주시지 않겠어? 자립하라고 분가까지 시켜주신 분들인데……."

"그곳에 들어가 당신 몸이라도 불편하시면 어떡하실래요. 큰 병원도 없을 텐데요."

"왜 병원이 없어. 백령도 김 안드레아 병원(김대건 심부의 본명을 따서 명명한 병원인데 후일 적십자병원으로 개칭 되었다)은 그곳에 주둔하는 군인들까지 신세를 질 만큼 시설이 좋은데……."

"그렇지만 그곳에도 군인들이 있잖아요?"

정심은 이제 군인들이 주둔하는 곳은 진절머리를 내었다.

"중화동 믿음의 마을은 군인들이 주둔하는 부대와는 멀리 떨어져 있소. 그리고 백령도가 섬이긴 해도 우리나라에서 열네 번째로 큰 섬이고, 자체에서 생산되는 쌀로 소청도와 대청도 주민들이 다 먹고살고도 남을 만큼 부유한 곳이야."

"어쨌든 당신이 아버님 어머님께 허락 받고 최종결정을 내리세요. 저는 정말 낯이 뜨거워 그런 말씀은 못 드리겠어요."

두 사람이 새로 옮겨갈 거주지 문제로 시무룩해 있을 때 언덕 위로 용달차 한 대가 올라왔다. 성길은 직감적으로 어머니가 오시는구나 하면서 용달차를 지켜보았다. 아니나 다를까,

용달차가 성길네 집 앞으로 커브를 틀며 앞좌석에 앉은 영천댁의 모습이 보였다. 성길과 정심은 마루에서 일어났다.

"어머님!"

정심은 대문께로 달려갔다. 성길이도 마당으로 내려섰다. 그 사이 용달차는 마당으로 들어와서 섰다.

"아버님도 별고 없으시죠?"

"그래. 너희들은 그 동안 우예 살았노? 쌀은 떨어지지 않았지를?"

"떨어지면 사서 먹으면 되지요. 어서 방으로 들어갑시다."

"짐 내리고 운임 줘야지."

영천댁은 방으로 들어가자는 아들의 권유도 뿌리치고 며느리와 같이 짐을 내렸다.

"이건 술단지다. 니가 바로 방에 갖다 넣어라. 깨질라."

영천댁이 술항아리를 들어내어 며느리에게 건네주었다. 정심은 시어머니의 정성이 과분해서 얼굴을 붉혔다.

"어머님도……. 뭘 이런 것까지 장만하셨어요? 바쁘실 텐데."

"길이 소주 마시는 거 보니까 아치러워서(애처로워서) 못 보겠더라. 술 마시고 싶어 할 때 한 잔씩 떠 줘라. 소주 너무 마시면 속 베린다(버린다)."

"어무이도 차암! 내가 어디 한두 살 먹은 어린압니까? 그런 걱정까지 하시게요."

"이놈아, 니도 자식 놓고 한번 살아 봐라. 자식이 씨븐(쓴) 소주 퍼 마시는 거 보고 가만히 있겠는가?"

성길은 운전기사에게 후하게 운임을 주고 어머니와 같이 마루에 앉았다. 정심은 영천댁에게 더운 점심을 지어 드리려고 부엌으로 들어갔다.

"우예 됐노?"

며느리가 부엌에 들어간 틈을 타서 영천댁이 물었다.

"뭘요?"

"새아기, 태기 말이다."

"하이구 어무이도 차암! 어무이 오셨다 가신지 두 달밖에 안 되는데 그새……."

성길은 피식 웃었다. 말은 안 해도 영천댁은 손자 생각이 간절한 표정이었다.

"이놈아, 자꾸 그래 늑장만 부리면 우야노? 애비 에미 목 빠지는 것 생각해서 빨리 하나 낳아 봐라. 너그들은 자식 놓는 게 우예 그래 힘드노?"

"머잖아 곧 생기겠지요. 너무 염려 마세요."

"메느리 알라 들어서거들랑 절대 무리한 일 시키지 말고 집에 연락해라. 인순이라도 보내 주꾸마."

"그런 데까지 신경 안 써도 됩니다. 어서 방으로 들어가 좀 쉬기나 하세요. 인천 형님네는 어떻게 지냅디까?"

"그쪽은 건장 같은데 우예 산들 못 살겠나. 너그는 그저 알라나 하나 놓을 궁리나 해라."

"지난번에 갖다 주신 양념도 아직 많이 남아 있는데 뭐 오실 때마다 저런 걸 차에까지 싣고 오세요?"

"농사철 접어들면 한동안 못 올 것 같아 싣고 왔다. 객지생활 하는 이웃들한테도 좀 주고, 쌀은 바구미 먹지 않도록 잘 말려서 먹도록 해라."

모자가 앉아 정겹게 이야기를 주고받고 있는데 정심이가 점심상을 차려 들고 왔다. 영천댁은 방으로 들어가서 며느리가 지어 온 점심상을 받아먹으면서 고개를 갸웃거렸다. 아기 가진 임부처럼 며느리의 얼굴이 까칠한 게 뭔가 달라 보이는 것이다.

"아가, 니 몸 다르나? 얼굴이 와 그래 까칠한 것 같노?"

정심은 부부싸움을 해서 그렇다는 말은 못하고 얼굴만 붉히고 있는데, 성길이가 픽 웃으며 대변했다.

"내가 근간에 속을 좀 썩여서 그래요, 어서 점심이나 들고 얘기하세요."

영천댁은 그때서야 아들 내외에게 무슨 일이 있었구나 하고 지레 짐작을 하면서 고개를 끄덕여댔다.

이명활은 아내를 돌아보며 한숨을 쉬었다. 새마을은 출퇴근 거리도 멀고, 앞으로 자식들 교육시키기에도 부적합하여서 이사를 가야겠다고 하니까 아내가 말을 다 듣지도 않고 코웃음부터 치는 것이다.

"개 코 같은 소리 그만 해라. 출퇴근하기가 멀면 시내에다 하숙을 할 일이지 와 헛말 하노?"

"그럼 나 혼자 시내에서 하숙하도록 해 놓고 당신은 계속 여기서 눌러 살겠다는 말이가?"

"그래. 남들처럼 돈이나 많이 벌어주면 모를까, 그 봉급 믿고는 못 따라 나갈따. 이 아이들 데리고 우예 살라고 또 빚을 내 시내에다 거처를 옮긴단 말이고?"

이명활의 부인은 팩 화를 내며 돌아앉았다. 입심이 대단한 경상도 여자인데다 화까지 내니까 방이 다 쩌렁쩌렁 울리는 듯했다.

이명활은 아내의 성화에 기가 죽어 또 한숨을 쉬었다. 정심이와의 과거지사 때문에 이 마을에선 도저히 낯이 뜨거워 못 살겠다고 실토를 하고 싶은데 남편이란 체면 때문에 그 말은 못하고 다른 말로 돌려대니까 아내는 더 기가 성해서 날뛰는 것 같았다. 그는 며칠 전 정심을 만나서 한 약속도 있고 해서 욱 치미는 성깔을 죽이면서 또 아내를 설득시켰다.

"다음 달부터는 봉급도 오르고, 앞으로 술과 담배도 끊을 테니까 아무 소리 말고 이사 가자. 이 마을은 젊은 시절 군대생활을 함께 한 선·후배가 이리저리 얽혀 있어 내가 살기에는 어려움이 많다는 말이다."

"능청 떨지 마라! 선·후배가 얽혀 있으면 누가 잡아 묵나? 다른 사연이 있으면서 와 그래 헛말 하노. 하늘이 무섭지도 않나?"

이명활의 부인은 이사 가자는 꿍꿍이를 다 안다는 듯 벽을 보고 웃었다. 이명활은 갑자기 얼굴이 붉어졌다.

"다른 사연이라니? 당신 지금 무슨 말을 하고 있는 거야?"

"누가 모르는 줄 아나? 산다구(얼굴) 반반한 나 동 9호 그년 하고 히히덕거리며 놀아난 거."

이명활의 부인은 젊은 부인들로부터 들은 말을 홧김에 뱉어 놓고 말았다. 자기 남편과 나 동 9호에 사는 한성길 씨 부인과의 과거지사를 처음 들었을 때만 해도 속이 뒤집혀서 못 견딜 지경이었지만, 이것도 다 내 팔자이려니 하고 억지로 참고 있는데 이제 와서 그 일로 이사까지 가자고 하니까 갑자기 남편이 얼치기처럼 미워지기도 하는 것이다. 알 만한 사람은 다 알고, 창피는 당할 대로 당했는데 뭣 때문에 빚까지 내어 이사를 간다는 말인가? 그녀는 다음 달부터 공장이 돌아가면 하루 몇 시간씩이라도 일을 하고 싶은 생각이라 남편의 속사정 따위는 안중에도 없었다.

"그래 당신 말이 맞다. 군대생활 할 때 만났던 사람들과 이런저런 사연이 복잡하게 얽혀 있어, 이 마을에서는 더 이상 살고 싶은 생각이 없으니까 당신이 내 마음 이해하고 한 번만 들어 줘. 내 앞으로는 정신 차려 잘 살아 볼 테니까……."

더 숨기면 부작용이 일어날 것 같아서, 이명활은 아내의 말을 시인하면서 사정하듯 달랬다. 그러나 이명활의 부인 입장에서는 떠돌아다니는 소문이 헛소문이 아니라 진실이라는 것이 남편에 의해 확인되는 순간이라 더 심정이 상했다. 뽀얗게 얼굴에 분이나 처바르고 가랑이 벌리면서 술 정사나 하던 여자가, 잘 살아보려고 몸부림치는 남편의 앞날까지 막는다 싶었던 것이다. 그녀는 자신도 모르게 이래저래 심사가 사나와져서 대판 욕을 해버렸다.

"젊은 년놈이 저그 좋을 때 눈이 맞아 붙어먹었으면 그만이지, 이제 와서 뭐가 남사시러버서(부끄러워서) 좆 찬 놈이 빚까지 내 물러날라 카노? 내 사나아가 그래 보기 싫으면 방이라도 구하구로 돈이라도 장만해 두가. 그란 딴에는 몬 나간다. 밭 주고, 논 주고, 집 주고, 일자리까지 장만해 주는데 내가 와 여그서 물러나야 하노. 나도 자식새끼하고 묵고 살아야겠다. 죽이든지 살리든지 마름대로 해라. 나는 몬 물러난다……."

이명활의 부인은 옆집 사람들도 들어보라는 듯 더 소리 높여 외쳐댔다. 그 바람에 옆집에 사는 홍수영이 부부가 놀라서

헐레벌떡 뛰어왔고, 뒷집에 사는 백기택이 부부도 달려왔다.

"이 집에 와 이렇게 시끄럽노? 웬만하면 참아라."

이명활은 조용히 새마을을 떠나려다가 창피만 당한 꼴이 되었다. 한성길 선배한테도 면목이 없지만, 선배의 부인 보기에도 민망했다. 그는 아내를 달래다가 봉패를 당한 격이 되어 이성마저 잃기 시작했다.

"이게 이제 보니 간덩이가 부었구나? 엇따 대 놓고 개나발이야. 그래, 군대시절 술기운에 미친 짓 좀 했다. 어쩔래? 다시한 번 씨부려 봐?"

하면서, 이명활은 펑퍼질러 앉아 팔자 한탄하는 아내를 몇번 걸어 차버렸다. 이명활의 부인은 숨이 넘어갈듯 떼굴떼굴 굴러대다가 너 죽고 나 죽자는 식으로 달라붙어 억지를 부렸다. 그러자 잠들어 있던 아들 녀석이 깨어나 기 넘어 가듯 울어댔고, 홍수영이 부부와 백기택이 부부가 이명활의 부인을 보호하며 말리기 시작했다.

"그래, 젊은 년놈이 저그 좋을 때 붙어먹었으면 그만이지, 내가 와 이 마을에서 물러나야 하노? 나는 몬 물러난다. 죽일라면 싸게 죽여 봐라!"

이명활의 부인은 두들겨 맞아 허리를 못 펴면서도 악을 쓰며 달려들었다. 이명활은 옆집 부부가 말리는 데도 아내가 하얗게 눈을 까뒤집고 달려들자, 그도 그만 눈에 보이는 것이 없어졌다. 그는 대번에 결판을 내버릴 듯, 화장대 위에 올려놓은 과도를 들고 아내 곁으로 달려들었다. 흡사 이성을 잃고 설치던 전쟁터 시절로 되돌아가는 느낌이었다.

"어이, 이형! 너 왜 이러나?"

이명활의 부인만 보호하고 있던 홍수영이가 재빨리 이명활의 부인을 밖으로 피신시키면서 이명활의 앞을 막았다.

"저리 비켜! 너도 뒈지고 싶어?"

이명활은 홍수영을 밀어버렸다. 홍수영은 이명활의 눈빛을 보고 움찔했다. 한쪽 팔이 없어 이명활을 용의 주도하게 제지할 수도 없을 뿐더러, 그가 살기를 품으며 칼을 휘둘러대니까 겁이 나서 접근을 못할 지경이었다.

이명활의 부인은 칼을 들고 나오는 남편을 보고는 정신이 번쩍 드는 얼굴이었다. 남편의 성정이 불같고 어쩌다 심사가 뒤틀려 비틀어지면 좀체로 펴지지 않는 성격이라 사람도 해친다는 것을 너무나 잘 알고 있었던 것이다. 그녀는 그때서야 자신이 너무 했구나 하는 것을 깨달으며 집 밖으로 달아났다. 신발도 신지 않고 맨발로 뛰면서 그녀는 마을 사람들에게 울부짖는 목소리로 도움을 요청했다.

"동네 사람요. 나 좀 살려 주이소! 우리 아아 아바이가 나를 죽일락 캅니데이……."

마을은 갑자기 굿판이 벌어진 것처럼 소란스러워졌다. 동네 부인들은 골목마다 달려나와서 이명활의 부인이 내지르는 아우성을 듣고 낄낄거렸고, 뒤따라 칼을 들고 나온 이 명활이가 아내를 뒤쫓는 모습을 보고는 지레 겁을 먹은 사람처럼 남편을 부추겼다.

"좀 말려주소. 저러다간 정말 칼부림 나겠어요……."

그러나 누가 달려가서 칼을 들고 설치는 이명활을 붙잡는단 말인가? 그런 일은 몸이 성한 사람이 하여야 하는데, 새마을엔 여자들 외엔 몸이 성한 사람이 한 사람도 없는 것이다. 경중의 차이만 있을 뿐 모두가 불구자인 것이다.

두 사람은 쫓고 쫓기는 사이가 되어 마을을 휘젓고 다녔다. 보다 못한 새마을회장이 반장들을 이끌고 나와 중재에 나섰다. 가만히 놓아두면 둘 중에 하나가 죽어야 싸움이 끝날 것만 같았다. 이명활이도 그때는 아주 눈이 돌아버려서 물러설 기미가 없어 보였다. 군대시절, 강한 군인이 되라고 선배들로부터 두들겨 맞으면서 깡다구(포악성)를 키웠고, 남의 나라 전쟁터에 파병되어 살육까지 하여 본 경험이 있는 몸이라 이성이 마비되니까 걷잡을 수 없이 잔인한 인간으로 돌변해버리는 것이다.

새마을회장은 이명활이를 뒤따르며 몇 번 아우성을 쳐보다가는 안 되겠는지, 청해당으로 달려가 생필품을 싣고 온 트럭을 끌고 왔다. 그리고는 이명활의 부인이 달아나는 골목을 지키고 있다가 얼른 태워서 큰길 쪽으로 피신시켰다. 차 꽁무니만 바라보고 있는 이명활이에게는 반장들을 접근시켜 칼을 뺏고, 이성을 회복시키기에 바빴다.

"보이소. 저 사람이 와 저래 칼을 들고 대낮에 야단인교?"

영천댁이 집으로 들어가는 골목 어귀까지 나왔다가 부인들을 붙잡고 물었다.

"나 동 9호 한성길 씨 부인 때문에 그런가 봐요."

"뭐라고요? 나 동 9호 한성길 씨 부인 때문이라고요? 그 아이는 우리 메느린데 무슨 일이라도 저질렀는교?"

무심코 대답한 부인은 영천댁이가 정심의 시어머니란 사실을 뒤늦게 알아차리고는 슬슬 꽁무니를 뺐다. 영천댁은 부인들의 눈치가 아무래도 수상쩍은지 부리나케 집으로 들어갔다. 정심은 집에서 그런 광경을 지켜보다가

"여보! 어서 이 마을을 떠나게 해 줘요……."
하고 목을 내어놓은 죄수처럼 오열했다.

영천댁은 갈수록 오리무중이다 싶었다. 며느리가 임신했는가 싶어 다니러왔다가 희얀한 모습만 본 느낌이었다. 집에 들어오니 며느리는 아들을 붙잡고 퍽퍽 울고 있고, 골목에서는 남정네가 대낮에 칼을 들고 설치고……. 영천댁은 도무지 어떻게 돌아가는지를 종잡을 수가 없어서 아들 내외를 불러 앉혀놓고 깐깐한 어투로 캐물었다.

"옆집 아낙들이 새아기 때문에 칼부림이 났다는데 대체 그게 무신 소리고?"

"누가 그래요? 그 사람들 왜 쓸데없는 말들을 지껄이면서 남의 가정에 불지르려고 하지……."

성길이도 그때는 화가 치미는 듯 버럭 언성을 높였다. 영천댁은 아들을 붙잡고는 선후를 알 수 없겠다 싶었던지 며느리를 불러 앉혀놓고 닦달했다.

정심은 대낮에 발생한 칼부림 사건의 원인을 시어머니 앞에 곧이곧대로 털어놓을 수가 없었다. 그녀는 불호령을 내릴 듯한 시어머니의 표정이 두려워서 흑흑 울기만 했다. 성길은 그런 아내를 보고만 있을 수 없어서 아내를 부엌으로 내보내고, 지금까지 마을에서 설왕설래되었던 좋지 못한 소문들을 어머니한테 털어놓았다.

영천댁은 아들의 이야기를 다 듣고는 눈을 감았다. 눈물이 앞을 가려 무슨 말을 할 수가 없는 것이다. 며느리가 화류계에 몸담은 것을 모르는 바도 아니고, 그것을 잘 알면서도 막내며느리로 들여앉힌 이상 뒤늦게 며느리의 과거지사를 가지고 나무라고 싶은 생각은 없었던 것이다. 그것이 불교에서 말하는 인과응보인 것이다. 그녀는 한참 가슴이 가라앉은 다음, 며느리까지 불러 앉혀놓고 엄명을 내렸다.

"어서 이 마을을 떠나거라. 가문의 체통도 중요하지만, 나에게는 메느리도 귀중하다. 구설 없는 곳에 가서 너희들끼리 마음 편히 살아라. 이 마을에서는 더 몬 산다."

성길은 찢어질 듯한 가슴을 담배로 삭이면서 그 날 밤 유하사에게 편지를 썼다. 유하사는 근무지를 옮겨 그 무렵 김포에서 근무하고 있었다.

다행히 유하사한테서는 열흘만에 낭보가 왔다. 중화동 형님댁 아랫채가 비어 있으니까 언제라도 연락만 하고 들어가서 살면 된다는 것이다.

성길 내외는 신으로부터 구원을 받은 기분으로 이삿짐을 쌌다. 이 소식을 들은 신중사가 부하들을 데리고 나와 도와주었다. 건장한 군인들이 손을 모아 도와 주니까 이삿짐 싸는 일은 금방 끝낼 수 있었다.

며칠 후 성길 내외는 철도편으로 이삿짐을 부친 뒤 백령도로 들어가기 위해 인천으로 올라갔다. 신중사는 이번에도 성길 내외와 동행했다. 그는 인천에 도착해 하인천 역에서 이삿짐을 찾아 다시 배편으로 부치고는 객선부두 옆에 있는 다방으로 올라갔다. 마중 나온 한정길 사장을 거기서 만나기로 약속했던 것이다.

신중사는 다방에서 한정길 사장을 만나 이것저것 궁금해하는 그 동안의 소식을 전해주며 재회의 기쁨을 나누다 하인천 객선부두 쪽으로 고개를 돌렸다. 객선부두로 통하는 입구는 그

날도 상점과 음식점과 노점상들이 들어차 있어 난장판처럼 복작거렸다.

황진호가 짐을 싣고 있는 객선부두에는 승선을 기다리는 많은 승객들이 미리 나와 줄을 서 있었다. 그들 곁에는 백령도로 들어가는 군인가족들과 섬사람들을 배웅하러 나온 인척들이 군데군데 몰려 서서 석별의 정을 나누고 있었다.

신중사는 부두에 파견된 헌병대 옆에, 성길이가 토니와 같이 휠체어에 앉아 있는 모습을 잠시 내려다보다 다시 다방 안으로 고개를 돌렸다. 그의 앞에 앉아 있는 한정길 사장은 동생이 백령도로 여행을 떠나는 것이 아니라 마음의 병을 치료하기 위해 장기간 요양하러 들어간다는 소식을 전해듣고는 계속 침울한 표정을 지었다. 그런 모습이 안타까운 듯 신중사가 위로의 말을 건넸다.

"너무 상심하지 마십시오. 그곳도 사람 사는 곳이고, 저와 어머님이 따라가는데 크게 염려할 것이야 있겠습니까?"

"나는 정말 이해가 안 됩니다. 내가 사는 인천이나 누님이 사시는 서울에서 거처를 잡아도 될 것 같은데, 왜 자꾸 그런 후미진 곳으로 들어가려고 하는지 말입니다……."

한정길 사장은 동생의 뜻을 알다가도 모르겠다는 듯 절레절레 고개를 저어댔다. 군무에 바쁜 친구까지 괴롭히면서 동생이 왜 이렇게 소란을 피우는가 말이다. 그는 며칠 전 동생이 백령도 믿음의 마을로 들어가 마음의 지병을 치료하겠다는 소식을 듣고는 일언지하에 고개를 내저었다. 의처증이라는 몹쓸 병 때문에 청룡부대에서 조성해 준 새마을에서 계속 생활할 수 없는 형편이라면, 서울이나 인천에다 살 곳을 마련해 정신과 치료를 받으면 얼마나 좋은가 말이다. 그와 누님이 살고 있고, 시장과 병원도 가까우니 섬에 들어가서 외롭게 사는 것보다 백 배 나을 성싶은데 동생의 생각은 변함이 없는 것이다. 게다가 어머니마저 동생을 아는 사람 한 사람 없는 섬 구석으로 들여보내려고 하니까 은근히 화까지 치미는 것이다.

"물론, 형님도 이것저것 생각하면 이해가 안 되는 면이 많을 것입니다. 그래도 참으셔야 합니다. 월남에서 몸을 다쳐 후송된 제 선·후배들이나 성길이가 느끼는 내적 고통은 이 세상 어느 누구도 속단할 수 없을 정도니까 말입니다……."

"나도 동생의 마음을 이해는 합니다. 그렇지만 계수 씨나 나이 드신 어머니의 입장도 좀 생각해야지요."

"분단되어 서로 마주보며 으르렁거리는 남북 관계를 분단되지 않은 다른 국가들이 보면 이해가 되지 않듯, 어느 날 갑자기 팔다리가 잘려나간 전상자들도 마찬가집니다. 건강한 사람들의 시각으로는 도저히 이해도 안 되고 용납도 안 되는 구석이 많습니다. 세월이 흘러 차차 마음의 병이 치유되면 주변 사람들의 입장도 생각할 마음의 여유가 생길 것입니다. 그때까지는 이유 불문하고 참아주십시오. 우리나라 전상자들에 비하면 천국에서 생활한다고 해도 과언이 아닌 미국의 월남전 전상자들도 미국 사회가 시끄러울 만큼 소란을 피우며 전쟁 후유증에 시달리고 있다는 소식을 최근 미국을 다녀오신 저희부대 기획관 님을 통해 들은 바 있습니다……."

신중사는 선진국의 전상자 복지시설을 둘러보고 온 부대 내의 상관들 이야기를 한정길 사장한테 전해주며 이해를 구했다. 한정길 사장은 그때서야 화제를 돌렸다.

“들어가서 칩거할 살림집은 살만하답디까?”

“예. 한적한 바닷가 마을에 들어선 섬사람들의 집이라 외양은 초라해 보일지 몰라도 아랫채 전체를 성길 네가 다 쓰게 되어 있으니까 주택 문제는 새마을에 있을 때보다 오히려 더 나을 것입니다.”

“이번에도 신중사님이 따라가니까 마음은 놓겠습니다만, 시간 나는 대로 설득 좀 시켜 주십시오. 내년쯤에라도 인천이나 서울 근교에 나와서 살아보라고 말입니다……”

“그러지요. 성길이도 자식이 태어나서 유치원에 들어갈 나이가 되면 도회지로 나와서 살겠다는 말을 여러 번 했으니까 그런 문제는 크게 염려하지 않아도 될 것입니다.”

“이미 부모님들이 승낙하신 일이라 저는 이번 문제에 대해서는 더 이상 이러구저러구 하고 싶은 생각은 없습니다. 그렇지만 정말 못 마땅합니다……”

“백령도에 들어가면 형님의 깊은 뜻을 성길이 안사람한테도 충분히 전달하겠습니다. 배 떠날 시간이 되었으니까 오늘은 만사 참으시면서 기분 좋게 배웅해 주십시오.”

신중사가 사정하듯 한 마디 더 건네자 한정길 사장은 고개를 끄덕였다. 그는 찻값을 내고 먼저 다방을 내려갔다. 그가 층계를 다 내려와서 신중사를 보며 다시 물었다.

“이삿짐은 다 실었습니까?”

“예. 일찍 실었습니다.”

“거기 도착하면 누가 나오기로 했습니까?”

“동기생들이 차를 가지고 나오기로 했습니다.”

“이거, 얼마 안 되는 금액이지만 동기생들을 만나면 술이라

도 한 잔 같이 나누시며 제 동생, 잘 좀 도와 달라고 해 주십
시오. 회사에 급한 일만 없으면 꼭 같이 가봤으면 좋겠는데 피
치 못할 일이 있어서 정말 죄송합니다."

"형님은 아무 걱정 마시고 회사나 잘 키워 놓으십시오. 저도
제대하면 형님 밑에서 신세나 좀 지게요."

"그럽시다. 전역하시고 싶은 생각이 있으시면 꼭 연락 주십
시오. 제 동생을 위해 그토록 도와 주셨는데 저도 힘닿는 데까
지 돕겠습니다."

한정길 사장은 신중사에게 자신의 속마음을 내보이며 함께
부두로 들어갔다. 성길 내외가 백령도로 들어간다는 소식을 듣
고 그의 매형 내외와 형수가 마중을 나와서 영천댁을 위로해
주고 있었다.

"바쁜데 어서 들어가 봐라."

영천댁이 다가온 큰아들을 반겼다.

"들어가시면 고향 일과 여기 일은 잊어버리고 푹 좀 쉬었다
나오세요. 저 사람을 자주 안강으로 내려보낼 테니까요."

"인순이가 있는데 큰메느리는 내려갈 거 없다. 너그나 야무
지게 살아라. 너그 회사가 어렵다카던데 어예(어떻게) 잘 풀릴
것 같으나?"

"매형이 여러 모로 도와 주셔서 잘 해결되고 있습니다. 제
걱정은 마십시오."

"너그 자형이 은행에 있다고 너무 신세지지 마라. 처남들 때
문에 몬 살겠다는 말 나올라. 정 답답하면 논이라도 몇 마지기
더 끊어 팔지……."

한정길 사장은 어머니 보기에 면목이 없는 듯 얼굴을 붉히

며 성길 곁으로 다가갔다.

"섬에 들어가면 이것저것 부족할 게 많을 텐데 생활비는 부족하지 않겠니?"

"뱃가죽에 기름기 채우러 들어가는 게 아니니까 걱정 마시오."

성길은 퉁명스럽게 한 마디 내뱉으며 객선부두에 옆구리를 갖다대고 있는 황진호를 바라보았다. 하역이 끝났는지, 승객들이 주민등록증을 내보이며 승선하고 있었다.

"큰처남 말이 어때서 또 화를 내나? 둘째 처남! 제발 마음을 넓게 먹어라."

매형이 성길의 어깨를 두드리며 달랬다.

"그러면 벙어리 냉가슴 앓듯 고통 당하고 있는 놈 이해라도 좀 해 줘야 될 게 아뇨. 내가 지금 섬 구석에 유람하러 가는 겁니까?"

"원, 사람! 누가 처남 요양하러 가는 줄 모르나?"

"그만 둡시다. 내 마음의 병 다 낫고 나오면 이야기합시다. 토니, 일어서! 가자."

성길은 토니의 목 끈을 끌어당기며 휠체어에서 일어났다. 성길의 누님과 석별의 정을 나누고 있던 정심이가 가방을 들고 성길을 뒤따랐다.

"들어가세요. 이삿짐이 정리되면 편지 올릴게요."

"그래. 이것저것 속 상하는 것이 많더라도 자네가 이해하며 살아라. 동생도 마음의 병이 다 나으면 자네 고생한 것이야 안 알겠나?"

"고생은요?"

정심은 고개를 돌렸다. 다정한 시누이를 이별하고 섬으로 들어가는 것이 꼭 그들의 깊은 정을 고의적으로 외면하는 것 같아 죄를 짓는 심정이었다.

"급한 일 있으면 꼭 전보 쳐라!"

성길의 누님이 울먹이는 목소리로 다시 손을 흔들었다. 성길 부부와 토니, 영천댁과 신중사는 황진호의 난간에서 손을 흔들었다. 성길은, 매형과 형님의 일그러진 얼굴이 보기 싫어서 빨리 돌아가라고 손을 내저었다.

잠시 후 황진호의 연통에서 연기가 불쑥 치솟으며 고동이 울렸다. 이어서 황진호는 꽁무니를 비틀며 외항으로 미끄러져 나갔다.

날씨가 더워서 승객들은 대부분 갑판으로 나와 있었다. 그들은 부두가 멀어질 때까지 손을 흔들며 서 있었다. 성길은 시원하게 몰아치는 바닷바람을 맞으며 담배를 붙여 물었다. 용기 있게 떠나리라고 다짐했었는데 마음은 그렇지가 않았다. 이별의 순간들이 가슴을 쩌릿하게 하면서 온갖 기억들을 떠오르게 했다. 월남으로 떠날 때의 모습이 떠오르는가 하면, 제대를 하고 진해 동문을 빠져 나올 때의 자기 모습이 비감을 품은 채 달려왔다.

제대한 지 어언 5년. 아내와 가정을 꾸며 살림을 한지도 어언 3년이 지났다. 손을 꼽아 차근차근 따져보면 그렇게 긴 세월도 아닌데, 그 동안 자신이 겪은 큰일은 헤아릴 수도 없이 많은 것 같았다.

이젠 삶에 대해 어느 정도 자신감도 생겼다 싶은 데도 생활은 하루하루 살아갈수록 더 겁이 나고 풀기 어려운 수수께끼 같은 느낌이 들었다. 다른 사람도 이렇게 불안감을 느끼며 하루하루를 살아갈까? 이제는 군집을 이루고 있는 많은 사람들을 보아도 가슴이 두근거린다거나 이마에 진땀이 치솟으며 발작이 일어날 것 정신적 공황현상은 많이 사라진 것 같은데, 아내에 대한 불안감은 여전히 계속 되었다.

누가, 저 여자를 건드리는 사람은 없을까?

저 여자가 마음이라도 변해 달아나면 나는 어떻게 살까?

달아나기 전에 아이라도 하나 낳아야겠는데 왜 아이는 여태 생기지 않을까?

이런 불안감이 밀려오면 그는 자신도 모르게 갈증이 밀려오면서 신열이 끓어올라 못 견딜 지경이었다. 곰곰이 생각해 보면 그런 증상은 만 2년이 넘도록 결혼생활을 했는데도 아이가 없다는 데서 비롯되는 것 같았다. 그는 자신의 마음을 불안하게 하고, 또 아내를 의심하게 만드는 요인을 없애버릴 듯 백령도에 들어가서 이삿짐을 푸는 대로 곧장 정액검사부터 받아봐야겠다고 다짐했다.

그때 황진호가 붕, 부우웅, 하고 고동을 울리며 다시 선수를 돌렸다.

누가, 지나간 것은 그리워진다고 했느뇨?

피로한 탓인지 눈이 계속 침침했다. 방석을 두 장이나 포개어 앉았는데도 엉치뼈 밑이 배겼고, 허리도 몹시 결렸다. 목각도를 잡고 있는 오른손 엄지와 중지는 굳은살이 박혀 있고, 왼손은 상처투성이였다. 아무래도 좀 쉬어야 될 것 같았다. 손가락이 뻣뻣해 와서 계속 작업을 할 수가 없었다.

성길은 쥐고 있던 목각도를 놓고 손을 오무렸다 폈다 하며 물러앉았다. 세월 없이 매달려도 끝이 나지 않을 것 같던 사자상도 드디어 세각(細刻)이 끝난 것이다. 이제 발이 고운 사포(砂布)로 칼자국을 없애고, 색을 입혀서 표피를 보호할 수 있는 칠을 먹이면 하나의 완성된 목각품이 되는 것이다. 기분이 좋았다.

성길은 거의 완성된 사자상을 좀 떨어져서 요모조모 살펴보았다. 앞다리와 어깨 부위도 잘 다듬어졌고, 옆구리 근육 부위도 힘이 들어 있는 것처럼 생동감이 살아나는데 머리 부분은 너무 깎아버린 것 같았다. 울퉁불퉁한 힘줄이 솟아 오른 몸체에 비해 두상이 아무래도 왜소한 느낌을 주는 것이다. 어색한 머리 부분을 살리기 위해 다시 몸체를 손대기는 싫었다. 잘못 손을 대다가는 그 동안 공들여 깎은 작품을 버릴 우려가 있었던 것이다. 만족하지는 않았지만 이대로 끝손질을 해서 칠을 먹여야지 과욕은 금물이다 싶었다.

문득 인간의 삶도 그럴 것이리라는 생각이 들었다. 한평생을 다 살고 돌아보면 어느 기간은 참 잘 살았는데, 어느 기간은 한 번 더 다시 살아보고 싶을 만큼 만족하지 못한 부분도 있기 마련이니까 말이다. 그렇지만 인간의 삶은 연습이 없다. 하루하루가 금쪽 같고, 실수를 범하지 않으려고 노력하는 사람만이 대과 없이 한평생을 끝마칠 수 있기 때문이었다. 거의 완성된 작품을 이만큼 물러앉아 바라보는 성길의 마음도 그와 비슷했다. 어깨와 목 부분도 끝손질을 잘 했는데 머리 부분은 아무리 봐도 불만인 것이다.

머리 부분이 어째서 저렇게 많이 깎였을까?

사자상의 제작 과정을 쭉 되돌아보니까 악몽 같던 한 순간이 떠올랐다. 곽일수가 집에 와서 원치 않던 소식을 전해주고, 시장에 나간 아내는 돌아오지 않고……. 그런 와중에 자신을 이기려고 작업한 부위가 지금 보니 제일 불만이었다.

그때는 정말 내 정신이 아니었지…….

성길은 다섯 손가락 끝을 잘라버린 작업장갑을 벗으면서 달력을 바라보았다. 지푸라기라도 붙잡을 심정으로 중화동 믿음의 마을로 들어온 지도 어언 1년 3개월이나 되었다. 얼마 살지는 않았지만 중화동 믿음의 마을로 들어온 것은 퍽 잘한 일처럼 생각되었다. 그 동안 그는 중화동 주민들과 두텁게 친분도 쌓았고, 주인댁의 주선으로 종교도 가졌던 것이다. 토니와 함께 걷기 연습도 많이 해서 1.5㎞는 거뜬히 걸을 수 있었다. 목발 없이 양다리에 의족과 의각을 끼워서 마당도 두어 바퀴 정도는 돌만큼 체력도 향상되었다. 잔병 없이 체력이 향상되는 통에 여행도 많이 했다. 백령도의 서울이라 불리는 진촌(鎭村)과 중화동(中和洞)을 잇는 시발택시가 한가하면 하루 종일 전세를 내어 아내와 같이 백령도 전지역을 돌아보기도 했던 것이다.

달포 전에는 심청이가 공양미 3백 석에 제물이 되었다는 장산곶(長山串)이 보고 싶어서 연화리(連花里)까지 나간 일도 있었는데, 그때 그는 한 서린 북녘 땅을 바라보면서

"삼촌, 왜 자꾸 간첩 내려보내는 거요? 삼촌 그 짓거리에 우리 가정이 얼마나 수난 당했는지 아시오……?"
하고 무언의 원망도 퍼부어 보았다.

또 제2의 해금강이라 불리는 두무진(頭武津) 선대암(仙坮岩)에 앉아 잠수부들이 잡아 올린 해삼을 안주 삼아 술을 마시면서,

"여보, 지금은 콘크리트 흔적만 남아 있지만, 여기가 노일전쟁 때 일본군의 병참기지가 건설된 곳이야. 옛날에는 이곳에 산림이 울창해 두모진(頭毛津)이라 불렀는데, 왜놈들의 병참기지가 건설된 후로는 두무진으로 지명마저 바뀌는 수난을 당했었지……"
하고 두무진의 내력과 역사적인 수난상을 설명해 주면서 금시

와르르 무너질 듯한 선대암 주변의 기암 괴석을 관망하며 더위를 식히기도 했었다.

그때 정심은 자신도 모르게 선대암의 절경에 도취되어,

"여보, 우리 사진 한번 찍어요. 여긴 선녀들도 반할 만큼 아름답군요……"

하면서 카메라를 자동으로 눌러놓고 바삐 달려와 성길 옆에 앉기도 했었다.

성길은 그런 아내를 볼 때마다 가정이 안정된다는 것이 얼마나 소중한 것인가를 뼈아프게 실감하곤 했다. 가정이 안정되어야 웃음이 솟고 대인 관계가 원만해지지, 그렇지 않으면 사람 만나기도 싫다는 것을 새마을생활과 대비해 보면서 음미하곤 했던 것이다.

그는 주말이면 교회에 나가서 좋은 이웃들과 함께 정을 나누며 살 수 있게 하여 준 신께 감사했다. 물론 유하사의 도움으로 옹진댁 부부를 만났지만, 신이 돕지 않았다면 혈육같이 정이 깊은 유병국 씨와 옹진댁을 만나서 동민들을 소개받고, 그들과 어울려 공동체적인 생활을 즐기지는 못하리라고 생각했던 것이다.

이제 바랄 것이 있다면 자식을 하나 낳는 일이었다. 결혼한 지 4년이 넘도록 자식이 없자, 옹진댁은 영천댁 이상으로 걱정해 주었다. 그녀는 어디서 민간신앙요법으로 임신을 시키는 비결을 배워 왔는지, 하루는 초산한 이웃집 며느리의 고무신을 훔쳐 와서 정심에게 신겨 주었다. 어느 때는 장님의 지팡이를 훔쳐 와서 아랫채 추녀 밑에 걸어 놓고 아이가 배태되기를 염원했다. 그 통에 도둑 없고, 술 없고, 담배 없는 중화동의 명예는 하루아침에 깨어져버렸지만, 그래도 정심에게는 태기가 없었다.

애가 달대로 달은 웅진댁은 초산한 이웃집 며느리가 찼던 개짐을 얻어 와서 정심에게 차라고 했다. 정심은 타인의 피가 묻은 생리대를 차는 것이 괴이쩍었던지 처음에는 망설이는 표정이었다. 그러나 그녀는 웅진댁의 지극한 정성을 생각해서 그 피묻은 개짐까지 찼다. 그래도 한이 차지 않는 듯 웅진댁은 초상난 집을 찾아가서 상여를 맨 광목을 끊어 왔고, 그것으로 팬티를 만들어 입고 관계를 가져 보라고까지 했다. 정심은 웅진댁이가 시키는 대로 따라 해보았지만 그래도 임신은 되지 않았다. 웅진댁의 지극한 정성에 영천댁도 감동했는지, 한약도 지어 오고, 하늘을 쳐다보는 풋고추를 따다가 먹여보기도 했다. 어느 날은 금줄에 걸린 고추까지 빼내어 와서 장독대 위에 올려놓고 매일 새벽 불공을 들였지만 기다리는 임신은 되지 않았다. 그들은 구전되어 오는 민간신앙요법을 다 이행해 보았는데 결과는 판판이 허사였고, 그 통에 금싸라기같이 귀중한 시간만 날려버린 꼴이 되었다.

무슨 탈이 있는 게 분명했다. 정심은 불규칙하게나마 계속 생리를 하고 있고, 성길 역시 옛날에 정심에게 임신을 시켜 본 경험이 있어서 나이 드신 어른들이 원하는 민간신앙요법으로 임신을 기다리며 지금껏 참아왔는데, 이 요법으로는 자신들의 문제가 해결되지 않을 것 같았다. 허지만 무슨 말로 허두를 틀며 아내에게 그런 말을 한다는 말인가? 그는 그 문제만 생각하면 자신도 모르게 머리가 아파 오는 것 같아 방문을 열고 마루로 나왔다.

그가 살고 있는 집은 부엌이 한 칸, 방이 두 칸, 방 앞에 통
녁 자 마루가 길다랗게 놓여 있는 3칸 초가집이었다. 그는 방
문 앞에 펼쳐놓은 휠체어를 접어서 마루 옆에 밀쳐 놓고, 목발
을 짚고 댓돌 위로 내려섰다. 머리도 복잡하고 몸도 피로해서,
토니와 함께 백사장이라도 한 바퀴 돌아다니다가 오고 싶은
것이다.

“토니, 이리 와!”

그는 토니의 목 끈을 묶으면서 아내를 건너다보았다. 아내는
옹진댁과 같이 우물가에서 김장거리 배추를 다듬고 있었다.

“바닷가에 나가시게요?”

한 소쿠리 다듬은 배추를 독에 넣고 소금을 뿌리면서 그녀
가 물었다.

“음. 저녁이나 좀 일찍 해.”

“시장해요?”

“조금 출출해.”

“그러면 이거라도 하나 드시구랴.”

옹진댁이 배추 뿌리를 하나 깎아주었다. 성길은 목발을 집고
선 채 우두둑우두둑 배추 뿌리를 씹었다.

“형님은 어디 멀리 나가셨어요?”

“방앗간에 갔구랴.”

“금년에는 곡수가 어때요?”

“몇 가마 거두기나 했을라고요. 아자씨네는 이장님 댁에서
사서 잡셔야 되어요.”

“뱃길만 없으면 내 고향에서 쌀을 몇 가마 싣고 오면 좋겠
는데……”

"아, 이 바닥에서 나는 쌀도 남아도는데 뭍에서 싣고 와요? 그런 걱정 마시고 어서 바람이나 쐬고 오시구라."

옹진댁이 눈을 흘기며 내쫓는 시늉을 했다. 성길은 정겹게 웃으며 삽짝을 나왔다.

"녀석아! 천천히 걸어."

성길은 자꾸 앞서려는 토니의 목 끈을 당기며 천천히 골목길을 빠져 나왔다. 골목길을 나와서 중말고개 쪽으로 빠지면 백령도의 곡창지대인 가을리(加乙里)로 빠지고, 반대편으로 나가면 중화동 해변이었다. 성길은 잔잔한 조약돌이 깔려 있는 마을길을 벗어나서 백사장으로 들어섰다.

바다는 호반처럼 조용했다. 성길은 목선이 기우뚱하게 누워 있는 서편 바닷가를 따라 연화리(蓮花里)로 빠지는 길을 택했다. 아직 물이 들어오지 않아 해변에는 피조개와 성게 따위가 해초에 묻혀 어지럽게 뒹굴고 있었고, 바다 속에 잠겨 있던 암초들도 드문드문 드러나 있었다. 좀 일찍 나왔으면 암초까지 걸어가서, 그가 잘 앉는 마루바위에서 일몰을 지켜보고 싶었지만 오늘은 참았다. 빨리 나오지 못하면 밀물 때 바닷물에 갇혀 나오지도 못할 시각이었던 것이다.

그는 백사장으로 다시 올라와서 주머니에 넣어 온 야구공을 꺼냈다. 그리고는 토니의 목 끈을 풀어놓고, 야구공을 바다로 향해 멀리 던졌다.

"물고 와!"

토니는 야구공을 향해 뛰어갔다. 그는 그런 운동을 여러 차례 반복하다 모래 위에 주저앉았다. 어제는 토니와 같이 걷기 연습도 많이 했는데, 오늘은 목각에 너무 매달려 있어서 그런지 그것마저 싫었다.

토니는 그가 던진 공을 물고 와서 그가 서 있는 주변을 맴돌았다. 성길은 토니의 머리를 쓰다듬어 주다가 같이 뒹굴었다. 토니는 주인의 마음을 알아차렸는지 좋아라 하고 연방 날뛰었다.

지지리도 복도 없는 놈!

성길은 토니와 장난을 치다가 문득 처연한 시선으로 토니를 바라보았다. 그가 자식이라도 일찍 낳았으면 그 꼬마와 어울려 장난도 치고 고샅길도 쏘다닐 텐데, 남들 다 낳는 자식도 제때에 낳지 못해 토니마저 외롭게 산다는 생각이 들었던 것이다. 그는 허구한 날 마루 밑에서 사타구니만 핥아대는 토니가 가련하게 느껴져서 목을 한 번 꽉 껴안아 주었다.

정말 나에게 이상이 있는 걸까?

성길은 집으로 향하면서 그런 생각을 해보았다. 정심에게 임신을 시켜 본 경험이 있어서 평생 무자식으로 살 것 같지는 않는데 월남에서 걸린 성병이 몹시 마음에 걸렸다. 그는 집에 돌아와서도 이 문제로 혼자 고심하다 끝내는 이부자리 속에서 이야기를 꺼내고 말았다.

"여보, 내가 정기검진 받으러 가는 날이 언제지?"

"왜요. 어디 불편한 데가 있어요?"

"아냐, 이번에 검진 받으러 가면 정액검사를 한 번 받아보고 싶어서 그래."

"네에?"

정심은 정액검사라는 말이 괴이쩍게 들렸던지 잽싸게 성길 쪽으로 돌아누웠다.

“우리가 결혼한 지도 햇수로는 벌써 5년쨍데 아직 아이가 없다는 것은 뭔가 이상하잖아?”

“당신, 요사이 생활이 안정되니까 별걱정까지 다 하고 있군요?”

“아냐. 몸을 다치면서 혹 이상이 생길 수도 있으니까 세월없이 기다리기만 할 일은 아니라고 생각해.”

성길은 월남에서 악성임질을 앓았다는 말은 바로 하지 못해서 그렇게 돌려댔다. 정심이도 그때는 듣고만 넘길 일이 아닌 듯 동조하는 빛을 보였다.

“모레예요. 정 꺼림칙하다면 의사선생님과 한 번 상담해 보세요.”

“만약 이상이 있다면 어떻게 하지?”

정심은 너무 어이없는 질문이어서 웃음으로 받아 넘겼다.

“어떻게 하긴요? 우리 토니와 같이 살다가 죽는 거죠?”

“당신은 토니가 우리보다 오래 살 거라고 생각해? 그 놈도 이젠 늙은 축에 들어가.”

“그래요? 그럼 우리 토니도 짝을 지어주어야지요.”

“그놈은 우리 문제가 해결되고 난 다음에 생각해 볼일이지, 지금 그걸 생각하면 어떻게 해?”

“어쨌든, 그 문제는 당신 검진이라도 받은 뒤에 생각해 봐요.”

결국, 토니와 그들의 노후 문제는 결론도 못 내린 채, 성길은 검진부터 받아보았다. 결과는 걱정했던 것과는 달리 이상없었다. 두 사람은 안도의 한숨을 쉬었지만, 이제는 새로운 근심이 생겼다. 성길에게 이상이 없다면, 지금까지 아이가 없는 원인은 무엇인가? 두 사람은 자연스럽게 거기까지 생각이 미치자, 이번에는 정심에게 이상이 있는 게 아닌가 하고 의심을 하기 시작했다.

정심은 그런 의문을 해소하기 위해 자진해서 검사를 받아보겠다고 했다. 성길은 아내의 아랫도리를 남자 의사에게 내보이는 것이 싫었지만 마지못해 승낙했다. 그녀는 의사가 시키는 대로 소변검사, 혈액검사, 약물검사, 질검사, 배란검사, 난관검사, 경관점액검사를 받았다.

한 달 이상 정심의 몸을 검진했던 의사는 성길과 같이 결과를 보러 오라고 했다. 정심은 의사가 지정한 시간에 찾아갔다. 그녀는 그때까지 자신의 몸에 이상이 있으리라고는 티끌만큼도 걱정하지 않고 있었다. 옛날 와이키키에 근무할 때 여러 번 임신을 해 본 경험도 있고, 또 원치 않던 임신 때문에 고통을 무릅쓰고 중절수술도 여러 번 받았던 경험이 있었던 것이다.

그러나 검사를 끝낸 50대의 산부인과 의사는 그날 따라 심각한 표정이었다. 그는 두 사람을 같이 앉혀놓고 검사결과를 말하는 것이 부담스러웠던지, 개별상담 분위기를 만들어 놓고 정심이부터 먼저 불렀다.

"부인께서는 재혼이십니까?"

의사가 물었다. 그녀는 뭐라고 대답해야 좋을지 몰라 대답을 못했다. 막상 그런 질문을 받고 보니 와이키키에 근무할 때 여러 번 중절수술을 받은 것이 드러났구나 하는 생각과 함께, 얼굴도 들 수 없는 수치심이 밀려왔던 것이다.

"대답하시기 곤란하면 그냥 넘어가지요. 부인께서는 자궁이 약해 현재 상태로는 임신이 불가능합니다."

“네에?”

그녀는 의사의 말이 청천벽력같이 느껴져 자신도 모르게 되물었다. 나이 서른 여섯에, 가장 여자다울 수 있는 임신을 못하다니……. 임신이 너무 잘 된다고 투덜거리면서 수술을 받으러 가곤 했던 자신의 몸이 어쩌다 그 모양이 되었을까? 그녀는 알지 못할 의문에 휩싸이면서 그만 흐느끼기 시작했다.

“의학적으로 설명해 보았자 부인께서는 알아듣지도 못하실 테고, 쉬운 말로 설명하면 자궁이 너무 상처를 입어 그 상처가 치유될 때까지 임신이 곤란하다는 말입니다.”

의사는 그녀가 좀 진정되자, 여자의 자궁을 절개해 놓은 해부도 앞으로 걸어갔다.

“이 해부도를 보면 짐작이 가시겠지만, 현재 부인의 자궁 경관과 내막 — 즉, 이 부분이 누차 중절수술을 받은 화류계 여성들 자궁처럼 약해져 있습니다. 그래서 재혼인가 하고 물어봤는데 내 말이 틀립니까?”

의사는 부리핑 지시봉을 안테나처럼 밀어 넣어 윗주머니에 꽂으며 다시 의자에 앉았다. 정심은 계속 묵묵부답으로 앉아 있을 수가 없어서 어눌하게 입을 열었다.

“맞아요. 과거에는 아이를 낳아 키울 수 없는 형편이어서 여러 번 소파수술을 받았습니다…….”

“그래도 피임기구나 약물을 이용해 자기 몸을 보호할 줄 알아야지, 이렇게까지 자기 몸을 방치하는 분이 어디 있습니까? 지금 남편 되시는 분이 부인의 몸을 이렇게 만들어 놓았습니까?”

의사는 약간 흥분한 어조로 물었다.

"아닙니다. 현재의 남편과는 아무 상관도 없는 일입니다."

"그럼 전 남편께서 그렇게 만들었다는 얘긴데, 그래도 부인께서는 잘못이 많습니다. 그런 식으로 자기 몸을 방치하다 자궁암이라도 오면 어쩌시겠습니까? 그때는 죽는 길뿐이에요. 요사이 젊은 여성들, 겁도 없이 중절수술을 자주 하는데 따지고 보면 중절수술만큼 위험한 수술도 없어요. 다른 수술은 의사가 수술부위를 눈으로 보면서 집도를 하지만, 중절수술은 그렇지가 못해요. 여기 보이는 확장기로 자궁 경관을 순식간에 확장해서, 그 속으로 집게와 칼날이 달린 기구를 집어넣어 자궁 내막에 붙어 있는 태아와 부속물을 긁어내는 수술이니까요."

의사는 정심에게 헤거(확장기)와 큐레트(주위가 칼날로 된 작은 수저 모양의 기구) 등을 보여 주며 보충 설명을 했다.

"부인께서는 과거 수술을 받을 때 마취가 되어 있어 이런 수술기구들을 자궁 속으로 넣어 내막을 긁어내어도 고통을 못 느끼셨겠지만, 이 확장기로 자궁경관을 확장하는 일도 인체에는 큰 부담을 줍니다. 자연적인 해산일 경우에는 시간의 흐름을 통해 자궁경관이 서서히 벌어지지만, 중절수술 때는 불과 몇 분 동안에 벌리고 맙니다. 그때 인체에 무리가 가서 경관에 열상(裂傷)이 생기거나 동맥이 끊어지는 일까지 생깁니다. 물론 그런 경우는 극소수지만, 열상이 생기면 습관적인 유산이 되풀이되고, 경관의 조직이 엷어지면 자궁 주위염이나 난관염을 유발하게 됩니다. 부인의 경우는 만성 난관염을 치료도 않고 방치해 둔 상태라 난관(卵管)이 계속 유착되고 있는 상태입니다. 그래서 생리가 불순하고, 허리가 아프고, 지금껏 자식을 원하면서도 임신을 못하고 있는데 어쩌면 좋겠습니까?"

"치료를 받아도 아이를 가질 수 없겠습니까, 선생님?"

"현재로서는 너무 악화된 상태라 장기간 치료한다 해도 장
담을 못하겠소. 설령, 임신이 된다 해도 유산이 될 확률도 높
고……."

"후일 마음이 안정된 다음 선생님께 다시 찾아와서 제 처지
를 말씀드리겠습니다만, 저는 남편을 봐서라도 아들이든 딸이
든 꼭 하나는 낳아야 할 입장입니다. 선생님! 이 기구한 여자
를 구하는 셈치고 아이 하나만 낳게 해 주십시오."

정심은 의사에게 매달렸다. 이젠 창피스러움도 없었다.

"6개월 정도 치료해도 자연수정이 안되면 인공수정이라도
해 봅시다. 한성길 씨의 입장은 나도 잘 알고 있으니까요. 어
쨌든, 부인이 명심해야 될 것은 현재 부인의 몸이 임신 불가능
상태에 와 있다는 것을 명심하고, 의사의 지시에 잘 따라 줘야
된다는 것입니다. 그런 식으로라도 노력해 보면서 임신을 한
번 해 보시겠습니까?"

"아이만 낳을 수 있다면 어떤 고통이든 참고 견디겠습니다.
꼭 좀 도와 주십시오, 선생님!"

"그럼 바깥양반에게도 납득이 가게 설명해야 되니까 부인은
나가서 좀 쉬시고, 한성길 씨를 좀 들여보내시오."

"선생님! 가능하면 충격이 가지 않게 잘 좀 얘기해 주십시
오. 저희 바깥양반은……."

정심은 성길이가 지인기피증·군중공포증·귀울림증·의처
증·조울증 증세로 고생하고 있으며, 자신의 몸이 이처럼 악화
된 것은 현재 남편과는 아무 상관이 없다는 것을 강조했다.

"알겠어요. 부인께서는 천성적으로 자궁이 좀 약하다고 할

테니까 한성길 씨나 좀 들여보내 주시오. 임신을 하려면 치료
는 꼭 받아야 된다는 것을 주지시켜야 하니까요."

정심은 대기실로 나왔다. 얼굴이 화끈거려 더 앉아 있을 수
없었던 것이다.

"왜 그래?"

대기실 문 앞에서 가슴이 가라앉기를 기다리는데 남편이 다
가와 물었다. 그녀는 가능하면 아무 일도 없었던 것처럼 태연
한 표정을 지으려고 했으나 얼굴이 그렇게 되지가 않았다.

"말을 해. 왜 그래?"

"집에 가서 말씀드릴게요. 우선 의사선생님이나 만나보고 오
세요. 내 몸에 이상이 있어요."

"뭐라구!"

성길의 목소리가 대기실을 울렸다. 성길은 훌쩍거리고 있는
아내와 상대해서는 안 되겠다 싶은 듯 스스로 진찰실 문을 열
고 안으로 들어갔다. 꾸부정하게 목을 어깨 속에 집어넣고, 목
발을 옮겨 놓는 그가 오늘은 60 먹은 노인보다 더 늙어 보였
다.

저 남자를 누가 저렇게 만들었나?

정심은 치솟는 눈물을 감당하지 못해 병원 뒤뜰로 나갔다.
토니가 성길이 들어간 진찰실 도어 밑으로 코를 대어 몇 번
훌쩍거리더니, 그녀가 서 있는 병원 뒤뜰로 어슬렁어슬렁 걸어
갔다……

얼마 후 성길 내외는 두 사람을 병원까지 실어다 준 시발택
시 뒷좌석에 앉아 있었다. 성길 부부와 토니를 태우고 시발택

시가 병원을 나왔을 때 성길이가 운전기사를 보고 물었다.

"조씨, 오늘 어디 선약 받은 데 없습니까?"

조씨가 고개를 끄덕이며 성길을 보고 물었다.

"없어요. 차를 더 쓰고 싶으시꺄?"

"예. 오랜만에 나왔는데 용기포나 한번 다녀오고 싶어서요. 그래도 되겠어요?"

조씨는 고개를 끄덕였다. 성길은 진촌에서 조씨와 함께 점심을 먹고 용기포로 나갔다.

용기포는 백령도의 관문이었다. 배가 들어오는 날은 구성진 대중가요가 울려 퍼지고 주민들도 많이 나와 웅성거렸는데, 그날은 배가 들어오는 날이 아니어서 한산했다. 성길은 사곶비행장까지 시발택시로 가서, 거기서 아내와 같이 내렸다.

"그럼 바람을 쐬시다 용기포로 나오시구랴. 나는 먼저 나가서 새차나 좀 하고 있겠시다."

조씨는 물러갔다. 성길은 아내와 같이 넓은 모래밭을 거닐었다. 물이 빠져서 사곶 백사장은 명사십리를 방불케 했다.

"저기 봐."

성길이 시무룩해 있는 아내를 끌어당기며 비행장을 가리켰다. 모래톱 옆에 서 있던 쌍발수송기 한 대가 물 빠진 갯벌로 굴러가고 있었다. 좀처럼 비행기가 뜨는 광경을 볼 수 없는데, 그 날은 용하게 진풍경을 볼 수 있었다.

"물 빠진 갯벌이 금시 활주로로 변하는 것이 신기하지?"

정심은 대답이 없었다.

"이 천연비행장이 세계에서 두 곳뿐인 백령도의 명물이야. 갯벌이 물만 빠지면 콘크리트 바닥처럼 단단해 금시 활주로로 이용할 수 있거든…….”

“하나는 어디에 있는데요?”

“이태리 나폴리에 있어.”

성길은 씨익 웃었다. 식당에서 점심을 먹을 때도 아내가 말이 없어 조씨 보기에 민망했는데, 이제서야 딱 붙었던 입이 떨어지는 것이다. 그는 사곶 천연비행장이 아내의 기분을 전환시키는데 큰 몫을 했다고 생각했다.

“내가 말이야, 옛날 당신과 헤어져 백령도에 와서 근무할 때, 이 모래톱을 거닐면서 당신 생각을 했다는 걸 잊어서는 안 돼.”

“왜 했어요?”

정심이 또 이야기를 받았다. 성길은 한층 신이 나서 아내를 바라보며 웃었다.

“왜 하긴? 당신과 결혼해서 오늘처럼 이 백사장을 거닐면 기분이 어떨까 하고 꿈을 꾸느라 생각했지.”

“그때 그런 꿈을 안 꾸었더라면 오늘 같은 꼴은 보지 않았을 것 아녜요…….”

“무슨 소리야! 그만한 각오도 없이 당신과 결혼한 줄 알아?”

정심은 억지로 남편의 이야기를 받아주다가 그만 안색이 달라졌다. 이 양반이 그 동안 아이 없던 원인을 다 알고 있었다는 말인가? 그녀가 물었다.

“그만한 각오라뇨?”

“들어 봐. 그 당시 내 혼자서 이 백사장을 거닐 때는 발자국이 두 개 뿐이었어. 그런데 지금은 내 발자국 세 개, 당신 발자국 두개, 토니 것 네 개가 우리 뒤를 따라오고 있어. 이 아홉 개의 발자국은 바닷물이 들어오면 다 지워지고 말아. 사람 한편생도 이것과 마찬가지야. 죽고 나면 잘 살은 놈도 땅속에 들어가고, 못 살은 놈도 땅속에 들어가. 그리고 세월이 흐르면 언제 그들이 이 지구상에 살았던가 할 정도로 잊혀지고 말아. 우리는 이런 자연의 질서 앞에서 무얼 생각해야 되는지 알아? 살아가면서 어떤 발자국을 이 지구상에 남겨놓고 떠나가느냐가 중요해."

"무슨 말을 하려고 그렇게 밑도 끝도 없는 말을 늘어놓으세요?"

"고난을 극복하며 이성적으로 살려는 정신이 중요하다는 말이야. 의사의 지시대로 최선을 다 해보고, 그래도 안 되면 고아원에서 한 녀석 데려와 우리 호적에 입적시켜 양자를 삼으면 되지, 뭐 그래 금방 죽을 사람처럼 기력을 잃어? 자식도 당신과 내가 존재한 다음의 문제야. 내 말 무슨 뜻인지 알아?"

"미안해요."

"당신 옛날에 부부 사이에는 미안하다는 말이 필요 없다고 했잖아. 우리 오늘부터 잘못 살아온 지난 삶을 반성하는 셈치고, 우리 힘 자라는 데까지 자식을 얻도록 노력해 보자. 내가 매일 새벽같이 일어나 사자상 앞에서 무슨 생각을 하는지 알아? 사자처럼 용맹과 기상을 지닌 아들 하나만 점지해 주십시오, 하고 신께 빌면서 내 몸과 마음을 맑게 하고 있어. 그렇게라도 남은 인생 성실히 사는 게 중요하지, 아무렇게나 살 판이면 내가 뭐 하려고 백령도까지 들어왔겠어? 이 시대, 우리가 살면서 가장 명심해야 할 것은 스스로를 맑게 정화시키며 지난 시절 우리가 어떻게 살아왔는가를 반성하는 것이야. 불행하게도 우리 사회는 권력을 거머쥔 지배세력들이 정치라는 미명 아래 이전투구하고, 권모술수로 상대를 모함해 짓밟고, 총칼로 권력을 탈취해 한 자리씩 잘 해먹는 통에, 이 사회가 마치 수단과 방법을 가리지 않고 몸부림쳐서 한탕만 하면 최고의 능력가인 양 가치가 전이(轉移)되어 있는데, 인간의 삶은 그런 게 아니야. 나는 요즘 새벽에 일어나 사자상을 바라보고 있으면 벽 거울에 비친 내 모습과 지난날의 인생 역정이 흡사 두 동강난 이 나라의 역사 같고, 이 동강난 땅덩이를 총칼로 지배하고 있던 자들의 몰골이 꼭 와이키키에 근무하던 당신 옛 모습처럼 추악해 보여요. 그런 추악한 자들이 정치라는 미명 아래 지껄이는 기만술책을 믿고 따르다간 큰 코 다쳐요! 두고 봐. 우리가 지난 날 오도된 가치에 현혹되어 인생을 마구 살아왔기 때문에 지금껏 이런 고난을 당하고 있듯이, 이 나라 국운도 총칼 앞세우고 한탕씩 잘 해먹고 간 놈들 때문에 숱한 시련을 당할 거야. 여기서 우리가 명심해야 하는 것은 정치하는 사람들이 이 나라의 미래를 제 멋대로 설정해 일방적으로 전체 국민들을 끌고 가도록 놓아 둘 게 아니라, 우리 스스로가 이 나라를 끌고 간다는 자립의지를 가지고 우리 형편에 맞는 가치를 창출하고 이 시대 역사의 주체가 되어야 하는 것이야. 그러려면 천상 국민 각자의 반성과 각성이 있어야 하는데, 우리는 일시적으로 다가오는 고통이 두려워 실천에 옮기지를 못하고 있어요. 오늘 아침에도 정치하는 사람들이 TV에 나와 금은보화라도 실어다 줄 듯 듣기 좋은 말을 늘어놓고 있던데, 그 사람들이 결코 우리 인생을 대신 살아주지 않아요. 우리 인생은 우리들 스스로가 가치를 창출하며 열심히 살아가는 것이에요. 이제 우리가 기댈 언덕은 없어요.”

“당신 말, 두고두고 명심하면서 살게요. 이제 돌아가요.”

“그래. 내일부터 괴롭더라도 의사의 지시대로 주사 맞으며 몸 치료해 보자. 그것도 잘못 살아온 우리들의 지난 삶을 통회한다고 생각하면 수양하는 길밖에 더 돼? 모르고 잘못을 범하는 자는 어리석은 자이지만, 자기 잘못을 알면서도 묵인하고 합리화하고 반성하지 않는 자는 사악한 사람이 되는 거야?”

“부끄러워요.”

“그렇게 생각하지 마. 인간은 누구나 완성된 인격체로 일생을 살아갈 수는 없어……..”

정심은 집으로 돌아온 그 이튿날부터 남편과 같이 병원을 내왕하며 6개월 동안 자궁치료를 받았다. 그녀의 나이는 어언 서른 일곱이 되었고, 성길은 갓 마흔이 되었다.

의사는 치료가 끝나는 날, 날을 잡아서 관계를 가져보라고 했다. 성길 부부는 깨끗이 몸을 씻고, 사자상 앞에서 새로 태어날 생명을 그려보다 관계를 가졌다.

다행히 임신이 되었다. 성길은 의사로부터 아내가 임신되었다는 소식을 듣고 교회에 나가서 감사기도를 올렸다. 그리고는 아이가 태어나면 같이 손잡고 걸을 것을 대비해 더욱 열심히 걷기연습을 했다. 잠이 오지 않을 때는 남포등을 밝혀놓고 아이가 가지고 놀 수 있는 장난감을 손수 만들었다. 장난감이 한 소쿠리 채워지자 이번에는 아이를 눕혀놓을 수 있는 흔들침대까지 손수 만들었다.

정심은 그런 남편을 볼 때마다 자신의 배가 하루바삐 남산

만큼 불러왔으면 좋겠다는 생각이 들었다. 그러나 그녀의 소망과는 달리, 또 시련이 다가왔다. 아침에 일어나 변소를 다녀오는데, 이상한 조짐이 보이는 것이다.

"여보, 몸이 이상해요."

"어떻게 이상해?"

"출혈이 있어요."

"왜 그렇지. 당신 힘들게 물 길러와서 그런 것 아나?"

"모르겠어요. 병원에 가 봐야겠어요."

성길 내외는 또 시발택시를 대절해 담당의사를 찾아갔다. 의사는 면밀하게 내진을 해보더니 고개를 저었다. 자궁이 약해 태반이 떨어졌다는 것이었다.

"어떻게 해야 합니까?"

성길은 눈물을 삼키며 의사를 쳐다보았다. 의사는 빨리 죽은 태아를 긁어내고 새로 임신을 해보는 길 밖에 없다고 했다. 그렇지만 정심의 나이가 있어 어려움이 많을 것이라고 했다.

"그래도 노력해 봐야지요. 유산의 근본적인 원인이 뭡니까?"

"그건 의사도 정확히 찾아낼 수가 없어요. 너무 복합적이니까요. 다음에 임신이 되면 부인을 아예 병원에 입원시켜 일정 기간 영양제를 투여하고 싶은데 그래도 한선생께서는 생활하시는데 불편이 없겠습니까?"

"그 정도 불편이야 어쩐들 못 참겠습니까."

"그럼 가슴 아프지만 빨리 수술을 받은 후 다음 임신을 기대해 봅시다."

그 날 오후, 정심은 소파수술을 받았다. 성길은 파김치처럼 늘어진 아내를 집으로 데리고 와서는 꺼질 듯 한숨을 쉬었다.

남들은 자식도 그렇게 수월하게 잘 낳는데, 그들 부부는 왜 이런 시련까지 겪어야 하는지 하늘이 원망스러울 지경이었다.

"당신 그런 얼굴로 앉아 있지 말고, 오늘은 술이라도 한 잔 잡수시고 푹 좀 주무세요 너무 피로해 보여요."

통증에 시달려 눈도 제대로 못 뜨고 있던 아내가 그의 손을 잡고 낮게 속삭였다.

"이젠 좀 살만 해?"

성길은 아내의 얼굴에 맺힌 진땀을 닦아주며 기운을 내었다.

"통증이 멎는 것 같아요. 그런 얼굴로 보지 마시고 어서 술이나 한 잔 드시고 잊어버리세요. 다음엔 꼭 당신이 원하는 아이를 낳아 드릴게요."

정심은 금세 아이를 다시 낳아 줄 사람처럼 마음 하나 만은 자신감에 가득 차 있었다.

"이 마을에 술이 어디 있다고 자꾸 그런 소리를 해?"

"저쪽 방에 가보세요. 새마을에 있을 때 어머님이 담가다 주신 약술이 항아리 채로 그대로 있어요."

"좋아. 당신 원대로 술이나 한 잔 마시고 잊어버릴 테니까 당신도 기운 차리는 거다?"

"그래요. 내가 컵에다 한 잔 따뤄 올 테니까 여기 조금만 앉아 계셔요."

정심은 허리도 제대로 못 펴면서 기어이 자기 손으로 술을 한 컵 떠 왔다. 성길은 아내의 정성이 고마워서, 달게 인삼주 한 컵을 마시고 큰방을 나왔다. 아내는 자기 곁에 누워 한숨 푹 자라고 했지만 그렇게 마음 편히 잘 수가 없었던 것이다. 지금까지는 아내를 안심시켜야 된다는 다급한 마음 때문에 태연한 척했지만, 사실은 해군의무단에서 다리를 잘라낼 때만큼 이나 가슴이 아프고 눈물이 쏟아질 지경이었던 것이다. 아내가 나이나 적은가, 막차를 탄 것처럼 혼신을 다해 겨우 배태시킨 자식인데 그 자식을 술 한 잔으로 단념하려니까 헛웃음이 나와서 견딜 수가 없었던 것이다.

그는 매일 걷는 산책로를 따라 해변으로 나갔다. 바람이라도 쐬고 오면 가슴이 좀 가라앉을까. 마루에 앉아 담배 몇 대로 울적한 기분을 삭이려니까 뜻대로 되지가 않았던 것이다. 슬픔에 젖어 토니를 데리고 나온다는 것조차 잊어버리고 그냥 나왔는데, 이만큼 걷다보니 토니가 앞질러 와서 빙글빙글 맴을 돌았다.

"오냐. 같이 가자. 마님이 아파서 너를 데리고 온다는 걸 깜박 잊어버렸구나."

성길은 머리를 들이미는 토니의 등을 쓰다듬어 주면서 같이 걸었다. 한참 걷다 보니 중화동 해변이 하루 중 가장 넓을 때라는 걸 알게 되었다. 성길은 듬성듬성 모습을 드러내고 있는 마루바위 쪽으로 걸었다. 맥주 컵으로 한 잔 가득 마신 술이 몹시 취하는 듯했고, 수술이 끝날 때까지 애를 쓰며 기다린 피로가 긴장을 푸니까 술기운을 타고 한꺼번에 밀려오는 느낌이었다.

그는 마루바위 위에서 술을 깨워서 집으로 들어가야겠다고 생각했다. 아내가 낙태수술을 받았다는 소식이 퍼져 나가면 이웃 사람들이 득달같이 병 문안을 올 텐데, 그때 금기로 되어 있는 술을 마시고 냄새를 풍기면 아무리 우환을 당했다 해도 마을 사람들 보기에 면목이 없을 것 같았다.

그래. 이왕 마신 술 후회하면 무얼 하나. 찬바람이나 쐬면서 다 깨워 들어가면 되지⋯⋯.

그런 생각으로 토니와 같이 마루바위 위에 올라서니까 울적한 가슴이 탁 트이는 느낌이었다. 아득히 물러난 수평선 위엔 뽀얀 물안개가 피어오르고 있었고, 점차 기울기 시작하는 가을볕이 암초 위에 괴여 있는 물기도 바싹 말려 놓아서 그와 토니가 앉아서 한참 쉬어가기는 안성마춤이었다.

지성이면 감천이라고, 내 할 바를 다 하면 하느님이 튼튼한 놈을 점지해 주시겠지⋯⋯.

그는 마루바위 위에 목발을 베고 누워 완성시켜 놓은 사자상을 그려보았다. 아내가 체력을 회복해 다시 배태할 시기가 되면 하루에 1시간씩이라도 사자상을 바라보며 마음을 가다듬으리라고 생각했다. 그리고 매서운 눈초리로 먹이를 향해 질주하는 사장상을 염두에 두면서 성스러운 교합을 하리라고 마음먹었다.

그런 생각은 흡사 마지막 욕망과도 같아서 나이에 쫓기는 다급함도 잊게 해 주는 것 같았다. 금년이 꼭 마흔인데, 바쁘게 아내의 체력을 회복해 수태한다 해도 마흔 하나가 되는 해에 자식을 보게 되는 것이다. 그가 60세까지 산다 해도 그때 자식은 스무 살 밖에 되지 않는 것이다. 나이 스무 살 때 그는 뭘 했던가? 겨우 대학에 들어가 부모님이 보내주는 학비로 공부나 하면서 세상 모르고 살았을 뿐이다. 세상 돌아가는 형편을 고루고루 살피면서 자기 행동에 책임을 지면서 인생을 살아가려면 올된 자식이라 해도 이립(而立)은 되어야 할 것 같았다.

그때까지 내가 살 수 있을까?

자기 부부는 아무리 생각해 보아도 그때까지 살지 못할 것 같았다. 마흔도 안 된 아내는 과거 중절수술을 하도 많이 받아 자식도 하나 변변하게 낳을 수 없는 처지이고, 자신은 다리를 세 차례나 잘라 냈으니 장수하려는 생각을 갖는 자체가 탐욕처럼 느껴졌던 것이다.

그러면 자립할 능력도 없는 자식을 어떻게 하나?

생각이 거기까지 미치자 내일부터라도 낭비를 줄이고 태어날 새 생명을 위해 저축을 해야겠다는 생각이 들었다. 낭비라고 해 보았자 시발택시를 대절해 진촌에 맛있는 음식을 먹으러 가는 정도이고, 병원에 들렀다 오는 길에 백령도 절경을 돌아보는데 쓰는 경비뿐이지만 그런 경비라도 알뜰히 저축해서 후일 자식이 자립하는데 보태 쓰도록 하는 것이 부모의 소임을 다하는 길이라고 생각되었다. 어쨌든, 자식이 자립하는 것을 보고 죽으려면 무병해야 하고, 무병하려면 몸과 마음이 건강해야 하는데 건강에는 아무래도 자신이 없었다.

몸과 마음의 건강을 유지하려면 어떻게 하여야 하는가?

도리 없이 젊은 사람들이 갖는 사고력으로 탐욕 없이 살면서 걷기운동이라도 열심히 하는 것이 육체적 건강을 유지하는 길이라고 생각했다. 그러고 보니 요사이는 걷기운동을 너무 소홀히 한 느낌이 들었다. 1.5㎞ 정도 목발 없이 걷는 것이 일생의 목표인 양 도보거리를 신장시키지 않은 것이 후회되기도 했다.

그래. 인간에게는 누구에게나 초능력이 있다는데, 그 초능력을 개발해 2㎞든 3㎞든 도보거리를 신장시켜 보자. 그러면 듬

직한 자식도 얻을 수 있을 것이다…….

그런 생각을 하면서, 성길은 유산의 아픔도 잊어버린 채 계속 포효하는 사자상을 그려보다 깜박 잠이 들고 말았다. 술기운 때문인지 잠은 달디달았다. 코까지 드르릉거리며 시간 가는 줄 모르고 자다가 썰렁한 한기에 놀라서 눈을 떴다. 잠을 깨고 보니 곁에 쪼그리고 앉은 토니가 자신의 오른쪽 바짓가랑이를 물고 끙끙거리고 있었고, 이 녀석이 왜 이러나 싶어 정신을 차리고 보니 까무러칠 것 같은 두려움이 밀려왔다.

내가 죽을 때가 다 되었나, 왜 이런 실수를 범하지……?

성길은 벌벌 몸을 떨면서 주위를 두리번거렸다. 잠들기 전에는 해가 저만큼 걸려 있었는데, 그 사이 사위가 캄캄해졌고, 아득히 물러나 있던 바다도 밀물이 되어 비어 있던 그 넓은 해변을 다 덮으며 그가 누워 있던 마루바위도 삼키려고 했다. 그 통에 의각을 빼놓고 온 오른쪽 가랑이가 출렁거리는 바닷물에 밀려 자꾸 바위 밖으로 떠밀려가려고 했다. 토니는 그것을 놓치지 않으려고 물고 있었다.

성길은 목발을 움켜쥐며 해변을 바라보았다. 목발을 짚고 걸으려면 약 5백 미터는 헤엄을 쳐서 나가야 할 형편이었다. 헤엄은 군대 있을 때 수중훈련을 받으며 연습도 많이 해서 1㎞ 정도는 거뜬히 칠 수 있었지만 몸이 옛날 몸이 아니었다. 더구나 다리를 다친 이후는 한번도 수영을 해본 적이 없어서 한쪽 다리로도 수영이 가능할 지가 의문이었다.

바다는 밤이 깊어올수록 거칠어졌다. 세찬 밀물 중이어서 파도도 심했다. 그가 앉아 있는 마루바위는 금시 바다 속에 잠겨버렸다. 그와 토니는 물 위에 떠 있는 느낌이었다.

어떻게 하여야 하나?

구조를 기다릴 것인지, 헤엄쳐 밖으로 나가야 할 것인지, 용단을 내려야 할 순간인데도 성길은 갈피를 잡을 수 없었다. 마루바위 위에 앉아 고함을 치며 구조를 기다리자니 계속 바닷물이 들어오고 있는 중이어서 수장을 기다리는 격이었고, 헤엄을 쳐서 나가자니 수영에 자신이 생기지 않는 것이다.

두려웠다. 흐릿한 달빛 속에 끊임없이 밀려오는 파도가 죽음을 부르는 원귀의 손짓 같았고, 사방에서 들려오는 해조음이 죽음을 재촉하는 전주곡처럼 느껴지기도 했다. 부유물이 아쉽고 사람이 그리웠다. 해변에 사람이라도 있으면 고함이라도 쳐보련만, 어둠이 깔린 중화동 해변은 고도처럼 적막하고 음산해 보였다.

흡사 절해 고도에 표류된 느낌이었다. 물에 잠긴 아랫도리가 한기에 굳어 뻣뻣해 왔고, 토니도 두려운 듯 바짝 다가와 감기면서 하늘을 향해 컹컹 짖어댔다.

토니의 몸은 물에 빠진 생쥐모양 흠뻑 젖어 있었다. 월남에서 덫에 빠졌을 때도 이렇게 앞이 캄캄하지는 않았는데, 비상하는 파도에 두들겨 맞으며 앉아 있으니까 세상 천지가 깊은 나락으로 빠져드는 것 같은 심정이었다.

위기가 닥치면 갑자기 보고 싶은 사람도 생기는 법일까? 중절수술을 받고 파김치처럼 늘어져 누운 아내가 눈물이 나올 만큼 갑자기 보고 싶어졌다. 이렇게 이별의 순간이 닥칠 줄 알았으면 손이라도 한번 더 만져보고 나올 걸……. 몹쓸 마음의 병 때문에 쓸데없이 의심하고, 때로는 학대한 것이 철천지한처럼 가슴을 짓눌렀다. 어쩌다 화류계로 풀려 시집도 제 때에 못

가고 술장사만 하다가 자신같이 못난 남편 만나 그토록 고생만 하는가 싶은 생각도 들었고, 곁에 있으면 으스러지도록 껴안아 주고도 싶었다.

"토니, 우리가 기댈 언덕은 없다. 가자."

그는 끙끙거리는 토니를 껴안으며 아랫도리를 벗었다. 늘어져 누운 아내를 위해서도 용기를 내어야 한다는 생각이 들었다. 두 다리가 잘려나간 불구자이거나 말거나 그녀 곁에는 자신이 꼭 붙어 있어야 된다는 생각이 들었기 때문이었다.

그는 바지 한쪽 가랑이로 목발 두 개를 묶었다. 나머지 다른 가랑이로는 토니의 목 끈과 연결시키면서 결코 죽지 않는다고 생각했다. 아내가 달아준 부적 같은 메달이 목에 걸려 있어서 소대가 전멸하는 월남 땅에서도 그는 불사조처럼 살아 남았는데, 이까짓 난관 앞에 그가 왜 죽느냐고 젊은 시절처럼 오기를 부려보기도 했다.

그는 평소 늘 누군가로부터 도움을 받고 있다고 믿었다. 그렇지 않으면 자살을 기도했을 때, 아니 월남에서 소대원 전체가 포위 당해 전멸할 때, 그도 죽었을 것이라고 생각했다. 하지만 그때도 아내가 달아준 메달을 갖고 있었기 때문에 죽지 않는다는 신념을 가질 수 있었고, 그 신념 때문에 끝까지 버티어서 베트콩의 진로를 방해했으며, 그런 방해공작이 종국적으로는 미 해병대를 구조하는 시간을 연장시켜 주는 결과가 되어 미국 정부로부터 동성무공훈장까지 받으며 한국 해병대의 영웅이 되기도 했던 것이다.

"녀석아, 헤엄쳐 나가야지 자꾸 망설이면 어떡하니?"

성길은 달라붙는 토니를 떼어놓으며 마루바위 위에서 내려

왔다. 마을이 있는 해변 쪽에서 불빛이 뻗쳐 왔다. 토니는 희
끗희끗 나타나는 마을의 불빛을 보고 컹컹 짖었다. 성길은 그
불빛을 전진 목표지점으로 삼고 힘차게 팔을 휘저었다. 세차게
바닷물이 들어올 때는 한번만 팔을 뻗어도 쭈욱쭈욱 나가는
것 같은데, 밀려왔던 파도가 뒤로 물러갈 때는 아무리 팔을 휘
저어도 제자리에 맴도는 느낌이었다. 야단이었다. 물러나는 파
도에 몸만 실려 나가지 않아도 5백여 미터는 금방 헤엄쳐 나
갈 것 같은데, 파도의 교차작용 때문에 전방의 불빛은 그냥 제
자리에 머물러 있는 느낌이었다.

컹컹컹 컹컹컹…….

토니가 자지러지게 짖어댔다. 그래도 해변에는 인적이 보이
지 않았다. 모두들 일찌감치 저녁을 지어먹고 라디오나 들으며
잠자리에 든 것 같았다. 아내는 수술을 받고 몸져누웠기 때문
에 그가 집에 들어오지 않은 것도 모르리라는 생각이 들었다.
어차피 자력으로 해변까지 헤엄쳐 나가야 하는데 한쪽 다리가
없어서 수영은 속력이 나지 않았다. 토니는 주인만 없으면 혼
자서라도 맹렬하게 헤엄을 쳐서 나갈 눈치인데도 목 끈을 바
지에 묶어 놓아서 한참 헤엄을 치다가는 주인이 따라오라는
듯 제자리 헤엄을 치면서 해변을 향해 컹컹 짖어대기만 했다.

성길은 그런 모습을 지켜보다 퍼뜩 정신이 들었다. 토니의
목 끈을 묶을 때는 바다 속에서 서로 흩어지지 말자고 그랬는
데, 지금 생각해 보니 그런 판단이 잘못된 것 같았다. 초인적
인 수영 능력을 가진 토니마저 목 끈을 묶어놓아서 자기가 쓰
러지면 같이 수장을 당할 판이었다.

이래서는 안 된다는 생각이 들었다. 그는 힘이 달려 익사하

는 한이 있어도 토니는 능력껏 바다를 헤엄쳐 나가서 살아야
되는 것이다. 그는 앞서 가던 토니를 끌어당겨 목 끈을 풀어
주었다. 토니는 밀려오는 파도를 덮어쓰고 캑캑거리다가 파도
가 저만큼 물러가자 물위에 뜬 야구공을 물고 올 때처럼 유연
하게 헤엄쳐 나갔다.

그래. 내가 못 살면 너라도 살아야지. 너는 어서 저 불빛 보
이는 해변을 향해 헤엄쳐 나가거라.

성길은 큰 의지가 되는 목발 두 개를 왼손으로 잡고, 토니의
꽁무니를 쫓으며 부지런히 팔을 휘저었다. 한쪽 다리가 없어도
수영은 그런 대로 되었다. 그는 한동안 헤엄쳐 나가다가 목발
을 잡은 손을 바꾸어 왼손으로 헤엄쳐 나가고, 그러다가는 목
발 두 개를 가랑이 사이에 끼우고 제자리 헤엄을 쳤다. 발이
없는 왼쪽 다리도 그때는 크게 한몫을 했다.

아하! 내가 그걸 못 생각했구나…….

성길은 잠시 제자리헤엄을 치다가 번쩍 스쳐 가는 아이디어
하나를 고안해 내었다. 목발이 부유물 역할을 하는 것 같아 버
리고 싶은 생각은 없었는데, 그걸 한 손으로 쥐고 헤엄을 치려
니까 속력이 나지 않는 것이다. 그런데 이 목발 두 개를 배 밑
에 붙이고, 토니의 목 끈으로 가슴 부위에 묶어놓으면 두 손으
로 헤엄을 칠 수 있고 목발의 부력까지 이용할 수 있다는 생
각이 드는 것이다. 그는 목발 두 개를 길게 배 밑에 붙여 토니
의 목 끈으로 묶었다. 그리고는 부유물에 올라탄 자세로 손을
휘저었다. 수영은 한층 빨라진 느낌이 들었다. 그는 토니를 따
라 잡으려고 앞을 쳐다보았다. 토니는 그새 30여 미터 이상 앞
서가고 있었다.

　그래, 너는 어서 헤엄쳐 나가거라…….

　토니는 앞서가며 이따금씩 컹컹 짖어댔다. 그는 토니의 울부짖음을 들으며 끊임없이 손을 휘저었다. 밀물도 이제 절정에 도달했는지, 바다는 포식한 짐승처럼 잔잔해지며 기온이 떨어지기 시작했다. 성길은 점차 느긋한 마음으로 바다 위에 뜬 일엽편주처럼 해변을 향해 헤엄쳐 나갔다. 서두르지 않고, 체력이 다할 때까지 헤엄을 치면 풍랑이 없는 바다라서 내일 아침까지는 떠 있을 수 있겠다는 자신감도 생겼다.

　그는 이렇게 바다를 잔잔하게 해준 신에게 감사했다. 그리고, 나름대로 열심히 체력을 보강하며 살아온 그 동안의 노력이, 오늘 같은 위기도 쉽게 극복할 수 있다고 생각했다. 그런 생각을 하니까 흐뭇한 느낌까지 밀려왔다. 그는 앞으로도 체력을 보강하는 일만은 게으름을 피우지 말아야겠다고 생각하며 힘차게 팔을 내뻗었다…….

　이 무렵, 성길의 집에서는 집안이 발칵 뒤집어져 있었다. 오후 3시경에 바람을 쐬려 나간 그가 7시가 넘도록 귀가하지 않으니까 집안 식구들 전체가 사색이 되어 버린 것이다. 오후 여섯 시까지만 해도 바람을 쐬고 들어오다가 이웃에서 저녁을 얻어먹고 오는가 보다 하고 대수롭지 않게 생각하고 있었는데, 7시가 되도록 사람이 들어오지 않자 정심은 갑자기 불길한 예감에 사로잡히기 시작한 것이다. 그녀는 남편이 잘 가는 이웃을 찾아가서 확인해 보아도 남편의 얼굴이 보이지 않자 유병국 씨의 협조를 구하기에 이르렀다. 유병국 씨는 그런 사실을 왜 여태까지 말하지 않았느냐며 득달같이 중화동 교회로 달려가 목사님과 청년단원 5명을 불러왔다. 유병국 씨는 그들과 함께 뒤란에 꺾어 둔 풋나무 가지를 다듬은 뒤, 헌 이불을 뜯어 솜방망이를 만드느라 바빴다.

"됐다. 내가 양철통에다 기름 부어 나올 테니까 자네들은 해변으로 나갈 준비를 해라."

유병국 씨는 솜방망이가 다 만들어지자 마루를 내려왔다.

"계수 씨는 몸도 불편한테 집에 계시구랴. 우리가 해변으로 나가 찾아볼 테니까요……."

"아니에요. 천천히 뒤따라 갈 테니까 먼저 가세요."

정심은 남폿불의 심지를 조금 내려놓고 옹진댁과 같이 해변으로 나갔다. 몸도 불편한 사람이 어디서 무얼 하기에 여태 소식도 없는가 말이다. 그녀는 돌아오지 않는 남편을 생각할 때마다 입술이 바싹바싹 타는 심정이었다.

"성길아 —."

앞서 나간 유병국 씨가 장정들과 같이 해변으로 들어서며 남편을 부르는 소리가 들려왔다. 그들은 모두가 횃불을 밝혀 들었고, 목소리를 합쳐 토니와 성길을 찾고 있었다.

"여어보오 —."

그녀도 해변 백사장으로 들어가서 성길을 불렀다. 바닷물이 가득 찬 해변은 몹시 스산했고, 여기저기서 성길을 부르는 소리가 메아리처럼 들려왔다.

"이쪽으로 좀 와보세요."

정심은 연화리 해변 쪽으로 빠지는 그들을 뒤쫓다가 돌연 유병국 씨를 불렀다. 바다 쪽에서 컹컹 개 짖는 소리가 들리는가 싶더니, 토니가 비호같이 달려와서 그녀의 주위를 빙글빙글

돌았다.

"그래, 토니야! 아저씨는 어디 계시느냐?"

정심은 토니의 목을 껴안으며 그만 울음을 터뜨렸다. 물에서 뛰어나온 토니는 정심의 치마 깃을 물고 바다 쪽으로 걸어갔다.

"왜 그러싯까? 어어, 토니가 어디 있다가 여기 나왔지?"

달려온 유병국 씨가 숨을 헐떡이면서도 토니를 보고 연방 놀라는 표정을 지었다.

"토니가 바다 쪽에서 뛰어나와 자꾸 저를 끌고 들어가려고 해요."

"그래요?"

유병국 씨는 직감적으로 성길의 신상에 무슨 사고가 생겼다는 걸 느끼며 청년들을 불렀다. 청년들 5명이 우르르 달려와서 횃불을 밝혔다. 한참 정심의 주위를 맴돌던 토니가 바다를 보며 짖었다. 토니는 달빛이 쏟아지는 바다를 향해 짖어대다가 다시 바닷물 속으로 뛰어갔다. 청년들이 토니를 지켜보다가 소리쳤다.

"저기 뭐가 보여요!"

"어디?"

유병국 씨와 목사가 청년들이 가리킨 곳을 지켜보았다. 뭔가 떠 있는 것이 어렴풋이 보였다.

"저런! 저 사람이 왜 바다에 떠 있나? 그거 참, 알다가도 모를 일일세 그려……."

유병국 씨가 물가에서 발을 동동 굴리다가 옷을 입은 채로 뛰어들어갔다. 청년들도 토니를 지켜보다 횃불을 들고 뛰어들어갔다. 유병국 씨는 경황없이 물 속으로 걸어가다가 제자리에 섰다. 목 밑까지 바닷물이 찰랑거려서 횃불을 들고는 더 이상 걸어갈 수가 없었던 것이다.

물위에 뜬 물체와는 불과 50여 미터도 안 되는 거리였다. 유병국 씨는 어떻게 하여야 좋은가 하고 궁리하다가 들고 있던 횃불을 버리고 그만 헤엄을 치기 시작했다. 먼저 뛰어들었던 토니가 목만 내놓은 채 컹컹 짖었다. 유병국 씨는 토니 곁으로 접근하면서도 성길이가 이 밤중에 왜 바다에 떠 있는지 이해가 안 되었다.

"누구요?"

유병국 씨가 토니 곁에까지 헤엄쳐 갔을 때 성길의 목소리가 들려왔다.

"저런 사람! 죽지는 않았구먼……."

유병국 씨는 너무 기쁜 나머지 픽 웃음이 터져 나왔다.

"동생, 지금 거기서 뭐 하나?"

유병국 씨가 가까이 다가가서 성길을 껴안았다. 성길은 푸우 하고 바닷물을 품으며 띄엄띄엄 말을 이었다.

"휴우, 숨이 가빠서……말도 잘, 못하겠네. 아까 해 있을 때 저 안에 있는 마루바위까지 가서 바람을 쐬다가 깜박 잠이 들었어요. 많이 놀랐지요?"

"이 사람아! 거기가 어디라고 저녁나절에 들어갔는가. 물 들어올 걸 생각해야지……."

"집사람이 수술 받고 몸져누운 것만 생각하다 그걸 깜빡했어요. 아이고, 형님! 수영도 안 하다가 하니까 숨이 가빠서 못하겠네요. 그래도 토니란 놈이 옆에서 동무가 되어 주어서 버티었지, 저놈 없었으면 겁에 질려 헤엄쳐 나오지도 못할 뻔했어요……."

성길은 토니 덕분에 간신히 살아났다며 안도의 한숨을 쉬었다. 그러나 유병국 씨는 같이 헤엄을 쳐서 밖으로 나오면서 연방 투덜거렸다.

"허, 사람 차암! 불알이 다 오그라드는 가을밤에 뭔 놈의 해수욕이야? 제발, 다음부터는 이러지 마라……."

유병국 씨를 따라 이만큼 들어왔던 청년들이 어이없는 듯 껄껄껄 웃었다.

충견, 토니의 묘비 앞에서

비가 내렸다.

1주일간 계속 내리는 장마 비는 흡사 선잠 깬 아이의 울음 같다. 한 줄기 사정없이 퍼붓다가는 뜸해지고, 뜸하다가는 또 쏟아지면서 도무지 끝날 기미가 없어 보였다.

유병국 씨는 방문을 열어놓고 바깥을 내다보다 깊은 한숨을 쉬었다. 무슨 놈의 비가 내리 1주일씩이나 퍼붓는지, 장대같이 쏟아지는 빗줄기를 바라보고 있으니까 피가 다 마르는 느낌이었다. 남들처럼 농사나 많으나 말이다. 겨우 댓 마지기로 호락질이나 하는 처지인데 이렇게 벼꽃이 진 뒤에 장마가 지면 올해 농사도 반타작이 되고 마는 것이다.

"그래 앉았지만 말고 들에나 한번 나가보시구랴. 이렇게 비가 퍼붓는데 당신은 걱정도 안 되구랴?"

마루에서 저녁거리 칼국수를 밀고 있던 웅진댁이 짜증이 밴 목소리로 옹알거렸다.

"어허! 한 번 말하면 알아듣는데 웬 잔소리가 그래 심할까?"

유병국 씨가 버럭 짜증을 내다가는 아들네 집에 다니러 온 영천댁을 보고는 억지로 참는 표정이었다. 그는 마루에 걸어 놓은 잠방이와 점퍼를 벗겨 방으로 들어갔다.

"농사짓는 사람들은 그저 비가 많이 와도 걱정이고 안 와도 걱정이라니까. 이래 비가 퍼붓는데 우리 집은 우예 됐는지 모리겠다……."

영천댁도 옹진댁이 옆에서 호박잎을 다듬으며 포오 한숨을 쉬었다. 며느리가 산월(産月)에 접어들어 백령도에 들어와 있지만, 그녀도 집 걱정에 마음이 편하지 않았던 것이다.

"남쪽에도 뭐, 이렇게 비가 많이 오겠싯꺄."

유병국 씨가 옷을 갈아입고 댓돌 위로 내려서며 영천댁을 위로했다. 그는 광으로 들어가 모내기 때 덮어썼던 비료 포대 비닐을 고깔처럼 덮어쓰고 나와서 아랫채 마루로 건너갔다.

"들에 나가시려고요?"

마루에서 부시럭거리는 소리가 나자 성길이가 문을 열고 마루로 나왔다.

"그래. 계수 씨는 어디 계시냐? 오늘은 종일 얼굴도 안 보이네……."

삽 자루에 묻은 빗물을 마른걸레로 닦으면서 유병국 씨가 정심을 찾았다.

"새로 태어날 놈 이부자리 만드느라 종일 바쁘네요."

"산일(山日)이 가까우니 그런 것도 준비해야겠지. 이제 한 보름 남았나?"

　유병국 씨는 정심의 출산일을 물으면서 혼자 웃었다. 정심이
가 첫아이를 유산하고 지난 겨울에 또 임신을 했는데, 그새 그
놈이 태어날 달이 되었으니 세월은 참 빠르다는 생각이 드는
것이다. 그러나저러나 이번에는 꼭 생남(生男)을 해야 하는데
날씨가 또 이렇게 궂으니 은근히 걱정도 되는 것이다.
　“예정일은 아직도 한 열흘 남았지만 그래도 걱정이네요. 배
가 자꾸 밑으로 처지는 게 금시 아이가 쏟아질 것 같다고 해
서 말예요.”
　“괜찮다. 나도 자식을 넷이나 받았지만 예정일보다 일찍 태
어나는 놈은 다 아들이더라. 계집애는 한 댓새씩 늦게 태어나
고…….”
　“그렇게만 되면 다행이겠는데, 자라보고 놀란 가슴은 솥뚜껑
보고도 놀란다고, 나는 이제 집사람 몸만 좀 어떻다고 하면 걱
정이 되어서 못 견디겠어요.”
　“안 그렇겠나…….”
　“수고스럽지만 들에 나갔다 오시는 길에 조씨 집에 한번 다
녀와 주시겠습니까?”
　“왜?”
　“차가 수리 들어갔다던데 언제쯤 나오는지 좀 알아 봐 주세
요.”
　“또 병원에 가려고?”
　“예. 일기예보에는 내일쯤 비가 그친다는데, 비 그치면 병원
에라도 한번 더 가봐야겠어요. 매사는 안전한 게 안 좋습니
까?”
　“그 일 같으면 나가다가 바로 알아보지. 한 이틀 있으며 나

온다고 했으니까 계수 씨 출산할 때야 빌려 탈 수 있겠지."

유병국 씨는 삽을 허리에 차고 삽짝을 나왔다. 비는 또 뜸해졌다. 골목을 벗어나 중말고개 쪽으로 걷다 보니 이내 조씨 집이 나왔다.

"조씨 있싯까?"

"웬 일이세요. 좀 들어오세요."

"들에 나가는 길이라 들어갈 시간 없네. 차 언제 나오는가?"

"왜 그러세요?"

"우리 아랫채 성길네 아주미 말일쎄. 산일이 가까워서 병원에 갈 때 좀 빌려 타려고 그러네."

"내일 공장에 들렀다 나오는 길로 연락 드리지요."

"그러면 믿고 가네. 꼭 연락 주시게."

유병국 씨는 거듭 부탁을 하고 들판으로 나갔다. 비는 는개로 변해 계속 내렸다. 유병국 씨는 진흙길을 이리저리 피하면서 중말고개 위로 올라섰다. 꽤 넓은 아랫들이 한 눈에 들어왔고, 용기포 항에서 들어오는 비포장 도로가 니은(ㄴ) 자로 꾸부러진 도로 안쪽에 있었다.

유병국 씨는 중말고개를 다 내려가서 달구지 길로 들어섰다. 약 2㎞가 넘는 달구지 길은 좁아졌다 넓어졌다 하면서 니은(ㄴ)자 끝과 끝을 이으며 들판을 가로지르고 있었다. 길 중간께는 봇도랑도 하나 있었는데, 그 봇도랑에는 누런 황톳물이 넘칠 듯이 콸콸 흘러가고 있었다.

"아무래도 논에 물이 찼겠는데……."

유병국 씨는 몰라보게 물이 불은 봇도랑을 바라보며 빨리 걸었다. 장마가 시작되는 첫날, 들판에 나가서 도구(渡口)를 쳐

놓고 왔지만, 이렇게 봇도랑 물이 불어나면 자기 논은 도구를
쳐 놓아도 소용이 없을 것이란 생각이 들었다.

유병국 씨는 달구지 길을 따라 잰걸음으로 걷다가 풀을 말
끔히 베어놓은 논둑 길을 택했다. 비가 오지 않을 때는 빤질빤
질하게 다져진 달구지 길이 걷기 수월한데, 장마가 지니까 발
바닥에 떡장 같은 진흙이 달라붙고 발이 빠져서 힘이 들었던
것이다. 이곳 토질은 찰기가 많은 점질토라 비 온 뒷날은 진흙
탕처럼 변하는 성질이 있었다.

"어젯쯤 한번 더 나와 볼 걸……."

유병국 씨는 흥건하게 빗물이 괸 논을 둘러보며 태무심하게
안방 차지나 하고 있었던 것을 후회했다. 높은 쪽은 그런 대로
배수가 되어서 피해가 없는데, 물이 빠지는 아랫쪽은 배수로가
좁아서 벼 포기가 두어 평 가량 드러누워 있었다. 유병국 씨는
꽃을 지운 벼 포기가 쓰러져 있는 것을 보니까 자기 수족이
어디에 꽉 짓눌려 있는 느낌이었다. 그러나 무논에 들어가서
쓰러진 벼 포기를 일으켜 세우면 손을 안 댄 것보다 못한 것
이다. 그는 장마가 끝나면 곧바로 들판으로 나와 드러누운 벼
포기를 일으켜 세워 너댓 포기씩 묶어 놓아야겠다고 생각했다.
그리고는 아구리가 좁은 배수로를 넓게 파헤쳐 놓고 천천히
다릿목으로 나왔다.

땅꾼들이 뱀통을 둘러메고 있는 모습이 보였다. 요사이는 농
약을 뿌려서 옛날처럼 뱀이 많지 않지만, 다릿목 부근에는 그
래도 다른 곳에 비해 뱀이 많았다. 음력 7월 중순을 넘기면 뱀
들은 개구리와 들쥐를 잡아먹고 독이 오를 대로 오르는데, 땅
꾼들은 그런 뱀들을 많이 잡았는지 모두들 흡족한 표정이었다.

"많이 잡았시꺄?"

유병국 씨는 다리 난간에서 삽을 깨끗이 씻으며 물었다.

"마리 수는 많은데 아직 때가 좀 일러서 굵은 놈이 없시다. 한번 보시겠수?"

땅꾼이 선심 쓰듯, 뱀통 뚜껑을 열어 속을 보여 주었다.

"아이구, 저 소름 끼치는 요물! 어서 뚜껑 덮으시구랴."

병국 씨는 땅꾼의 호의에 기겁을 하고 물러났다. 칡덩굴처럼 몸뚱이를 얽은 뱀들이 대가리를 곤추세우고 있는 모습을 보니까 등골이 싸늘하게 식어오는 느낌이었다.

"핫다, 그 양반! 겁은 어지간히도 많으네……."

땅꾼이 뱀통 뚜껑을 닫으려는 순간, 독사 한 마리가 날치처럼 튀어나왔다. 땅바닥에 떨어진 독사는 배배 몸을 꼬다가 대가리를 들고 유병국 씨 곁으로 다가왔다. 유병국 씨는 자신도 모르게 들고 있던 삽으로 뱀을 두 동강 내버리며 도망치듯 물러났다. 금시 가슴이 펄떡펄떡 뛰었고, 뱀에 물린 듯 다리가 다 뻣뻣해 오는 느낌이었다.

"아니, 가만히 놔두면 내가 잡는데 그걸 왜 죽일까?"

땅꾼이 두 토막 난 독사를 내려다보며 투덜거렸다. 그러거나 말거나 유병국 씨는 뒤도 돌아보지 않고 집을 향해 바삐 걸었다. 그러께인가, 가을리 우춘삼 씨가 독사에 물려 죽은 것을 생각하니 몸이 떨려 견딜 수가 없었던 것이다. 그는 이만큼 물러나서야 이마에 맺힌 빗물을 훔치며 마음을 놓았다. 중화동 뒷산 밑으로 골안개가 자욱하게 깔리는 것을 보니 장마는 곧 끝날 것 같은 느낌이 드는데도 비는 계속 내렸다.

이 무렵, 정심은 저녁밥을 지으러 부엌으로 나갔다가 북통같은 배를 끌어안고 다시 방으로 들어갔다. 마루에서 그런 모습을 지켜보고 있던 성길은 왜 저러나 하며 같이 방으로 들어갔다. 뭔가 심상찮은 느낌이 들었던 것이다. 그는 얼른 아내 곁으로 다가앉으며 재차 물었다.

"몸이 안 좋아?"

"예. 내 손 좀 잡아줘요."

정심이 부들부들 몸을 떨며 도움을 청했다. 성길은 아내의 손을 꼭 잡아주며 얼굴을 살폈다. 정심은 백랍같이 안색이 굳어지며 진땀을 흘려댔다.

"이 사람이 갑자기 왜 이러나?"

성길은 아내의 이마를 닦아주며 방바닥에 눕히려고 했다. 그러자 아내가 죽는시늉을 하면서 손도 못 대게 했다. 성길은 더럭 겁을 집어먹으며 영천댁을 불렀다.

"와 그라노?"

영천댁이 방으로 들어오며 물었다. 성길은 대답도 못하고 땀을 뻘뻘 흘렸다. 선 채로 아들 내외의 거동을 살펴보고 있던 영천댁이

"배가 아푸나?"

하고 물으며 다가앉았다.

"예. 종일 배가 밑으로 처지는 것 같더니만 갑자기 이렇게 아프네요."

"그라면 옷 벗어라 보자……."

영천댁은 손수 며느리의 아랫도리를 벗겼다. 성길은 어머니 곁에 쪼그리고 앉아 얼떨결에 아내의 샅을 보고 말았다. 도톰

한 치골 아래로 거웃이 도래솔처럼 깔려 있었고, 거무스름하게
부풀어 오른 질 사이로 담홍색의 점액성 분비물이 축축하게
스며들고 있었다.

"버씨러 이슬이 내리네. 이 일을 우야면 좋으노?"

"아직도 출산 일은 열흘 정도 남았는데요?"

"빨리 놓을 수도 있다."

영천댁은 그렇게 걱정할 일이 아니라면서 물러앉았다. 지금
뱃속의 태아가 자궁 입구로 머리를 들이밀고 있는데, 머릿물
(양수)이 터지면 태아가 곧 태어날 것이라고 했다.

"그럼 아무 준비도 없이 어떻게 아이를 받지요?"

"병원에 가서 받지. 여그서 가까운 산파 집이나 병원에 갈라
면 얼마나 걸리노?"

"한 시간 정도 걸으면 가을리 끝에 김산파 집이 있어요. 김
안드레아 병원은 멀고요."

"그라면 젊은이를 빨리 그 산파 집에 옮기자."

성길은 조씨 집에 가서 차를 알아보아야겠다고 마루로 나왔
으나 앞이 캄캄했다. 억수같이 비가 쏟아지는 데다, 차가 수리
들어갔다는 생각이 퍼뜩 뇌리를 스치고 지나갔던 것이다. 그는
마당에 내려선 채 깊은 한숨을 쉬었다.

"왜 비를 맞고 그래 서싯까? 빨리 들어오시구랴……."

옹진댁이 바께쓰에 물을 길어 오다가 의아한 표정으로 물었
다. 성길은 그래도 말없이 섰다가 마당을 걸어나갔다.

"대체, 이렇게 비 오는데 어딜 가싯까?"

보다 못한 옹진댁이 우산을 펴서 달려갔다.

"차 때문에 그래요. 들어가세요."

"차는 왜?"

"집사람이 해산기가 있어요."

"그러면 나한테 말하지, 그 몸으로 어딜 가싯까?"

옹진댁은 답답하다면서 조씨 집으로 달려갔다. 성길은 다시 집으로 들어와서 처마 밑에서 옹진댁을 기다렸다. 얼마 후 옹진댁이 부리나케 달려오며 훼훼 고개를 내저었다.

"차는 수리 들어가서 아직 안 나왔구랴. 어디 내가 한 번 봅시다."

옹진댁은 마른걸레로 젖은 발을 썩썩 문질러 닦은 뒤 성길네 방으로 들어갔다. 정심은 콩죽 같은 진땀을 흘리며 속옷을 꿰어 입고 있었다.

"이슬이 비치싯까?"

영천댁과 몇 마디 주고받던 옹진댁은 새파랗게 놀라고 있었다. 아무 소리도 없다가 갑자기 왜 이러는가 말이다. 그녀는 잽싸게 밖으로 나와서 잿간 앞에 세워 놓은 리어카를 끌어내었다.

"속옷 몇 가지만 싸서 들고 빨리 타시구랴. 이슬 내리면 금시 양수 터지는데 이러구 있어서는 안 되구랴."

옹진댁은 리어카에다 가마니 한 장을 깔고 그 위에다 정심을 앉혔다. 그리고는 광으로 들어가 모판에 쓰던 비닐 한 파람을 끊어와서 리어카 위에 덮어 씌웠다. 비바람이 몰아쳐서 비닐은 몹시 펄럭거렸다. 그래도 정심은 비닐을 다독거려 덮어쓸 줄 모르고 신음만 내뱉고 있었다. 그녀는 비에 젖어 금시 물에서 건져낸 사람 꼴이 되었다.

성길은 마루에 걸터앉아 그런 모습을 넋없이 지켜보다 그만

윽, 하고 입술을 깨물었다. 이렇게 비가 퍼붓는데 누가 리어카를 끌고 가야 좋을지 걱정이 앞을 막는 것이다. 들에 나간 병국 씨만 집에 있어도 부탁을 좀 하겠는데, 어머니나 옹진댁에게 리어카를 끌어 달라고 부탁을 하려니까 입이 떨어지지 않는 것이다. 그는 고무 풍선처럼 바람이 든 비닐 속에서 흘러나오는 아내의 신음소리를 들으며 발을 동동 굴렸다. 마음 같으면 손수 리어카를 끌고 김산파 집으로 달려가고 싶은데, 그런 의욕은 불구가 된 서러움을 새삼스럽게 가슴에다 켜켜이 새겨 주면서 아픔만 안겨 주는 것 같았다.

"됐다. 니는 집이나 지켜라. 내가 옹진댁이 앞세워 갔다오꾸마……."

영천댁이가 조그마한 보따리 하나를 리어카 속에 던져 넣고, 치마끈을 풀어 허리를 질끈 묶었다. 옹진댁이가 얼른 리어카 손잡이 안으로 들어갔다.

"내가 앞장 설 테니까 뒤에서 따라 오시구랴. 길도 낯선데."

옹진댁이가 리어카를 끌고 막 나서는데 들에 나갔던 유병국 씨가 터덜터덜 걸어 들어왔다. 옹진댁은 리어카를 세우고 다짜고짜 남편더러 리어카를 끌고 김산파 집으로 가자고 했다. 유병국 씨는 리어카 안을 잠시 들여다보다 놀란 빛을 보였다.

"왜 이러싯꺄?"

"갑자기 산기를 보이네요."

유병국 씨가 차고 있던 삽을 빼놓고 리어카를 끌고 나갔다. 그 뒤에 영천댁과 옹진댁이가 뒤따르며 연꼬리처럼 펄럭거리는 비닐을 연방 다독거려 댔다. 성길은 마루에 걸터앉아 그런 모습을 말없이 지켜보다 어금니를 꽉 깨물었다. 아내의 신음

소리가 들려올 때마다 세상 천지가 캄캄해지는 것 같았고, 두 다리 없는 서러움이 바로 이런 것이구나 하며 하늘을 보고 울부짖었다.

"하느님! 이 비를 멎게 하시고 아내가 순산할 수 있게 도와주십시오. 아내는 제 생명의 전붑니다."

성길은 하늘을 쳐다보며 손이 닳도록 빌었다. 그는 이 세상에 태어나 자신이 그토록 무력해 보일 때는 없었던 것 같았다. 아내의 신변에 원치 않는 불상사라도 생기면, 자신의 삶은 끝이 나고 마는 막다른 골목에 서 있는 느낌이었다.

"하느님! 아내가 조금이라도 빨리 김산파 집에 도착할 수 있게 이 비를 멎게 해주소서……."

그는 하늘을 향해 빌고 또 빌었다. 그런 모습을 멀거니 지켜보던 토니가 꼬리를 살래살래 흔들며 그의 곁으로 다가갔다. 성길은 그때서야 혼자가 아니라는 걸 의식하며 토니의 목을 껴안았다.

"토니야, 마님이 순산할 수 있게 너도 좀 빌어다오……."

성길의 어깨가 한층 심하게 떨렸다.

들판에서 들려오는 개구리 울음소리가 요란했다.

유병국 씨는 김산파 집 처마 밑에서 하늘을 쳐다보며 자신도 모르게 코를 벌렁거려댔다. 리어카를 끌고 김산파 집으로 들어올 때만 해도 장대 같은 비가 줄기차게 퍼부었는데, 대기실에 앉아 두어 시간 가량 졸다가 나오니까 하늘이 달라져 있는 것이다.

이대로 갤 것인가?

유병국 씨는 건들건들 하늬바람이 불어오는 서쪽 하늘을 바라보면서 팽, 하고 코를 풀었다. 정말 이대로 개이기만 한다면 농사에도 좋고 성길네에게도 더할 나위 없이 좋을 것이다. 그는 드문드문 별이 나타나는 하늘을 보고 연방 싱글벙글 웃어댔다.

"비 그친 지가 언젠데 아직 이러구 있싯까? 빨리 집에 가라니까 차암!"

옹진댁이가 밖을 내다보다 짜증스런 목소리로 타박을 주었다. 유병국 씨는 아내가 그러거나 말거나 속으로 계산만 하고 있었다. 음력 7월 초아흐레부터 장마가 시작되어 여드레 동안 비가 내렸으니 오늘이 열 엿새가 틀림없는 것이다.

"옳지를!"

그는 점점 맑아지는 하늘을 보며 속으로 쾌재를 불러댔다. 조금만 더 기다리면 어디선가 보름을 하루 지난 둥근 달이 얼굴을 내밀 것 같은 생각이 들었던 것이다.

"옆방 아자씨 목 빠지는 줄 모르싯까?"

옹진댁이가 애가 타는 목소리로 또 다그쳤다.

"어허! 그 바지런에 병 생기것다. 어두운 길 더듬어 가니 달 뜨면 날래 가는 게 빠른데 왜 그래 잔소리가 심할까. 내하고 하루 이틀 살았는가?"

유병국 씨는 도리어 옹진댁을 나무라며 한숨을 쉬었다. 6·25 때 인민군에게 끌려가 몰매를 맞은 뒤부터는 원인도 모르게 밤눈이 어두워져서 요즘은 달이 없는 밤은 발을 옮겨놓지 못할 만큼 앞이 안 보였다. 그래서 달뜨면 달려갈 요량으로 기다리고 있는데, 아내가 자신의 속마음도 모른 채 짜증을 부려

대서 그는 한 마디 해 버린 것이다.

"어이구, 눈 뜬 장님과 한평생을 산 내 골물이……."

옹진댁은 남편이 밤눈이 어둡다는 사실을 한순간 잊어버린 게 민망한지 툴툴거리며 산모 방으로 들어갔다. 유병국 씨는 그러고도 한동안을 말없이 섰다가 뱁새눈처럼 눈꺼풀을 내려 뜨고 김산파 집을 나왔다. 얼마 동안 비포장 도로를 걷다보니 예상했던 대로 달이 떠올랐다. 유병국 씨는 그때야 물을 만난 고기 모양 바삐 걸었다.

그는 뛰다시피 걸으면서도 가슴이 설레는 것을 진정하지 못했다. 성길이 처가 무사히 순산한 것도 기뻐할 일인데 아들을 낳았으니 말이다. 유병국 씨는 마흔 두 살에 첫아들을 보는 성길이가 이 소식을 들으면 얼마나 기뻐할까 하면서 대기실에 앉아 있었던 때를 다시 회상했다.

그 때 벽시계는 오후 여섯 시를 막 넘어서고 있었다. 유병국 씨는 아랫채 성길이 처가 분만실에 들어간 뒤부터 혼자 밖에서 기다리고 있었던 중이라 좀이 쑤셔 못 견딜 지경이었다. 그는 화장실에도 다녀오고 담배도 피우면서 지루함을 이겨내다 그만 깜박 잠이 들고 말았다. 그러다 인기척이 들려오는 것 같아 잠이 깼는데, 영천댁이가 환하게 웃으며 분만실을 나왔던 것이다.

"유씨! 이젠 눈을 감고 죽겠구마. 우리 둘째 놈에게 아들이 생겼어요, 글쎄!"

영천댁은 대기실 벤치에 앉아 눈물을 글썽거리며 다시 말을 이었다.

"히얏치! 요새 알라들은 뱃속에서 다 여물어 나온다는 말이

딱 맞아요. 아, 고놈의 가슴패기는 장정 손바닥을 엎어놓은 것
같고, 이마는 훌렁 까진 놈이 글쎄, 영판 제 할애비를 닮았구
마. 거기다 옹그리고 있는 다리 새에 오디 같이 달린 고추를
보니까 그마 이 늙은이 가슴이 탁 트이는 것 같더구마……."
　유병국 씨는 그렁그렁한 눈물을 매달고 있던 영천댁의 얼굴
을 그려보다 꿀꺽 침을 삼켰다. 마을의 남정네들이 술을 먹지
못하게 향약(鄕約)으로 묶어놓고 있는 믿음의 마을이지만 오늘
저녁에는 득남을 축하하는 의미에서 꼭 술을 한 잔 얻어먹어
야겠다고 생각했다. 성길의 안방에 놓여 있는 인삼주를 그는
오래 전부터 먹고 싶어했던 것이다.
　중말고개 위에 올라서니 출렁거리는 파도 소리가 하늬바람
을 타고 아련하게 들려왔다. 그는 식식거리며 마을을 내려다보
았다. 중화동 해변 옆으로 불을 밝히고 있는 집들이 보였고,
고개 밑에서 누군가 급히 달려오는 느낌이 들었다. 자세히 보
니 그가 오는 것을 알고 토니가 마중을 나왔던 것이다. 유병국
씨는 만면에 미소를 띠면서 토니의 머리를 쓰다듬어 주었다.
　"이놈아! 네 마님이 옥동자를 낳았단다."
　유병국 씨는 토니와 함께 마을로 내려갔다. 집으로 들어가는
골목길에서 토니가 꼬리를 길게 늘어뜨리니까 꼭 중치 범 한
마리가 마을로 내려온 기분이었다. 그는 짐승도 길사가 나면
저렇게 좋아한다 싶어서 바삐 삽짝을 밀었다. 흐릿한 남폿불이
매달린 마루 위에 휠체어를 펴고, 성길이가 앉아 있는 모습이
보였다. 성길은 비에 젖은 옷을 벗어 던지고 해병대 휠 재킷에
다 정글복 바지를 입고 있었다. 유병국 씨는 저벅저벅 마당 안
으로 걸어 들어가며 소리쳤다.

“이보래, 동생! 아들이여 아들…….”

유병국 씨가 기쁜 소식을 전해 주어도 성길은 한동안 하늘
만 바라보며 말없이 앉아 있었다. 아내에게 무슨 일이 일어나
면 어떻게 할 것인가 하고 줄곧 긴장만 하고 있던 중이라 그
는 유병국 씨의 말이 실감나게 들리지가 않았던 것이다. 그때
토니가 꼬리를 흔들며 그의 곁으로 다가왔다. 성길은 그때서야
토니의 귓바퀴에다 얼굴을 비비면서 흐느끼기 시작했다.

“토니야, 산고에 허덕이던 마님이 옥동자를 낳았단다…….”

토니도 주인의 말을 알아들은 것처럼 성길의 손등을 핥아댔
다. 그때 우물에서 발을 씻고 온 유병국 씨가 성길의 등을 두
들겼다.

“동생 보래? 듣기 좋은 꽃노래도 한 때라는데 그래 계속 울
고만 있을 텐가? 아, 생남을 했으면 그만 모든 근심 잊고 득남
주라도 한 잔 내어야 할 게 아닌가?”

“내지요. 그런데 형님, 왜 이렇게 눈물이 나오지요?”

성길은 정말 못 참겠는지 또 오열했다. 지난 시절의 고통과
근심이 다 눈물로 변해 쏟아지는 느낌이었다.

“그래. 그게 다 고해 같은 세상을 헤쳐 온 한(恨) 아닌가. 이
제 다 잊고 푹 좀 쉬게나…….”

유병국 씨가 휠체어를 밀고 방으로 들어갔다. 남폿불이 켜져
있는 데도 방안은 어둡고 눅눅했다. 유병국 씨는 휠체어를 방
복판에다 세워놓고 남폿불의 심지를 좀더 올렸다. 방안이 훨씬
밝아졌다 유병국 씨는 방바닥에 어지럽게 널려 있는 옷가지를
대충 치워놓고 성길을 휠체어에서 내려주었다.

“날씨가 궂은데 방에 불이라도 좀 넣었는가?”

유병국 씨가 휠체어를 접어 마루에 내놓으며 물었다.

"예, 이쪽으로 내려앉으세요."

성길은 아랫목으로 유병국 씨를 불러들였다. 유병국 씨가 아랫목에 손을 넣어 보며 내려앉았다.

"형수님과 같이 오시지 왜 혼자 오셨어요. 밤길은 눈이 나빠 힘드셨을 텐데요."

"말도 말게. 동생한테 빨리 기쁜 소식 전해주라고 막 내쫓다시피 떠미는데 같이 올 수가 있어야지. 마음 같아서는 같이 걸으면서 손목이라도 한번 잡아보고 싶더마는."

유병국 씨가 농담을 하자 성길은 마지못해 웃었다.

"섭섭한 마음을 어떻게 풀어드리지요, 형님?"

"알아서 하게. 어두운 밤길 걸으며 흙탕에도 몇 번 빠졌네."

성길은 또 웃었다. 그는 차츰차츰 극도의 긴장감에서 풀려나는 표정이었다.

"그럼 형수님은 언제 오신다고 했어요?"

"자네 모친 고적하다고 내일 아침에나 온데나……."

성길은 내일 아침이나 되어야 아이의 생김새라도 들을 수 있겠구나 싶어 서운한 빛을 보였다. 유병국 씨는 성길의 그런 마음을 꿰뚫어 본 듯, 병원에서 들은 말을 하나도 빼놓지 않고 전해 주었다. 머리카락은 검고, 이마는 훌렁 까지고, 눈은 크고, 코는 약간 오뚝하고, 머리 생김새는 짱구머리처럼 이마와 뒷통수가 약간 불거졌으면서도 크고, 고추는 오디 같고…….

"형님! 그 녀석이 우리 아버지와 저를 닮은 2대 교잡 같은 생각이 드는데요."

"에이, 이 사람아! 새 생명에게 그런 상스러운 말을 함부로

하다니……."

유병국 씨가 웃음을 흘리자 성길은 덩달아 웃었다. 아들의
외모를 마음 속으로 그려보니 쇠고기라도 두어 근 구워 먹은
것처럼 속이 든든하고 농담을 할 여유까지 생기는 것이다. 그
는 정말 이번에 아들이 아니라도 좋았다. 일점 혈육만 있으면
자식 크는 재미에 나날이 웃을 일이 생겨 날 것 같았다. 그런
데 아내가 아들을 낳아 주었으니 나이 마흔 둘에 이보다 더
경사스러운 일이 어디 있는가 말이다.

"형님, 늘그막에 자식새끼 하나 얻으니까 정신마저 없네요.
여태 비 맞으며 형님 수고하셨는데 득남주도 한 잔 대접치 않
고 말입니다."

성길은 술을 한 잔 마시지 않고는 견딜 수가 없는 듯, 건넌
방에 있는 술단지와 잔을 들고 왔다.

"정말, 그 약술을 한 잔 줄 텐가?"

"저녁도 굶었는데 우선 이거라도 한 잔씩 부어 마십시다."

"그러면 내가 부엌에 나가 안주거리와 주전자를 들고 올 테
니까 조금만 기다리게."

유병국 씨가 큰 채 부엌으로 들어가서 까나리(백령도 근해
에서 잡히는 칼치과의 멸치) 조림과 강굴 한 접시를 들고 왔
다. 성길은 한 되들이 주전자에 약술을 부었다.

"자네부터 먼저 한 잔 들게."

"아닙니다. 빨리 잔 받으세요."

성길은 유병국 씨에게 첫잔을 권했다. 그들은 주거니받거니
하면서 내리 석 잔을 들이켰다.

"형님! 형님도 첫 아이를 받았을 때 이렇게 참지 못할 만큼

가슴이 뿌듯했습니까?”

“뿌듯하고 말고……세상 천지가 다 내 품안에 들어와 있는 기분이었지.”

“저는 사실 지금도 제 정신이 아닌 것 같습니다. 형님도 아시겠지만, 저는 저 사자상을 깎으며 수도 없이 기원했습니다. 비록 불구가 된 몸이지만, 저 사자상과 같이 용맹을 지닌 아들 하나만 점지해 주십사 하고 말입니다.”

“지성이면 감천이라고……하늘인들 어찌 자네의 기원을 뿌리칠 수 있었겠는가? 이젠 지난 고통 다 잊고, 자식 잘 키울 생각이나 하게.”

“그래야지요. 앞으로는 자식을 키우는 일에 전심 전력하며 여생을 다 바쳐 보겠습니다. 드세요?”

성길은 또 술을 권했다.

“저녁은 어찌 할 텐가?”

“오늘은 안 먹어도 배가 부르네요.”

“그렇기도 하겠지. 이제 저녁 먹기는 글러버렸고, 술이나 한 잔씩 더 마시고 자자. 벌써 아홉 시가 넘었구나…….”

유병국 씨는 기분 좋게 술잔을 비웠다. 약술은 꿀로 인삼의 쓴맛을 제거한 데다 폭 삭아서 마시기에 좋았다. 그들은 혀끝에 착착 감기는 듯한 맛에 끌려 취하는 것도 잊어버린 듯했다. 그만 마시자고 약속을 하면서도 한 잔, 부어 놓은 술만 마시고 일어나야겠다고 하면서 또 한 잔, 그렇게 술 주전자 곁을 떠나지 못해 계속 마시다 보니까 한 되 가량 부어 놓은 술도 결국은 바닥이 나고 말았다.

유병국 씨는 안주접시도 들지 못할 만큼 취해서 큰 채로 건

너갔다. 성길이도 몹시 취했지만 옛날에 술을 마시던 가락이
있어서 유병국 씨만큼 몸을 휘청거리지는 않았다. 그는 방안
공기를 환기시키려고 앞문을 열어놓고, 술단지와 안주접시를
치웠다. 선선한 바람이 계속 불어왔고, 오랜만에 달빛이 실꾸
리처럼 풀리면서 깊어 가는 초가을 밤을 적막하게 만드는 듯
했다.

"엇다, 그놈의 달빛! 정말 오랜만에 보는구나……."

성길은 달빛이 좋아서 마루로 나왔다. 빨리 자야겠다고 방을
치웠는데, 휘영청 밝은 달을 보니까 혼자 아랫목을 차지하고
자는 것이 술김에도 청승맞은 느낌이 들었던 것이다. 그는 마
루 끝에 걸터앉아 토니의 머리를 쓰다듬으며 또 다시 아들 녀
석의 생김새를 그려보았다.

고추는 오디 같고, 가슴팍은 장정 손바닥을 엎어놓은 것 같
고, 머리카락은 검고, 코는 약간 오뚝하고……. 하이고, 고놈의
자식! 태동도 어지간히 심하더니만 사내라서 그랬던가 보지?

성길은 북통같던 아내의 배를 어루만지며 태아의 움직임을
감지하던 밤을 되돌아보며 또 실룩실룩 웃었다.

세상에 이렇게 기분 좋은 순간들이 또 있을까?

그는 달을 보면서도 웃었고, 토니의 머리를 쓰다듬어 주면서
도 웃었다. 입이 찢어지게 하품을 하면서도 웃었다. 그래도 들
뜬 가슴은 가라앉지가 않았다. 한시 바삐 그 자식을 보았으면
하는 생각뿐이었다. 그러나 날이 밝으려면 아직도 대여섯 시간
은 더 기다려야 한다. 날이 밝아도 자신을 김산파 집까지 데려
다 줄 사람이 없으니 빨라도 내일 점심때나 되어야 아들의 얼
굴이라도 한번 볼 수 있을 것 같았다.

휴, 그때까지 어떻게 기다리지?

술을 먹어서 아들을 보고싶은 생각은 더 간절한데, 내일 오전까지 기다려야 된다고 생각하니 일각이 삼추 같은 느낌이 들었다. 그는 안절부절못하는 사람처럼 머리카락을 쓸어 올리면서도 시계를 보았고, 콧구멍을 후비면서도 시계를 보았다. 그래도 시간이 가지 않아 다가온 토니의 등을 한동안 쓰다듬어주다 다시 시계를 쳐다보았는데, 시계는 그 때도 밤 열 시 반을 가리키고 있을 뿐이었다. 정말 되게 시간이 흐르지 않는 느낌이었다.

불현듯 이렇게 잠자리에 들지 못하면서 날이 밝기만을 기다릴 게 아니라, 목발을 짚고서라도 천천히 걸어가면 어떨까 하는 생각이 밀려왔다. 그 동안 걷기연습을 많이 해 2㎞ 정도는 고통 없이 걸을 수 있으니까, 중말고개 위에서 달구지 길을 선택해 천천히 걸으면 자정 안에 김산파 집에 도착할 것 같은 생각도 들었다.

그래. 내가 그 생각을 못했구나. 이렇게 잠도 이루지 못한 채 혼자 애만 태우고 있을 게 아니라 내가 천천히 걸어가서 직접 내 두 눈으로 보는 게 백 배 낫지…….

그는 더 앉아 있을 수가 없어 왼쪽 다리 끝에다 가죽신을 신겼다. 우회하는 도로는 4㎞가 넘어 엄두도 못 낼 일이지만, 달구지 길은 그의 도보능력으로도 충분히 갈 수 있다는 계산이 나왔던 것이다. 장마가 지기 전날도 그는 왕복 2㎞가 넘는 중화동 해변을 끝까지 갔다온 것이다.

그는 목발을 짚고 마당으로 내려와서 큰 채를 바라보았다. 유병국 씨가 말릴까 봐 살금살금 발자국을 옮겨 놓았는데, 그것은 기우였다. 유병국 씨는 그새 업고 가도 모를 만큼 깊은 잠이 들어 있었다.

형님은 세상을 참 마음 편하게 살아. 나도 저렇게 좀 살아갈 수 없을까……?

성길은 곤하게 잠 든 유병국 씨를 부러워하면서 삽짝을 나왔다. 토니가 마루 밑에 앉았다가 달려왔다. 그는 토니와 같이 빗물이 괸 골목길을 벗어나서 한번 쉬지도 않고 중말고개 위에까지 올라갔다. 여기저기서 물 흘러가는 소리와 풀벌레 우는 소리가 요란하게 들려왔고, 달빛 아래로 드러나는 들판이 섬뜩할 만큼 스산하고 넓어 보였다. 그래도 아들이 보고 싶어 돌아가고 싶은 생각은 없었다. 몸에 날개라도 있으면 토니를 부둥켜안고 훨훨 날아가고 싶은 마음뿐이었다.

그는 바삐 중말고개를 내려갔다. 자갈을 깔아놓은 내리받이 길을 단숨에 내려와서 달구지 길로 20여 미터 정도 들어섰는데, 목발이 푹푹 빠져서 걸을 수가 없었다. 한쪽 발로 서서 목발을 빼놓으면 절구 공이 같은 왼발이 길바닥에 박히는 것 같고, 목발을 짚고 발을 빼놓고 나면 또 목발이 한 뼘이나 땅 속으로 박히는 것이다.

난감했다. 이래서는 김산파 집이 아니라 다릿목까지도 못 갈 것 같았다. 목발이 한 뼘씩이나 빠지니 발을 옮겨 놓을 수가 없는 것이다. 그는 장승처럼 선 채로 깊은 한숨을 쉬었다. 아들놈이 보고 싶은 나머지, 비가 와서 달구지 길이 진흙탕처럼 물러빠진 것을 미처 못 생각한 것이다. 그렇다고 되돌아 나가서 신작로 길을 선택하자니 또 한숨이 나왔다. 신작로 길은 자신의 도보능력으로는 엄두도 낼 수 없는 거리였다.

이럴 줄 알았으면 기를 쓰고 걷기연습을 할 걸…….

그는 하루가 다르게 불러오는 아내의 배를 지켜보느라 걷기연습을 소홀히 한 게 새삼스럽게 후회되었다.

인생이란 결국 이런 것인가?

백령도에 들어와서는 나름대로 열심히 산다고 살았는데 지나고 보니 또 후회가 밀리는 것이다.

어떻게 하여야 하나?

그는 오도가도 못하는 처지가 되어 깊은 한숨만 쉬었다. 그러다간, 땅에 박힌 목발을 빼내어 길가로 던져 놓고 땅바닥에 주저앉았다. 월남으로 떠나가기 전에, 미련한 짐승들처럼 두들겨 맞으며 유격훈련도 받았고, 지도 한 장만 들고 조교가 제시한 좌표를 찾아 험준한 산악도 망설이지 않고 뛰어갔는데 이까짓 난관 앞에 좌절할 수는 없다는 생각이 드는 것이다.

그는 해상훈련을 나가서 갯벌을 포복한 젊은 시절을 회상하며 낮은포복 자세를 취했다. 다리가 없어서 남들처럼 걸어가지는 못해도, 전쟁터에서 생사의 고빗사위를 낮은포복으로 빠져나온 때를 생각하니 빤히 보일 듯한 김산파 집까지는 능히 갈 수 있겠다는 자신감이 생기는 것이다.

암, 이까짓 거야 문제없지.

그는 가시 돋친 선인장 숲과 정글을 헤치며 위기를 모면한 순간들을 생각하며 앞으로 포복해 나갔다. 토니가 곁에서 길동무가 되어주어 지루한 느낌은 없었다. 힘에 부치지 않게 천천히 낮은포복으로 기어가도 두 시간 후면 김산파 집에 도착할 수 있겠다는 생각이 드는 것이다.

그의 몸은 이내 흙칠갑이 되었다. 아랫도리는 속속들이 젖어

들었고, 상의도 등덜미나 빠끔할까 몸 속까지 흙탕물이 배어들었다. 그래도 성길은 고통스럽지가 않았다. 휘영청 달이 밝은 밤에 토니와 함께 들길을 포복해서라도 자신의 능력으로 아들을 보러 간다고 생각하니 기쁘기만 했다.

그러고 보니 인생살이는 마음먹기에 따라 기쁠 수도 있고 고통스러울 수도 있다는 말이 딱 맞다 싶었다. 누가 강제로 시켜서 이 진흙탕 길을 기어가고 있다면 혀를 깨물고 죽는 한이 있어도 이 짓은 못할 것 같은 생각이 들었다. 그러나 자기 자식을 보러 간다고 생각하니까 그렇게 기쁠 수가 없는 것이다.

그는 양 팔꿈치로 상체를 끌어당기면서 뒤늦게나마 부모님께 감사했다. 여태껏 모르고 있었지만, 그의 부모님도 자신을 낳아놓고는 이렇게 기뻐하고 흐뭇해 했을 것이라는 생각이 들었던 것이다. 그래도 그 은혜를 모르고 40년이 넘도록 부모님 눈에 눈물만 뿌리며 살아왔으니, 제 자식을 낳아 키워보아야 부모 마음을 안다는 어머니의 말씀이 절절이 가슴에 사무쳐왔다.

그래에. 내리사랑이라고 했는데 우리 부모님이 나에게 주신 사랑 이상으로 나도 아들놈에게 지극한 사랑을 퍼붓자. 그러면 나처럼 젊은 시절에 인생 진로를 놓고 방황하는 일 없이 무난히 제 포부대로 살아가리라…….

성길은 삼촌의 월북 사실이 뒤늦게 밝혀져 대학교 2학년 때 인생의 진로를 변경하지 않을 수가 없었다. 그 당시만 해도 월북자의 후손들에게는 진로가 제한되어 있어 공무원사회나 교육계는 물론 사관학교나 장교로 임관해 평생을 직업군인으로 살아갈 수 있는 기회가 주어지지 않았기 때문이었다. 형과 그가 선택할 수 있는 진로는 엔지니어가 되어 평생을 기술자로 살아가거나 그것이 아니면 부모의 농토를 물려받아 농사나 지으며 살아갈 수 있는 길뿐이었다. 만약 그것마저 싫으면 평생 장사나 육체적 막노동을 하면서 살아야 했다. 그러니 그가 꿈꾸고 있던 관료사회의 진출은 한 순간에 물거품이 되고 만 셈이었다.

애초부터 능력이 모자라 평생을 그런 막일이나 하면서 살아갈 형편이라면 몰라도 삼촌의 월북 사실이 밝혀지기 전까지만 해도 다방면으로 진출할 수 있는 능력과 여건을 구비한 사람이 느닷없이 연좌제라는 것에 묶여 자신의 소중한 꿈을 포기당해야 한다는 것은 정말 참기 어려운 고통이었다. 성길은 그때만큼 월북한 삼촌이 저주스러울 때가 없었다. 그리고 그런 사상적 경향주의자의 후손들에게 일률적으로 연좌제라는 것을 덮어씌워 제한적인 삶만 살 수 있도록 실정법을 만들어 놓은 이승만 정권이 그렇게 원망스러울 수가 없었다. 당시 정부의 입장에서는 북한 공산주의자들의 암약과 대남적화사업의 피해가 자심해서 서둘러 그런 법을 만들고, 또 국민을 대표하는 국회의원들은 그런 법을 통과시켜 월북자의 친인척들에게 무조건적으로 적용시키게 했는지는 모를 일이나 대학교 2학년 때 느닷없이 그런 통고를 받은 그로서는 앞날 전체가 캄캄해 보였다. 중들은 몸담고 있던 절이 싫으면 다른 절로 떠나버리면 그만이었지만 월북자의 후손들에게는 외국에 나가서 살 수 있는 기회마저 실정법으로 엄하게 막아놓고 있는 실정이어서 그당시 그는 외국으로 나가서 유학을 하며 악법을 피해서 살 수 있는 길도 없었다.

성길은 그 당시 자자손손 대물림 될 것 같은 연좌제가 두렵고 두려웠다. 몇 며칠을 고민하며 수소문해 보아도 법망을 피해 볼 수 있는 길조차 보이지 않았다. 사법고시에 합격해 사법연수원에서 법관 연수 중이던 형은 그 와중에서도 차선의 길을 택하며 실정법의 테두리 안에서 타협의 길을 모색하고 있었지만 세상물정에 어둡고 성격이 불 같은 그로서는 그런 지혜를 짜낼 수 있는 정신적인 여유가 없었다. 당시 그의 정신연령으로서는 정권이 바뀌면 그런 법도 순식간에 바뀔 수 있다는 것을 생각해 볼 수 없는 나이였고, 또 그런 말을 들려주는 주변의 충고도 귀에 들어오지 않았다. 오로지 자기 한 몸 희생하는 한이 있어도 자자손손 대물림 될 것 같은 연좌제의 사슬부터 끊어야 직성이 풀릴 것 같고, 연좌제의 사슬을 끊지 않고는 자기 가문의 후손들 어느 누구도 그 무서운 실정법의 굴레에서 벗어날 수 없을 것 같은 절망뿐이었다.

그렇지만 나이 스무 살의, 더벅머리 총각에 불과한 그가 무슨 힘이 있어 지고 지엄해 보이기만 하던 그 연좌제의 사슬을 끊을 수 있단 말인가? 그는 자기 가문에 드리워진 연좌제의 사슬을 끊을 수 있는 방법을 남몰래 궁리해 보다 묘안을 하나 생각해 내었다. 그것은 삼촌이 지어놓은 반국가적인 죄를 사면받을 수 있을 만큼 그가 국가를 위해 큰공을 세워 놓으면 그들 가문의 후손들만큼은 연좌제의 사슬에서 풀려날 수 있을 것이 아닌가 하는 생각이었다. 그렇지만 군대에도 갔다 오지 않은 그가 무슨 힘으로 정부가 인정하는 큰공을 세울 수 있다는 말인가? 날마다 그런 문제로 고민하던 그는 진로 문제는 군대에나 갔다와서 다시 생각해 보자 하고 27개월만 복무하면 병역의무를 마칠 수 있는 해병대에 지원해버렸다. 그리고는 하루하루를 주지육림에 빠져 허우적거리다 우연찮게 국가를 위해 큰공을 세울 수 있는 길을 하나 발견한 것이었다.

그것은 직업군인이 되어 무공을 세우는 일이었다. 평생 직업군인으로 살아가도 괜찮을 만큼 육체적 조건과 체력이 뒷받침되니까 군대에서 시기를 기다리다 국가가 그를 필요로 할 때 남보다 먼저 나서서 역량을 보여주면 사병의 신분이지만 큰공을 세울 수 있는 길이 보이는 것이다. 그는 부모가 물려 줄 유산만 받아도 하루 세 끼 밥 먹고 사는 일은 걱정하지 않아도 된다는 생각에 전 가족들이 반대하는데도 불구하고 자기 뜻대로 해병대 장기하사관으로 다시 지원해버린 것이다. 행정고시를 준비하던 행정학도가 차선의 길을 버리고, 그 당시 대부분의 젊은이들이 싫어하던 장기하사관으로 말뚝을 박아버린 것은 순전히 아버지 세대가 그들 형제 세대에게 씌워놓은 연좌제의 사슬을 풀면서 먼 훗날 그들 후세들에게는 그들 형제가 당한 아픔만은 물려주지 않겠다는 결심이 섰기 때문이었다. 그런 결단으로 인해 지금껏 살아온 인생여정은 눈물과 고통으로 얼룩져 있지만 새로 태어난 아들놈은 자신처럼 선친들이 지어놓은 업보 때문에 일생을 좌절하면서 살지는 않을 것 같았다. 기뻤다. 그리고 그 고통스럽고 눈물겨운 악전고투 속에서도 용케 살아남았다는 것이 자랑스러웠다.

이제 눈물과 고통으로 얼룩진 지난 세월은 잊어버리자. 우리 세대의 젊은 시절은 어두웠지만, 내 자식 세대는 결코 어둡지 않을 것이다. 문제는 지금 연좌제 따위를 생각하고 있을 때가 아니라 어렵게 낳아놓은 자식을 어떻게 잘 키우느냐가 중요하다……암, 그렇지!

성길은 곁에 사람이라도 있는 것처럼 포복을 하면서도 연방 중얼거렸다. 그때마다 토니는 귀를 쫑긋쫑긋 세우며 그의 곁을 떨어지지 않았다. 그는 토니를 바라보며 싱긋 웃었다.

토니야! 아저씨는 말이다. 내일부터 육아일기를 적으려고 한다. 내 아들놈이 어떤 모습으로 웃고 어떤 모습으로 성장하는지, 1주일에 한 번씩 체중과 족적과 두통의 크기까지 재어 두고 싶어. 중요한 부분은 카메라로 사진도 찍어놓을 거야. 그러면 내 아들놈이 성장해 온 과정이 형상화 될 것이고, 그 형상화 된 과정에 의해 아이의 개성이 나타나겠지? 나는 아이의 개성을 살려주면서 키우다가 그 놈이 성인이 되었을 때 일기와 사진첩을 보여 줄 거야. 감수성이 예민한 시기라 아이는 분명히 자신의 성장과정을 지켜보며 자신의 존재감을 느낄 수 있을 거야. 자신이 어떤 사람이라는 것을 말이야. 그때 나는 내 아들놈한테 이런 말을 할 것이야.

네가 자라온 것을 보니까 개똥벌레처럼 아무렇게나 태어난 느낌은 안 들지? 너는 이 일기장에 적힌 것처럼 아빠 엄마의 뜨거운 사랑 속에서 성장해 왔다. 이처럼 부모님의 지극한 사랑 속에 성장한 사람은 오다가다 태어난 아이들처럼 밤거리를 헤매며 이 사회에 해악을 끼치는 사람이 되어서는 안 된다. 네가 부모와 가정과 사회와 국가의 도움을 받으며 오늘날까지 귀중하게 성장해 왔듯이, 너도 이제 성인이 되었으니까 네 적성에 맞는 분야를 선택해 열심히 일하며 네가 지금까지 받은 도움의 일만 분의 일이라도 이 사회에 돌려주는 사람이 되어야 할 것이다. 그게 바로 짐승과 다른 인간의 생활이다. 우리

들은 그것을 '인간의 사회적 기여'라고 말하는데, 우리 사회를 구성하는 개개인이 십시일반으로 자신이 태어나 성장한 사회를 위해 조금씩 기여할 때, 그 기여도는 사회적 힘으로 축적되어 문화가 생성되고, 또 그 문화에 의해 가정과 사회와 국가가, 나아가서는 인류 전체의 생활이 날로 향상되고 발전하게 되는 것이다……

이러면서 성인이 된 것을 기념한다는 뜻에서 양복이나 한 벌 마련해 주면, 되바라진 뒷거리의 아이들처럼 부모 속을 태우지는 않을 것이라는 생각이 들어. 토니 너는 어떻게 생각하니?

그렇게 자신의 심정을 토니에게 눈으로 전하며 토니의 표정을 살피는데 토니가 갑자기 컹컹 짖어대며 걸음을 멈추었다. 성길은, 이놈이 갑자기 왜 이러나, 하고 유심히 토니를 살폈다. 놈은 조금 전과는 달리 눈에 불을 켜고 사납게 전방을 노려보았다. 성길은 그때야 자신이 다릿목까지 포복해 왔다는 것을 알았고, 김산파 집까지는 얼마 남지 않았다고 생각했다.

진흙탕 길을 빨리도 기어왔군.

성길은 그러면서 다시 전진하려고 하는데 토니가 또 컹컹 짖어대며 으르렁거렸다.

이놈이 왜 자꾸 이러지?

성길은 자신도 모르게 수상쩍은 생각이 들어 토니가 노려보고 있는 다리 위를 살폈다.

"저게 뭐야?"

성길은 뻗은 팔을 거둬들이며 자신도 모르게 소리치고 말았다. 시멘트 다리 위에 쇠똥무더기 같은 게 두어 개 놓여 있었는데 자세히 보니 뱀들이 두어 마리 씩 얽켜 똬리를 틀고 있었던 것이다.

저런 요물이 있나?

성길은 후드득 몸을 떨며 달빛이 쏟아지는 다리 위에 똬리를 틀고 있는 뱀들을 노려보았다. 인광처럼 파르스름한 빛을 내보이는 뱀의 시선과 날름거리는 혓바닥을 보자, 월남에서 베트콩과 맞닥뜨렸을 때가 생각났고, 물 묻은 손으로 피복처리가 불량한 전기 코드를 만졌을 때처럼 가슴이 퍼드덕 뛰었다.

"물어 죽여! 뭐 하는 거야, 토니?"

성길은 군대시절 부하에게 명령을 내리듯 소리쳤다. 으르렁거리고 있던 토니가 거침없이 뛰어갔다. 토니는 들쥐를 잡듯이 앞발로 뱀을 짓밟으며 주둥이로 깨물었다. 뱀 한 마리가 토니의 주둥이를 휘감다가 허리부분이 뚝 끊어지며 땅바닥에 떨어졌다. 성길은 앞에 나가 싸우는 토니를 지켜보다 또 소리쳤다.

"너 앞에도 뭉쳐 있잖아? 그것도 빨리 물어 죽여!"

토니는 공격명령을 받고 적진 앞으로 돌격하던 전우들처럼 똬리를 틀고 있는 뱀들을 또 앞발로 짓밟으며 물어 죽였다. 뱀들은 습기 찬 풀섶을 빠져나와 시멘트 다리 위에서 달빛을 즐기며 휴식을 취하다 위기를 만난 듯한 모습이었다. 뱀들은 필사적으로 저항했다. 한 놈은 토니의 다리에 전신을 휘감았고, 다른 놈은 토니의 주둥이에 물린 채로 대가리를 배배 비틀며 달아날 길을 찾는 듯했다.

토니는 주둥이를 휘감은 뱀이 떨어지지 않자, 시멘트 다리 난간으로 걸어가며 캐갱 하고 비명을 질렀다. 그러다가는 훌쩍 훌쩍 공중으로 뛰어 오르며 앞발을 벌벌 떨어댔다.

성길은 그 순간을 이용해 앞으로 전진했다. 똬리를 틀고 있던 뱀들이 이리저리 흩어졌고, 더러는 토니에게 물려 죽었다. 성길은 두 토막으로 끊어져 꿈틀거리는 뱀을 피해, 토니가 열어준 도피로를 따라 필사적으로 시멘트 다리를 건넜다. 다리 난간에서 훌쩍훌쩍 뛰며 주둥이를 문질러 대던 토니가 절뚝거리며 다가왔다. 성길은 토니의 목을 껴안으며 콩죽 같은 땀을 흘려댔다. 그 요물 같은 뱀이 앞길을 막고 있는 것도 모르고 팔을 내뻗었더라면 틀림없이 물렸을 것이라는 생각이 밀려오자 자신도 모르게 온몸이 떨려왔다.

"휴우!"

성길은 십 년 감수한 느낌이 들어서 고개를 휘휘 내저었다. 토니 덕분에 시멘트 다리를 무사히 건너온 것이 꿈만 같은데, 토니가 끙끙거리는 것을 보니까 몹시 마음이 아팠던 것이다. 그는 기운도 빠지고 토니도 따라오지 않아서 잠시 쉬었다.

"너 갑자기 왜 그러니?"

성길은 엎드려 있는 토니를 끌어 당겨 자세히 살폈다.

"너 뱀한테 물렸구나? 이 일을 어쩌나?"

땅바닥에 주둥이를 대고 끙끙거리는 토니를 들여다보면서 성길은 혀를 찼다. 그 요물스러운 것이 토니의 콧등과 눈 밑을 물었는지, 그새 몰라보게 부어오르고 있었던 것이다.

"너 앞다리도 물렸구나? 허어 참, 이걸 어쩌면 좋아!"

성길은 토니의 면상과 앞다리를 바라보면서 혀를 찼다. 빨리 해독제라도 한 대 맞혀야지 이대로 두다가는 가을리 우춘삼 씨처럼 생명을 잃을 것 같은 생각이 들었다. 독이 오를 대로 오른 음력 7월 뱀인데다가 동맥에라도 물렸다면 손 쓸 틈도 없이 죽고 마는 다급한 순간이었다.

"빨리 가자. 너 이러다간 큰일나겠다."

성길은 끙끙거리는 토니의 목 테를 끌어당기며 한 손으로 측면포복을 했다. 뱀에게 놀라서 그런지, 포복이 더 힘들었다. 토니는 끙끙거리면서 따라왔다. 성길은 힘이 빠져 그만 길바닥에 드러눕고 싶은 생각뿐이었다.

이럴 줄 알았으면 흙을 뭉쳐 던지면서 뱀들을 쫓을 걸……

성길은 뱀들을 쫓아버리지 않고 물어 죽이라고 토니를 다그친 것이 후회되었다. 이 기쁜 날, 토니가 뱀에게 물려 고통 당하는 것을 보니 마음이 아파 못 견딜 지경이었던 것이다.

"토니야! 아저씨가 잘못했다. 고통스럽더라도 조금만 참으면서 힘을 내라. 아저씨도 월남에서 상관의 명령 한 마디에 죽을 줄 모르고 작전지역까지 끌려나갔다 허망하게 몸을 다쳤단다. 그래도 살 수 있다는 희망을 갖고 억지로 버티었기 때문에 이렇게나마 살아 있지, 그렇지 않았으면 유골로 돌아왔을 거야. 아저씨가 잘못했다. 늙마에 자식새끼 하나 받아놓고, 그 자식이 보고싶어 너와 같이 집을 나온 게 큰 잘못인 것 같다. 주인 잘못 만난 것 한탄하지 말고 조금만 더 참아라. 이제 한 30분만 포복하면 김산파 집이 나올 것이다……"

성길은 쫓기는 심정으로 토니의 목 테를 끌어당기며 앞으로 나갔다. 팔꿈치가 까졌는지, 팔을 뻗을 때마다 몹시 쓰라렸다. 그래도 그는 토니의 반대편으로 자리를 바꿔 가며 계속 포복을 했다. 그렇게 멀지 않게 느껴지던 달구지 길은 막상 포복을 해보니까 멀고도 먼 느낌이 들었다. 게다가 토니마저 끌려오다시피 따라오니까 몸이 앞으로 나가는지, 그대로 누워 있는지,

분간조차 되지 않았다. 팔을 뻗어 끌어당기는 운동만 중지하면 그대로 진흙 바닥에 엎드린 채 곯아떨어질 것 같은 생각도 들었다.

"토니야! 이제 김산파 집 불빛이 보이는구나. 아프더라도 조금만 참고 힘을 내어라."

성길은 밀려오는 졸음을 쫓으며 사투를 벌이듯 앞으로 나갔다. 토니는 점점 뱀독이 퍼지는지, 뒷다리마저 움직여 주지 않았다. 그는 마음이 급해서 토니의 몸을 마구 흔들었다.

"토니야! 아저씨가 하체를 끌어당길 때 너도 뒷다리에 힘을 주어 뻗어 봐. 그럼 아저씨가 좀 수월하잖아. 자, 다리에 힘을 줘 봐. 빨리……."

그렇게 몸부림치듯 포복해 나가다가 성길은 앞을 쳐다보았다. 김산파 집이 바로 눈앞으로 다가와 있었다.

휴우 ―. 이젠 다 왔구나.

성길은 안도의 한숨을 내쉬면서 전진하다가 김산파 집 대문 앞에서 그만 쓰러졌다. 다 왔다는 생각이 긴장감마저 풀어지게 하자, 순간적으로 정신을 잃어버린 것이다. 그는 한참이 지나도록 일어나지를 못했다. 흙칠갑이 된 젖은 옷도 차가운 줄 몰랐고, 뺨을 대고 있는 진흙 바닥이 안방처럼 포근하게만 느껴지는 순간이었다. 체온은 점점 떨어졌다. 한 번씩 숨을 내쉴 때마다 독한 술 냄새가 푹푹 풍겨 나왔다. 그런 술기운 탓으로 그는 추위조차 못 느끼고 있었다.

토니는 주인이 쓰러진 것도 모르고 계속 끙끙거렸다. 그러다 뒤늦게서야 주인이 쓰러져 있는 모습을 보았다. 뱀독이 퍼져 운신할 수도 없는 몸이었지만, 토니는 주인이 쓰러졌다는 것을 알아차리고부터는 본능적으로 컹컹 짖어댔다. 김산파 집 대문 앞은 갑자기 개 짖는 소리로 소란해졌다.

　"이게 무신 소리고? 우리 개 짖는 소리 앙이가?"
　영천댁이 며느리를 보고 물었다. 출산 후 두번째로 미역국을 받은 정심은 대문께로 귀를 모았다.
　"그마 잊어버리고 밤참이나 드시라요. 이 깊은 밤에 토니가 뭣 때문에 여기까지 왔갓시요……."
　갓난애를 들여다보며 웃고 있던 옹진댁이가 참견했다. 갓난애도 귀에 개 짖는 소리가 들리는지, 컹컹 하는 소리가 들려올 때마다 눈꺼풀을 깜짝깜짝 떨어댔다. 옹진댁은 그런 모습이 신통한지 밖에서 들려오는 개 짖는 소리 따위는 아예 관심이 없었다.
　"어머님, 맞아요. 우리 토니가 왔어요."
　"그렇제. 아무래도 귀에 익은 소리 같제?"
　고부간의 대화가 죽이 맞아떨어지자 옹진댁도 그때는 관심을 보였다.
　"토니는 저래 힘없이 짖지 않는데……?"
　옹진댁은 고개를 갸웃거리면서도 한 번 나가보기나 하겠다는 듯 자리에서 일어났다. 영천댁도 따라 나와서 하늘을 쳐다봤다.
　"하이구, 달도 밝다! 이래 좋은 달을 그놈의 장마 때문에 며칠을 못 봤으니……."
　영천댁은 계속 하늘을 쳐다보며 달빛을 즐기고 있었는데, 그때 대문을 열고 바깥을 두리번거리던 옹진댁이 소리쳤다.

"아자씨가 왔어요. 빨리 좀 와 보시라요……."

옹진댁이 끌어당기자, 영천댁은 급히 대문께로 다가갔다.

"야가 와 이라노! 보자, 길아?"

영천댁은 흙투성이가 된 성길을 껴안았다. 그 옆에 토니도 주둥이를 땅에 대고 엎드려 있는 모습이 보였다. 그러나 영천댁의 눈에 토니의 모습이 제대로 보일 리가 없었다. 그녀의 눈에는 쓰러진 아들만 보이는 것이다. 그녀의 눈에는 자정이 넘은 밤에, 아들이 목발도 없이 거기까지 와서 쓰러져 있는 모습만 그저 이상하게 보일 뿐이었다.

"길아! 정신 차려라 보자!"

영천댁은 아들의 고개를 흔들면서 가슴에다 손을 넣어 보았다. 아직도 따뜻했다. 영천댁은 옹진댁과 함께 성길을 안아다 처마 밑으로 옮겼다. 빨리 손을 쓰면 생명은 건질 수 있겠다는 생각이 들었다.

"누가 왔어요?"

바깥이 소란스럽자 김산파가 고개를 내밀었다. 6·25 때 간호원으로 일하다 산파로 눌러앉은 그녀는, 가을리 동민들이 다급하면 산부인과의 의사는 물론, 경우에 따라서는 내과의사도 되고 약사도 되었다. 그녀는 오랜 세월 동안 쌓은 경험으로 성길을 진맥해 보다 짧게 한마디했다.

"순간적으로 정신을 잃었어요. 술도 취하셨고……주사 한 대 맞으면 금방 회복될 것 같으니까 우선 좀 씻기세요."

김산파는 안으로 들어갔다. 영천댁과 옹진댁은 성길을 우물가로 안고 가서 흙투성이가 된 몸을 깨끗이 씻겼다.

"야가, 지(제) 자식 보고싶어서 그 먼 길을 목발도 없이 기어서 왔는 거 같지요?"

"그런 것 같구랴. 빨리 안으로 옮깁시다."

영천댁은 성길을 진찰실로 옮겨 환의로 갈아 입혔다. 두 팔 뚝에 검붉게 피멍이 들어 있긴 해도 몸에 큰 상처가 없는 것이 그나마 다행처럼 느껴졌다.

"세상에! 지 팔뚝이 이렇게 까지고 피멍이 들도록 그 먼길을 기어오다니……."

영천댁은 눈물을 글썽이며 성길의 몸을 살폈다. 왼쪽 무릎도 다 까져서 시커멓게 피멍이 들어 있었다.

"환의로 갈아 입혔어요?"

김산파가 가운을 입고 진찰실로 들어왔다. 그녀는 벗어놓은 안경을 끼고 성길의 맥박과 혈압과 눈동자를 확인한 뒤 주사를 한 대 놓았다. 얼마 후 김산파가 체온계를 빼내었다.

"체온이 좀 떨어졌는데 조금 있으면 회복될 거예요."

"큰 병원에 안 가봐도 되겠는교?"

"예. 산모가 누운 방이 따뜻하니까 산모 옆에서 한 숨 푹 자게 놔두세요. 그러면 정신 차릴 겁니다."

김산파는 성길의 팔꿈치와 무릎을 치료해주고 물러갔다. 옹진댁과 영천댁은 성길을 산모가 누워 있는 방으로 옮겼다. 고개를 내밀고 있던 정심이 걱정스러운 표정으로 물었다.

"크게 다친 데는 없답디까?"

"그래. 팔과 무르팍만 좀 까졌지, 크게 다친 데는 없다 카더라. 너무 걱정하지 말아라."

영천댁은 며느리를 안심시키며 성길을 갓난애 곁에 눕혔다. 성길은 점차 혈색이 돌아오면서 숨소리가 높아졌다. 갓난애는

아버지가 곁에 누운 것도 모르고 응애응애 상판을 찡그리며
울어댔다.

"알라도 이제 뭐 좀 먹여야지. 젖꼭지 말끔히 닦아내고 한
번 물려 봐라. 입 오물락거리는 거 보니까 배고픈 갑다."

정심은 말없이 남편을 지켜보다 아기에게 젖을 물렸다. 갓난
애는 젖꼭지가 입에 들어가자 금시 세차게 빨아댔다. 영천댁이
가 손자를 건너다보며 조용히 웃었다.

"저래 에미 젖 빨아 묵는 지 새끼가 얼마나 보고 싶었으면
아범이 그 먼 길을 기어 왔을꼬……."

그제서야 여유가 좀 생기는지, 영천댁은 끌끌끌 혀를 찼다.
어미 품에 안겨 젖을 빨아먹는 손자를 보니까 성길을 낳아 초
유를 빨렸던 자기 모습을 보는 것 같아 그만 눈물이 피잉 도
는 것이다.

"그러믄요. 예전 같으면 며느리 볼 나인데 이제 자식을 받았
으니 그 마음이야 오죽하갓시요."

옹진댁도 눈시울을 적셨다. 시어머니 앞이라 조용히 젖만 먹
이고 있던 정심은 그만 가슴이 끓어오르는지 덩달아 구슬 같
은 눈물을 뚝뚝 흘려댔다.

"그만 울어라. 이 기쁜 날 니가 그래 울면 낸들 무슨 가슴이
편켔노?"

영천댁은 소리 없이 오열하는 며느리를 달랬다.

"솔 심어 정자라고, 지난 니 고생은 이 자식 키우는 재미로
잊었뿌리고, 니도 인자 이 눈치 저 눈치 보지 말고 좀 편하게
살아라. 그 동안 고생도 많이 했다."

"그러믄요. 여자란 남편한테 사랑 받으며 자식 키우는 재미

로 사는 게 제일 큰 행복이지요."

"인자 알라가 배부른 갑다. 여기 눕히고 니도 어서 눕어라. 그래 오래 안고 있으면 니가 나중에 허리와 팔다리를 몬 쓴다……."

방을 대강 치우고 나서 그들은 잠시 허리를 펴고 누웠다.

성길은 그로부터 4시간 후에 일어나서 물을 찾았다. 영천댁이 그의 곁에 누웠다가 재빨리 물을 떠다주며 이마에 맺힌 땀을 닦아주었다. 성길은 벌컥벌컥 물 한 그릇을 다 비운 뒤, 정신을 가다듬었다. 그러나 어떻게 해서 자신이 어머니와 아내 곁에 누워 있는지 생각이 나지 않았다. 머리 속에는 유병국 씨로부터 아들을 낳았다는 소식을 듣고 같이 술을 마신 기억뿐이었다.

"이놈아, 이게 니 자식이다. 어서 한 번 봐라. 이 핏덩이가 얼마나 보고 싶었으면 그 먼 길을 기어서 왔노?"

영천댁이가 새근새근 자고 있는 갓난애를 성길 앞에 당겨놓았다.

"제가 여기까지 기어서 왔어요?"

"그래, 이놈아! 어서 한 번 안아봐라. 이게 니 새끼다."

영천댁이가 아기를 성길에게 안겨주었다. 성길은 어떻게 해서 자신이 여기까지 오게 되었는지, 기억을 더듬으며 아기를 받아 안았다. 눈꺼풀을 깜짝거리며 자고 있는 갓난애의 모습이 그저 신기하게만 느껴졌다.

금시 태어난 놈이 어찌 이렇게 머리숱이 짙지?

성길은 아이를 쳐다보면서 신비로운 표정을 지었다. 그 통에 자신이 김산파 집까지 오게 된 경위는 더 이상 따져보지 못했

다. 갓난애의 얼굴을 지켜보고 있으니까 그런 걸 생각할 겨를
이 없는 것이다. 자신도 모르게 정신이 몽롱해지는 느낌이었
고, 세상천지가 갑자기 아슴푸레해지면서 자꾸 갓난애의 얼굴
만 쳐다보고 싶을 뿐이었다.

　그는 한동안 갓난애를 안고 들여다보다 방바닥에 뉘였다. 영
천댁이가 아들의 속마음을 꿰뚫어본 듯 갓난애의 포대기를 벗
겼다. 기저귀도 차지 않은 아기의 하체가 그대로 노출되었다.
성길은 갓난애의 불알과 자지를 보며 뚝뚝 눈물을 흘렸다. 애
비는 두 다리가 끊어진 불구인데도 자식은 멀쩡한 게 희얀하
다 싶었던 것이다. 자신의 생각으로는 갓난애도 어딘가 한쪽
다리가 이상할 것 같았는데 괜찮은 것이다. 그는 그것을 확인
하고 나니까 오만 수심이 다 사라지는 느낌이었고, 자신에게는
이제 형상조차 찾아볼 수 없는, 발가락이 달린 아기의 발을 보
니까 더욱 눈물이 흘러내리는 것이다.

　이 놈이 내 자식이란 말인가?

　그는 왼쪽 다리를 씻을 때마다 끊어낸 발과 발가락이 보고
싶어 고통을 느낄 때가 많았는데, 그토록 보고 싶던 발과 발가
락이 축소된 모양으로 아들의 다리 끝에 매달려 있는 것이 너
무 신기하게만 느껴지는 것이다. 그는 아들의 발과 발가락을
어루만지며 흐느꼈다. 울지 않으려고 해도 자꾸 눈물이 나왔
고, 이제 그만 보고 포대기를 덮어 주자고 마음을 먹으면서도
눈길은 자꾸 갓난애의 발끝으로만 쏠렸다.

　"알라 춥다. 인자 고마 덮어줘라."

　영천댁이가 성길을 진정시키며 포대기를 덮었다. 성길은 훌
쩍거리며 물러앉아

“어무이 이제 만사 잊어버리고 노후나 즐기세요…….”
하고 영천댁의 손을 잡고 흐느끼다가
“당신, 고생 많이 했다. 어디 아픈 데는 없나?”
하고 아내의 손마저 끌어당겼다.

정심은 아무 말 없이 고개만 끄덕였다. 그때 바깥에서 문살을 긁는 짐승의 신음소리가 들려왔다. 방안에 앉은 사람들은 이 무슨 소리인가 싶어 서로 얼굴만 바라보다가 문을 열었다. 바깥은 어둠이 벗겨져 그새 동이 트고 있었다.

“개가 와 저라노?”

영천댁이 바깥을 내다보다가 얼른 방을 나갔다. 방문을 긁어대던 토니가 죽담 밑에 쓰러진 채 허연 거품을 내뿜고 있었던 것이다. 토니는 영천댁이 다가가도 꼬리조차 흔들지 못하고 숨을 모으기 시작했다. 영천댁은 눈을 까뒤집는 토니를 지켜보다가 목을 껴안았다.

“이놈아! 약 묵은 쥐를 잡아 묵었나, 갑자기 니가 와 이라노?”

영천댁이가 안타깝게 고개를 흔들어도 토니는 눈도 한 번 끔벅하지 않은 채 축 늘어지기 시작했다. 성길은 그때서야 깜짝 놀란 모습으로 밖으로 나갔다. 거품을 내뿜는 토니를 보니까 자신이 어떻게 해서 김산파 집까지 오게 되었는가 하는 경위가 생각났고, 토니가 뱀에게 물려 사경을 헤매고 있었다는 사실이 그제서야 떠오르는 것이다.

“어무이요. 김산파 좀 불러주세요. 이놈 어젯밤 나와 같이 들판 지나오다가 뱀에게 물렸어요. 진작 해독제를 놔줘야 하는데 이 일을 어쩌나?”

성길은 흙바닥에 환의 차림으로 펑퍼질러 앉아 토니의 주둥이를 환의 자락으로 닦아주며 눈동자를 확인했다. 날카롭고 기민하게 느껴지던 토니의 눈빛이 온통 흰창으로 덮여 있었고, 혀도 시커멓게 색깔이 변하면서 말려들고 있었다. 뱀에게 물린 앞다리와 콧등은 고무풍선처럼 부풀어올라서 보기조차 흉했다.

"토니야!"

성길은 토니를 껴안고 흐느꼈다. 소식을 듣고 나온 김산파가 축 늘어진 토니의 몸을 살펴보다가 낮게 말했다.

"죽었어요. 너무 흔들지 말고 편안히 눕혀주세요. 뱀에게 물린 줄 알았으면 진작 해독제라도 한 대 놓아보는 건데……쯧쯧쯧!"

성길은 토니를 편안히 눕히며 회한의 눈물을 흘려댔다. 아들을 얻었다는 기쁨에 도취되어 자신의 분신 같던 토니를 잃는 게 너무 너무 절통했던 것이다. 그는 토니의 죽음이, 상관의 명령 한 마디에 죽을 줄 모르고 작전지역으로 돌진하다 월남의 정글 속에서 허망하게 죽어가던 동료들과 선·후배들의 죽음 같은 느낌이 들어 더욱 눈물이 솟구쳤다. 그리고 자기 자신은, 마치 이 땅의 젊은이들을 국가 이익을 앞세워 남의 나라 전쟁터에까지 끌어넣어 하루에도 수십 수백여 명 씩 죽였으면서도 한 점 부끄러움 없이 그들이 송금한 전투수당을 장기집권을 위한 정치자금으로 활용하던 독재집단의 아류 같은 느낌이 들어 더욱 두렵고 몸이 떨려왔다……

흙덩이를 뭉쳐 던지면서 뱀들이 스스로 달아나도록 하지 않고 왜 물어 죽이라고만 소리쳤을까?

성길은 성급한 마음에, 토니에게 무지막지한 명령을 내린 간밤의 자기 행각이 후회되어 더욱 가슴이 아팠다. 그렇지만 목숨이 끊어진 토니가 그의 심정을 알아 줄 리가 없는 것이다. 토니는 점점 더 몸이 굳어지며 싸늘하게 식어가기만 했다.

성길은 아들을 얻은 기쁨도 한껏 누려보지 못한 채 시발 택시를 대절해 집으로 돌아왔다. 운전기사의 등에 업혀 마당으로 들어오니까 유병국 씨가 부숭한 얼굴로 일어나 마루로 나왔다. 그는 유병국 씨에게 목발을 좀 찾아 달라고 부탁하고, 마른 옷으로 갈아입었다. 그리고는 마루 밑에다 가마니 떼기를 깔고 토니를 편안히 눕혔다.

얼마 후 유병국 씨가 들판에서 흙투성이가 된 목발을 찾아 들고 왔다. 성길은 어젯밤 유병국 씨가 잠자리에 들어간 이후 토니와 같이 집을 나가 김산파 집을 다녀온 그 동안의 경위를 유병국 씨가 알아들을 수 있게 설명한 뒤, 토니의 장례 문제를 상의했다. 관을 만들지는 못할지라도, 바다가 훤히 바라보이는 양지 바른 곳에 무덤이라도 하나 만들어 주고 싶었던 것이다.

"호사다마야, 호사다마……."

유병국 씨는 갖은 고생 끝에 아들을 얻은 성길 네 집에 어찌 이런 가슴 아픈 일이 또 들이닥치는가 하고 혼자 혀를 차며 안타까워하다 집을 나갔다. 얼마 후 유병국 씨는 마을의 청년들을 몇 사람 동원해 평소 성길이와 토니가 잘 다니던 해변 옆에 구덩이를 파게 한 뒤, 다시 집으로 돌아왔다. 그리고는 가마니 떼기로 토니의 몸을 꽁꽁 싸서 염하듯 새끼로 묶었다.

"됐다. 이제 해변으로 나가보자. 날이 더워지면 이 놈 몸이 상하겠다."

유병국 씨가 토니의 주검을 고이 안아 지게 위에 올렸다. 성길은 간밤에 마시던 약술을 한 병 담아 해변으로 나갔다.

　장마가 개인 뒤끝이라 바다는 잔잔했다. 하늘은 유리알처럼 맑고 청명했다. 볕은 유난히도 따가웠다. 성길은 끓어오르는 슬픔을 이기지 못해 연방 눈시울을 눌렀다. 아들을 얻기가 무섭게 토니를 잃는 것이 그렇게 절통할 수가 없었고, 흙을 뭉쳐 똬리를 틀고 있던 뱀들을 쫓지 않고 무지막지하게 물어 죽이라고 명령을 내린 간밤의 자기 실책이 두고두고 가슴을 찢는 듯했다. 그는 손수 토니의 주검 위에다 흙을 뿌리며 뒹굴다시피 오열했다.

　"이 사람아! 자꾸 이러면 어쩌나? 이제 그만 고정해라……."

　유병국 씨가 성길을 나무라며 그를 무덤 곁에서 안아냈다. 청년들이 그 사이를 틈타서 바삐 봉분을 만들었다. 그들은 토니의 봉분을 다 만들어 놓고, 마을로 들어가서 세 치(三寸)가 넘을 듯한 각목으로 십자가를 만들어 들고 왔다.

　"여기 먹과 벼루를 들고 왔는데 몇 자 적으시지요?"

　청년들이 붓과 먹물을 내밀었다. 성길은 십자가를 땅에 뉘어 놓고 '충견, 토니의 묘'라고 적었다. 그리고는 이면에다 '1978년 9월 6일 선종(善終)이라고 적었다.

　청년들이 십자가를 받아 봉분 앞에 세웠다. 중화동 교회 묘지에 쓰도록 만들어 놓은 십자가라 토니의 봉분에는 좀 큰 듯해 보였다. 그래도 성길에게는 그런 것이 눈에 보일 리가 없었다. 그는 청년들이 십자가를 다 세우고 물러나자, 허리에 차고 온 술병을 꺼내 토니의 무덤 위로 뿌렸다.

　토니야! 잘 가거라. 저승에 가서는 좋은 주인 만나 이승의 슬픔 다 잊고 행복하게 살아라. 나는 네가 없어도 자라는 자식

을 보면서 그런대로 또 살아가겠지만, 넌 무얼 믿고 이 한 많
은 세상을 떠나가겠니? 내가 잘못했다. 제발, 구천을 떠도는
원혼이 되지 말고, 죽어서도 주인을 섬기는 평화의 사도가 되
어 승천해라. 그리고 먼 하늘나라에 도착하면, 이 아저씨를 대
신해, 아저씨가 월남 땅에서 수없이 죽인 베트콩들의 원혼까지
달래주면서 전쟁이 남긴 민족 간의 원한관계를 푸는데 도움을
주려무나. 아이들 장난 같은 그 전쟁터에서 함께 간 전우들이
푹푹 쓰러지는 것을 보고 열 받아서 마구 에무 식스틴(M-16
소총)을 긁어댔지만 사실 따지고 보면 내가 베트콩들을 그렇
게 잔인하게 죽여야 할 이유는 하나도 없었다. 단지, 국가와
국민을 위해 파병된 군인이라는 신분 때문에 남의 나라 국민
들도 적이라는 미명 하에 마구잡이로 살륙했었지만, 너의 죽음
을 보니까 갑자기 월남 땅에서 베트콩들이 설치해 놓은 부비
트랩과 죽침 덫에 빠져 허망하게 목숨을 잃은 전우들과 그 전
우들을 잃은 상실감을 못 참아 보복하듯 내 손으로 죽인 무수
한 베트콩들의 얼굴까지 떠오르면서 지난날의 내 행각이 후회
스럽기만 하구나. 토니야! 제발 하루 빨리 승천해, 이 못난 주
인 아저씨가 전우들을 잃고 보복하듯 쏴 죽인 베트콩들의 원
혼을 달래 주며 저승에 가서도 한번 섬긴 주인을 위해 영원히
자신을 희생하는 평화의 사도가 되어다오. 어젯밤, 네가 이 주
인 아저씨를 위해 하나뿐인 목숨까지 바쳐가며 싸운 거룩한
희생은 낱낱이 적어놓았다가 훗날 내 자식이 크면 유훈처럼
들려주면서 너의 무덤 위에 추모의 꽃다발을 올려놓게 할 것
이니라……

  성길의 어깨가 더 떨렸다. 둘러섰던 청년들이 성길을 일으켜

세우며 진정시켰다. 유병국 씨가 시뻘겋게 충혈 된 눈으로 얼른 등을 갖다 대었다.

"동생! 이제 고정하고 집으로 들어가자. 이러다간 자네마저 쓰러지겠다……."

유병국 씨가 성길을 업으며 타일렀다. 토니를 못 잊어 오열하는 성길의 모습이, 꼭 월남전에 파병되었던 자식을 잃고 통곡하던 진촌리의 신영순 씨 모습을 보는 것 같아 그는 더욱 못 견딜 지경이었다. 유병국 씨는 성길을 토니의 무덤 앞에서 떼어놓을 듯 업히지 않으려는 성길을 억지로 업고 집으로 향했다.(끝)

저자와의 협의에 의하여
인지 첩부를 생략합니다.

서동익 장편소설

청해당의 아침

1판 1쇄 인쇄 / 2001년 9월 01일
1판 1쇄 발행 / 2001년 9월 05일

지은이 서동익
펴낸이 김송희
펴낸곳 **자료원**

주소 / 인천광역시 남동구 구월4동 1286의 12호
우편번호 / 405-224

전화 / (032) 463-8338 / (032) 462-9131
팩스 / (032) 463-8339

등록번호 / 제42호
등록일자 / 1992. 11. 18.

ISBN 89-85714-47-3   03810

ⓒ 2001, 서동익

※ 책값은 뒷표지에 적혀 있습니다